五陵原风雨

杜芳川　著

陕西新华出版传媒集团
太 白 文 艺 出 版 社

图书在版编目（CIP）数据

五陵原风雨 / 杜芳川著. -- 西安 : 太白文艺出版社, 2021.10
ISBN 978-7-5513-1854-9

Ⅰ. ①五… Ⅱ. ①杜… Ⅲ. ①长篇小说—中国—当代 Ⅳ. ①I247.5

中国版本图书馆CIP数据核字(2021)第193939号

五陵原风雨
WULINGYUAN FENGYU

作　　者　杜芳川
责任编辑　曹　甜　关　珊
封面题字　贾平凹
封面插画　王　程
封面设计　王　洋
版式设计　建明文化
出版发行　陕西新华出版传媒集团
　　　　　太白文艺出版社
经　　销　新华书店
印　　刷　西安市建明工贸有限责任公司
开　　本　787mm × 1092mm　1/16
字　　数　280千字
印　　张　19.5
版　　次　2021年10月第1版
印　　次　2021年10月第1次印刷
书　　号　ISBN 978-7-5513-1854-9
定　　价　58.00元

联系电话：029-81206800
出版社地址：西安市曲江新区登高路1388号（邮编：710061）
营销中心电话：029-87277748　029-87217872

上天在惩治一个人之前，会先让他得意一阵，过上一段太平日子。这样在他遭到报应时，才会有切肤之痛。

——盖乌斯·尤里乌斯·恺撒

一点飞上天，黄河两头弯。八字大张口，言字往里走。左一扭，右一扭，东一长，西一长，中间坐个马大王。心字底，月字旁，挂个钩搭拴麻糖，坐个车车逛咸阳。

——《𰻞》

1

魏云死了，死得很突然，也死得很蹊跷。

魏云的死讯一时间刷爆了微信朋友圈，有谩骂的，有嘲笑的，有幸灾乐祸的，还有胡乱猜测的……一时间，魏云的死成为人们见面后讨论的第一件事：魏云死了，你知道吗？

刘爱国是从吕平安打来的电话中得知魏云死讯的。“爱国、爱国，魏云死了。老天终于开眼了，魏云死了！”吕平安在电话里显得很激动，近乎狂躁，他语速很快、嗓门很大，唯恐爱国听不清楚，知道得晚了。末了，吕平安提醒爱国：“你看看微信，朋友圈都刷爆了。”

刘爱国听到魏云的死讯，第一反应是惊讶、诧异，但他一点都没有慌乱。他心想：魏云不是精神得很么（方言：嘛），怎么会突然死了呢？仅凭吕平安的电话，他是不会相信的。他知道，吕平安对魏云的恨是刻骨铭心的，也是彻头彻尾的。吕平安每天都在盼望着魏云早日死去、尽快死去。常言说得好：生死有命，富贵在天；种善得善，种恶得恶。魏云能否死去、啥时死去、如何死去，并不是以吕平安的个人意志为转移的。

挂断电话，刘爱国打开自己的微信，翻看朋友圈，关于魏云之死的消息一条接着一条被刷新出来，他才相信吕平安说的话是真的，魏云死了的事情是真的。

看了一会儿微信，刘爱国从不断涌出的消息中理出了一点头绪。确信魏云死了后，他放下手机，一个人在办公室里默默地踱步。

他在办公室踱了一会儿步，然后站在桌子旁边，将尻子挨在桌子边沿，双手扶着脑袋，双眼微微闭上了。魏云的死，让刘爱国陷入了沉思之中……

魏云是怎么死的？要不要马上给青青打电话？自己是否应该过去吊唁？此时此刻，刘爱国感觉心中五味杂陈，犹如一团乱麻，十分复杂、非常矛盾。刹那间，所有情感涌进他的心里，让他一时半刻难以适应；又像汹涌波涛，卷起了千重巨浪，将几十年来堆积在心里角角落落的泥沙全部冲起，无论是向上翻卷、向下沉陷，还是向前潮涌、向后回旋，都会狠狠地拍打在他的心扉上，让他心如刀绞、痛彻心扉。

此时，刘爱国心里很瞀乱（方言：烦躁不安），乱得像一团麻，剪不断，也理不清。他恨魏云，但不知从哪天起，他已经恨不起来了。多少年来，在刘爱国的心里，魏云是一个提起来就让他伤感的人。刘爱国与魏云之间存在着一定的距离，他不愿与魏云为伍。魏云凭借自己的小聪明、鬼花招捉弄了刘爱国，捉弄了吕平安，捉弄了青青、兰草，包括自己的妹妹魏瑶，以及周围许许多多的人。魏云凭借大权在握，越权、滥权、耍权，恣意地践踏权力，强奸民意，将他贪婪、好色、奸诈的丑恶本性，暴露无遗。

魏云是一个“两面人”，是典型的“现代变色龙”。对待上级或者有用之人，他就是一条伸长舌头会舔尻子（方言：拍马屁）的哈巴狗，恭维、巴结、攀附、追随，不达目的誓不罢休；对左右不了他政治前途、经济命脉的人，他就是一条吃肉不吐骨头的藏獒了，跛扈地打压、践踏。

刘爱国对魏云这种两面三刀、见风使舵、心术不正的人，打心底就瞧不起。魏云的人品、能力，不值得他去尊重。

吕平安和刘爱国不一样。在刘爱国的内心深处，始终过不了魏云对他身心造成巨大创伤的那道坎。他对于魏云的恨，是几十年来日积月累积攒起来的。而吕平安对于魏云的恨，就像一颗仇恨的种子播种在心田深处，酝酿、发芽、成长，就像一棵小树苗一天天成长、一天天长大起来了。

人在不冷静的时候就会违背常理说话行事，往往会做出超乎正常人想象的出格事情来。刘爱国虽然不恨魏云，但此时此刻他心里难以平静。他非常担心吕平安，害怕魏云的死刺激了吕平安，唯恐吕平安因此而变得不清醒、不理智。

刘爱国心里一沉，赶紧给吕平安打电话。

“平安，你在哪里？”刘爱国焦急地问。

“我在家里。”吕平安的回答，出乎刘爱国的意料。从吕平安的语气中，刘爱国感觉到他的态度已经不像给自己打电话时那么狂躁了，甚至出乎意料地平静。正因如此，刘爱国反而更加担心起吕平安来了。“好吧，你在家等我。”说完，刘爱国便出了门，朝着吕平安家奔去。

2

秋天的秦汉市在阳光的照耀下格外明朗。大街上的高楼大厦被太阳照射得明晃晃的，特别是那些安装着深蓝色玻璃幕墙的大楼，从不远处望去，刺得眼睛仿佛瞬间失明了。

刘爱国急匆匆地下了楼，跑步到了人民大街。人民大街就像一条出了水的鲤鱼，将自己完全裸露在阳光之下。阳光直射在沥青铺筑的马路上，一浪接着一浪的热气在地面上翻卷起来、升腾起来，看那架势，像非要把车辆烧焦、把行人烤熟似的。

站在马路边的刘爱国，一条手臂来来回回已经伸出去十多次了，来来往往那么多的出租车，没有一辆能让他乘坐——不是不顺道，就是已经坐满了乘客。刘爱国一辆接着一辆地拦，出租车一辆接着一辆地离去，他一点一点地失望。站在大街上已经二十多分钟了，因为心里很担心吕平安，他没有选择乘坐公交车。图快的心理受到了来自出租车拒载的无情打击，他的自尊心好像也受到了一丝丝伤害。刘爱国站在大街上，就像田间的玉米秆，正在受到强烈阳光的灼烤一样，把清晨的挺拔形象一扫而光，此刻叶子耷拉下来了，蔫不拉唧的。

“刘局，上车。”正当刘爱国内心已经急躁的时候，一辆出租车停在了他的面前，司机是一名三十多岁的小伙子。刘爱国一时半会儿认不出来，他犹犹豫豫地不想上车，但是，急于去吕平安家里的心情促使他本能地拉开车门，坐了上去。

出租车里和外面是两重天地，室外的火热与车内的凉爽形成了鲜明的对比，让刘爱国刚才火急火燎的心情得到了一点慰藉。“刘局，你去哪？”刘爱国坐上车，司机问。“帝都雅苑。”刘爱国说。司机给了一脚油门，车子在人民大街中间一个铁栏杆隔离带的豁口掉转了方向，朝着帝都雅苑驶去。

司机是一个很干练的青年人，头发剪成了板寸。他一边开车，一边问：“刘局，你不认识我了？”刘爱国迟疑地看了看司机，说记不起来了。“我认识你。”司机又说，“刘局真是贵人多忘事啊！”刘爱国说：“每天的事情太多，见过的人也很多，实在想不起来，真的不好意思。”司机说：“我叫马有成。他们都叫我‘大麻’，三厂的，你对我还有印象吗？”

“你就是大麻？像变了一个人，难怪认不出来了。”刘爱国听了司机大麻的介绍后，对他的印象清晰了。

秦汉方圆几百里盛产棉花。新中国成立以后，国家和省上相继在秦汉建立了数家棉纺织厂，一时间，秦汉成为全国、全省轻纺工业的重镇。国棉三厂便属于秦汉市几大国营棉纺织厂之一。

20世纪80年代，纺织企业发展迅猛，纺织企业工人的收入高、福利待遇好，年轻人安排工作时，若能进入纺织系统，便是一种荣耀，同时也是身份、地位的象征。

改革的春风吹暖了神州大地，也让毒品这样的害人之物悄悄地潜入秦汉。20世纪80年代后期，秦汉破获了新中国成立以来全市第一个贩卖鸦片的大案。两名主要毒贩子张强、李偲就是纺织系统的工人，贩卖毒品数量惊人，触目惊心，危害之大，波及秦汉市区。张强、李偲罪大恶极，被政府依法判处了死刑。

大麻就是毒品的受害者之一，而刘爱国就是当年挽救他，让他改邪归正的恩人。

大麻一边开车，一边对刘爱国说："刘局，魏云死了，你知道不？"

刘爱国点点头，补充了一句："我已不是副局长了。"

"魏云死得活该，谁让他做了那么多伤天害理的事情。你虽然不是局长了，但群众的眼睛是雪亮的，在心里依然相信你、尊重你这位秉公执法、刚正不阿的刘局长。魏云的名声你随处打听打听，臭得和狗屎一样。在我们心中，你要比魏云高尚得多呢。"大麻说。

"咱不谈他，说说你。"刘爱国阻止了大麻对自己的恭维，问道，"你这几年咋样？开出租车赚钱不少吧？"

"我挺好的。自从你教育我以后，我知道自己做错了，明白了做人的道理。开出租车这么多年了，这辆车已经属于我自己了，它是我的摇钱树，是我养家糊口的工具。"大麻谈到出租车，眉飞色舞，能看得出这辆车给他带来了足够的财富和信心。

"刘局，你是个大好人！魏云害你的事情，都传遍了整个秦汉，大家都替你鸣冤叫屈、打抱不平呢。"大麻又说。刘爱国再一次阻止了他。

"咋了？你受委屈了还不能让群众说道说道？谁都知道那事不怨你，是魏云公报私仇，故意整你，把你的位子高价卖了。他收了别人的好处，事情摆不平了，就拿你开刀。遇上这样的贪官、昏官、庸官，遭殃的肯定是咱平头百姓么。大家都说他是个大坏蛋！他中饱私囊，买官卖官，好端端的公安局让他一手给毁了。"刘爱国知道他再怎么劝说、阻止，都不能有效终止马有成侃侃而谈的欲望和兴趣。好在出租车已经到了帝都雅苑门前，刘爱国掏出二十元钱递给马有成，马有成送他下车，死活不肯收费。

“你是好人，是我的救命恩人。十多年了，难得为你服务一次，我咋能收你的钱？”马有成一边说，一边急匆匆地跑上出租车，脚踩油门，一溜烟走了。

刘爱国看着远去的出租车，苦笑了一下，扭头进了帝都雅苑的大门。

3

秦汉市的秋天进入了“蒸笼”模式。帝都雅苑小区院子里空荡荡的，没有人，刘爱国径直走进吕平安的家。

刘爱国看到吕平安家客厅的地面上摆放了一副挽联。看笔迹，出自吕平安之手；看墨迹，是刚刚写好的。上联：一条蛀虫螽蝨（蚊）蝨蠹毁蓝盾；下联：八千女鬼魑魅魍魉乱世情。横批：死有余辜。

看到刘爱国满头大汗地来了，吕平安从冰箱里拿出两瓶啤酒，一瓶递给刘爱国，一瓶留给自己，说：“冰镇的，给你降降温。”然后，两人“咣”地碰了一下酒瓶子，便直接对着瓶口“吹喇叭”。

“平安，你写这干啥？”刘爱国明知故问。

“还能干啥？”吕平安气愤地说，“我等你来，一起把这副挽联送给魏云，也算是咱们给他的一份礼物。”

“人都死了，你拿这副挽联过去，他能看得到吗？”

“这个不重要！重要的是我要让大家看清楚他的本来面目。”

“他是个啥人？凡是秦汉的人，哪个不清楚他是个啥货色，还需要你这时候画蛇添足？”刘爱国说，“我刚才坐出租车，等了好长时间，最后，是大麻把我送过来的，他在车上痛骂魏云。大麻的骂，不仅是个人内心的发泄，也代表着秦汉市广大人民群众的心声。一座城市的出租车司机，就是一座城市的名片，是一座城市的窗口，也是这座城市的宣传员。”

“大麻？哪个大麻？”

“三厂的大麻。你不记得了？”

“他呀，我咋能不记得！”吕平安说，“当年要不是你发善心，他马有成早都死了，还能轮上他开出租车？”

“是啊。人要坚守自己的本心，不忘初心，要懂得做人的道理，要存善积德，这样才能活得坦然，过得安然。”

“存善积德？他魏云还有德可言？还心存善念？他贪赃枉法、公报私仇、欺男霸女、卖官鬻爵，祸害了多少人？秦汉公安局都被他祸害得不成样子了。”吕平安越说越激动，越说越气愤，嗓门不自觉地提高了。

“你咋和大麻一个德行！”刘爱国看到吕平安和一只好斗的公鸡一样，唾沫星子像小数点一样往外飞溅，头发都奓起来了，大有怒发冲冠之势。

“我咋和大麻一个德行了？”

“刚才，坐在出租车上，大麻把魏云骂了一路，拦都拦不住，说他也不听，劝都劝不住。到了你家，本来想清静一会儿，你又骂开了。”刘爱国问，“你说，你俩是不是一个德行？”

“一个不沾边的出租车司机都能骂他，难道我这个深受其害的人就不能骂他？”吕平安说，“魏云把咱俩差一点都整死了，让咱俩把官丢得没影了，让咱们把人丢得干干净净的，把咱们那块得来不易、引以为傲，用心血和汗水浸染而成的花布扯完了，我咋还不能骂他呢？说实在的，我杀他的心都有。”

“瞧瞧你这副嘴脸，一看就是个官迷！”刘爱国说，“官是个啥？无官一身轻。你觉得官被免了就丢人现眼？我咋没觉得呢。现在，咱俩不都活得好好的么？还能一起喝啤酒，一起坐在这里扯淡。魏云呢？他死了，纵使他有金山银山，还能花吗？他官位再高再大，还能当吗？常言说得好，知足常乐，你就知足吧。像你眼下这个样子，都愧叫‘平安’了。”

“我不想和你理论。走，咱把挽联给他送过去。”

“要去你去，我不去。”爱国的态度很坚决。

“要不是等你，我早都送过去了。”吕平安说，“魏云他姦蝨蝨蠹，败坏了秦汉公安局的声誉，原来各项工作考核一直处于全省前三位的秦汉公安局，现在成了倒数一二；他魑魅魍魉，糟蹋了多少良家妇女，欺负了多少警中之花？你说说，他咋能干出这等缺德的事情呢？”吕平安一边说一边卷起客厅地面上的挽联。

“这么大年纪的人了，就不知道遇事冷静，好好思考分析，咋还像个愣青一样拉仇恨呢？五陵原上有句顺口溜：行得端，走得正，出门就是通行证；不作恶，不坑人，阎王小鬼不缠身。谁种下了善，就会结出善果；谁种下了恶，就必定会结出恶果。事已至此，你还有完没完？”刘爱国问。

“完了。走！”吕平安拉着刘爱国就要出门，反而被刘爱国拉着不让出门。吕平安问：“你这是啥意思？”

“你是真糊涂还是装糊涂？这是秃子头上的虱子——明摆着嘛。魏云作恶多端，即使要拉出去枪毙，还能拉得出吗？还是你有权力枪毙他？你写的姦蝨蝨蠹也好，魑魅魍魉也罢，我承认，你写得很好，淋漓尽致地刻画出了魏云的丑恶嘴脸，写出了魏云的肮脏灵魂。你现在送过去，他还能看到吗？”刘爱国生气了，斥问，“你现在把这副挽联送过去，看到的只有青青。你是不是想让青青难堪？魏云虽然作恶多端，死有余辜，不管怎么说，青青和他毕竟夫妻一场。难道你想把青青活活地气死不成？”

提起青青，吕平安的心一下子软了。刚才还是一腔热血、怒不可遏的狮子，此时此刻，一下子像霜打了的茄子，瓮声瓮气地哭了起来。

刘爱国知道，青青是吕平安一生的痛，是他这辈子都跨不过去的心坎，是谁也无法帮他打开的心结。哭吧、哭吧，男人哭不是罪。

4

刘爱国和吕平安来到了统一路小区。魏云家就在这里。

他俩到了魏云家楼下，这里既没有摆放花圈，也没有穿白孝衫的人，更听不到撕心裂肺的哭丧声，也看不到忙前忙后的帮忙人，以至于两个人同时对魏云的死亡产生了怀疑。刘爱国和吕平安一下子僵硬了，直挺挺地站在魏云家的楼下。他俩面面相觑，一脸的尴尬，心中直犯嘀咕：难道是搞错了？还是有人故意搞恶作剧？

特别是吕平安，突然间心中一阵慌乱，一脸的不自在，站在刘爱国面前，两手局促得都不知道放在哪里合适。看到眼前的情景，他感觉对不起刘爱国。

吕平安和刘爱国是多年的同乡、同学、同事，更是好朋友。正因为吕平安的三记耳光，不仅让他自己丢了官帽，也连累刘爱国丢了头顶上那顶来之不易的乌纱帽。今天，又是他给刘爱国打电话，告知了魏云的死讯。大热天的，让刘爱国提心吊胆地跑到他家，对自己好一阵子劝说，又一起到了这里。正当吕平安心中惴惴不安、打退堂鼓之时，刘爱国说："既来之，则安之。来都来了，那就上去看看。"

"还是算了吧！"吕平安心中已经没有一点底气了，更没有一丝勇气，不由自主地打起了退堂鼓。

"伙计，有点出息好不好？刚才还义愤填膺、满腔怒火，现在突然间又像个霜打的茄子，蔫了吧唧的。"刘爱国说着，拉起吕平安非要去魏云家。吕平安极不情愿地躲着，求饶说："算了吧！算了吧！"

"不行！坚决不行！这么热的天，咱俩来都来了，哪有不上去的道理？再说了，这都快一年了，咱俩还没有会一会他魏云呢。你不觉得，他得给咱俩个说法吗？"这会儿，吕平安倒是蔫了，刘爱国却来劲了。他不依不饶，非得拉着吕平安上去不可。吕平安没办法，只好硬着头皮跟着刘爱国上楼去了。

魏云家的门虚掩着。吕平安和刘爱国直接推门进去了。只见魏云的儿子魏清明穿着白孝衫，低着头，一个人孤零零地坐在客厅的沙发上。客厅里没有设立灵堂，没有燃烛焚香，也没有放纸盆烧纸。刘爱国感到很蹊跷：清明穿着白孝衫、戴着孝帽，家里为啥不设灵堂呢？魏云死了，全市都传开了，为什么家里静悄悄的，他那些狐朋狗友都去了哪里？魏云家里为啥这么安静呢？

魏清明看见刘爱国和吕平安进了家门，立即起身打招呼："舅舅，你们来了。"清明的声音明显地低沉下来，没有一点底气。这和往日的清明形成了更加鲜明的对比，判若两人。"你妈呢？"刘爱国问。"一个人在房子呢。"清明回答道。

魏清明推开房门："妈，我舅来了。"青青听后，反问："来干啥？我不见。你让他们走。"她的语气有些生硬，显然在生气。

青青心里非常清楚，年轻的时候，她对不起吕平安，她辜负了吕平安对她的一片苦心。特别是魏云当上了公安局局长后，不仅没有给平安和爱国带来一点恩惠、一丝庇护，反而变本加厉地伤害他们，让他们在秦汉说不起话、在五陵原上抬不起头，而自己不仅帮不上忙，还说不上一句公道话。自从去年国庆节后，刘爱国和吕平安被免职，她也没有给他俩打过一个电话，更谈不上当面安慰、表达歉意了。而今天，他们俩在她最孤独的时候登门了，让她情何以堪？

青青很内疚，从内心深处觉得对不起他俩。所以，她多次失眠，夜深人静的时候一个人偷偷地流泪，内心如刀割般疼痛。青青不知道他俩今天是来安慰她、帮助她，还是看她笑话、落井下石，抑或是找上门兴师问罪、出她洋相的。但是，青青知道，他俩心地善良，不会找自己的碴。可是，自己无颜见他俩，所以一口回绝了。

"咋了？老话说得好，有理不打上门客。我们都来了，哪有不见面还要赶我们走的道理？"刘爱国站在房门口，心中很坦然地说。

刘爱国一句话，说得青青自惭形秽、无言以对。刘爱国、吕平安走进房门，看见青青一个人躺在床上。不知怎么，吕平安心里很难受，觉得青青不是躺在床上，而是静悄悄、孤零零、冷冰冰地躺在太平间。想到这里，他心里像被豺狼虎豹的利爪挖出内脏般空落落的，眼泪不由自主哗哗地往外涌。

刘爱国看到这一幕，心里非常难受，潸然泪下。他拍了拍吕平安的肩膀，说：“别哭了，有啥好哭的。”说着，他把平安拉出来坐在客厅。

魏清明安顿两个舅舅在客厅沙发上坐下，给他们一人倒了一杯茶水，很尊敬地双手递到了他们手上。

青青与爱国、平安的老家都在五陵原上，分散住在汉高祖长陵的周围。青青和爱国是一个村的，村子在长陵西侧，叫陵西村。陵西村的人，刘姓占据着绝大多数，以刘邦的后人或者守陵人自居。吕平安的村子在长陵东侧，叫陵东村。陵东村的人，绝大多数都姓吕，以吕后的后人或者守陵人而骄傲。而魏云的村子，在长陵西南方向，叫陵南村。

刘爱国、吕平安和刘青青都是五陵原的子孙，刘青青和他俩青梅竹马，所以让儿子清明把他们叫舅呢。因此，刚才青青听儿子说他舅来了，心里便明白了是谁。只不过由于魏云去年免了爱国和平安的职，还给了他们处分，让她心里很不舒服、很不自在。她明知道魏云的心思，他不仅仅是公报私仇这么简单，更主要的是他可能拿了人家一大笔钱，要给人家把事情办成。所以，他抓住吕平安小小的失误不放过，故意放大，其目的在于一定要把刘爱国拉下来，把“副局长”的位置腾出来，让给他人去坐。

自从和魏云结婚后，青青慢慢地对他有了实质性的了解，知道魏云做人不地道，耍小心眼、小聪明，不能当官、不能握权。一旦当了官，他会把手中的权力发挥到极致，而且做到滴水不漏，让一般人还看不到瑕疵。但是，他聪明得太过分，成了小聪明。但凡他做过的事情，明眼人要是细心看、认真想，一定能看出其中的破绽，能识破他的鬼把戏。

去年，青青知道吕平安的事情后，一开始，她还觉得吕平安心太慈、手太软，才打了郝剑三个耳光。按照郝剑这么多年的所作所为，对吕平安造成的巨大伤害，吕平安就应该好好地、狠狠地教训教训他。可是，就这简单、干脆、利索的三记耳光，不仅让吕平安被免去了渭滨区看守所所长的职务，更让人感到不可思议、非常气愤的是，魏云抓住不放、大做文章，让刘爱国也受到了牵连而丢掉了副局长的乌纱帽。

刘青青和魏云结婚后，在家里纯粹是个摆设。要不是有了儿子魏清明，她早就和魏云离婚了。魏云在外面胡作非为，在自己仕途的发展上更是毫不含糊。谁挡他的道，他整谁；谁阻碍他的发展，他拾掇谁。为了自己的仕途，魏云从来不和青青提离婚的事情，就像目前这种名存实亡的婚姻一样，他还一直保持着、延续着、遮掩着。对外，表面看不出任何问题；其实，他们已经分居好多年了。犹如火山没有爆发前，里面的岩浆燃烧、翻滚，外面一点儿动静也看不出来。

魏云的事情，青青做到“三不”：不闻、不问、不管。魏云也是一样，在他心里，青青已经是一个“屁”，他想放就放，不想放就憋着。他在外面做的所有事情，从来不会告诉青青。

刘爱国、吕平安的事情，青青是从别人口中得知的。她非常气愤、恼怒，当晚就和魏云大吵了一架。当时，青青失去了理智，简直要发疯、抓狂，得到的结果，不仅没有让事情发生任何改变，她反而被魏云毒打了一顿。魏云认为，青青心中之所以没有给他留下一点点位置，都是吕平安一手造成的。

5

刘爱国和吕平安被免职的事情，伴随着秋风、秋雨，在古老的秦汉市风一样地流传着，成为大家茶余饭后的谈资。今年的送寒衣节，刘爱国心里更加肃穆和凝重。

刘爱国和吕平安两个人 20 世纪 90 年代初从省警察专科学校毕业。参加公安工作二十多年了，他们非常热爱警察这个职业。不仅是因为一身威严的警服，而是这个职业体现了他们的价值追求，实现了他们一生的梦想。当警察，刘爱国不是为了耀武扬威，更不是为了光宗耀祖，而是为了更好地打击犯罪、除暴安良、保护人民。从警二十多年，他从不叫苦叫累，从未休过一次年休假。

刘爱国对工作认真负责，力求尽善尽美。他当过社区民警，将基层基础工作做得扎实细致，在当年是全局唯一一名参加基层基础工作大比武的中层领导；他创新工作理念，开创性地创造了社区工作法，并在全国推广。

1998 年初秋，天气非常炎热。刘爱国正在长陵派出所加班，突然接到要求设卡拦截持枪抢劫出租车并劫持人质的犯罪嫌疑人和车辆的指令，他和同事们一起在辖区唯一一处交通要塞——铁路平交道口附近设卡。二十多分钟后，犯罪嫌疑人张猛飞驾驶抢劫的出租车过来了，看到设立的拦截卡，出租车并没有停下来，而是加速冲撞过来，要不是他们躲闪迅速，就会被车撞上。眼看着出租车强行冲过卡口，刘爱国迅速跳上北京吉普车，在后边穷追不舍。张猛飞抢劫出租车，还劫持了人质，心里已经慌乱，看到警察设立的拦截卡，心一下子提到了嗓子眼，慌慌张张地冲卡逃跑后，发现后边有车辆追赶，他开着车在并不熟悉的长陵街道上像一头发疯的野牛乱冲乱撞。刘爱国沉着冷静，凭借娴熟的驾驶技术驱车追赶，像香港电影里演的一样，在长陵街道上展开追逐战。经过了惊心动魄的三十分钟，张猛飞驾驶出租车转弯时，车速过快，冲下公路，车子卡死在路边的水渠里。刘爱国立即跳下车，迎着已经带着人质下车的张猛飞冲了过去。当刘爱国接近张猛飞时，张猛飞那把手枪已经顶在了刘爱国的头上，并发出扣动扳机的声音。刘爱国心头本能一紧，心想，这下完了。没想到，老天眷顾刘爱国，那颗子弹卡在手枪里，没有射出来。张猛飞心里一紧张，一连扣动了两次扳机，子弹都没有射出。他心里一阵惊慌，丢开人质，扑向刘爱国。

刘爱国反应迅速，双手顺势死死地抓住张猛飞持枪的那只手的手腕，反方向用力拧转，身体转动一百八十度，后背轻捷地靠在张猛飞的胸前，一个背摔，以迅雷不及掩耳之势，将尚未反应过来的张猛飞重重地摔在地上……

二十多年来，刘爱国克勤克己，踏踏实实工作，从一名普普通通的民警，一步一步走到了公安局副局长的领导岗位。他所走的每一步、每一个脚印，都伴随着他的艰辛和汗水。所以，在刘爱国内心深处，更加珍惜这些来之不易的果实。

吕平安也是这样的人！刘爱国知道，吕平安兢兢业业、一丝不苟，有时候对工作的要求、对同志们的管理有些苛刻，甚至不近人情。但是，吕平安内心是好的，他的出发点是好的。看守所，这就是公安机关的大后方。吕平安自从担任看守所所长后就明白了，局党委能把这么重要的岗位交给他管理，这是对他的信任，也是对他认真负责的工作态度的一种高度肯定，他必须用实际行动确保看守所的绝对安全，确保在押人员不逃跑、自残或者自杀，更要确保每个管理人员不犯错误，更不能出现违法犯罪的问题。否则，吕平安就对不起自己的良心，对不起管教干部和家属，对不起局党委的信任。

常言道："愚者千虑必有一得，智者千虑必有一失。"尽管刘爱国和吕平安都不是智者，但是，他俩经常在一起对看守所的工作进行认真分析研判，进行具体安排指导，唯恐有百密一疏之憾。可是，国庆节期间，由于吕平安一时失去理智，不冷静，打了在押人员郝剑三记耳光。就是这三记耳光，断送了他俩的政治前途。

刘爱国是个大度的人，他不仅没有抱怨吕平安，反而怕吕平安想不通做傻事。在他心里，当不当官不要紧，要紧的是对工作认真负责，做到问心无愧。事情发生后，刘爱国主动找吕平安谈心交流、疏导化解，减轻吕平安对于所犯错误的自责和压力，平复他惴惴不安的心态，鼓励他振作起来，不要再沉迷于免职这件事情之中。他发自内心地对吕平安说："魏云有权免了咱的职务，这也是他职责范围内的事情，咱不能怨天尤人，怨就怨你当时不冷静、不沉着，欠考虑。多少年了，你这急躁冒进的毛病一点都没有改，遇事就毛躁，不知道多动动脑子好好想一想，找到一个合情、合理、合法的解决办法。不过，咱还真的要感谢魏云，要不是他免了咱的职务，二十多年了，咱俩啥时候有现在这么清闲？哪年能像现在这样睡个囫囵觉？自从进入公安系统那天起，我从来都没有像现在这么稳稳当当地睡过，没有踏踏实实在家待着。哪年逢年过节与家人团圆过？哪年安安稳稳吃过一顿年夜饭？就咱这职业，不仅让咱不得安宁，也让家人整日跟着提心吊胆呢！现在，无官一身轻，可以敞开胃口喝酒吃饭，轻轻松松散步聊天，愉愉快快与家人团聚。从这一点来说，咱还得提着礼感谢魏云呢。尽管魏云有他的权力，但他的权力也是有限的。他能有权阻止群众对他的非议、指责、谩骂和嘲笑吗？你我就不同了，可以昂起头颅挺着胸脯在大街上、在众人面前走路，没人在咱背后指指点点。就凭群众对魏云和咱俩的不同评价，你就知足吧。”

刘爱国和吕平安的职务被罢免后，吕平安心里很内疚，是他连累了刘爱国。所以，每当刘爱国说起这事时，他更加羞愧、更加无地自容。在刘爱国面前，他就像一个做错了事的小学生低头站在老师面前，心甘情愿地接受批评。

自从这件事以后，吕平安对刘爱国更加刮目相看，他看到了刘爱国的大度胸襟，看到了刘爱国的纯朴善良，看到了刘爱国的心思缜密。这件事要是放在别人身上，一定不会有刘爱国这样的智商和思维，一定会与他从此一拍两散，老死不相往来。他多次在内心默默地问自己，这件事如果打个颠倒，他能不能具有和刘爱国一样的处事方式和思维呢？他自己没有思考好，所以，他没有一个确定的答案。

令吕平安没有想到的是，刘爱国的妻子谷雨和刘爱国一样，对他还像过去一样，一如既往地关心他。刘爱国被免职后，谷雨没有发牢骚，没有抱怨，没有责备，更没有像一般妇女那样谩骂他、责备他、仇视他，反而还安慰他、开导他，让他想开些，把当官看轻一些，把身体健康和朋友情谊看重些。多次邀请他到自己家里，给他和刘爱国做菜，让他俩在一起痛痛快快地喝酒、叙旧。

《说岳全传》里说：“虎豹不堪骑，人心隔肚皮。休将心腹事，说与结交知。”寥寥数语，就把人与人之间的关系说得一清二楚了。

吕平安和刘爱国的关系，却与《说岳全传》里的这句话背道而驰了。他俩自幼就是同学，从小学、初中、高中，到警校，直至分配在一个公安局工作，无话不说，无事不谈。他们在一起推心置腹，相互理解、相互尊重、相互关心。

真真正正衡量一个人的标准，不是简简单单谈话，不是聚在一起吃饭喝酒，而是看他在大是大非面前的立场，在涉及个人利益问题上的态度，在处理人与人之间关系的能力上。总之，双方都要有智慧的目光，都要有为对方考虑的责任感，关键还要有博大的胸襟、远见的卓识、高超的处理问题能力。这些，都不是一般人想要拥有就能拥有的。事无常态，人无常好。只要人与人之间多一些理解，多一些宽容，这个世界、社会上也就多了一些团结，多了一些力量。

有一天，他们又在爱国家里喝酒，爱国让平安来一段《将相和》。平安自幼喜欢秦腔，听爱国这么一说，便扯开嗓子吼起来了——

不由心中怒火焚
人来带马回府邸
越思越想恼恨人
相如小儿封首相
不由得老夫怒满膛
非是我无有大容量
威压老夫理不当
此一番长街把路挡
要把孺子羞辱一场
人在再把长街往
忽听得百姓闹嚷嚷
勒马轻骑把路挡
霎时间管叫他脸无光
……

“唱得好！”爱国给平安叫好，“这是廉颇的唱词，你再来一段蔺相如的唱词。”吕平安唱得很起劲，说：“你着啥急呢？廉颇唱完了，很自然就轮到蔺相如了。没有蔺相如，这戏就不完整。你听好了……”只听他唱道——

你本是大义人心胸宽广

蔺相如敬重你忠勇无双
劝将军你休要赔罪认过
非圣贤谁没有一差半错
再休提谁官小谁的官大
同都是国家的耳目手脚
况强秦心不良幸灾乐祸
有微隙他就想席卷囊括
咱赵国只凭的是你与我
损一个怕敌人就要分割
总需要团体间牢不可破
总需要捐小忿光明磊落
把从前那些事一笔勾抹
从今后我是弟你是哥哥
……

吕平安唱罢，刘爱国依然叫好，还转头问平安："你觉得《将相和》好不好？"平安回答说："好！"爱国问："你把《将相和》都不知道唱了多少遍了，你从中得到啥启发了？"

平安说："《将相和》用廉颇和蔺相如的故事，把'小到街坊邻居，大到民族国家'的道理唱响了、说透了。"

爱国说："你明白这个道理就好。"

6

刘爱国、吕平安静静地坐在魏云家的客厅，不一会儿，青青从房子里出来了。

“给你舅把水倒上。”青青给儿子说。清明说：“已经倒过了。”

平安看见疲惫、憔悴的青青，不由自主地眼睛再次湿润了。爱国看见青青虚弱的样子，心里一阵酸楚，好像针扎了般疼痛。青青已经不再是当年那个清纯、活泼的小姑娘了。她少了青涩、单纯，多出来的是成熟、风韵。唯一没变的就是那头乌黑发亮的长发。

“魏云咋死的？”爱国问。“唉！”青青叹了口气，没有回答。“咋不设灵堂？”爱国又问。青青说：“设啥灵堂呢，死了倒也清静。”

没说出死因，不设灵堂，这里面肯定有文章、有蹊跷。这个时候，青青不想说，刘爱国也不能抓住不放、一味地纠缠下去，更不敢打破砂锅问到底。他心里明白，青青既然不想说，自有她不想说的道理。他早就听闻魏云与青青的关系了，只不过碍于面子，他也不好当面问，更不能与其他人一样，满世界地去八卦。

在刘爱国的内心深处，他是喜欢刘青青的，是大哥哥对小妹妹的那种喜欢、那种爱。而吕平安就不一样了，他从小就喜欢青青，他爱青青的清纯漂亮，他爱青青那双会说话的大眼睛，他爱青青的聪颖、心地善良。他俩曾经谈过几年恋爱，要不是魏云从中作梗，耍了个心眼，出了个幺蛾子，吕平安肯定能和青青走到一起。不过，这一切都已经成为不可挽回的过去式了。这样的结果，不仅是吕平安心中永远的痛，也是刘青青心中无法愈合的伤口。

单纯、善良，是对人的赞美之词。可是，太单纯、太善良了，也未必是一件好事情，刘青青就是这样。正是因为她太单纯、太善良了，才造成了与吕平安有情人终不成眷属的结果；如果她不善良，也就不可能只会把人往好处想，这样，她就不会与吕平安分开了。这么多年了，她在心里一直牵挂着吕平安，吕平安也无时无刻不在思念着她。他们都是理智的人，懂得生活的人，各自成立家庭后，彼此把对对方的喜爱、思念、牵挂深深地埋藏在心底，呵护好、保存好、珍藏好，不让它受到一丝丝伤害、一点点玷污……

青青此时情绪很低落，精神很萎靡，身体很困倦，脸色有点发白，白中夹杂着暗灰色。吕平安看在眼里，疼在心上。此刻，他想起自己刚才不冷静、不理智的鲁莽行为，要不是被刘爱国及时阻止，他把那副“一条蛀虫螽蟲蝨蠹毁蓝盾；八千女鬼魑魅魍魉乱世情”的挽联冒冒失失地送过来，无疑是对青青、对清明这两个无辜的人当头一棒；无异于他抓一把盐，毫不留情、恶狠狠地撒在他们的伤口上，并且很有可能就此剥夺了他心爱的人的生命。如果是那样，他就变成一个十恶不赦的刽子手了。

如果是吕平安亲自了却了青青的生命，那么，他还有啥资格活在这个世界上？他还有啥颜面面对清明？他还能把喜爱、思念、牵挂说出口吗？刘爱国还能饶恕他吗？还有清明，清明会不会亲手杀了他？吕平安真的不敢往下想了。

“你真的就不设灵堂吗？”吕平安注视着青青，想要从青青这里得到明确的答案。

“不设灵堂。”青青声音低沉地回答着。青青说这是她和魏云弟弟魏水商量过的，并得到了清明的理解。魏云死后，一切从简，不设灵堂，不摆花圈，不放哀乐，不搞遗体告别仪式，火化后将骨灰一埋就完了。

“我们还能帮你啥忙？”爱国问。

青青说：“丧事一切从简。这样的安排，就没有啥事了，自然也就不用帮啥忙。”

青青说，魏云对不起爱国和平安，他俩不但没有怨言、不计前嫌，还在她最困难的时候亲自跑过来，她非常感动、感激，也非常感谢他俩的宽宏大量。人死不能复生，即使魏云还活着，以魏云的本性，是无论如何不会给爱国和平安当面道歉的。他俩能原谅、宽恕魏云，这是魏云的福气，如果魏云有在天之灵、懂得感恩的话，会看到这一切，并对自己一生犯下的错误进行忏悔的。

青青说，去年他俩被免职、受处分的那段时间，是他俩人生最灰暗、最低迷、最痛苦、最无助的日子，她不仅没有在魏云那里给他俩帮上忙，没有给他俩打电话，安慰、开导他俩，连叫在一起聚一聚、吃吃饭、聊聊天这些人之常情的事情都没有做到，她非常后悔。她更后悔自己当初瞎了眼，嫁给了魏云这个心狠手辣的家伙；后悔自己这些年没有主动和他俩联系，冷落了从小建立起来的感情；后悔自己看穿了魏云的阴谋而没有勇气和决心戳穿……

说着说着，青青的眼睛已经被泪水盈满，视线已经被泪水模糊了。她的声音从开始的低沉、断断续续到泣不成声，到最后，她放声大哭起来。

平安要劝青青，爱国不让劝。爱国说："你让她好好地哭一场，把多年来压抑在她内心的委屈哭出来，你不让她哭，她会憋疯的。她之所以能在咱俩面前哭，还能像从前一样毫不掩饰、毫无顾忌，说明在她心里，咱俩还是她的娘家人，还是她最亲近、最信得过的人。她心里的委屈不给娘家人一股脑地倒出来，还能给谁说、给谁倒、给谁倾诉呢？这么多年来，魏云把她当人看了吗？没有。让她过上一天好日子吗？也没有。外面的传言你真的就没听到？像魏云那样的货色，还能称作人吗？像青青这样柔弱的女人还能有啥办法？这些年来，她打掉牙往肚子里咽，心中的压抑、委屈、愤懑，能向谁去诉说？只有将心中的委屈和泪水给娘家人诉说，她别无选择。她要不是为了清明考虑，早就和魏云离婚了。"

7

魏云家其实就是一个散了戏的台子。随着魏云的死，他生前的好友都作鸟兽散。他在戏台子上的时候，他就是台柱子，大家都围着他转圈圈，一个个坐在台下，成了他的看客；他死了，谁还会看他的脸色，听他发号施令呢？人死如灯灭，灯灭了，四周一片漆黑，周围的一切如同死寂。戏散了，观众早已散去。至于箱主如何收拾后台，那就成了箱主的事情，与看客毫无关系了。魏云死了，青青就是正头箱主了。如何料理魏云的后事，青青说了算。

从刘青青家出来，天色已晚。青青让清明带着刘爱国、吕平安出门吃饭，他们推辞了。他们问青青想吃啥，青青说自己没心情、没有食欲、没有胃口，不想吃饭。

魏清明送刘爱国他们到楼下，吕平安在统一路小区门前的饭馆里要了一斤大肉韭黄水饺，让清明带回家和青青一起吃。临走，叮嘱清明一定要看着青青吃点饭，人是铁饭是钢。清明点点头。看着清明走了，平安、爱国才离开了。

“魏云咋死的？”路上，平安问爱国。爱国说：“青青不说，魏云的死因就不清楚了。但从不设灵堂、不举办遗体告别仪式来讲，魏云一定不是正常死亡的。”

“魏云不是正常死亡？”平安反问。

“哪有正常死亡不设灵堂、不举办遗体告别仪式的？”爱国说，“魏云的死因，一定是丢人现眼的，他的死因一定是不能见光的。魏水、青青他们商量后这么去做，一定是他们经过一番缜密思考之后做出的决定，也是出于对面子和名声的考虑才这么去做的。”

“明天咱还去殡仪馆吗？”平安问。

“不去了，听青青的。”爱国淡淡地回答。

“走，咱俩吃汇丰面走。”平安让爱国和他一起去吃汇丰面，爱国没有推辞，两个人拦了一辆出租车，朝着汇丰十字方向奔去。

汇丰面，在关中一带很有名气、很有影响。汇丰面其实就是陕西人说的手工面、手擀面。每个摊点一般都有两个以上的摊主，一个人根据客人的要求专心下面条，另一人则根据客人的口味，精心在一个马勺里加入盐、醋、酱油、鸡精、味精和土豆、肉丁做成的臊子，还有陕西人最爱吃的油泼辣子，等候面出锅；手擀面在锅里烧开两遍时，下面的人用笊篱捞出来，倒入已经加入臊子、油泼辣子的马勺里，调味的人用筷子迅速搅拌均匀后，将面盛在一个不锈钢平底小盆里，递到客人面前，客人就可以吃了。

陕西人爱吃面，一天不吃面，浑身上下、从里到外就像缺了什么，老感觉肚子里不踏实、不实在，就像南方人一天没吃米饭一样，心里空落落的。

陕西的面食种类很多，𰻝𰻝面、箸头面、乾县清汤面、岐山臊子面、武功旗花面、杨凌蘸水面、户县软面……多得让人应接不暇，眼花缭乱。陕西人平常在家里就吃手擀面、扯面，有干拌的、汤的，除此之外还有麻食等面食。陕西人爱吃面食，一天三顿，顿顿吃面都不觉得烦。如果谁一天能吃三顿面，那就是一种幸福，说明他的媳妇能干，是个会过日子的行家。擀面是一门手艺活，不是一般人能擀好的。三十六行，行行有门道。擀面也是一样，有擀面的门道：手洗净、面和硬，擀薄、切宽，陈醋调酸，油泼辣子浇上一碗碗。白里透红，与众不同。这样的陕西面，哪个陕西汉子不想美美地吃几老碗呢？

吃面，还有个讲究：吃面不吃蒜，味道减一半。所以，陕西人吃面的时候，一定要吃几瓣大蒜，那才带劲。吃面的时候，狼吞虎咽，在嘴里嚼两三下，就吞肚子里了。有句话叫“原汤化原食”，吃完面，再喝一碗面汤，能帮助消化。所以，陕西人吃完面，还要端起老碗，咕嘟咕嘟喝一老碗面汤。喝面汤，就把吃到胃里面的面条与面条之间的缝子填严实了。手擀面、油泼辣子、大蒜，再加一老碗面汤，那才叫陕西汉子，吃面吃得有滋有味、有板有眼。

在秦汉市，汇丰面的名气越来越大，成为秦汉面食中的一种饮食文化，也是面食的一张新生代、非常响亮的名片。魏云有一次在外地出差，去了十天半个月，山珍海味的，刚开始吃还感到新鲜，后来看到山珍海味、大鱼大虾就倒胃口，整天吃鱿鱼海参、生猛海鲜，很是腻味。临回来的那天，魏云给他情人缑卫花打电话，让缑卫花给他擀一碗面。缑卫花一听，知道魏云马上要回来，心中乐开了花，赶紧和面、醒面、揉面、擀面。一切停当后，就在家里等候魏云归来。就在缑卫花等待魏云的时候，她的身子一阵燥热，于是，她洗了个热水澡，把自己从里到外收拾得干干净净、整整齐齐。五陵原人把这种做法叫“择菜”。

缑卫花把自己这道“菜”择干净，当她得知魏云下了飞机，就打开煤气灶烧水、下面，等魏云前脚踏进门，她后脚就一手端着一老碗冒着热气的黏（方言：rán）面，一手提着裤子，笑嘻嘻地问魏云：“先咥哪个？”魏云一手搂着缑卫花的腰肢，一手接过老碗，说：“先咥面，再咥你。”一句话说得缑卫花心里犯嘀咕：我把你等了这么久，一回来你就先咥面，难道在你心里，面比我还重要不成？羞先人呢，八辈子没吃过面，前世就是面托生的。

陕西人爱吃面是几千年养成的一种习惯。啥都可以改，唯有吃面吃了几千年，到现在都没有改。不仅没改，在日常的生活中，还把面食做得种类更多了，花样更繁了，做工更精细了，味道更可口了。

爱国和平安来到汇丰十字。平安说："咱吃面？"爱国说："光吃面行吗？你不请我吃烤肉、喝陈氏养生酒？"

平安笑了笑："不吃烤肉、不喝白酒，咱俩大老远跑这里干啥来了？吃米老兵烤肉，再喝口陈氏养生酒，这才是绝配呢。"

爱国说："我就知道你不啬皮，就怕你出门没带钱，提醒提醒你。"

两个人说说笑笑来到夜市。刘爱国突然间想起小时候流传在五陵原上的歌谣——

> 𰻞𰻞面，筋又光
> 油泼辣子调面香
> 吃上一碗𰻞𰻞面
> 给个皇上都不换
>
> 喝碗面汤上麦场
> 今年又是好收成
> 麦子打下七八担
> 囤在囤里心不慌
> 天天能吃上𰻞𰻞面的香

从外往里走，他俩从摊位间窄窄的通道穿过，每过一个摊点，都会有人热情地招呼。大老远，就听到米老兵烤肉摊伙计的吆喝声。他俩一边走一边说笑，径直走到夜市米老兵烤肉摊上。

8

回忆是一杯闹心的苦咖啡。

爱国和平安走后，青青认真地思考了这几十年所走过的路——

一个人所走的任何一条路，都是自己意愿的表达。有的表达方式很别致，但所走的并非是寻常路。这就如攀岩一样，攀岩虽然很刺激、很具有挑战性，但这就不是一般人所能走或者愿意走的路，因为这根本就不是一般的路，而是在一面悬崖峭壁上艰难爬行的一条风险之路，极有可能是一条不归之路。有的人表达的方式虽然很平淡，却能在平淡的生活中，从不经意间看到了闪耀的火花，成就了幸福的生活。

路，字面意思就是各人一脚。许多人的脚合在一起，便成了“路”。路，在于人来走；事情，在于人来做；感悟，在于用心体会。人的一生幸福与不幸福，不在于生命的长久与短暂，不在于财物的充足与匮乏，不在于官职的高与低，不在于俸禄的多与少；真正的幸福与否，恰恰源自自身的感受。

人心不足蛇吞象。人的贪心和欲望一旦无限地膨胀、放大，导致的结果只能是飞蛾扑火，自取灭亡。

清明端上热腾腾的饺子，青青却没有一点想吃的意思。清明说，饺子是平安舅专门买的，要让他看着母亲吃了。还说，人是铁，饭是钢。青青让清明吃，说她不饿。清明说，母亲不吃他也不吃。青青没办法，勉勉强强在儿子的监视下很无奈地吃了五六个饺子。平安买的，一定是她自小爱吃的大肉韭黄水饺。要是平时，半斤这样的水饺，她会不假思索一扫而光。在西安上学时，他俩逛大雁塔，平安给青青买了半斤大肉韭黄水饺，青青像饿死鬼托生的，风卷残云，一口气吃完了。但是，今天，她实在不想吃。

“妈，你咋不让给我爸设灵堂呢？”清明看着青青吃了饺子，疑惑地问道。其实，这也是他刚才听了爱国他们的谈话后，才想到要问母亲的。

“小孩子，你不懂。”青青说。

“我已经不小了，都长大成人了。”清明说。

“你别问了。这是我和你魏水叔商量的结果，等你长大了，你就会懂得我的良苦用心。”青青告诉儿子，让儿子去睡觉，说她累了。清明十分听话，走出房门，顺便把母亲的房门轻轻地闭上了。

青青真的很累，累得一丝丝力气都没有了。人累不在于身，而在于心。她内心的累，不是一时三刻的，而是几十年积攒出来的。当一个人心累的时候，就意味着对生活的失望、对世界的漠然了。这么多年，青青已经被魏云折磨得人不像人、鬼不像鬼。外表看起来坚强的她，心湖盈溢着无法向他人诉说的苦水。

自从被魏云欺骗成婚后，明白了真相的青青，从内心对魏云产生了怨恨。这个世界上有的人就是奇怪，得到的东西往往不知道珍惜。魏云就是这样的人。他没有得到青青，便变着法地去追青青，得到后，便不再珍惜了。所以，日积月累，青青便将对他的怨恨，升级到了仇恨的程度。她是一个传统的女性，和魏云结婚生子后，尽管知道了当年事情的真相，也只能在内心责骂自己的愚蠢、愚昧。除了责骂自己、诅咒魏云和魏云的妹子魏瑶以外，她还能做啥呢？那就是双目无休止地流泪，内心惨痛地滴血。这么多年来，魏云不断升迁，贪婪之心所形成的欲壑愈发难以填满。在外面，魏云花天酒地，寻花问柳，包养情妇，完全不把她放在眼里。魏云的心，已经被外面的花花世界占据，无法或者说根本没想着为青青留下一点点空间。

魏云没想给青青在心中留位置，青青也压根就没想着要住进魏云的心里去。

迷迷糊糊中，青青感觉自己像是在五陵原上飞跑，满地的绿草像绿油油的地毯，绿茸茸的，整整齐齐像修剪过一样。她在绿色的地毯上飞跑着，追赶着在花丛中翩翩起舞的蜻蜓、蝴蝶。

蜻蜓、蝴蝶是自由自在的，青青也是自由自在的。在这空旷的五陵原上，在蓝天白云之下，她一会儿像蜻蜓，一会儿像蝴蝶。她飞呀飞呀，一会儿沐浴着春风飞到空中，尽情地舒展着翅膀；一会儿又俯冲而下，落在花间，落在花蕊上，静静地聆听着花之语，吮吸着花之蜜。

一阵风吹来，又将正在吮吸花蜜的她，无情地吹上了天空。她想喊，却喊不出来，她想大声呼叫“平安哥，快救我”，却像有东西卡在喉咙，就是发不出声音。她双腿乱踢乱蹬，双手乱舞乱抓，就是碰不到任何一个可以稳住她身体的东西。她急得哭了，除了涌出的泪水外，无依无靠，无援无助，任由身体在天空中飘摇。

突然间，她像一只断了线的纸鸢，失重般从空中掉下来。她吓得大声啼哭，却没有人保护她。就在她即将落地，马上就要摔死的瞬间，她感觉身下软绵绵、热乎乎的，等她回过神来一看，原来是她的平安哥躺在她的身下，用自己温暖、结实的身子保护着她，没让她受到一丝丝的伤害。

她和死神擦肩而过，她幸运、幸福地活了下来。她和平安紧紧地拥抱着、亲吻着，如痴如醉、如癫如狂……

正当他俩尽情地享受着来自彼此的似水柔情时，魏云不知道从哪突然出现在他俩面前，破口大骂。

青青吓了一大跳，从梦中惊醒了。她也不知道自己为何做了这样的梦。多少年了，自她与魏云结婚至今，从来都没有梦见过吕平安，也没有做过这样奇怪的梦。她的脸上不由得露出了苦笑——

爱你就像大风往北吹
吹落我对你那相思泪
离开你的那天大雪满天飞
可惜我连头也没敢回
如今你的身边还有谁
是否为你擦干过泪水
是否还有人陪你去喝
不加糖的苦咖啡

我想着你的美我想着你的泪

想着我陪你喝的苦咖啡

那种滋味让我回味

……

9

刘爱国、吕平安来到米老兵烤肉摊点，被老米和小兵热情地招呼进去，安顿停当。“给俩哥先上一壶好茶。”老米对小兵说。小兵说：“秦御茯茶如何？”老米说：“这茶好，能刮油、能消食，保管二位哥晚上吃完烤肉肚子舒坦不发胀。”末了，老米又告诉小兵，给俩哥上一盘金鸽瓜子。

米老兵烤肉在秦汉市开了十多年了，卖的是烤牛肉、烤板筋、烤脆骨、烤腰子、烤鱿鱼之类的烤肉，还有烤韭菜、烤辣子、烤茄子等烤蔬菜。老米靠手艺吃饭，别看这个露天夜市摊点小，米老兵烤肉在秦汉市名气不小，这里敞亮、无拘无束，一顿饭下来，也花不了几个钱，爱国、平安等人闲了就爱光顾这里。有时候，他们会带上一帮弟兄，到老米这里大口吃烤肉，大碗喝酒。

平安说：“你忙你的去。”老米应声走到烤炉跟前去烤肉。

不一会儿，小兵端了一壶秦御茯茶、一盘金鸽瓜子过来，并将杯子、筷子和纸巾放在他俩面前，并提醒他们一边嗑瓜子一边点吃的。

平安问爱国想吃点啥。爱国说：“你请我，客随主便。”平安说：“你就是瘦㞗子扶不上墙，狗肉上不了席面。”骂完，自己就点开了：“烤腰子、烤脆骨、烤筋，每样来一点，不够了再点。”“好嘞！”老米应道。

“只吃不喝？”爱国问。平安说：“来几瓶啤酒。”爱国说：“这大热天的，吃烤肉，喝啥啤酒呢，要喝就来一瓶陈氏养生酒。”

爱国和平安在一起，就爱斗嘴。但他俩斗嘴归斗嘴，从来不红脸、不翻脸，不高声、不伤和气。有时候，万一说得不好，就当面锣、对面鼓，丁是丁、卯是卯地说开了，也就完了，过后，权当啥也没有发生。这就是他们能交往这么久的原因。

不一会儿，烤腰子、烤脆骨、烤筋陆续都上来了，平安又让小兵拿了几头大蒜。爱国打开白酒，倒出来一点尝了尝，说："陈氏养生酒不错！"然后，给一人倒了一满杯。两个人端起酒杯，心照不宣地碰了一下，然后一饮而尽。以前，两人虽然倒的也是一满杯，但都是一口一口地喝，今天却一饮而尽，可见他们心中多么愉悦，多么开心，多么……

喝着喝着，平安又问爱国："你说，魏云咋死的？"爱国说："烤肉还堵不住你的嘴？"说着，又把两个酒杯斟满，说："平安，魏云他爱咋死就咋死，他死了，这不正是你想要的结果吗？青青给他不设灵堂，不举办遗体告别仪式，这事做得好！来来来，咱喝咱的酒。魏云他娃不是本事大得很么，他不是能呼风唤雨、一手遮天么，他不是贪污腐败、欺男霸女么，他不是美酒美女、歌舞笙箫么，他现在咋不能了呢？不要看他在位一天能干啥，就看他不在位了能干啥。俗话说得好，好死不如赖活着。咱虽说是赖活着，却活得有声有色、有酒有肉、有滋有味。更何况，魏云咋死的到现在咱们都不知道，还是一个谜。不过有一点，他肯定不是正常死亡的，一定是横死鬼！"

横死鬼，在农村把不是正常死亡的人都叫横死鬼，横死鬼如果死在了村外，他的尸体一定不能进村，因为，老年人认为，横死鬼会给村子带来灾难的。魏云肯定是个横死鬼，至少，他的死因是蹊跷的、诡异的。青青怕人问起死因，不好回答、不好开口，于是，一不做，二不休，干脆来了个不设灵堂、不举办遗体告别仪式。这样一来，想问的人永远没有答案，既保住了魏云的脸面，也为青青和清明今后杜绝了意想不到的麻烦。

爱国放下手中的酒杯，一边嗑瓜子，一边提议给魏云放双筷子，再倒一杯酒。平安不答应，说："你咋糊涂了？是不是嗑瓜子嗑出一只臭虫？咱咋能给他倒酒祭奠呢。"爱国说："周围这么多人，你咋这么小气，就不怕他们笑话你？再说，咱俩是大活人，咱不祭奠祭奠他，还有谁祭奠他？咱没做亏心事，半夜不怕鬼敲门。我就是要给他放双筷子，倒杯酒，让他好好地睁开狗眼，看着咱俩吃香的、喝辣的。他不是本事大得很么，啥坏事他都能做、他都敢做。他吃官饭，不仅攒私财，还到处敛财。坐在国家给他的官位上，把国家的钱财不当一回事，白白糟蹋了。今晚，你就是让他来和咱俩大碗喝酒、大口吃肉，他还能来吗？咱给他摆上筷子、酒杯，看他有没有脸面见咱，有没有胆量喝咱的酒、吃咱的肉。”

平安说：“爱国，你说得好。”于是，就在桌旁给魏云摆上筷子和酒杯，倒了一杯酒，又在酒杯前放个小碟，在小碟上放了三串烤肉。一切准备停当后，他俩举起酒杯和魏云碰杯，然后喝酒、吃烤肉，吃一口烤肉，再吃一口大蒜，吃得津津有味。

这一顿晚餐，他俩相互招呼着吃烤肉、喝白酒，临走时，爱国将给魏云倒的那杯酒洒在地上，说：“一路走好！”平安将三串烤肉从钢扦上一串一串撸在小碟里，倒在地上，说：“在那边再别害人了！”

10

爱国和平安在米老兵烤肉摊点一边吃一边喝，显得有点孤单和寂寞。以前，因为缺衣少吃，五陵原上的人说，干活人要多，吃饭人要少。现在干活有机器，人清闲多了，不愁吃、不愁喝，吃饭的人越多越好，人多了有气氛，热闹。今夜就他两个人喝酒，突然，爱国就想起了多年前在这里请“4·11”专案组人吃饭的事。那一次，专案组一大帮人喝酒、吃烤肉，热闹得很。因为他们破获了震惊秦汉市的“4·11”系列拦路持刀抢劫、强奸大案——

那是2008年初夏，气候突然有点反常，太阳突然间发威，将久蓄的温度从天空倾泻而下。一连数日的暴晒，炙烤得人心烦气躁，五陵原的空气中散发出阵阵火辣辣的味道。午后，强烈的阳光从头顶上直射下来，照得绿色的麦子一天天泛黄，路边的树木被无情的烈日晒得无精打采。在这样的烈日里，人也打不起精神。

这一年初夏的高温比起往年来得更早了一些。4 月 11 日，老天突然间变了脸，狂风大作，沙石飞扬。中午 1 点多钟，长陵中学门前的生产路上，一个个头不高、身材单薄，上身穿一件皱皱巴巴深色西服的男青年骑着一辆双斜梁二六自行车，徘徊在学校门口与坟地之间的小路上。这个人就是陵南村的魏楚生。他鬼鬼祟祟，东张西望，一看四周无人，迅速地躲藏在坟地东边小路南侧的空房处。一会儿，他摸一摸插在腰间的两把刀；一会儿，他又摸一摸口袋中的一截电话线和一根跳绳。心神不定，焦急地等待着什么。

天，阴沉沉地笼盖在五陵原上；风，呼啦啦地吹乱了五陵原的花花草草；雨，淅沥沥地洒落在五陵原的角角落落。魏楚生那张瘦长的驴脸像天气一样，阴沉沉的。他的双脚就像呼啸而过的风一样，不停地在小路上徘徊着。从他的举动、神情来看，整个人显得烦躁不安。他就像奔跑在五陵原上的饿狼，在寻找着猎物。

过了半个多小时，淅淅沥沥的小雨停了，胭脂沟村的少妇黄花菜骑着一辆自行车从这条生产路上经过。魏楚生一看四周无人，一个脸盘周正的女子突然出现在他的面前。顿时，他掩饰不住内心的亢奋，像饿狼一样朝着黄花菜扑了上去。他一手挥舞着一把明晃晃的菜刀，一手将黄花菜从自行车上拉倒在地上，还未等黄花菜反应过来，那把明晃晃的菜刀已经架到了她的脖子上。魏楚生立马骑在了黄花菜的身上，用着吃奶的劲，抡圆了胳膊，在黄花菜的脸上左右开弓，打得她晕头转向。随后，魏楚生用事先准备好的绳子将黄花菜的双手反绑，一双罪恶的手在黄花菜的身上游走着，将她身上的衣服翻了个遍，搜走了黄花菜身上仅有的二十多元钱。魏楚生将二十多元钱往自己上衣口袋里一塞，便趴在她的身上，在黄花菜的脸上一阵乱啃乱咬，两只魔爪在她的身上乱抓乱摸，一会儿伸向她的胸部，一会儿又伸向她的下身……任凭黄花菜躺在地上痛苦地挣扎，他不管不顾，尽情地发泄着兽欲。

魏楚生发泄完兽欲之后，并没有罢手，他已经疯狂了。躺在泥地上的黄花菜苦苦哀求，他却挥动着手中的菜刀，朝着黄花菜身上砍去……

黄花菜晕死过去，魏楚生仓皇中骑车逃跑了。幸亏老天有眼，突降大雨，昏迷中的黄花菜被从天而降的大雨浇醒了。她跌跌撞撞、晕晕乎乎的，急忙挣扎着拨打了 110 报警电话。

闻知这起性质十分恶劣的重大警情，刘爱国心中难免一震，这突如其来的警情，犹如巨大的鼓槌，重重地敲打在他的胸口。眼看着北京奥运会日益临近，此案一旦不能及时侦破，刘爱国和吕平安身上的压力就会十分巨大。

刘爱国时任秦汉市公安局渭滨分局主管刑侦的副局长，吕平安任刑警大队大队长，他们火速带领刑侦技术部门的三十余名民警冒着大雨赶到案发现场，进行现场勘查，并成立了由刘爱国牵头负责，刑警大队相关中队和长陵派出所民警参加的“4・11”专案组，对“4・11”抢劫、强奸案件进行侦办。侦查员在调查走访中，通过对受害人黄花菜的询问了解，得知“4・11”案件受害人黄花菜和犯罪嫌疑人有较长时间的正面接触，对犯罪嫌疑人有比较深刻的印象。于是，由受害人陈述，刑侦画像专家、刑警大队长吕平安根据黄花菜的描述，对犯罪嫌疑人进行现场模拟画像。

吕平安自幼爱好绘画，当年，秦汉县文化馆的老丁在陵东村驻队时，刚好安排在他家。因此，吕平安有时间、有机会和老丁接触。老丁这一住就是三年，平日的言传身教，让吕平安耳闻目染、受益匪浅。考入警校后，刑侦课堂上，老师告诉他们，刑侦工作除了现场的痕迹物证、目击证人证言、受害人的陈述以外，现场模拟画像也是破案的一个非常重要的手段。这句话，对本来就有素描、速写基础的吕平安来说，犹如注入一剂兴奋剂，高兴得几宿未眠，没想到自己年幼时师从老丁的一技之长，在侦查破案中有了用武之地。回想当年，只知道美术是对人们生产、生活、工作、学习场景的有效记录，对英雄人物、好人好事进行宣传，对社会风气进行净化的一种载体，是人民群众对于美好生活向往的催化剂，没想到，美术中的素描、速写能成为公安刑侦工作的一门专业技能，这让吕平安对美术、对现场模拟画像有了一个更新、更高的认识。从此，他更加喜欢美术，也更加喜欢现场模拟画像了。后来，吕平安听说公安部特邀刑侦专家、上海公安部门的张老师是现场模拟画像的专家后，便抽时间专门去了上海，跟随张老师学习现场模拟画像知识，掌握现场模拟画像的要领和技能。

热爱是最好的老师。平安走上了公安这一行，爱上了现场模拟画像这一专业，所以，他更加珍惜与张老师的交流，珍惜上海之行。他虚心好学，潜心钻研，很快就掌握了现场模拟画像的技能和要领。这几年，他活学活用，通过对犯罪嫌疑人的现场模拟画像，先后侦破了数起大要案件。

两年前的一天深夜，马有成驾驶出租车在乐育路立交桥处拉了三名年轻人。行至迎宾大道时，三人持水果刀威逼并殴打马有成，致其右眼球结膜出血，并抢走了其身上的一百五十多元现金及一部摩托罗拉黑色翻盖手机。案件侦破过程中，吕平安根据受害人马有成对当天晚上副驾驶位置上的犯罪嫌疑人外貌特征的描述，认真地画出了犯罪嫌疑人的现场模拟画像。专案组凭借吕平安画出来的犯罪嫌疑人画像，三天时间就抓获了这名犯罪嫌疑人。根据他的交代，其余二人也全部落网。这一次，大家对吕平安现场模拟画像的技能刮目相看，认为他是公安界不可多得的人才，是刑侦系统的凤毛麟角，纷纷为他竖起了大拇指。

吕平安认真地与黄花菜进行交谈，他需要了解犯罪嫌疑人的很多特征和细节，他首先稳住黄花菜的情绪，让她从刚才被犯罪嫌疑人造成的焦虑、恐惧、情绪失控中慢慢地走出来，使她能更好地回忆犯罪嫌疑人的体貌特征。“4·11”案件刚刚发生，受害人对犯罪嫌疑人的记忆比较清晰，描述得基本准确，吕平安认为他所需要的犯罪嫌疑人的体貌特征已经获取，便安排一个女民警和黄花菜的家属一道，继续做好对黄花菜的安抚工作，自己则迅速投入到绘画犯罪嫌疑人画像的工作中去。几易其稿，当他认为比较满意时，已经到了下午5点多了。

吕平安把犯罪嫌疑人的模拟画像拿到黄花菜面前让她辨认时，因为他画得太逼真了，以至于黄花菜情绪再一次失控，要不是刘爱国和吕平安反应迅速，这幅现场嫌疑人模拟画像险些被黄花菜抢过去撕碎了。这幅模拟画像，对于破案具有极高的价值。

11

秦汉的初秋，秋老虎依然发威。白天，秦汉就像一个大蒸笼，把人放在蒸笼里一遍又一遍地蒸；又像个大火炉，就像米老兵烤肉的烤炉，整个人就像已经穿在钢扦上的肉一样，从上到下、从前到后、从里到外，把通身烤了一遍又一遍。

爱国和平安喝完酒、吃完烤肉，走出烤肉摊。爱国说，他要再吃一碗汇丰面。平安说爱国吃大锅饭，不掏钱还吃得多。爱国骂平安，一辈子就是个小气鬼，吃个夜市都这么小气，还能有啥出息呢？说着，两个人来到夜市路口的面摊上，一人要了一碗汇丰面，吃完面，又喝了一碗热乎乎的面汤，抹了嘴巴走人了。

秋天夜晚的秦汉市，就像一个相对温顺的小姑娘一样，白天的热浪不见了，热气被习习的微风吹散了。爱国和平安走在彩虹路上，顿时感觉到全身凉爽。他俩虽然没有喝醉，但也喝得不少，走路有点不稳当，走在路上，有点太空漫步的感觉，轻飘飘、颤悠悠的。

平安趁着酒兴，唱起了秦腔——

见嫂嫂她直哭得悲哀伤痛
冷凄凄荒郊外我哭妻几声
怒冲冲骂延年贼太暴横
……

爱国连忙阻止他，说："夜深人静了，你唱的哪门子秦腔呢？"平安问爱国："你说咱唱得嫽不嫽？"爱国害怕平安再扯个高喉咙大嗓门唱秦腔扰民，故意奉承说他唱得好、唱得嫽。

平安一听，更加起劲了，还要再唱，却被爱国打断了。平安有些不高兴了，就问："你不是说我唱得好、唱得嫽么，那我就给你再唱两嗓子。"爱国说："我让你二两膏子，你还想开个染坊；说你唱得好，给你个面子，你别得寸进尺，不识抬举。"

平安说："那你就直说么。听你的意思，咱唱得不好、唱得不嫽？"爱国说："你别王婆卖瓜，自卖自夸。你唱得好、唱得嫽，就你那两把刷子，你还能比得上任哲中老先生？"

"任哲中有啥了不起？他的那个时代已经结束了。"平安越说越来劲，"牛皮不是吹呢，火车不是推呢。我再有他那个嗓子，我唱得一定比他还要好呢。"

任哲中在陕西、在全国那是鼎鼎有名的大人物，是秦腔界的一代名流。他能把周仁演得活灵活现，把周仁的义薄云天唱得回肠荡气。他在台上唱，几句唱腔、几个动作就能把台下观众的情绪恰如其分地调动起来。不像现在的流行歌手，故意喊一嗓子来调动台下观众的情绪，任哲中完全用自己的真情实感感染听众，打动观众，不需要画蛇添足，自己给自己当啦啦队。当年不管是农业学大寨平整土地，还是夏秋两季火热的生产劳动，群众干累了、干乏了，只要广播里播放任哲中的《周仁回府》，人们再困再乏也立马就来了精神，身上困顿、乏力的感觉抛到了九霄云外，可见任哲中的精神魅力之强大。

据说，20 世纪 70 年代初的一天，任哲中到五陵原上办事，由于当时的交通不便，任先生搭乘了一辆顺路的马车。车夫坐在车辕上，一边赶车，一边唱起了秦腔，以打发路途上寂寞的时光，这便勾起了任先生唱秦腔的欲望。于是，先生扯开嗓子，坐在马车上，在五陵原上唱起了《周仁回府》。车夫听得不断叫好，说："先生唱得比任哲中还要好。"任先生笑了笑，问："我咋能有任哲中唱得好呢？"车夫说："就是比任哲中唱得好！"任先生再没有争辩，心想：自己在舞台上演唱秦腔，肯定不能和坐在马车上唱秦腔相提并论。舞台上，注重的是"表"和"演"，所以，矫揉造作的成分很多。坐在马车上就不同了，行走在空旷的五陵原上，呼吸着五陵原上的清爽空气，无拘无束，这样的清唱肯定比舞台上要更有力度、更接地气、更能显示自己的演唱水准了。也难怪，车夫说他比任哲中唱得好。

任哲中是大自然的儿子，大自然赋予了他唱秦腔的天赋，给予了他施展才华的天然舞台，赠予了他唱响秦腔的灵感！

“你喝点猫尿，就不知道天高地厚了，竟敢和任哲中相提并论。人家任哲中把《周仁回府》唱得活灵活现，唱出了周仁的精气神，唱出了周仁回到府上看到嫂子那一刻的真实感受，唱出了内心的愤怒。他是发自内心地热爱秦腔艺术，他是用生命在演唱秦腔、宣扬秦腔、传承秦腔，把毕生的精力全部奉献给了他热爱的秦腔事业。就你这五音不全的家伙，来，我撒泡尿，你过来照照。”说着，爱国早已憋不住了，便在背人处的树坑里撒尿了。

平安看到爱国在树坑里尿尿，“扑哧”一声笑了，说：“瓜子笑得多，乳牛尿得多。”爱国说：“有本事，你就憋着别尿。”平安也憋了一泡尿，跟着爱国一起尿在树坑里。爱国拉上裤子拉锁，平安还在继续尿尿。爱国说：“乳牛的尿真多。”

12

爱国回到家里，倒头就睡。

平安却在床上翻来覆去怎么都无法入眠。这一夜，他失眠了。他不仅仅纠结于“魏云死因”的牛角尖里无法自拔，还在想着青青，想着他和青青的过去，也想起了已经去世几十年的父亲。

这一晚，平安不知道是因魏云死了而产生的激动，还是酒精作祟，总之，他没有睡着。父亲的身躯、那张布满沟壑的脸，在他的脑海里特别清晰。他感觉父亲没有死，而是坐在他的面前，静静地看着他。父亲没有笑容，没有说话，父亲那双深邃的眼睛里仿佛喷射出来了烈焰。

难道父亲死不瞑目？可是，凶手在杀害父亲的当年就被执行枪决了。也可以说，是政府为他父亲做主，替他父亲申冤，政府用实际行动告慰了父亲的在天之灵。父亲应该瞑目了！不过，今晚上，吕平安看到父亲那双喷火的眼睛，明白父亲内心的愤怒没有平复下来。

难道，以前的传言是真的吗？父亲真的死得很冤枉吗？这让吕平安内心起伏不定，难以平静。

父亲当年遇害，在吕平安心里埋下了仇恨的种子。好在公安部门很快就破了案，抓获并枪毙了杀害他父亲的凶手，让他和家人心里有了很大的慰藉，从而激发了他考入警校的欲望。他幼小的心灵明白，警察能够打击坏人、保护好人，所以，他立誓要做一名好警察。经过数年的苦读，他也如愿以偿地考入省警察专科学校，成为一名光荣的人民警察。

按照他在警校学到的知识，他知道“重证据”的道理，警察破案是要讲究证据的。没有充分的证据，或者获取的证据形成不了一个相互连接的闭环，就不能宣告破案，不能认定凶手，更不可以枪毙人。

平安的父亲是一个老实巴交的农民，憨厚诚实，与人为善，反应有点迟钝，从来不愿意和人多言多语，以免惹是生非，属于典型的老好人。所以，生产队长安排他当了生产队的饲养员。

饲养员，一般很难从社员中选出。人不能太机灵，太机灵了，容易以权谋私，要么把喂养牲口的麦草、谷草之类的东西拿回家，当柴火烧；要么就把喂养牲口的麸皮、玉米、豌豆等饲料，偷拿回家，以补家用。人也不能太愚笨，太愚笨了，就没有经管牲口的本事了，要么偷懒，要么不认真琢磨喂养牲口的办法，肯定不能把牲口喂养好。

平安父亲虽说是典型的老好人，但他天生对牲口有一种爱恋。别看他和人打交道比较木讷，不言传、逆来顺受，但他对于饲养牲口却非常上心，和人没有话说，和牲口却有着说不完的话，好像他和牲口之间有一座能够心灵沟通、交流的桥梁。平安母亲说：“那货就是个养牲口的命，没办法，一辈子都不爱主动和我说话，见了牲口就没命了，牲口就像他先人。他上辈子可能就是当牲口的命，这辈子却冒冒失失地变成了人，变成了一个懂牲口的人了。”

话虽这么说，事情也是这么个理。平安父亲到了饲养室就不想回家，和牲口的亲热、亲密程度，就像一对处于热恋期的恋人一样，不愿意离开半步，往往就忘记了回家吃饭。要不是平安母亲过来叫他回家吃饭，他就把自己吃饭这档子事忘记了，光顾着给牲口添草、加料。

平安的父亲叫吕诚实。实诚得和人没有了主动交流的欲望。他坐在人堆里，佝偻着腰，头都能低到裤裆里，不说话，就是一个闷葫芦。一个人，烟锅不离嘴，一口接着一口抽旱烟，有时把自己都呛得咳嗽。他一咳嗽，好像在提醒大家注意他，一个劲地咳。咳嗽时，有时还要憋一阵子气，憋得脸红脖子粗的，让别人看了都感觉受不了。吕诚实咳嗽完了，像没事人似的，继续用那张已经干瘪的嘴，叼住烟锅，旁若无人地继续抽他的旱烟。

吕诚实虽然不爱说话，但他从父辈那里继承了“勤为本”的衣钵，从小干活就不惜力气，从不耍奸取巧。无论是给自家干活，还是给邻家帮忙、给生产队劳动，他都是一样卖力。宁愿把自己累得满头大汗、气喘吁吁，也不会把活撂下不管。别看他不爱说话，他却会唱秦腔，他一旦唱起秦腔来，与平日里不爱说话的闷葫芦简直判若两人。于是，大家都说，吕诚实唱的比说的多，唱的比说的好。

闲暇之余，吕诚实爱唱秦腔《锁麟囊》，因为他喜欢薛湘灵与人为善、慷慨解囊的一片善心。尽管他唱不了薛湘灵的花旦，还是用粗犷的声音唱出了薛湘灵的一片善念：

耳听得悲声惨心中如捣
同遇人为什么这样号啕
莫不是夫郎丑难谐女貌
莫不是强婚配鸦占鸾巢

叫梅香你把那好言相告
问那厢因何故痛哭无聊
梅香说话好颠倒
蠢材只会乱解嘲
怜贫济困是人道
哪有那袖手旁观在壁上瞧
……

吕诚实的死，让群众始料不及。就这样一个心存善念、老实巴交的农民，却死在了自己苦心饲养牲口的饲养室里。

吕诚实的确死了，是为了保护陵东村的一罐菜油。

陵东村在集体所有制的那个时期，和五陵原上其他村庄一样，饲养室不仅是饲养牲口的地方，也是冬天村民经常聚集的地方。在五陵原上流传着这样的俗语：“饲养室的炕，热腾腾，热不到半墙不算炕。”每年“三夏”大忙一结束，那堆积在场畔上巨大的麦草堆，除了给牲口做饲料外，还有一项实用的功能，就是在冬天里要把饲养室的炕烧热。冬天的农村，农闲人没事，于是，男人们就聚集在饲养室的炕上，赖着不走。这样，既可以在一起谝闲传、凑热闹，打发一天天无聊的时光，还可以驱散冬天带来的寒冷，又可以给自己家省下烧炕的柴火。所以，每个生产队饲养室的炕都盘得非常大，能并排躺下十几个人仍不拥挤。

饲养室最惨、最寂寞的时候，就是夏秋之际。这时候，牛虻特别多，特别大，专门吮吸牛体内的血。万一落到人身上，被吸血是肯定的，还会落下一个毒疤，一旦处理不及时，轻者化脓，重者可能会危及生命。所以，每到这个时候，除了饲养员，其他的人都不再光顾饲养室。饲养室除了牲口外，就剩下饲养员了。偌大的饲养室，此时此刻显得空空荡荡。

忙罢以后，陵东村开始对收割的菜籽进行处理。首先要用清水把菜籽多淘洗几遍，然后在地上铺上席子之类的，再把淘洗好了的菜籽晒在上面，生产队派人手，专门进行晾晒、推搅，直到菜籽晾干为止。

晾晒好了菜籽，然后装进口袋中，拉到大队的油坊进行深层次加工，炒热的菜籽便被倒入大锅中。这样的大锅在集体经济的生产队非常多，锅口有一米五。大炼钢铁时，群众把自家的铁质东西全都拿出来炼钢铁，于是，大家聚在一起吃大锅饭。凡是有集体吃饭的地方，这样的大锅岂止一两口，常根据人员的多少来确定大锅的数量。吕平安、刘爱国、刘青青他们当年在秦汉一中上学时，学校的食堂里，用来烧水、做饭的就是这样的锅。

经过干炒的菜籽，再上锅进行热蒸，然后倒入一个直径近七十厘米的圆柱形器皿之中，再将多个器皿叠放在压盘之下，进行压榨。油坊的压梁很长，有二三十米；压梁很粗壮，压梁的小头部分都需要两个小伙子伸臂合拢才能抱住，大头部分可能需要四五个人才能抱住。经过一天一夜不断地压榨，菜籽油才会慢慢地流淌出来。

陵东村把压榨好的菜籽油拉到饲养室暂时统一保管，等农闲时再分给大家。这样，有饲养员看管保护，生产队就可以不再安排劳力看管，也就减少了一个人两三个劳动日的工分了。

谁也没有料到，这样的安排，会让吕诚实遇害。生产队长说，他要是早知是这样的结果，哪怕多安排几个人手看管。可是，世界上永远不会有卖后悔药的。

吕诚实一滴新菜油都没有吃上，却为了保护生产队的一罐菜油惨遭毒手，献出了自己的生命。

13

刘爱国很舒坦地一觉睡到天大亮。眼看着早晨的阳光已经从窗口直射进来，他才懒洋洋地起了床。他刷了牙，冲了个澡。昨晚吃烧烤，衣服上全是烧烤那股烟熏的味道。昨晚喝了酒，倒还没有闻出来，今早醒来，那股味道飘然而起。他洗完澡，换了一身干净的休闲运动装，出门朝着秦汉湖走去。

秦汉湖是秦汉市新添的一道亮丽的风景线。它紧挨着秦汉人千年以来赖以生存的母亲河——渭河。秦汉市当年举全市之力，修筑堤坝，围河造湖，湖岸与河堤之间栽花植树，树木花卉与湖面交相辉映，一边湖水清澈、绿波潋滟、水鸟飞翔，一边万紫千红、绿荫如盖、花香四溢。秦汉湖自从建成以后，已成为秦汉人休闲娱乐、强身健体的好地方。

秦汉湖自从建成后，就成了刘爱国每日锻炼的不二选择。他被免职后，继续沿着这条路坚持锻炼，路上遇见熟人，还是一如既往地和他们打招呼，有的人还不免在他面前骂魏云几句。听到这些，刚开始他还能接受，后来，他再听到人们骂魏云时，就打声招呼，急匆匆地去锻炼了。

刘爱国认为，骂人可以发泄一时的情绪，但经常性地骂人，就成了低俗、庸俗、无知的一种表现形式，更是无能的代名词。

刘爱国是个副局长，是渭滨分局的领导。平日里，这个“领导”卑微得如同田间野草，无足轻重。遇事了，要追责了，刘爱国才知道自己这个“领导”在“追责”中显得如此“重要”。

魏云一手安排对事件的全程调查。调查人员自始至终都没有和爱国见过面，没有和爱国谈过话，对于看守所会议记录中爱国的详尽安排和日常检查记录熟视无睹，对于看守所领导、同志们称赞爱国在工作中如何周密安排和履职检查置若罔闻，强行剥夺了爱国的知情权、陈述权和辩解权，在违反法定程序之下，不仅给了爱国一个行政处分，而且还免去了他的行政职务。

这样的结果，不啻晴天惊雷，给了爱国当头一棒，爱国内心难以承受如此之打击。他告假回家休整，平复自己的心态，解开自己的心结。

刚开始的几天，爱国内心非常痛苦，心中的愤懑难以言表，整日整日吃不下饭，整夜整夜睡不好觉。

那段日子，对于爱国、平安来说，是最为灰暗的。好在群众的眼睛是雪亮的，同事、朋友还有未曾见过面的人们，都在向他们传递着“大家都在为你鸣冤叫屈”的信息。同事、朋友的心是好的，爱国心里非常感激，他知道，大家的“打抱不平”虽然改变不了魏云做出的错误决定，但是，他相信“天地之间有杆秤，这秤砣就是咱老百姓”。

妻子谷雨说：“那有啥，咱就当提前退休了，趁机好好锻炼，把身体养好。有了好身体，啥都不愁。”谷雨给爱国吃了一颗定心丸。爱国慢慢地想通了、想明白了。行政处分、免职要是和健康的好身体、愉悦的好心情相比较，简直不可相提并论。姑且把这次打击当作一次教训，当作一次反面教材，好好地反思。魏云之所以这么做，肯定有魏云的想法，也许，魏云还有着不可告人、难以启齿的缘由吧。爱国心想，趁着这次免职好好休息，权当把二十多年来一直未休过的年假一次性休完。

虽然这是一颗飞来的流弹，让爱国“躺着中了枪”。但是，经过一番苦思冥想，当爱国想通了的时候，什么“领导”、官职都成了过眼烟云。这样的苦果他坦然接受了，不怨天尤人，不灰心丧气，更没有一蹶不振，而是继续走自己的路，让大家评说。接连一段时间里，朋友们采取打电话、发微信、发短信，以及见面等方式，不断地安慰、鼓励爱国，爱国突然间也变得和祥林嫂一样，不断地重复着“没事，我能想开，我坚强着，感谢”之类的话，也不知道朋友们是否听腻了、听烦了。但是，爱国也管不了这么多，但凡有朋友关心，他还要重复这几句话，其目的是让这些关心他的朋友放心。

在爱国、平安人生处于低谷的时期，女警官燕楠给爱国用短信形式发来了一首小诗《叹……》：“荏苒春冬谢，寒暑忽流去。生活瞬万变，人生舞台戏。金藏犹闪光，龙隐存志气。浊流击兄退，冀川流不息。”这首诗字里行间充满着叹息、惋惜、鼓励和激励，让爱国非常感激。爱国商界的朋友刚强也以短信形式发来了一首诗：“世事如舟挂短篷，或移西岸或移东。几回缺月还圆月，数阵南风又北风。岁久人无千日好，春深花有几时红？是非入耳君须忍，半作痴呆半作聋。”这位朋友用人间的轮回规律，劝说、开导，令爱国扼腕。

于是爱国也回复了一首诗："人生本是一出戏，酸甜苦辣多随意。官场如同做生意，时而亏损时盈利。遇事冷静不回避，往事如烟风吹起。不愁前路无知己，朋友牵挂彰情谊。"表明了自己乐观的心态，感谢朋友对他的关心。

爱国来到湖边，放眼望去，突然感到今天的秦汉湖似乎格外美丽、格外灿烂！一时间也弄不明白是因为自己的心情使湖景变美了，还是美丽的湖景使自己的心情变得轻松愉悦了。眼前，紫荆花正在怒放，那一簇簇的紫红色，真是繁花似锦，在几片嫩绿叶子的衬托下，更显得耀眼夺目。樱花更是旁若无人地在枝丫上怒放着自己的生命，一朵挨着一朵，你挤我我挤你，就像顽皮的孩童一样，在枝头嬉戏打闹。紫丁香看起来并不起眼，但是，它却把自己的芳香恣意释放出来，醉了树木，醉了绿草，醉了游人。

秦汉湖畔的道路阡陌交错，沿着道路漫步，树木花草各显特色，白的如雪，红的似火，高大的挺拔，矮小的壮实。刘爱国走到湖边六国广场，驻足望着宁静的湖面，突然悟出了一个简单又深刻的哲理来：白玉兰花谢了，留给世界的是纯洁；红玉兰花凋了，留给人间的是激情。人生就如同这个广场上的事物一样：有高大，也有矮小；有大红，也有大绿；有笔直，也有弯曲；有宽阔，还有窄小。起起伏伏，跌跌宕宕，这就是人生的写照。是福不是祸，是祸躲不过。塞翁失马，焉知非福？

秦汉湖的胸怀广大无比，将爱国深情地揽入怀抱。爱国轻轻地读着《你悄悄走进我的世界》："渐悟也好，顿悟也罢，世间事除了生死，哪一件事不是闲事！我独坐须弥山巅，将万里浮云一眼看穿。一个人在雪中弹琴，另一个人在雪中知音。"

是啊！智者懂得放下，愚者只会放弃。蓦然抬头，林荫中树木上悬挂的那条"开心面对每一天"的红色条幅映入刘爱国眼帘，这岂不是在提醒着他与其痛苦一天，不如快乐一天？他潜心回味着《如果有一天我去世了》："用心去生活，别以他人的眼光为尺度。爱恨情仇其实都只是对自身活着的，每一天幸福就好。珍惜内心最想珍惜的，三千繁华，弹指刹那，百年之后不过一捧黄沙。”

尽管人百年之后不过一捧黄沙，但是，还需要善恶分明。《佛说无量寿经》中说：“善人行善，从乐入乐，从明入明；恶人行恶，从苦入苦，从冥入冥。”这是做人需要明白、必须铭记的道理。

14

吕诚实死了，死得很冤枉，死得很突然。

那天一大早，陵东村生产队长一到饲养室大门口，就高喉咙大嗓门地叫吕诚实。他叫了一阵子，没人答应，便推开饲养室的大门，一边走一边骂吕诚实。他在饲养室的炕上没有看到吕诚实，便转身去看牲口槽，也没看到给牲口拌草料的吕诚实。他便埋怨道：“一大早跑到哪里去了？牲口也不管，这么金贵的菜油也不看管。”突然间，他发现菜油瓮不远处，吕诚实仰面朝天躺在地上。生产队长大吃一惊，心想，吕诚实咋能躺在这里乘凉呢？他走上前再叫，吕诚实没答应，他便上前摇了摇吕诚实。吕诚实没反应，整个身子都冰凉僵硬了，把生产队长吓了个半死。

吕诚实死了。

吕诚实咋能死在菜油瓮跟前呢？生产队长再一看，有油滴在地上的痕迹，他便怀疑吕诚实可能被偷油贼害了。于是，生产队长跌跌绊绊地出了饲养室的门，敲响了生产队那口挂在村口老榆树上的大钟。社员们来到老榆树下，听见“吕诚实死了”几个字从队长那变了腔调的嘴里说出，大伙倒吸一口凉气，这么老实的人，咋能死了呢？

“让医生看看人还有救么。”有人这么一说，倒把生产队长提灵醒了。他赶紧带着村里的赤脚医生来到饲养室。只见医生将两根手指放在吕诚实的鼻孔处、脖子侧面，翻了翻吕诚实的眼皮，说：“人死了，没救了。”

“报案吧。”有人提议。

“都没搞清楚人是咋死的，报啥案呢？”有人提出反对意见。

生产队长说：“报案。不管咋说，人命关天，吕诚实死了是一件大事，只有等到警察来了，才能查明死因。”

秦汉县公安局接到陵东村的报案后，立即派人来了。三个身着上白下蓝制服的警察来到了陵东村，他们三个人骑着一辆草绿色的三轮摩托车，人和车还没看到，远远就听到了警笛的声音。于是，人们都聚集在道路两旁，等着警察的到来。

生产队长领着三名警察来到饲养室。一名警察说：“其他人离远，别破坏了现场。”

生产队长说：“早已安排人在饲养室外面把守着，不让群众接近饲养室。”

三名警察表情非常严肃、凝重，脸皮绷得紧紧的，没有一丝丝笑意。他们看了看吕诚实的尸体，然后，在周围勘查，从吕诚实睡觉的大土炕开始，一点点仔仔细细地勘查。他们又在牲口槽边，把牛槽里外从上到下看了一遍；又走到马槽边，像看牛槽一样，同样把马槽也看了一遍；然后又到了存放菜油的大油瓮边，也就是到了吕诚实尸体跟前，又认认真真地看了一遍。

“这是一起杀人案。”那个好像是领导的低个子警察说，“从现场看，凶手是来偷菜油的，被吕诚实发现后，凶手还不肯放手，一心想把菜油偷走。但是，吕诚实也不肯让生产队的财产受到损失，于是，和偷油贼展开了一番搏斗，最后被偷油贼害了。”他向生产队长和几个社员代表说：“你看大油瓮和尸体旁边的地面上，有明显的搏斗痕迹，这就足以说明偷油贼和吕诚实之间一定发生过撕扯、撕打。但凶手的力气比吕诚实大，所以，吕诚实才遇害了。”

队长一听，吓得叫了一声，双腿瘫软，坐在地上。

警察说：“队长，就你这胆子还能当个队长？赶紧起来，不要给咱干部丢人现眼了。”

最后，警察千叮咛、万嘱咐：“一定要保密。谁把案情泄露出去，我们一定会把谁当作同谋一起处理。”

案件在侦破过程中，警察一定会把保密工作放在第一位。因为，一旦走漏了风声，要么贼娃子闻风就逃跑了，要么贼娃子知道了案情，反侦查的意识就增强了，就有了对付警察破案的办法，这样会给破案带来更大的麻烦。所以，警察一再强调保密工作。

但是，农民就是农民，他们巴不得把这事告诉其他人，既能显得自己有能耐，又能显得自己知道得早、知道得多，还能体现出他和警察之间的关系密切。但是，他们骨子里却非常胆小怕事。所以，警察说谁泄露案情，就把谁当作同谋对待，这样他们几个人就不敢有一丝一毫的放肆，不敢把半点案情透漏出去。

正当低个子警察对他们几个叮嘱的时候，那个黑胖子警察过来说："案件有线索。"于是，低个子警察就跟随黑胖子警察来到饲养室后门，发现有一溜子菜籽油滴在地面上的痕迹。

低个子警察此时脸上才露出了难以察觉的一点点微笑，说："走，顺着油路走，顺藤摸瓜。"

三名警察和陵东村几个社员便沿着油路一路追踪。有个社员提醒说："贼娃子胆子大太，连老实巴交的吕诚实都敢杀，咱们是不是也拿个家伙什来防身？"

队长说："有警察在呢，看把你吓死了。"

社员说："我没软瘫在地上。"

队长一听，就急眼了，说："你狗日的再胡说，小心我把你吃饭的家伙撕烂了。"

社员嘿嘿地笑着说："你刚才尿裤子没？"说着就去摸队长的裤裆，被及时发现的队长一脚踢在尻子上，摔了个狗吃屎倒在地上。其他社员都笑了。

走在前面的警察一看这几个人在后面嘻嘻哈哈，便说："嘻嘻哈哈啥呢？严肃点！"

几个人被警察一句训斥，都老实了，做贼似的乖乖地跟在后面。一路上，一个屁都不敢放。几个人可能是被吕诚实的死亡吓坏了，也可能是被警察的训斥惊着了，一个个都不敢抬头挺胸走路，不敢正眼看人，远远一看，还以为是警察抓了几个坏人。

很快，警察按照菜籽油洒落的痕迹一直追踪到了陵南村，又一路追踪到了魏云家里。

魏云他妈麦花一看几个穿制服的警察来到自己家，吓得浑身像筛糠一样地颤抖开了。自从警察进了家门，她就吓得魂不附体，嘴张着都闭不住，呆若木鸡。直到警察从家里的案板底下搜出一罐菜籽油，押着魏云的孪生哥哥魏山走出家门，她才恢复神志，“哇”的一声，放声大哭起来。

对于这罐菜油，麦花不知道是咋回事，她被娃蒙在鼓里。

15

魏山被民警抓走了，不要说他父母不相信魏山偷油还杀了人，就连陵南村、陵东村的人都不相信这是魏山能干出来的事情。魏山为人忠厚，老实本分，平日里连个鸡都不敢杀，咋会杀人呢？

警察从魏山家里搜出了犯罪的证据——案板底下有一罐菜籽油，魏山的鞋上、裤腿上都沾有菜籽油，而且魏山本人也承认偷油这事是他干的。

魏山自己都承认了，还有一罐菜籽油，以及沾有菜籽油的鞋子、裤子，这就是铁证。

魏山被公安局的人带走后，被关押在秦汉县看守所里。民警多次讯问，他都一口咬定偷油的事情是他干的。民警问他：“你偷油，为啥要打人？”

魏山说菜籽油是他偷的，他没有打人。他晚上趁着社员去村口看电影，一个人悄悄来到饲养室，看见吕诚实睡着了，便偷了油，慌慌张张地从后门逃走了。因为心里发慌，走得急，所以，菜籽油从罐罐里倒了出来，洒了一路。于是，他的鞋上、裤腿上，都沾上了油。

警察说魏山很不老实，不说实话，避重就轻，这就是抗拒法律。于是，办案人员轮流审讯，给他把道理法律、家庭亲情讲了一大摊，希望他坦白从宽，不要抗拒从严。魏山说好汉做事好汉当，自始至终只承认夜晚到饲养室偷菜籽油的事情，拒不承认打人的事情，更不愿意说出实情。在警察眼里，偷菜籽油已经成了微不足道的小事了，吕诚实的死才是人命关天的大事，无论如何，必须查个水落石出。

问魏山是否有同伙，魏山说事情是他一个人做的，没有同伙。警察通过现场勘查，也没有发现第三人的任何痕迹。只不过魏山不肯承认自己杀人的事情，警察才开始怀疑魏山有同伙。或者魏山为了掩盖另外一个人的罪行，他一个人避重就轻地承认偷油之事。

魏山承认了偷油的事，但任凭警察苦口婆心，磨破嘴皮子，他都不承认杀人之事。警察通过认真分析现场勘查的结果，从现场遗留的痕迹来看，确定只有一个作案人，警察就让他好好考虑，争取从宽处理。此时，魏山的心理压力很大，也很矛盾，几经周折，便交代了犯罪经过。他说自己鬼迷心窍，为了给家里弄点菜籽油，趁着黑夜大伙看电影的空当，一个人来到饲养室，他刚灌满一罐菜籽油准备离开时，被吕诚实发现了。他给吕诚实好说歹说，好话说了一箩筐，吕诚实却一根筋只认死理，集体的东西就是集体的，谁都不能私自占有，更不能采取偷偷摸摸这种卑劣的手段。他想放弃那一罐菜籽油，吕诚实还是不依不饶，喊着要把他交公处理。

交公处理，要么交给生产队处理，要么交给警察处理，无论哪种处理方式和结果，对于魏山来说都没有好果子吃，都会让他身败名裂，一辈子都要落下“贼娃子”的坏名声。这样，他活着就没有任何意义了。于是，他一不做，二不休，就开始和吕诚实撕打起来了。吕诚实本来就体弱一点，再说，也不认为魏山会对自己下毒手。他毕竟不是魏山的对手，就这样被魏山掐死了。

有了魏山偷油的犯罪证据，还有了魏山承认杀人的口供，这个案子就是铁板上钉钉子，成了定局。

很快，魏山因为偷油并且杀人，被法院以“抢劫杀人罪”判处死刑立即执行。临刑前的一天，法院允许魏山的家人去看守所里探视。

魏山的父亲魏家兴来看望魏山。魏家兴本来不想去探监，因为儿子是个杀人犯。20世纪70年代，谁家出个犯罪分子，全家人都会抬不起头，在外面低人一等，在众人面前大气都不敢喘，更何况魏家兴家里出了一个杀人犯。

魏家兴觉得很丢人，不想去探监，但是，魏山毕竟是自己的娃。他老婆麦花心里虽然害怕不敢去探监，但是，一听说魏家兴也不愿意去，就在家大吵大闹，拿菜刀抹脖子，拿绳子上吊，寻死觅活的，弄得魏家兴心里很叵烦（方言：烦闷）。他经不起老婆寻死觅活的一番折腾，便硬着头皮去探监。

麦花说魏山爱吃她做的𰻞𰻞面，她要亲手给魏山做一老碗，让家兴带上。家兴说：“你是不是脑袋让驴踢了？带𰻞𰻞面去？这一路要走多久？面还没拿到娃面前，早就黏成一疙瘩了，还能吃吗？”麦花说：“那总不能让娃死到临头了还吃不上一口𰻞𰻞面么。”魏家兴说：“你一辈子就知道𰻞𰻞面𰻞𰻞面的。你别管了，我给娃买上二斤牛肉、再买一只烧鸡，再买上一瓶白酒，让娃吃饱了好上路。临死，咱总不能让娃当个饿死鬼。”

魏家兴这么一说，麦花心里踏实了，她不再说啥了。

魏家兴提着牛肉、烧鸡、陈氏养生酒来到看守所探视。警察说：“牛肉、烧鸡可以带进去，白酒不能带。”

魏家兴说娃临死了还不能喝口白酒壮壮胆？警察说：“这是规定。”魏家兴说：“古时候秋决，把犯人拉到菜市口，不都让他们喝一大碗酒么？喝了酒，娃在黄泉路上有胆有劲，啥都不怕了。”

警察说：“那是旧社会的一种习俗，新社会早就不兴这一套了。”

魏家兴没办法，只好听从警察的安排。他总不能给警察出难题，让警察违反原则。

几个月没见魏山，魏山一下子白净了许多，脸也有点浮肿。魏家兴说：“我给你带了一身干净的衣服，你换了。”他把牛肉、烧鸡递给魏山，看着魏山吃。

魏山看到魏家兴，刚叫了一声“爸”，眼泪就像断了线的珠子，潸潸而下。

魏家兴说：“哭啥呢？早知今日，何必当初？事已至此，爸无能为力，你只能认命。你杀了吕诚实，谁能饶了你？自古以来，杀人偿命。一命抵一命，你一死，给自己赎罪呢，也算是对你吕叔的补偿吧。”

“爸——”魏山又叫了一声魏家兴，欲言又止。

“娃呀，你有啥就说出来。”魏家兴劝道。

“魏云咋没来？”魏山问。魏家兴说：“我叫他来，他说他忙，走不开。”

听了魏家兴的话，魏山一下子沉默了。他的眼睛直勾勾地望着天空。一群大雁正在往南飞去，魏山多么渴望自由，多么希望获得自由，可是，大家都认为他是杀人犯，自由对于他来说，已经是不可能、不现实的事，对他来说太遥远了。下一辈子，一定要好好地珍惜、享受自由。

从前，魏山想去哪里就去哪里，无拘无束，来去自由。那时候，他把自由从来不当一回事，在他的字典里，没有“束缚”一词，因此，他从来没有重视过自由、研究过自由，更不明白自由对于一个活着的人的重要性。

自从魏山被关押到看守所以来，自由已经成为他的一种奢望，他这才真真正正懂得了“自由”二字的深刻含义，懂得了自由的重要性。

“吃吧！”魏家兴劝说魏山。

“爸，我吃不下。”魏山说。

“你吃。爸看着你吃。”家兴说，“吃饱了，才有劲在黄泉路上走。”

“我真的吃不下。明天我就要走了，我想明白了，我对不起你、对不起我妈。”魏山说。

魏家兴说：“临来时，你妈还说要给你做一老碗𰻞𰻞面。我怕面黏成一疙瘩，所以就没让她做。”提起𰻞𰻞面，魏山就想起了母亲，泪水再一次顺着他的脸颊流了下来。

警察说：“时间到了。”魏家兴要走的时候，魏山紧紧地抱住魏家兴，魏家兴也紧紧地抱住了儿子。自从魏山长大后，这是他们父子俩第一次也是最后一次拥抱。

魏山对着魏家兴的耳朵窃窃私语："爸，魏云不是人！"

魏家兴问："魏云咋把你惹下了？"

魏山欲言又止，"唉"了一声，眼泪唰唰地流了下来。

魏家兴离开时，突然听见魏山高声吟诵着："煮豆燃豆萁，豆在釜中泣。本自同根生，相煎何太急？"

魏山这是咋了？魏云咋就不是个人了呢？魏山临死前的这句话和这首诗，让魏家兴深感疑惑。这个疑惑，他始终没法解开，这也成为他永远无法解开的谜。

"本自同根生，相煎何太急？"魏山临死前突然背诵的诗，让魏家兴煎熬了一辈子。

16

刘爱国、吕平安被免职是有原因的。

至于原因是啥，刘爱国说这要分两个层次来看：一是从表面看，魏云秉公办事、公正执法，讲纪律、守规矩。二是从深层次来看，其实这件事并没有表面上这么简单，魏云借刀杀人呢。他的双眼睁得溜圆，就像猎鹰一样，一直在寻找着猎物。

谁料到，吕平安恰恰这个时候，用三记耳光给已经睡意十足的魏云送了一个大大的枕头。

吕平安是看守所所长，他在这个位置上已经干了两三年。按理说，他工作经验丰富，处理问题的能力强，不可能出现不冷静、不理智的问题，不会犯这样的低级错误，而他却恰恰在这方面出了问题。事情出来了，私下人送他外号"吕三掌"。

魏云有个妹妹叫魏瑶，在魏家排行最小。魏瑶长得很漂亮，一点都不像魏云。她个子高挑，身材凹凸有致，像个接受过良好教育的城里女娃，很有气质。圆乎乎的脸上，镶嵌着两只很有神韵的、水灵灵的大眼睛，嘴巴涂抹了口红后红似樱桃，走在大街上，回头率很高。魏瑶诚实善良，她没有魏云那样的花花肠子。

魏瑶比起吕平安他们年龄小一些。她在长陵中学上学时，吕平安也在同一所学校上学。吕平安长得牛高马大，一表人才，浓眉大眼，是学校的运动健将。无论是长跑还是篮球，都能看到吕平安的身影。学校的操场上，只要吕平安一出现，尖叫声、口哨声就会此起彼伏，不绝于耳。这一点是刘爱国永远都无法比的。

德国作家歌德说过：哪个少年不钟情？哪个少女不怀春？魏瑶虽然年龄小，但是她也有着属于她的少女梦想和少女怀春之心。她看到操场上吕平安生龙活虎的身影，听到他虎啸龙吟般的呼喊，她那颗少女之心私下里便有了自己的归属。她的心情已经不能平静，她的情感已经不能控制，她看吕平安啥都好，每一天、每一次，只要能看到吕平安，她就感到满足，感到幸福，感到愉悦。只要能看到吕平安，她幼小的心就会像兔子似的，怦怦乱跳。

情人眼里出西施。吕平安在小小的魏瑶眼里，是帅气的、高大的、完美的，是她心中的白马王子。她整日期待着能见到吕平安，她也期待着吕平安能把她拥入怀抱，紧紧地拥抱她、亲吻她，不过，这仅仅是她的一厢情愿。吕平安哪里还能注意到她？吕平安心中早已有了属于自己的绿蒂,他的绿蒂就是刘青青。

每日，魏瑶都在心里期待着吕平安出现。她知道，吕平安从来就没有注意过她，更别说心里想她。对于吕平安来说，她就是剃头挑子一头热。魏瑶把一切美好的人和物、一切美好的东西都汇聚在吕平安一个人身上，整天地想、整日地盼，盼望着她心仪的吕平安能来看望她，哪怕只有一眼，就一眼，她都会激动兴奋得彻夜难眠。如果吕平安能主动和她说话，哪怕一句话，她都会把这句话当作吕平安对她的真情告白，深藏起来，唯恐别人发现。

月移云影动，疑是玉人来。魏瑶年幼的心灵已经深深地打上了吕平安的烙印，她把周围的一切都看成是吕平安，小小年纪的魏瑶，陷入爱情的深渊不能自拔。可是，她又不敢把心中的秘密告诉任何人，更不敢告诉吕平安。她，没有这样的勇气，思念吕平安的痛苦在她心中如茅草一样疯长着。

可怜的魏瑶！魏瑶的烦恼，唯有魏瑶心知肚明。

后来，吕平安他们到秦汉一中读高中，魏瑶望眼欲穿，巴不得自己能成为神童，直接跳级到秦汉一中读高中。梦想着她有机会与吕平安坐在同一间教室，成为同桌。这样，吕平安就没有理由不理她，她就有理由、有时间把自己心中的小秘密告诉吕平安，痛苦的茅草就会被连根铲除，剩下的就是欢快、愉悦的笑声了。

天真的魏瑶！少年魏瑶的爱情烦恼一直没法化解，还在持续地增加着。吕平安哪能洞察到魏瑶的芳心？他的心中唯有自己的绿蒂——刘青青。

吕平安和刘青青的爱情不仅他俩知道，知道的还有刘爱国。刘爱国从一定程度上还是他们爱情的拥护者，更是他俩爱情秘密的保守者。吕平安自从上学以来，每次都是从他家陵东村来到陵西村，然后与刘爱国、刘青青一块去上学。

刘青青胆子比较小，长得清纯可人，一双大眼睛忽闪忽闪的，瓜子脸、双眼皮、高鼻梁长得有棱有角，特别好看，让现在的人来看，会以为她是“人造美女”。自从上学开始，刘青青的父母就害怕青青在上学、放学的路上不安全，害怕她在学校受人欺负，就到爱国家提出让爱国和青青一同上学。爱国的母亲高兴得不得了，满口答应着，并一再叮嘱爱国，一定要把青青保护好，还说：“青青要是被人欺负了，小心我扒了你的皮。”那时候，爱国和青青年幼，还不谙世事，对于大人的心思，他们自然也不用猜测、不用多想，两人每日高高兴兴地手拉着手上学、放学。

在学校，吕平安和爱国黏得紧，来往密切，自然，也就和刘青青靠近了。于是，从刚开始的两人手拉手，到了后来，三个人手拉手。青青在中间，爱国和平安一左一右拉着青青的手，走在青青的两边，保护着青青的安全。

平安牛高马大，年幼的魏瑶都能喜欢上他，更何况与他朝夕相处的青青呢？平安的一举一动、一言一行，一直在感染着青青。青青也和其他情窦初开的少女一样，从内心和平安走在一起了。

直到有一天，爱国发现青青的手让平安牵着，却没有让自己牵着，才发现，青青和平安已经热乎起来了。尽管如此，他们三个人还是一如既往地一起上学、放学……

到了秦汉一中，平安和青青已经成了成熟的少男少女。青青是平安的绿蒂，平安是青青的维特，青青却不是维特眼里的那个已经有男朋友的绿蒂，两人是相亲相爱的地下恋人。

凡是让人幸福的东西，往往又会成为他不幸的源泉。

因为魏瑶对于吕平安的爱恋，因为魏云对刘青青的追求，因为魏云暗中作梗，最终棒打了吕平安和刘青青这对鸳鸯。

17

夜，已经很深了，刘爱国关了灯，躺在办公室的床上辗转反侧，难以入睡。从警以来，这样的大要案件他不知道经历了多少，还没有一起案件让他像今夜这么煎熬。“4·11”系列拦路持刀抢劫、强奸案件发生在北京奥运会开幕前夕，它就像一条毛毛虫，在刘爱国的身上蠕动着，又像一把坚硬锋利的匕首，死死地扎在他的心头。此时，望着黑漆漆的窗外，面对来自四面八方的压力，他的胸口像压了一块大石头。窗外，一道闪电撕裂了黑漆漆的夜幕，伴随着闪电而来的是一声很响的闷雷，夜幕像被巨大的双手撕开了一道裂缝，铜钱大小的雨点顷刻间打得玻璃窗上噼里啪啦地作响。

听到外面哗哗的雨声，刘爱国睡意全无。他索性披衣下床，坐在办公桌前，点燃了一根香烟，坐在黑漆漆的办公室，注视着窗外的雨帘。

他已经好多天没有睡个囫囵觉了。

自从担任副局长以来，他明显地感到自己身上的压力很大，辖区一旦发生大要案件，他思想上的弦就会牢牢绷紧，不敢有一丝一毫的松弛，更不敢有一点一滴的懈怠，直到案件成功侦破，嫌疑人悉数落网，办案民警安全归来为止。“4·11”案件从发生到现在已经过去了九十多个小时，那种思想上的高度紧张感再次袭来，他感觉到担在自己肩上的担子，是那么沉重。好在他的好友吕平安这位公安战线上的现场模拟画像高手鼎力相助，已经画出了“4·11”系列案件犯罪嫌疑人的模拟画像，让侦查员心里有了一定的底。平安将“4·11”系列拦路持刀抢劫、强奸案犯罪嫌疑人的模拟画像画得活灵活现，以至于让黄花菜看了画像后再次狂躁，画像险些被她抢过去撕碎了，幸亏平安和爱国反应快，画像才完好无损。按理说，有了这幅画像，破案就能进展得迅速一些。可是，三天过去了，案件还没有一点眉目，因为这幅画像上的人长相比较大众化、比较平凡，没有一丝一毫的特殊性。

爱国上任前，组织部门和市公安局党委对他的嘱咐犹如一口洪钟，时时在他的心中被敲响。回想当年在警校上学时的情景，那时候，他们都是一帮年轻人，朝气蓬勃，生龙活虎，积极乐观，除了课堂上学好文化课外，一有时间就跑到操场、拳击馆里去锻炼。文化知识是他努力工作的基石，健康强壮的体魄则是他干好革命工作，特别是公安工作的本钱。他也在自己的内心深处发过誓：抬起头走路，因为他是一名光荣的人民警察；低下头思考，因为工作需要他必须具有高超的智慧和过人的胆识。

自从走上局领导岗位以后，刘爱国更加严格地要求自己。公安工作两扇门，一扇门是治安工作，另一扇门就是刑侦工作了。爱国分管刑侦工作后，压力非常大。一旦发生案件，特别是性质恶劣、案情重大复杂的大要案件，就会在社会上引起强烈的反响。有时候，案件带来的负面影响还会扰乱民心。所以，爱国非常明白自己需要什么、需要如何去做。首先他从抓队伍建设开始，他深知身教胜于言教的道理，自己带头严格落实中央的政策、纪律，严格按照党章、法律法规的要求办事，切实履行好党员的权利和义务，大力培养刑侦民警的政治素养，扎牢拒腐防变的思想篱笆，筑牢杜绝违法违纪的思想堤坝。在抓队伍的同时，他把提升刑侦业务工作摆在了尤为重要的位置，抓培训、抓教育、抓提升，真正做到了“内强素质，外塑形象”。短短几个月，他身先士卒，冲在队伍的最前列，事事、时时、处处为工作、为民警考虑。正因为他具有极强的亲和力、凝聚力、向心力和战斗力，刑侦大队的面貌焕然一新，民警的精气神大大提高了，民警士气特别高涨，干事创业的劲头十足。“利剑”春季攻坚战役，声势浩大，如火如荼，民警们侦破了一个又一个影响深远的大要案件，“1·25”特大抢劫杀人案、“9·12”特大强奸杀人案等案件的侦破，无不令人欢欣鼓舞，拍手称快。短短的一年时间，在爱国身上表现出来的过硬的政治素养、精湛的业务技能以及质朴无华的品德，令人刮目相看。组织部门在一次会上说，任命刘爱国当副局长，这是组织部门多年来颇有远见的决定之一。

这些案件的侦破固然很成功，但成绩只能说明过去，更何况五陵原上有句俗话：“好汉不提当年勇。”眼看着北京奥运会开幕的日子一天天临近，“4·11”系列拦路持刀抢劫、强奸案件至今还没有抓获犯罪嫌疑人，怎能不令刘爱国心烦呢？干了多少年刑侦工作，也不是每起案件都能侦破，可是“4·11”系列案件不同于其他案件，犯罪嫌疑人作案手段凶残，受害人为女性，多次选择在中午时段，躲藏在相对比较偏僻的羊肠小道，目的明确，下手凶残，要不是人们发现得及时，有两起案件险些就酿成命案。如果不及时侦破，还不知道有多少个妇女要惨遭蹂躏，一旦酿成命案，那后果是不堪设想的……

窗外的雨点愈来愈大，愈下愈急，好像不是砸在玻璃窗上，而是砸在爱国的心上。

“此案一月内不破，引咎辞职！”刘爱国给自己立下军令状，将尚未吸完的烟使劲地摁在烟灰缸中。

18

刘爱国、吕平安到省城上了警校以后，他俩每年寒暑假就会回到五陵原上，回到自己的陵西村、陵东村。那时候，警服还是橄榄色的，两个小伙子穿上警服后，显得很精神。特别是吕平安，牛高马大的，穿上警服，英俊潇洒，走起路来雄赳赳气昂昂，把魏瑶迷得饭不想吃，觉不想睡，工作时老是走神，好几次都出了差错，被工长训斥了几次，还被扣发了当月的奖金。

吕平安他们上警校的时候，刘青青上的是省工商学校。省警察专科学校在友谊路，省工商学校在吉祥村，两个地方距离不远，走路很快就到了。要是不想走路，坐 5 路电车更快，就花五分钱的车钱。每到周末，吕平安就会叫上刘爱国，一起去陕西省工商学校看望刘青青，然后，再一起逛大雁塔、植物园，还会去兴庆宫公园一起划船。

省城的友谊东路和小寨东路，有一个共同的特点，那就是路两旁种植的是碗口粗的法国梧桐。常言道，家有梧桐树，不愁没凤凰。这里有法国梧桐，自然成了谈情说爱的宝地。路两旁的梧桐成林，树干粗壮高大，树冠茂密。这里路宽、车少、人稀，谈恋爱不受外来因素的影响和干扰。

刚开始，吕平安叫刘爱国一道来，尽管爱国心里极不情愿，但碍于面子，还是与他们一起去了。后来，他觉得自己是电灯泡，是平安和青青谈恋爱的累赘。于是，每到周末，不等平安来叫他，他早就躲得远远的。那时候，没有传呼机，也没有手机，找不到人，除了原地等候、捎话外，就没有其他好办法了。

平安也知道爱国的好心，于是也就不再勉强爱国了。

周末那天，艳阳高照，友谊路和小寨东路的法国梧桐遮天蔽日，路两旁的树冠相互连接、错落有致，将宽宽的马路上方全部遮住了，阳光从树叶与树叶的缝隙中透过，洒在路面上形成斑斑驳驳的光点。吕平安和刘青青手拉手走在小寨东路上，一路朝东，向大雁塔方向走去。

平安拉着青青的手，进入了大慈恩寺。买好票，两个人便开始攀登大雁塔。大雁塔虽说只有七层，但层与层之间大约有九米之高，加之楼梯狭窄、高陡，爬了三层，青青就有些吃不消了，直喊累。于是，平安和青青就在三层的平台处歇息。

平安问：“你知道大雁塔的来历吗？”青青说：“大雁塔是唐玄奘为了保存他在印度求法带回的经卷、佛像修建的。”

平安说：“你说得对。其实玄奘在取经途中，在印度看到了一座雁塔。听当地的人说，相传很久很久以前，摩揭陀国的一座寺院内的和尚信奉小乘佛教，可吃三净肉。一天，天空中飞过来一群大雁，有个小和尚看到大雁很高兴，在心里说了一句：‘今天大家都没有吃东西，一个个饿得饥肠辘辘的。菩萨一定知道我们正饿着肚子诵经。’这个小和尚的话音刚落，一只大雁从天而降，坠死在他的面前。小和尚又喜又悲，喜的是菩萨显灵了，悲的是自己一句话便杀生了。寺内和尚闻知此事后，认为这是如来佛祖在教化他们，齐刷刷跪地诵经。之后，在大雁坠落之处，修建了安葬大雁的高塔。由于该塔是为死去的大雁而建，于是称之为‘雁塔’。”

青青说：“平安，你知道的还挺多。”平安说：“这就是爱的力量。”青青反问：“印度的雁塔与我们这大雁塔有啥联系？”

平安继续说：“玄奘在印度游学时，曾经瞻仰了那座塔。回国后，他主持修建藏经塔时，仿照印度的雁塔在慈恩寺西院修建了这座塔。因为是仿照印度雁塔修建的，所以，这座塔的名字也就沿用了印度那座塔的名字。之所以我们把这座塔叫‘大雁塔’，是因为修建印度那座塔的和尚信奉的是小乘佛教，玄奘信奉的是大乘佛教，所以叫‘大雁塔’。”

青青说：“玄奘很伟大。他的信仰坚贞不渝。为了取经，他孤身单骑，过荒漠翻雪山，一路上九死一生，历经三年，最终来到佛教圣地印度的那烂陀寺。五年后他又在印度各地求法，遍学大小乘各种学说。没有坚贞不渝的信仰，哪能忍受这么长久的煎熬？”

平安说：“玄奘给了我们强大的力量。走。”说着，平安拉着青青的手。两人有说有笑，拾级而上。一路上，他们走走停停，每到一层的平台，都要探头看看西安的美景。当他们来到七层的时候，青青已经累得大汗淋漓、气喘吁吁。

一般人登大雁塔，很难走到七层。玄奘当年在修建大雁塔时，一定想把自己在取经路上的艰辛、苦难、愉悦都加进建筑艺术中，把自己西行取经的酸、甜、苦、辣，全部默默地融入大雁塔的一砖一瓦、一草一木中，警醒后世。

两个人透过平台的窗户看着西安的景色。往西看，一大片楼房建筑，远远能看到青青所在的陕西省工商学校；往东、往南看，是一大片农田，绿油油的，不远处就是王宝钏曾经住过的寒窑；往北看，笔直的雁塔路连接解放路，一直通到火车站。

大雁塔的顶层，这会儿只剩下吕平安和刘青青。外面的天气非常炎热，塔内凉风习习，一点一点把他们身上的汗水吹干了。

“如果你到西天取经，我想，你一定会半途而废的。”平安说。

“我不会半途而废。”青青说。

“说的比唱的都好。你上个七层塔，都能累个半死，西天取经你能受得了？”

“你要是陪着我去，即使上刀山、下火海、下油锅，我都能忍受。再大再难的困难，都不是问题。”

“我咋能让你来承担呢？有我在，天塌了我来顶。”平安拉着青青的手，说，“好！咱俩到西天取经走。”

高处不胜寒，塔顶的风冷飕飕的。青青看着平安，轻轻地说：“我冷。”

于是，平安一把将青青揽在怀里，青青顺势抱住了平安。两个年轻的、热恋中的男女，第一次在大雁塔上紧紧地拥吻在一起……

青青子衿，悠悠我心。纵我不往，子宁不嗣音？

青青子佩，悠悠我思。纵我不往，子宁不来？

挑兮达兮，在城阙兮。一日不见，如三月兮！

19

刘爱国、吕平安从警校毕业后，都被分配到了秦汉市公安局渭滨分局。刘青青从工商学校毕业后被分配到了秦汉市友谊公司。

魏瑶的学习成绩不是很好，正好当年国棉三厂在五陵原上招录工人，魏家兴觉得这是很好的机会，便托人把魏瑶安排在三厂当工人去了。

秦汉市是一个纺织工业城市。三厂位于秦汉市的交通要道之上，单位领导在纺织界是一位响当当的铁腕人物，人称“铁面孔、铁心肠、铁手腕”的“三铁厂长”。他在人员管理、企业经营、产品营销等诸多方面都有一套经验。在他的带领下，单位的效益非常好，产品远销海内外，市场前景尤为可观。职工的工资、福利、待遇都很好，子女入托、教育、医疗都不用职工操心，职工心里非常高兴，一个个精神倍增，挽起衣袖，一心一意干好本职工作，一个个也成了“铁饭碗、铁心肠、铁工资”。由于三厂的经济效益很好，职工腰包鼓鼓的，所以，三厂周围的商铺、餐馆也很多。纺织厂本来就是女人的天下，一个车间、一个班组，几乎清一色都是女人，男的特别少，算是凤毛麟角。三厂是女人的天下，男人轻易不在厂里招惹女工，否则，后果不堪设想。女工一旦生气，造成的后果就会很严重。轻则，破口大骂你几句；重则，女工一窝蜂地一拥而上，不管婚否，都会把你扒得精光。三厂的女工，拉风得很，挣钱多，就追赶时髦穿衣服。一个人有了一件新衣服，只要大家认为新潮、时髦、漂亮，那么，一夜之间，整个班组、车间，甚至整个厂的女工都会穿上这样的衣服，只是颜色、花纹因人而异。所以说，三厂的女工是秦汉市衣着时尚的“风向标”。

三厂的繁华，不仅仅局限于这些。特别是到了晚上，三厂十字的夜市热闹非凡，灯火通明，人来人往，商家的吆喝声此起彼伏，食客的猜拳行令声不绝于耳。凉菜、炒菜，荤菜、素菜，饺子、面条，各种吃食，品种繁多、花样翻新，令人应接不暇。每到半夜，三厂工人中班、晚班交接班那段时间，尤为热闹。比起后来的汇丰夜市来说，更胜一筹。那时候，无论是三厂，还是三厂十字的夜市，在秦汉市都是一面旗帜。说起它繁荣昌盛的局面，在秦汉市流传着这样一句话："中国看香港，秦汉看三厂。"

爱国、平安分配工作的时候，魏瑶已经上了两年的班，算工龄应该是三年了。当魏瑶听说吕平安被分配在渭滨分局以后，在她轮休时，就把自己精心打扮一番，穿上一件白底碎花连衣裙，骑上一辆"凤凰"牌红色二六自行车，去滨河路上找吕平安。平安没在单位，门卫告诉她，平安和爱国跟着师傅外出办案去了，魏瑶不气馁，站在渭滨分局大门外等候。

魏瑶的漂亮自不用说，加上会挑选衣服、会收拾打扮，所以，站在公安局这种男人天下的地方，简直就是仙女下凡，吸引了往来人的目光。听说，这个女子是专门来找吕平安的，分局很多人对平安还不熟悉，所以，看着美女忍受着 9 月阳光暴晒耐心等待的专注神情，大家都说："吕平安上辈子不知道修了啥福，也不知道吕平安长得啥样子，可不敢把好白菜让猪拱了。"

这一天，魏瑶没有等到吕平安，天擦黑了，还不见吕平安的身影。魏瑶在门房留下话，平安回来了，就说有个叫魏瑶的人找过他。第二天，门房的人看到吕平安，把魏瑶的话传给了他。

吕平安心中纳闷，魏瑶找他干啥呢？吕平安把魏瑶找他的事情告诉了刘爱国，爱国笑了笑，啥也没说。

"你笑啥？"平安问。

"你是揣着明白装糊涂呢。魏瑶找你能干啥，还不是喜欢你么。"刘爱国说。

"你胡说啥呢？我喜欢青青，你又不是不知道。你想想，我能娶魏瑶？他哥魏山把我爸杀了，我和他魏家有杀父之仇，我能娶仇家的女子为妻吗？"平安生气地说，"魏瑶就是王母娘娘的七仙女，我都不要。无论如何，我是不会见她的。要见你去见。"

"看把你能的。魏瑶又不是来找我的，我见啥呢。"爱国说，"魏瑶亲口对你说过非你不嫁吗？我说让你一定要娶魏瑶为妻了？你别自作多情。魏山杀了你爸，他死有余辜，可魏瑶又不是你吕家的仇人。你别胡思乱想了，人家能来看你，或许还没有非你不嫁的念头，听你这么一说，好像和真的一样。”

爱国几句话，把刚才还气势汹汹的平安说得蔫了下来。

爱国劝平安：“不要自作多情，也不要自作聪明，更不能一味地把人都往坏处想。把人都往坏处想，这个世界就乱成一团麻了。佛说，诸恶莫做，众善奉行。相由心生，世界就会装在自己心中；一念之差，便会制造地狱，走进极乐世界。”

平安说：“你就是太善良了。如果人人都是善良的，还要公安局干啥？我们还有必要在警校学习吗？政府还有必要设立公安部门吗？能制定法律、设立公安局，就说明这个世界上一定有诸如魏山一样的罪犯。人常说，世界上有两大仇恨不能忘记，一个是杀父之仇，一个是夺妻之恨。我如果把杀害父亲的仇恨都能忘记了，我还对得起死去的父亲吗？我还有做人的良知吗？事情没放在谁的头上，谁就永远不知道痛。鞋大鞋小，是否合脚，只有脚知道。”

“不仅是脚知道，鞋也会知道的。鞋小了，穿不上去，你非要穿，脚会被夹得生疼，鞋也会被撑破、开裂。鞋大了，穿上去了，走路踢踏踢踏地响，而且还会把脚磨出泡，甚至磨破流血，鞋和脚都会知道合适不合适。”爱国说，“从魏瑶来找你看，最起码她的心灵是纯洁的，她对吕叔的死是没有任何责任的。那时候，她还小，还不谙世事。所有事情，冤有头，债有主。咱不能因为魏山杀了吕叔，你就把魏家的所有人都看成是你的仇人。魏山杀吕叔，就是为了一罐菜籽油，又不是他们全家密谋要杀了你爸。她能来找你，说明她心里坦荡荡，对你，对你的家庭没做亏心事。所以，她问心无愧。”

吕平安无言以对。他知道，在语言表达能力方面，他永远都不是刘爱国的对手。

“你有孝心，这是值得称赞的。但是，不能因为自己的孝心，而把仇恨牢牢地刻在心里，死死地种在心上，更不能让它无限地放大、疯长。男子汉大丈夫，要有宽广的胸怀，要有责任，要有担当；要高瞻远瞩，不能只顾眼前；要顾全大局，不能计较个人得失；要灵活博弈，不要认死理。”爱国说，“就说魏山这件事，你我都是警察，把这件事情放到今天，我们把案子破了，把他抓了，我俩不经司法机关的审判，就能把他就地正法了吗？除非他行凶拒捕，否则，我们谁都没有这个资格。”

这么一说，吕平安感觉自己确实仍没有放下心中的仇恨。

其实，他的杀父之仇国家早已替他报了。他现在唯一能做的，就是奉献自己，报效国家。他心里明白：没有国，哪有家？没有国，一切都不存在。

20

魏云的妹夫、魏瑶的丈夫郝剑，因为陷入传销、经营传销，到头来，成也传销，败也传销，成了杀人凶手。

郝剑被羁押在秦汉市渭滨区看守所内。魏云打电话给刘爱国：“你到我办公室来一下。”

魏云自从当了秦汉市公安局局长，刘爱国自然而然就成了他的下级。刘爱国接到魏云的电话，心里还纳闷：太阳从西边出来了？他抬头看了看挂在东南方向的太阳，感到很奇怪、很纳闷。魏云以前在组织部当副部长，他俩虽然都是五陵原上的人，但几乎没有啥交集，只是见了面打个招呼。更何况，两人一年也见不上一两次面，并且从来都不会主动联系、主动走动。

自从魏云当了秦汉市公安局局长，他们见面的次数虽然比过去多了一些，但仅限于工作上的往来。比如，刘爱国到市局开会，见了魏云，也就打个招呼而已，魏云从来不主动邀请刘爱国到他办公室去；再比如，魏云到渭滨分局检查工作，刘爱国也是一副公事公办的样子，寒暄、汇报，然后听取魏云所谓的重要讲话。

这一次，魏云却主动给爱国打电话，这让他有点“受宠若惊”。爱国心想，要不是郝剑的事，魏云肯定不会主动给他打电话。于是，他接完电话，放下手中的活计，去了秦汉市公安局。

来到秦汉市公安局后，因爱国经常到这里开会，所以，门口的警卫都认识刘爱国，他顺利地到了秦汉市公安局办公大楼三层，却不知道魏云在哪间办公室。于是，他准备去办公室问一问。刚到办公室门口，迎面碰见了办公室主任缑卫花。缑卫花便把他带到了魏云的办公室。

秦汉市公安局的大楼已经有了四五十年的历史了，还是苏联老大哥的建筑风格，显得单薄和简陋，与现代建筑的奢华与厚重风格相比，显得格格不入。魏云的办公室很大，有三间普通办公室那么大，房间里的装修风格和家具的布置，显得比较现代，与这座办公楼难以匹配。办公室完全是按照“高大上”的标准，用现代材料装修而成的。地面是用暗褐色实木地板铺设的，与楼道内和其他办公室的水磨石地面形成了十分鲜明的对比。

缑卫花敲门后，没有征得魏云的应允，便直接打开厚实的防盗门，带着爱国进去了。爱国是第一次踏进魏云的办公室，魏云正坐在宽大的老板桌后面的老板椅子上，欣赏着桌面上的蝴蝶兰。看见缑卫花带着爱国进来，魏云从老板椅子上弹了起来，脸上稍稍有了一点笑意。

魏云个子不高，在男性的身高中，是女人们普遍认为的“三等残废”。长方脸，大耳朵，三角眼，鼻子稍微有点塌陷，嘴比较大。按照命相学，塌鼻梁是当不了大官的。但是，魏云却当上了秦汉市公安局局长，坐在了秦汉市警察系统最高的宝座上。所以，命相学也未必是放之四海而皆准的真理。

有人问算命先生张半仙，张半仙却不这样认为。他说，看面相是一门很深奥的学问，要全面地看，不能只看一点，更不能忽略一点。魏云塌塌鼻梁，说明山不高，没有土。但是，魏云嘴比较宽厚，“嘴大吃四方”么，所以，能吃得了四方的人也能当大官，但是要再往大的当，那就不太可能了。

算命的、看相的，都是瞎猫逮死老鼠，碰运气呢。张半仙曾经给他人算命时说：“父在母先亡。”这句话，放在任何人身上都是准确无误的。如果父亲死得早，那就应验这句话了；如果母亲死得早，他会说“父在，母先亡。”如果二老都健在，他还是这句话，日后还是“父在母先亡”。所以说，算命的有时候纯粹是碰运气呢。如果说准了，那就是瞎鸟碰了个好谷穗。

爱国进门后，和魏云打了个招呼，就站在木地板上没动。他看到木地板干净得很，没有一点尘土。

魏云一看眼前拘束的爱国，心里就好笑。他想起当年爱国在医院打他的事，他还清晰地记得他对爱国说过“走着瞧”的话。他心想：三十年河东，三十年河西，我魏云三年终于等了个闰腊月。你当年打了我，我当上了局长，我就有权不让你分管刑侦工作。小心着，看我慢慢咋收拾你，报当年一箭之仇。

他招呼着爱国坐在老板桌前面的椅子上。爱国心想，当年被自己打得满地找牙的人居然成了自己的顶头上司，今天自己居然被叫到他办公室，还不知道魏云葫芦里卖的啥药呢！车到山前必有路，既然来了，就见机行事。

缑卫花给爱国倒了一杯茶水，放在他面前，然后退了出去。出去后，她顺便把门带上了。魏云拿起桌子上一包软中华，很熟练地从中抽出一根，递给爱国。爱国说他不会抽烟，这么多年一直都不抽烟。魏云拿起烟，往嘴上一放，用火柴点燃，狠狠地吸了一口。他说爱国：“不抽烟，好习惯。”爱国说：“抽烟费钱，又伤害身体。”他劝魏云少抽点，把烟戒了。魏云说：“积习难改。抽了这么多年了，已经有瘾了，一时半会儿还不好戒。”

“魏瑶家出了点事，你知道吧？”魏云问。

爱国点了点头。自从魏云当了公安局局长以后，爱国便不再分管刑侦工作了，改分管监管工作了。平安也不再是刑警大队长了，被调任看守所担任所长。魏云急乎乎地打电话把他叫来，一本正经和他谈郝剑的事。

这个案子很蹊跷。郝剑在宾馆里杀了人，自己打电话报了警。主管刑侦的马副局长带领刑警到现场一看，没有打斗的痕迹，也没有故意毁坏现场的痕迹，尸表正常，怀疑郝剑精神有障碍。好在李局长对这一种看法持怀疑态度，便将刘爱国和吕平安叫到现场，说：“他们认为这不是一起杀人案，你俩如何看？”爱国说：“我不知道说啥好。”李局长说：“尊重事实！公安机关不能冤枉一个好人，也不能放过一个坏人。”爱国说：“郝剑是魏云的妹夫，你知道不？”李局长说：“知道。王子犯法与庶民同罪么。”爱国太高兴了，他就等着这句话。他说：“平安回避吧！”李局长懂得其中的缘由，他知道平安是魏瑶的前夫，便让平安回避了。

爱国便来到尸体旁，拿着放大镜仔仔细细地看着尸表。突然，他在尸体眼角处发现了一个轻易不被人察觉的针尖大小的轻微出血点，这个出血点如果不仔细观察，很难被发现。爱国便对李局长说：“从尸表这个出血点来看，我怀疑被害人是窒息死亡的。下一步，需要做进一步的尸检，才能做最终的结论。”郝剑的命运，也因为刘爱国的一点点细小发现而发生了彻底改变。

“郝剑的案子是你亲自破的？”魏云不冷不热地问。

“怎么了？难道你怀疑我？”爱国反问道。

“不是不是。我知道你是破案能手。”魏云淡淡地说。

“如果你对侦破工作有怀疑，可以到检察院控告我。”

“自从你进门，我说过怀疑你了吗？”魏云心里非常生气，但并不表现出来。这就是魏云聪明狡黠之处。

“我不分管刑侦工作，难道我就不能破案了？”刘爱国有些激动，说，“我还是那句话，如果领导有怀疑，可以到检察院控告我。”

魏云本来想将一下爱国的军，杀一杀他的锐气，没想到爱国的犟脾气上来了，这显然不是他叫爱国来的目的。于是，魏云强压住自己的火气，反而满脸堆笑地说：“我要怀疑你，就不叫你来了，直接到检察院控告了。”魏云不愧是魏云，能屈能伸，能站立能圪蹴。

“郝剑自己报的警，承认他杀了人。我在尸表上发现了一个细小的出血点，怀疑死者是窒息死亡的，是他杀。”

魏云“噢”了一声，问道：“你还记得当年在医院打我的事情吗？”问得爱国一脸的尴尬，爱国不好意思地说：“年轻气盛，火气旺。请领导别介意！”魏云嘴上说：“年轻就是好！火气旺，力气大！”心里却想：君子报仇，十年不晚。要是不介意，我能当面说出来吗？

爱国苦笑着说："你今天叫我来，不至于抓住从前的事不放吧？"魏云笑了，笑得很灿烂，说："哪能，哪能。今天另有事情。"爱国问："啥事？"魏云说："郝剑的事情。他犯了法，咎由自取，谁也帮不了他。成天惹是生非的，一天到晚都不能消停，就不能让人省一天心。"

爱国没说啥。他心里明白郝剑是个啥货色，嘴上没说，心里嘀咕着：魏云你都不撒泡尿照照自己，还有脸说郝剑。只是，郝剑有郝剑的命，魏云有魏云的命，魏云是龙就升天，郝剑是虎就去钻山。

魏云说："郝剑与平安的关系你是知道的，我不放心平安，害怕他公报私仇。你是分管领导，有机会替我照顾照顾郝剑就行了。"

爱国和魏云本来就不是一条道上的人，没有共同语言。要不是郝剑的原因，他俩不可能这么近距离坐在一起，爱国也不可能为了自己升官进步，死乞白赖地去求魏云。

爱国出了魏云的办公室，心里轻松了许多，正好碰见缑卫花，便打了声招呼。缑卫花让爱国到自己办公室去坐坐，爱国说还有事情，就推辞了。其实，缑卫花也是在做着"让人是个理，不让才是真心"的样子。她让爱国到她办公室坐一坐，那只是一句客套话而已。

爱国心中更明白缑卫花的心思，她是魏云的心腹、情人，道不同，不相与谋。更何况，"君子防未然，不处嫌疑间；瓜田不纳履，李下不正冠。"内心深处，他也不愿意踏进缑卫花的这块是非之地。

21

郝剑原来是国棉三厂的工人。三厂的女工很多，几乎是女人的天下。女工多，也很辛苦，干的活又苦又累。男工少，相对于女工来说，干的活还算是轻松的。但是，整天待在车间，干的都是技术含量低、枯燥乏味、缺少激情的活，干着干着，人的心慢慢地平淡如水，沉闷了下来。特别是男青年，缺少了青春的阳光活力，缺少了男性的阳刚豪迈，更多地增添了慵懒的惰性。

20世纪90年代，传销在南方悄然兴起，犹如一股汹涌澎湃的浪潮，激荡、冲洗着人的灵魂。郝剑受人鼓动后，也随着这股“经济浪潮”南下广州。广州是中国改革开放的前沿阵地，市场繁荣、经济腾飞，人员密集、交流广泛，处处散发着“花城”的无限生机。这里不仅有黄肤色的中国人、亚洲人，还有金发碧眼的欧美人。中西文化的交流融合，中外友人的密切往来，让广州成为搞活经济、发挥潜能、拓宽视野、瞭望世界潮流的巨大窗口。

郝剑在这里受到了极大的启发，广州的一草一木、一山一水熏陶了他，刺激着他那根曾经在三厂受到禁锢的活跃的神经。初到广州，他看见啥都很稀奇，犹如农村的老鼠刚进了城，到处都是能够吸引他眼球的奇人、怪物、异事。他对啥都充满了好奇之心、留恋之情。这里的楼比秦汉的高。三厂旁边有个凌云楼，在秦汉算是第一高楼，总共才十三层，都能称之为“凌云”了。看到广州处处是高楼，满目是大厦，郝剑心里乐了，那个曾经每天都能看到的凌云楼，无论是层高还是建筑艺术、内外的装修，与广州的高楼大厦相比，简直是小巫见大巫了。广州的马路比秦汉的人民路宽敞多了，人民路并排四辆车通行，就占满了整个路面。人民路两旁稀稀拉拉的梨树，到了晚春才开花，虽然花不繁盛，花期很短，倒也让秦汉人喜不胜收。每到冬天，梨树的叶子全部掉落，光秃秃的黑枝条在寒风中飞舞，发出吱吱的声响。而广州到处都是一眼望不到头、车水马龙、人来人往、熙熙攘攘的宽广马路，路的两旁，郁郁葱葱的各种树木、艳丽夺目的各种花卉，四季常青，让人赏心悦目。广州一年四季，气候都像秦汉的夏季一样，没有秦汉冬季的刺骨寒冷与满目苍凉，年年、月月、日日，都是火红旺盛的气候。还有，在广州随处可见肤色各异的外国人。在秦汉要想见到一个外国人，那是几十年一遇的事。见了外国人的秦汉人，都会像看耍猴似的围观。车辆自不必多说，秦汉市除了拉达、波罗乃兹几个外来的车辆充当出租车的角色外，在大街上能看到的都是帆布篷的北京吉普、130客货两用车，还有为数不多的红旗、上海牌小轿车，那都是秦汉市领导的座驾，十分稀少。

广州的马路上，车来车往，都是进口的高档车辆。广州人的衣着打扮走在了中国的前沿，一年四季都可以穿着衬衫。在室内，西装革履，一个一个都显得很精神、很阳光，富有朝气和青春活力。广州的天是蓝色的，山是青翠的，水是碧绿的，无论是马路，还是空气，都是清新纯净的，皮鞋穿上一周都不用擦，一尘不染，黑光锃亮的。来到广州的郝剑，最后沉浸在传销的海洋里，在汹涌波涛中寻找着属于自己的那朵浪花。

大浪淘沙。郝剑凭借着头脑灵活、吃苦耐劳，在短短的两年时间里就荣升到副总裁，事业做得红红火火、风生水起。不仅赚足了精气神，也赚足了大把大把的金钱。

有钱能使鬼推磨，但有钱未必完全是好事情。郝剑在传销中成长，在传销中发财，也在传销中沉沦，在传销中杀人。最终，他还是倒在了传销这条路上，沦为阶下囚。

刘爱国来到渭滨区看守所检查工作，这是他每周的必修课程，与魏云的叮嘱没有一丁点的关系，这是上级的硬性规定。

每一次，爱国来到看守所，都要和平安一起到监区内检查。查看值班执勤人员是否到位，查看视频监控中是否出现异常情况，查看监室内是否有违禁物品带入，查看病员的病情是否适合羁押，查看新入所人员情绪是否出现反常，查看一级风险管控是否落实到位，查看是否有牢头狱霸欺压在押人员，等等。他们对于不利于安全的所有隐患都认真地排查一遍，确保看守所的绝对安全，也就是要确保每一个羁押人员的绝对安全。人员安全了，看守所自然就安全了。如果爱国当天有空，他一定会找个别人员进行谈话，以平等的身份与他们谈心、交流，倾听他们的心声，听取他们对管理上的意见、建议。刚开始，在押人员对于和刘爱国谈话的戒备心理很强。他们认为，哪有一个公安局副局长会与一个犯了罪的在押人员心平气和地谈心交流？这简直就是天方夜谭。他们心想，刘爱国和他们谈话，无非就是做做样子、走走形式、装腔作势，给领导和他人看看罢了。所以，他们在思想上很抵触，但苦于自己还得装样子。一问要么啥都好，歌舞升平，一片太平盛世；要么，一问三不知，将自己置身九霄云外。刘爱国看在眼里，急在心里，思索着与他们打交道的手段、办法。

后来，爱国总结出了自己的一套办法。人心都是肉长的，任何一个正常人都是有感情的。世界上，没有无缘无故的爱，也没有无缘无故的恨。于是，他抓住人性这一点，寻找每个人人性中最脆弱的那一点。那一点，说起来很容易，找起来却比较麻烦。爱国在看守所在押人员中寻找了几个对象，然后查看入所记录，了解他们的简单情况、办案单位、入所缘由等。随后，他去办案单位，查阅案卷，和办案人员交流，对每个在押人员简历、家庭情况和背景等都有了一定程度的了解，再去看守所找他们谈话，这样能击中软肋，点破他们人性中最脆弱的要害之处。从此之后，他们陆续愿意和爱国交流，把自己心中的所思、所想、所盼、所求，毫不保留地告诉爱国。爱国与在押人员心平气和地谈心，平等地交流，让他们逐渐打消了心中的疑虑。这样，一个传一个，大家都争着主动和爱国交流思想。爱国不来，他们都会主动询问管教干部刘局啥时候来，主动提出让管教干部安排与刘爱国见面的时间。

爱国问平安："魏云的妹夫关进来了？"平安说："是的。"爱国又问："你见过他？"平安说："才关进来两天，还没来得及见面。"爱国让平安不要接触郝剑，他自己去见就行了。平安说："我为啥不能见他？"

"明知故问。"爱国说，"按理说二十四小时内与每一个新进的在押人员见面，是你的职责所在。但是，郝剑的情况比较特殊，你就不要去见了。这也是《刑诉法》规定的回避制度。"

平安找来当日值班员，让值班员陪着爱国去见郝剑。

值班员将郝剑带到值班室，郝剑看到坐在值班室的刘爱国，略一迟疑，苦笑了一下，和爱国打了声招呼。值班员说："刘局问你啥，你就如实回答啥。"郝剑立即站直了，回答"是"。

这回轮到爱国苦笑了，以前风风光光、挥金如土的郝剑，此时沦落为阶下囚。人啊人，风水轮流转，这就是人世间轮回的道理吧。

22

刘爱国在看守所里见到郝剑，便想起了“4·11”案件的犯罪嫌疑人、陵南村的魏楚生。这个魏楚生差一点就让他把立下的军令状兑现了。好在人在做、天在看，大家都能拧成一股绳，把案件的每一个细节都能想清楚、把握好，案件及时侦破，他才没有引咎辞职。

那时，一年一度的五一国际劳动节即将来到，刘爱国怎么也高兴不起来。距他破获“4·11”系列拦路持刀抢劫、强奸案军令状的截止时间所剩无几，他心急如焚。

一转眼，半个多月过去了，画像这么逼真的犯罪嫌疑人至今没有一点点蛛丝马迹，这是哪里出了问题呢？刘爱国心里在思索着案件侦办的每一个环节，思考着案件侦办的每一个细节。一番思索之后，他认为，凶手作案的手法太单一了，民警的办案思维太狭隘了，因而极大可能导致案件的侦破方向出现了问题。他决定召开一次案件侦办通报会，让民警对案件进行分析研判，提出侦查方向，制定侦查措施。他向局党委进行了专门汇报，提出了下一步的工作建议。

4 月 26 日晚上 7 点钟，渭滨公安分局警官俱乐部灯火通明，人头攒动，八十多名从机关、刑警队、巡警队、派出所抽来的民警，参与到了“4·11”案件侦破专案组中来。

八十多名警察，齐刷刷地着警服来到警官俱乐部。他们中有年过半百的老同志，有初出茅庐的年轻人；有精神饱满、虎虎生威的男警官，也有身材纤纤、英姿飒爽的女警官。他们坐在一起，有交头接耳、窃窃私语的，有高谈阔论、侃侃而谈的，有只顾吸烟、静静思考的，还有眼望窗外、默不作声的。

此时，李局长、刘爱国、吕平安等人大步流星地走进警官俱乐部，刹那间，刚才还吵哄哄的会场顿时鸦雀无声。

“同志们，今天召集诸位来开会，主要是加强‘4·11’系列拦路持刀抢劫、强奸案件的侦破工作。”刘爱国开门见山，他讲话时注视着会场上来自不同部门的八十多名民警，继续说，“按照‘4·11’专案组的工作进展，在充分分析研判的基础上，经过局党委研究同意，这次抽调八十多人增强专案组的警力，要把大家分成十三个摸排小组，分配到五陵原的各村中去。局党委寄希望于你们，请各位下去工作时，一定要认认真真地工作，不能放过任何蛛丝马迹，做到镇不漏村、村不漏户、户不漏人，重点对象重点摸排，力争打一个漂亮的大胜仗！我对大家是信心百倍的，不知大家有没有信心？”

“有！”警官俱乐部里响起了民警们铿锵有力的回答声。

“看到大家有如此高的激情，我很高兴！”李局长说，“大家知道，‘4·11’系列拦路持刀抢劫、强奸案件没有及时侦破，犯罪嫌疑人继续顶风作案，手段凶狠，公然向我们宣战，接连发生了‘4·16’‘4·22’案件。这几起案件，经过我们分析，全部进行了并案侦查，这只能说明一个问题，那就是犯罪嫌疑人太猖獗、太嚣张，我们太无能了。短短的十一天，犯罪嫌疑人在我们的辖区接连作案三起，每一起案件的作案手段、目的都是赤裸裸的。他的这种赤裸裸的犯罪行为，就是对我们进行公开的挑衅，分明是把我们公安机关没有放在眼里。面对如此凶险的歹徒，我们不能束手无策，更不能坐以待毙！

“我清楚地知道，我们目前面对的形势很复杂，面对的歹徒很凶恶也很狡猾、胆大，党和政府在看着我们，人民群众在期待着我们，受害人躺在病床上在呼唤我们！我也清醒地知道，我们的刑侦技术力量还很薄弱，刑侦人才还很匮乏，技术装备远远不能满足形势发展的需要，但是，这些根本就不能成为影响和掣肘我们侦查办案的拦路虎、绊脚石。大家应该都清楚地记得《武松打虎》《愚公移山》吧！武松不畏艰险、勇猛顽强的拼搏精神和愚公锲而不舍、埋头苦干的吃苦精神值得我们永远地学习和颂扬。罪犯是老虎，我们就要发挥景阳冈上武松打虎的精神，重拳打死他；罪犯是绊脚石，我们更不害怕，就要学习愚公的精神，务必铲除他。今天，我们采取了大规模的人海战术，这也是当前侦查破案的需要。摸排工作是刑侦破案最基本的手段，也是最原始、最笨拙但也最有效的手段。走群众路线历来是公安工作的生命线，我希望各位下去工作时一定要贴近群众，深入生活，打一场人民战争！”李局长话音刚落，会场上便响起了雷鸣般的掌声。

接着，刑警大队长吕平安具体介绍三起案件的基本情况。吕平安介绍完毕，刘爱国对系列案件进行了较为全面、系统的分析、研判。他说：

“第一，我们从案发时间来看：‘4·11’案件发生在中午1点许；‘4·16’案件发生在下午两点许；‘4·22’案件发生在凌晨1点许。从案发的时间来分析、推理，犯罪嫌疑人的工作性质是否与倒班有关联？

“第二，我们从案发地点来看：均在五陵原一带村庄周边的生产路上。从这一点来看，犯罪嫌疑人应该就居住在五陵原上，或者对五陵原一带的地貌非常熟悉。

“第三，我们从侵害对象来看：犯罪嫌疑人主要侵害骑自行车的单身女性，这说明他可能身材瘦小、单薄，思想比较狭隘，有性变态倾向。

“第四，我们从犯罪嫌疑人作案使用的交通工具来看：三起案件中，有两起案件的受害人均发现犯罪嫌疑人骑着自行车作案。‘4·11’案件，嫌疑人骑一辆红色斜梁女式二六自行车，前有一黑色金属筐。‘4·16’案件，嫌疑人骑一辆小自行车。从交通工具来看，犯罪嫌疑人有摩托车的可能性非常小，家庭经济条件一般。

“第五，我们从作案工具来看：‘4·11’和‘4·22’案件受害人描述凶器特征相同。‘4·11’案件作案工具有菜刀、绳子和白色电线等，‘4·22’案件的作案工具中有菜刀。从这一方面来看，嫌疑人很可能就是农民工。

“第六，我们从作案手段来看：拦路、守候或尾随撞倒受害人，采用扼颈等手段，强行将受害人拉至路边、麦地、果园，直接用菜刀砍受害人头部、颈部，并搜身、向受害人要钱。这说明，嫌疑人很可能是一个文化程度不高、经济条件比较差、有严重暴力倾向的人。

“第七，我们从案发地和嫌疑人数量来看：三起案件，均为犯罪嫌疑人一个人单独作案，没有同伙或者帮凶，案发地主要分布在汉长陵一带。这很有可能表明犯罪嫌疑人性格比较孤僻、内向，在五陵原一带生活、居住或者工作。

“第八，从犯罪嫌疑人作案时的语言和行为特点来看：他的习惯用语本地语言特点非常明显，且口音为五陵原一带的方言。嫌疑人作案时咬伤了受害人，‘4·11’案件中咬伤了受害人的鼻子，‘4·16’案件中咬伤了受害人的乳房。

“第九，从犯罪嫌疑人的体貌特征来看：‘4·11’案件犯罪嫌疑人二十岁左右，身高一米六五左右，较瘦，中长发，本地口音，脸部较脏，作案时身穿深色西服。‘4·16’案件犯罪嫌疑人二十岁左右，个头不高，较瘦，细长脸，留短发，穿深色上衣。‘4·22’案件犯罪嫌疑人二十岁左右。经过受害人对现场犯罪嫌疑人模拟画像的辨认，基本能够确定为同一个人。”

刘爱国认真地对犯罪嫌疑人的行为、语言、作案手段和使用的工具、作案时间、地点等方面展开了分析。接着，法医又详细地介绍了三起案件受害人的受伤部位、伤情，以及根据伤情推断犯罪嫌疑人使用的作案凶器的特征。让在座的八十多位即将参战的民警比较系统、全面地对案件发生、进展情况，以及犯罪嫌疑人的作案手段、特点等有个了解，让参战民警做到有的放矢。

最后，刘爱国说：“从以上的案情介绍和犯罪嫌疑人作案情况分析来看，要想尽快破案，我们务必从以下六个方面开展工作——

“一要加强调查摸底，围绕现场周围进一步调查，以期发现可疑情况，重点以‘4·11’案件案发地为原点向周边辐射，进行摸底，把有强奸、抢劫劣迹的人员，以及心理、性变态者作为排查的重点，特别注意单身、精神异常人员。

“二要清查暂住人员，要特别注意那些经常在五陵原上活动，又无正当职业的年轻人。

“三要立足本地，以汉长陵为中心，辐射周边地区，开展深入摸底工作。

“四要加强巡逻守候，加强防范，在易发案地段蹲点守候，力争抓获现行。

“五要加强横向联系协查，充分利用现场模拟画像进行协查。

“六要加强串并案工作。”

爱国进一步鼓励大家，说：“同志们，这一次是我局多警种联动，大规模开展侦查破案的一种大胆尝试。局党委希望大家振奋精神，团结协作，顽强拼搏，早日缉拿凶犯，为多警种协作探索出成功的新路子，摸索出一条成功的符合实际的新经验！党委完全相信在座的各位有能力、有信心、有决心，能在最短的时间内打一场歼灭战，早日还五陵原一个良好的社会治安环境，为创建平安五陵原、构建和谐社会做出应有的贡献！同志们，党和人民考验我们的时候到了，是良驹就应驰骋于疆场，是英雄就应战斗在沙场，是警察就应该为社会治安多做贡献！我代表分局党委对大家表示衷心的感谢！”

这又是一个让人难以忘怀的不眠之夜！

23

莎士比亚说：“假如用一扇门把一个女人的爱情关起来，它会从窗子里钻出来的；关了窗，它会从钥匙孔里钻出来的；塞住了钥匙孔，它会跟着一道烟从烟囱里飞出来的。”

世界上最遥远的距离不是生与死，而是我站在你面前，你却在看风景。世界上最恼人的感情，就是我喜欢上了你，你却爱上了别人。

魏云喜欢上了刘青青，就像剃头匠的担子，自己这一头是热的，刘青青那一头不仅是凉的，而且还是麻木的。刘青青与吕平安相恋的事情魏云是早就知道的，只是他单方面喜欢上了刘青青，到了不能自拔的地步。

魏云的妹妹魏瑶却爱上了吕平安，爱得死去活来，她又碍于少女的面子和虚荣心而不敢面对、不敢正视，更不敢表达。吕平安心知肚明，但是在他的心里唯有刘青青。魏瑶的哥哥魏山杀害了自己的父亲，这杀父之仇在平安心里埋下了一颗仇恨的种子。尽管刘爱国劝慰他、开导他，但是，这样的杀父之仇无论如何是不会得到原谅的。

这一点，魏瑶心里非常清楚。虽然他们都已经离开了农村，离开了生他们养他们的五陵原，但是，他们的根深深地扎在五陵原上。她爱吕平安，不仅仅是因为平安英俊潇洒，因为平安内在的气质深深吸引了她，更是因为她的哥哥魏山给平安和他的家庭带来了巨大灾难，她要用实际行动来弥补魏山对吕家造成的巨大伤害和损失。魏瑶知道，她的愿望要实现，是非常艰难的。在她与平安之间，不仅隔着刘青青这个障碍，而且还存在着“不共戴天”的杀父之仇，尽管这不是她造成的，却是自己的家庭、自己的亲哥哥一手造成的。

多少次，魏瑶在内心诅咒着魏山，为什么要这么残忍地杀人呢？难道人与人之间，仅仅因为一罐菜油就要剥夺他人的生命？魏山为什么没有心存善念呢？一罐菜油，充其量也就是十斤左右，在当年，也就是几块钱，而一个人的生命，岂能用钱来衡量？魏山就为了一罐菜油铤而走险，值得吗？

自古以来，杀人偿命。因为一罐菜油，两条鲜活的生命被夺走了。一个死于非命，一个死有余辜。两个家庭也因此成了陌路人，甚至成了仇人，最起码，吕家的人和五陵原上大多数人就是这么认为的。

魏瑶多少次都因为思念吕平安而感到内疚、自责和不安。这种内心的反思，不仅仅来自她对吕平安的态度，更是她发自内心的忏悔！自古以来杀人偿命，魏山杀了吕平安的父亲，他被国家绳之以法实属罪有应得，一命偿一命。可是，既然都有了报应，为啥活着的人们还要“老死不相往来”呢？难道死了的人的罪过，还需要活着的人一代一代地偿还吗？这对于活着的人公平吗？所以，从一开始，她清楚地知道自己喜欢吕平安就是一种错误！可是，爱一个人并没有错，最起码，爱一个人，总比伤害一个人要好一百倍、一千倍。所以，她把自己对于吕平安的思念、喜欢和爱都深深地隐藏起来、保护起来，她要用自己的一生去偿还魏家欠吕家的孽债。她不求什么，只图心安理得。

小时候，在长陵中学，她懵懂、偷偷地喜欢吕平安；长大了，她无所顾忌，她有权追求自己的人生幸福；参加工作后，她更加明白了爱一个人的道理，品尝了爱一个人的思念之苦。所以，当她得知吕平安已经回到了秦汉市工作以后，便毫无顾忌地去追求吕平安。她趁着休息的时间，把自己精心打扮一番，到了渭滨公安分局，寻找她的情、她的爱，寻找自己的幸福。她也知道，自己这样做，并不一定能够打动吕平安“仇恨”的心，并不一定能得到吕平安的理解和原谅，但是，她要做好自己，不求结果，只求问心无愧。

正是因为如此，所以，她在渭滨公安分局门前，顶着太阳的暴晒，忍受着时间的煎熬，一秒一秒地等待。虽然，她的等待是竹篮打水一场空，但是她心甘情愿，没有一丝一毫的抱怨。

三厂女工的衣着打扮是秦汉市女人的风向标。魏瑶打扮时髦，亭亭玉立地站在渭滨公安分局的大门前，吸引了来来往往人员的眼球，有惊讶的、有感叹的。魏瑶站在那里，没有一点烦躁，没有因为被人像看耍猴的目光而感到羞愧不安，而是更加坚定，更加自信，更加充满了追求美好爱情的勇气。

有钱难买自己愿意。魏瑶站在大槐树的树荫下，等待着吕平安的出现，阳光从树叶、树枝的缝隙中洒在地上、落在她身上，她始终保持着平静的心态，不着急、不烦躁。用一颗平常心，度过每一秒、每一分……就这样，她等待了一个小时、两个小时、一个下午，吕平安始终没有出现在她的面前。虽然，她内心平静，但是，一个下午无结果的等待，在她的心中，或多或少地生出一丝丝的惆怅、迷惘。她不知道，这样的等待对她来说，最终的结果是什么，但她为了自己的爱，做什么，她都愿意。

当她离开的时候，她没有惆怅，没有抱怨，没有发誓赌咒不再寻找吕平安，而是平静地离开了。

魏瑶哪里知道，她在渭滨公安分局门前的等待，让刘爱国和吕平安之间进行了一次心与心的交流。刘爱国发自内心的对话，让吕平安内心产生了一点点共鸣，对世俗的旧传统、旧观念有了新的认知和感悟。

魏云知道魏瑶喜欢吕平安，于是，他为了自己的一己私利，在心里不断地盘算着，如何打魏瑶的主意。魏云为了自己，连自己的亲妹妹都不肯放过。

他在私下不断地鼓动魏瑶去找吕平安，也在背地里给他俩制造机会、创造条件，他把自己的私欲掩盖得严严实实，没有暴露出一丝一毫的马脚。他的一举一动、一言一行，让蒙在鼓里、不明真相的魏瑶，从内心对魏云所做出的一切非常感激。

24

刘爱国在看守所与郝剑谈话。

隔行如隔山。

郝剑对刘爱国说，传销有传销的系统文化。这就像做好的饭，你总得有一个盛饭的饭碗吧。这个饭虽然做得很好、很讲究，味道鲜美，色泽鲜艳，如果放在不同的碗里，吃饭的人、观赏的人，心态就会发生不同的变化。所以说，好的包装，在很大程度上也决定了饭的质量。

传销，也讲究外在和内在的包装，注重外在形象和内在气质的培养。外在形象上讲，着装要大方得体，整洁朴素；服装、饰品一定要与职业相称，男性忌戴手链；发型一定要与脸型相符，不要烫发、染发；胡须必须整齐。外在的形象好说，总体上不要过分地修饰、夸张地表现，也就是说，啥货要放在啥架板上，好马要配好鞍。

内在的气质就不一样了，这不是一朝一夕就能改变的事情，必须慢慢来，一点一点地培养，具体问题具体分析，要学会因地制宜、因人而异、对症下药。药的剂量还要控制好，用少了不治病，用过量了会死人。要在练习内功上狠下功夫，台上一分钟，台下十年功。不管这个公司是否真实存在，也不管它是否有产品，一定要按照制定的标准，认真学习和熟练掌握公司背景、产品性能、经营理念和营销模式，只有这样，才能不被人问住了。在学习时，力求当个“哑巴”，多听、多学、多练、多实践，掌握适当的方法技巧。

刘爱国说：“这里面的学问还真大。”郝剑说：“你以为骗人是个简单的活？这一切完成以后，就一定要给自己的学习、人生设定一个比较得体的奋斗目标。”

郝剑接着说：“设定目标时，一定不能贪大求全，要基本上合情合理。就像工作中制定的考核目标，目标太小了，自己没有奋斗的动力；目标太大了，就成了海市蜃楼，无法实现，到头来，前功尽弃，一事无成，一无所有，竹篮打水一场空。将自己的目标仔细思考，将所有梦想逐个浓缩具体化，你就可以找到人生的目标，只要循序渐进地完成每一个目标，人生的目标、梦想便可以实现。

“一般目标分为三步完成。第一步是近期目标，就是一天到一周的计划，如何学习、每天学习什么等；第二步是中期目标，就是一个月到一个季度的目标与计划，邀约多少人、邀请谁、过几个阶段等；第三步是远期目标，就是一到两年内的目标与计划，过几个循环，赚多少钱，做到哪个星级等。同时，还要考虑完成这些目标需要付出什么样的代价、提升哪方面的能力、排除哪些障碍、自己可以学习借鉴或者模仿哪些人成功的经验和失败的教训、哪些书可以为实现目标提供好的方法，以及哪些课程可以提供好的经验等。”

爱国问：“都说诈骗者骗的都是陌生人，很少有熟人。但传销主要骗的都是自己的亲戚、朋友、战友、同学等熟人，是不是？”郝剑说：“是的。”

爱国问：“难道你们把一个个熟人拉进去，欺骗他们的钱财，就没有负罪感？心里就没有一点点懊悔吗？”郝剑说：“有过，但也就是一闪而过。人不为己，天诛地灭。谁不爱钱？谁会和钱过不去呢？人的贪欲一旦膨胀起来了，什么亲情、爱情，都会让它们通通滚蛋。你以为，我们会欺骗所有的熟人参加传销组织吗？我们在选择时，也会慎之又慎，严之又严，细之又细，精挑细选，这样才能保证长久地发展下去。否则，就会夭折，就会断了财路。

“任何时候，只有当消费群体不断扩大，商家才能让出更多利润。谁愿意做赔本的买卖？当你饿着肚子的时候，你还会想着把手中的食品让给其他人？从古到今，你见过哪家穷人搭棚、支锅、熬粥、舍饭的？因为穷人两手空空，他们没有搭棚、支锅、熬粥的资本。所以，要不断扩展自己的市场、消费群体，要不断邀约新朋友来加入这个群体，加入这个团队，省钱、赚钱。所以说，邀约是最为关键的一步。邀约好了，朋友会源源不断。越来越多的朋友共同来加入、参与这个事业，你成长的脚步就会越快。

“心态决定状态。选择消费群体时首先要调整好自己的心态，要具有当老板的心态。自己有信心，认为是好的事业，就要让朋友也有信心；自己认为是好的，就一定要想方设法让朋友同样认为是好的。要有当老板的风度和信心，不要一味地认为钱是自己的，要学会有钱大家挣，给朋友留下赚钱的机会，他们就不害怕自己不赚钱。更不能戴着有色眼镜，拉圈子，搞小团伙。名单如同收款单，越算你的收款单就会越少，算来算去把自己算成了孤家寡人，算成了穷光蛋。其次要具有棺材店老板的心态，切忌大喜大悲，保持乐观和积极的心态，把平常心态复制下去，使整个组织都积极向上，不因暂时的挫折而沮丧，不产生消极思想，更不能带来负面的影响。最后，要保持热诚的心态，用自己的热忱去感染周围的朋友，让朋友感到这个团体有活力、有生机、有希望，平时互相激励，共同研讨。

“心态调整好以后，就要付诸行动了。列名单时不要做任何不利于邀约的判断，邀约的对象越多越好，可以从同学、同事、同好、同乡、同宗等‘五同’中考虑列举名单。有亲人、经常联系的朋友、三个月以内有联系的朋友，三个月以上有联络的朋友、同学，一面之缘的朋友，等等。总的来说，一切认识的人，都在你列举的名单之中。”

爱国问：“照你这么说，我和平安都在你的邀请范围之内了？”郝剑说：“是的。”“你为什么没有邀请我们？”爱国问。“因为你们的职业让我望而却步。说真的，没有邀约你俩，有时候想起来还真的不舍。如果你们俩能参与进来，就凭你们的文化程度、生活阅历、社会关系、人际交往、聪明才智等，都在我之上，一定会成为这个团队中的顶级人物。”郝剑答道。

爱国苦笑了一声，心想：你把我们想得太高了。他便问道：“你知道自己为啥沦落到了看守所？”郝剑迟疑地看着爱国，说：“我杀人了。”

爱国说："你只说对了一点。其实，从你走进传销组织开始，你已经背离了初衷，背弃了良心，撕裂了善良。初心、良心和善良是一个人走下去的通行证，你把通行证都给毁了，你还能继续走下去吗？你把自己本来善良的心撕得粉碎，走向了善良的反面，陷入了罪恶的深渊。从前，海上涨潮，将大量的鱼拍到了海滩上。一个男孩日复一日地到海滩上把捡到的鱼扔进大海里，他的行为遭到了一些人的嘲笑。他说，我捡几条鱼让它重归大海，就有几条鱼获得了生命。这个男孩的行为就是善良。从前有一个猎人，将一只狼打伤。狼拖着已经掉出来的肠子，爬行到了两只小狼崽跟前，将找到的食物喂到狼崽口里，然后倒下。看到这一幕，猎人流泪了，于是，他折断了猎枪，发誓从此不再打猎。他的这种行为，就是认识到并彻底改正了自己的错误。郝剑，你和那个小男孩比一比，你还心存善念吗？你和这个猎人比一比，想一想，你改过自新了吗？你欺骗自己的'五同'时，心里是怎么想的？当他们一个个把自己的血汗钱、救命钱、养老钱，乃至一生的积蓄，甚或从亲戚朋友那里好不容易借来的钱交给你时，当然，你的钱袋子是鼓起来了，可他们却一无所获。对此，你做何感想？当他们一个个离你而去的时候，你后悔过吗？"

爱国的一席话，让郝剑陷入了沉思之中。

法国作家雨果说："善良既是历史中稀有的珍珠，善良的人便几乎优于伟大的人。"善良，是全世界的通用语言。人人向上提升谓之"善"，先天具有判断是非曲直的能力谓之"良"。《礼记·学记》中有："发虑宪，求善良，足以谀闻，不足以动众。"人不但要善良而且还要有智慧，否则善良会被坏人利用。如果具有善之心而缺乏良之行，即为伪善；具有良之判断而不行善之方向，是为假善，不足取。善良的本质是一种心理美感。一个人如果习惯了做坏事，那么最终会众叛亲离。善良的、忠心的、心里充满着爱的人，会源源不断地给人间带来爱意。

中国传统文化历来追求一个"善"字：待人处事，强调心存善良、向善之美；与人交往，讲究与人为善、乐善好施；对己要求，主张善心常驻。

面对“善”字，郝剑会做何种感想？他会对“善”忏悔吗？

临走的时候，爱国拿出二十元钱，让值班员给郝剑开一顿小灶，吃一碗𰻞𰻞面。

郝剑自从被关进来，就很难吃到面食了。虽说他在广州待了好长一段时间，但对南方食物的甜，他一直不习惯，对陕西面食情有独钟。他一听爱国临走时给他专门安排一顿𰻞𰻞面，感激涕零地一个劲道谢。

25

郝剑听了爱国一席话，能否忏悔，爱国目前没有看到。但是，他清楚地记得，“4·11”案件嫌疑人魏楚生被抓后，关在看守所里，最后流下了悔恨的泪水。

每当爱国回家的时候，都要路过魏楚生曾经播下罪恶种子的地方，他就想起魏楚生在世间犯下的滔天罪行，思考着人性的善良与罪恶。他无数次都在拷问自己的良心，既然“人之初，性本善”，为什么还有那么多的人在心里抛弃了善良，摒弃了传统的社会美德，丢弃了匡正抑邪的社会公德，犯下了种种罪行？想到这些，爱国就会感到心痛，就会发自内心地问自己：罪恶的根源在哪里？

20世纪80年代初，魏楚生出生在长陵镇陵南村一个普普通通的农民家庭，他的父亲是魏云的一个本家叔父，一个老实巴交的农民，一生憨厚、愚拙，没有什么技能，仅凭笨拙的身体为他人干一些力所能及的体力活，一年到头，也挣不了几个钱。由于自己能力欠缺，加之家境贫寒，所以就很难找到媳妇。谁愿意把自己的女儿往火坑里推？又有哪个女子愿意把自己的一生挂在黄连树上？魏楚生的父亲直到三十多岁，才结束了“光杆”的生活，娶了一个聋哑媳妇，生了两个女子。四十五岁那年，他们得了儿子，取名魏楚生。

魏楚生从小生活在一个贫穷的农民家庭。从他记事起，就感觉自己缺失父母的爱，时常招来母亲无可奈何的眼神和父亲无休止的打骂。

他从小对学习就不感兴趣，因此，在他磕磕绊绊的六年小学学习中，“好学生”“好成绩”与他遥不可及。成绩差，他自然成了老师心目中的差学生。好不容易小学毕业了，他的知识根本就没有达到小学毕业的水平。他没有考入初级中学，于是便回家务农，十五岁便干起了本不该属于他这个年龄人所干的活。到了20世纪末，还未成年的魏楚生便出门在外打工，跟随他人盖房、打小工，挣了点小钱。由于从小营养不良，他长得瘦小，没有什么力气，所以，在工地不受人待见。他每到一个地方打工，下了不少的力气，吃了不少的苦，却完成不了工作任务，招致而来的便是唾骂、冷眼。刘爱国在审讯他的时候，他说正是因为自己体弱单薄，没有力气，所以，他便选择柔弱女性作为侵袭对象。

家境的贫寒，父亲的笨拙，母亲的残疾，知识的贫乏，家教的缺失，魏楚生从小就没有受到学校、家庭和社会的良好教育，加之走上社会以后，无人管，父母管不住，自己无自我约束的能力，使他成了一个断了线的风筝，成了脱缰的野马，他曾私下或单独或与他人一起看黄色录像，这在他还不成熟的心灵上留下了极其不健康的阴影。录像中，男欢女爱不堪入目，不该他那个年龄知晓的画面，长时间吞噬着他那幼小、无知的心灵，使他本来就受伤的心灵彻彻底底地被撕裂了。社会的不公平，生活上受挫折，贫穷与富庶的悬殊差距，特别是当魏楚生应聘某企业体检时，检查出了一些问题，对于他这个没有医学方面的知识，也不愿意与人交流的人来说，不知道自己患了什么病，也无人告诉他这是什么病。他在糊里糊涂中，便被某企业取消了应聘资格。这一次的落聘，在他心里埋下了一颗疯狂的罪恶种子。

从此以后，他更加孤僻了，不愿意与人交往，更不愿意把心中的不快和郁闷诉说给他人听。从小到大，他没有一个值得信任、值得交心、值得倾诉的好朋友。不愿意让其他人知道自己有病，他误以为自己患了性功能障碍症，他把自己没有被选上的原因归结于社会，久而久之，他那不健康的心理又变得愈加畸形了，便对社会产生了强烈的不满和仇视。

一天中午，魏楚生鬼使神差地来到长陵中学，趁着老师和同学午休之际，看见一个女学生进了厕所，他便急忙溜了进去，对惊慌失措的女学生百般调戏、侮辱。女学生的呼救声，使他如一只受惊的野兔，仓皇逃窜。之后，他被派出所抓获并依法行政拘留了七天。

法律的威严并未使魏楚生从自己的混沌世界中跳出来，反而使他在泥潭中愈陷愈深，以至于持刀、持斧侵袭受害人的生命——“9·12”，使一个无辜的少女命丧黄泉；“4·11”“4·16”“4·22”，使几名女性受害人命悬一线。

后来，刘爱国在看守所多次提审过魏楚生，和他交谈，打消他的思想顾虑，帮助他放下了沉重的思想包袱。面对爱国，他流下了悔恨的泪水。仅从这一点来说，魏楚生还是有良知的，他知道为自己所犯下的罪恶流泪、忏悔。试想，如果在社会上，魏楚生能过上正常人的生活，不遭冷眼、不被辱骂，或者当他在苦闷、孤独、愤怒的时候，有人能够及时伸出援手，施以援助，帮助他把心中的怒火释放出来，把他心中仇恨的种子早早拔掉，他还会走上犯罪的道路吗？

但是，法律是无情的。魏楚生的眼泪，岂能挽回那个无辜少女花一般的生命？岂能抚平受害人那颗受伤的心灵？岂能抹去受害人心中蒙受的巨大阴影？既然魏楚生悔恨的眼泪挽不回、抚不平、抹不去他一手对受害人及其家庭造成的灾难，那么，就让法律来制裁他那不洁的灵魂，用正义的枪声彻彻底底摧毁他罪恶的躯壳吧。

目前，郝剑那个罪恶的灵魂还没有一点触动，他不仅不以犯罪为耻，反而大谈自己当时的五马长枪、吃香喝辣，全然忘了自己当下的处境，这让爱国心里极其不爽。五陵原上有句古话：“别看贼吃饭，专看贼挨打。”

刘爱国在拭目以待！

26

魏云一直在思忖着如何才能把刘青青追到手，刘青青成了他的一块心病。

无论是谁，要想和刘青青恋爱、结婚，最大的障碍便是吕平安。于是，魏云就开始思索着如何棒打这对鸳鸯了。

如何拆散恋爱中的男女，最好的办法就是在他们中间安插“醋坛子”，在两人之间掺入“第三者”。魏云经过一番考虑之后，决定从魏瑶入手。魏瑶就是那个醋坛子，他要把魏瑶这坛子醋，一滴不漏地洒在吕平安和青青之间，给刘青青和吕平安之间制造矛盾，形成障碍，让他们两个人产生怨恨和隔阂，他们俩就会分道扬镳。这样既能满足魏瑶追求吕平安的愿望，又实现了自己向刘青青靠近的第一步。魏云为了达到自己的目的，连亲妹子都不放过，可见其心之险恶、歹毒了。

魏云开始行动了。他把魏瑶叫到三厂旁边的小贝壳饭店，点了一桌子好吃好喝的，让魏瑶放开肚子敞开吃。魏瑶说她怕吃多了发胖没人要，不能多吃。就是爱吃爱喝，也不能多吃多喝。

魏云一边吃，一边关心地问着魏瑶恋爱的事情。他问魏瑶：“恋爱了？”魏瑶点了点头，又摇了摇头。

“到底是恋爱了还是没有恋爱？”

“我恋上人家，人家还不知道。所以，这不算恋爱。”

“你恋上谁了？”魏云故意装糊涂，明知故问。

“吕平安。”魏瑶说出后，脸都有点发红、发烫。

“咱们两家是世仇，吕平安能答应吗？魏山是杀害平安他爸吕诚实的凶手。”魏云欲擒故纵。

“我不管。我就是喜欢他。魏山杀了他爸，早都被枪毙了，我与他无冤无仇的，我要替魏山还了欠吕家的债。”

“说得轻巧。你愿意，人家未必领你这份情。”

“他领不领情那是他的事情，我要还债是我的事情。”

“好好好。就算吕平安不计较杀父之仇，人家现在与青青处得火热，他能接受你吗？”

魏云的话句句真实，句句在理，这两点也正是魏瑶一直头痛的事情。她在心里恨魏山，为什么要杀害吕诚实呢？由于他的错，导致吕、魏两家成了仇人，从而让她与喜欢的人不能踏踏实实地见面，不能真真切切地说出自己压抑在心底的爱。

魏云的话，一下子把刚刚鼓起勇气的魏瑶打入冰窖，使她陷入深深的痛苦之中，不能自拔。

“别难过。”魏云看到魏瑶是真心实意地喜欢吕平安，他的心就彻彻底底地放下了。他安慰魏瑶：“别灰心丧气，成事在人。只要你对吕平安功夫用到位，没有办不成的，不愁软化不了他的心，动摇不了他的意志。”

“那我咋办？”魏瑶抬起头问道。

“不发愁。先联系，再见面，然后亲近，一步一步来，必要时来个弄假成真。你只要把生米煮成熟饭，一切就好了。”

“你胡说啥。”魏瑶一听魏云说“把生米煮成熟饭”，一下子满脸涨红，她没想到魏云会给她出这样的馊主意。

“一看就是个瓜娃。俗话说得好：舍不得孩子，套不住狼；舍不得媳妇，逮不住嫖客么。”

“你越说越离谱了。”

“那你看着办！”兄妹俩话不投机，悻悻地离开了小贝壳酒店。临走时，魏云将五百元钱塞到魏瑶的口袋里，魏瑶不要，魏云说：“你要和他见面，还不把自己打扮得漂漂亮亮的，还不请他逛公园、看电影、吃饭？只要你把事情能办成，花多少钱我都认。谁让我是你亲哥呢。”

魏瑶拿着钱走了。看着魏瑶的背影，魏云惬意地笑了。

27

好人一生平安。

这句话，一方面是希望每个人都要当个好人，当一个有责任、有担当、有理想、有抱负的人；另一方面，希望老天要眷顾好人，让好人在人生的道路上平平安安、健健康康、快快乐乐的。

魏云从前在乡政府工作，是乡政府的通讯员。他脑瓜灵活，思维敏捷，会见风使舵，见人说人话，见鬼说鬼语，活得有滋有味，一帆风顺。后来，他得到了乡上主要领导的赏识，便一步一步走上坡路，从通讯员，到了计划生育专干。那些年，国家的计划生育政策很严格，公职人员要是违反了计划生育政策，轻者党纪政纪处分，重者直接开除党籍、公职。所以，魏云成了中心人物，因为他的手中掌管着“计划生育证明”和“生育服务证”。所以，魏云在平陵乡政府也属于一个响当当的人物。

对领导干部，或者对自己有用的人，需要“计划生育证明”时，在魏云眼里，不管对方是否做了计划生育手术，他都会出具“计划生育证明”。别看这小小的一张“计划生育证明”，它关乎着一个人的政治前途和命运。

有人开玩笑说，吕平安当年在提拔副局长时，就因为计划生育的问题被取消了资格。在填写采取什么计划生育措施时，他写了两个字：“硬忍”。这下难倒了组织部的人，吃不准“硬忍”算不算计划生育措施。当时规定的计划生育措施有上环、结扎、皮埋等三种措施，没有“硬忍”。他说的“硬忍”算是一道难题，一时半会儿没人能把“硬忍”解释清楚的。于是，吕平安的副局长就这样黄了。

爱国问平安是否有这事，平安说：“人家埋汰我，你也跟着瞎起哄。我有几斤几两，你还不清楚？啥时候说让我当副局长了？我再瓜，难道连啥是计划生育措施都分不清吗？真是狗眼看人低。”

不管是啥眼，不管平安是否抗拒，反正“硬忍”这件事已经活生生地落在吕平安的头上了。

“生育服务证”是乡镇出具的为新生婴儿报户口的必备证件，没有这个“生育服务证”，派出所是不给新生儿报户口的。谁违反了，就违反了计划生育政策，是必定受到处分的。魏云凭借管理“生育服务证”，也就卡住了一些想生二胎人的命脉。“生育服务证”就是“生育指标”，只要你有了这个“生育服务证”，就证明你有生育的指标，生出的孩子就是合情合理合法的。把“生育服务证”“新生婴儿落户介绍信”和“新生婴儿出生医学证明”放在一起，派出所才能报户口。

所以，魏云手中的权力大得很。他走路昂首挺胸，谁见了他都会主动打声招呼。除了领导外，他对别人的招呼，基本上用点头、“嗯”、不理三种办法来对待。也正是凭借着这两张证，让他积攒了许多人脉。平陵乡当时流传着一句顺口溜：“帽辫绣得和花一样，本事大得和天一样。”说的就是魏云。

当年的车辆很少，公交车除了秦汉市区内相对比较多，能够通往各大乡镇的就凤毛麟角了。像平陵乡这样的偏远乡镇，因为离家较远，交通不便，在乡上工作的人要么一周回一趟家，要么就在街道上“蹭车”，让人顺路捎回去。魏云手中有权，除了胡吃海喝外，还趁机给口袋里塞一点。那时候，把行贿不叫行贿，叫“塞黑拐”。魏云把持着“两证”发放大权，“塞黑拐”的人自然也就很多。他给自己买了一辆永久牌二八自行车，整天上下班骑行在乡政府与陵南村之间的路上。

那天，他回到家里，家里人都到村头看电影去了。他一个人在家闲着没事，正准备出门溜达，一个穿着海军衫连衣裙的女子来了。

“你找谁？”魏云一看是个美女上门，还以为是找自己的，眼睛都发出绿光了。

“我找魏水。”美女淡定地回答。

“你是谁？”

“我叫兰草，是魏水的女朋友。”兰草长得眉清目秀，脸庞圆圆，一双水汪汪的大眼睛扑闪扑闪的，特别好看。

“魏水不在家，你先坐。”魏云最大的爱好就是美酒、美女，这是他一生的嗜好。他见了兰草，就显得很殷勤。

兰草坐下了，接过魏云递过来的茶水。魏云也搬过一把椅子，坐在兰草的对面。

“你没事干了，胆大的晚上上门找魏水。”

兰草说：“我是魏水的女朋友。我怀上了魏水的孩子，找他拿主意，咋就不能上门呢？”

“还没结婚就先睡在一起了，我都为你感到羞耻。”

“你羞耻啥？我和魏水谈朋友睡在一起碍你啥事？”

“啥？未婚先孕，你自己不觉得羞耻，还有理了？”

“我怀的是魏水的娃，是你魏家的种。”兰草说，“有本事你就大声喊，让陵南村的男女老少都知道这事。”

魏云一看吓唬不住兰草，马上换了一副嘴脸，假装关心地说：“怀孕是个大事，你可不敢轻易乱说的。”

“我咋就是乱说呢？我这个月来没来例假，只有我知道。”兰草提高了嗓门。

“你还没结婚呢，不敢嚷嚷了，让外人听见了，你还能活人不？”魏云说，“我是魏水他哥魏云，你怀了我们魏家的种，我来负责。”

“你咋负责？”兰草想让魏水赶紧和她结婚，却一直得不到个准信，一听魏云说要负责，心里有点迟疑，这与她来时的设想一点都不一样。刚来时，她想了许多，如果魏水同意和她结婚，这事好说；如果他不同意结婚，那就把脸一抹，豁出去了，一哭二闹三上吊。现在，魏家终于有人愿意承担责任，她的心稳当了，就听从魏云的安排。

“你先喝水。你就是个瓜子娃，你和魏水没结婚咋就睡在一起？睡在一起了，也不采取个措施，一不留神把你肚子弄大了，这事咋办呢？”魏云毕竟是乡镇干部，工作几年了，见的人比较多，经历的事情也多，见多识广。所以，以他的智商对付兰草这个黄毛丫头还是绰绰有余的。几句话，把刚才还气势汹汹的兰草说得低下了头，再没有刚来时的淡定了。

“我问你，是不是这个理？”魏云倒显出一副咄咄逼人的架势，把兰草逼到墙角角上。兰草知道自己做错了事，低着头不敢看魏云，一个劲用“嗯嗯”回答着。

“是这。”魏云一看兰草已知理亏，不敢面对他，便提出了自己的进一步想法。“陵南村有个八老婆，她是接生员，接生了一辈子，对于女人是否怀孕，她一看就知道。咱俩找她去，她若认定你怀孕了，我做主，无论如何都要让魏水娶你。”

“我听你的。你说咋办就咋办。”

魏云一看兰草答应了，就和兰草一起出了门。走出村口，魏云要拉兰草的手，兰草不让。魏云说：“兰草，你不是怀孕了么，天黑得很，村上的土路坑坑洼洼不平展，万一摔一跤，流产了咋办？”兰草一听，魏云说得在理，也就依着魏云，主动把手伸给魏云。

魏云拉住了兰草的手，软绵绵的、光润润的、滑腻腻的，他心里便生出了一股子邪念。走到村外一片玉米地旁，魏云一看四周无人，胆子大了起来，一只手拉着兰草的手，另一只手已经紧紧揽住兰草的腰了。兰草没有反抗，魏云说：“妹子，你听哥说，咱不去找八老婆了。”兰草问：“为啥？”魏云说：“八老婆这人嘴不严实。你毕竟未婚先孕么，是件丢人现眼的事情。这事要是让八老婆传出去，你丢人不丢人？你家人还咋在五陵原上活呢？你好好考虑一下。”

兰草一听魏云的话，身子不由得一阵紧张，心里明显害怕了，在魏云的怀里瑟瑟发抖。她怯怯地问：“哥，那你说咋办？”

魏云说：“哥在乡上是管计划生育的，还不懂这个？八老婆用的是土办法，哥用的是科学办法。你说哪个灵验？”

“当然是科学办法灵验。”兰草心里着急，问，“哥，咋办呀？”

“好办！”魏云拉着兰草的手，一直朝着玉米地里走去。

“哥，你这是干啥？”

魏云说：“哥给你检查检查，看你是否怀孕。”

“咋检查？”兰草心里忐忑不安，一脸迷惘。

魏云从怀里拿出了出门时顺手准备的一块床单，铺在地上，对兰草说：“你把裙子脱了，躺上去。”

兰草不愿意。魏云说：“你不愿意我也不勉强你。你的事我就不管了。”说着，装出要走的架势。

夜晚的玉米地，四周没有人烟，兰草感觉很害怕。她一看魏云要走，就拉着魏云的胳膊，央求道：“哥，你别走，我听你的还不成吗？”说完，兰草按照魏云的吩咐，怯生生地把海军衫连衣裙慢慢地脱了，然后，躺在床单上。

月光下，兰草的身子白花花的，如寒冬腊月落在地上的白雪。魏云眼睛中射出色眯眯的光芒，他一个饿狼扑食，扑在了那团白雪上……

魏云在白雪团上折腾了一番，气喘吁吁地躺在雪团旁边一句话也不说，眯住眼睛，回味着兰草的体香。

“哥，我是不是怀孕了？”兰草问。魏云对兰草说：“你放心，我让魏水对你负责。”

过了半个多月，兰草没有等到魏水的答复，便来到平陵乡政府找魏云。魏云看到兰草，急忙招呼到自己的办公室，还没等兰草开口，魏云就急不可耐地说：“你让哥再给你检查检查。”

兰草说：“你不是已经检查过了吗？”

“那天晚上天太黑，哥太紧张，没给你检查清楚么。”魏云死缠烂打硬生生地将兰草拉到床上，又重新“检查”了一次。完事后，他恬不知耻地说：“把握性不大，你等着，一会儿上台子做进一步检查。”

魏云出门后，对计生办的医生叮嘱一番，便将懵懂中的兰草领到手术室，给糊里糊涂的兰草做了刮宫术。从此，她期待的美好愿望在不知不觉中化为泡影。

可怜的兰草，自己的愚昧无知，让她不仅没有找到自己所渴望的幸福，还被魏云欺骗。魏云欺骗了兰草，不仅在兰草身上满足了自己的兽欲，也将兰草与魏水的孩子扼杀在萌芽状态。后来，当兰草再次找到魏云的时候，魏云拿出了计生办的诊断证明，证明兰草没有怀孕。“那晚，你不是说我怀孕了？”兰草质疑。“那晚天太黑，也很慌乱，所以，判断难免有闪失。这张诊断证明就是科学依据。”魏云答道。

兰草拿着诊断证明，显得很无奈、很无助，也很被动，豆大的泪珠，从她眼中滚落而下。她双腿发软，浑身无力，眼前发黑，昏昏沉沉，自己都不知道是如何离开魏云办公室的……

28

等待，是一件非常烦心、闹心、窝火、上火的事情。

时间一天天过去了，魏云心中比魏瑶还着急。魏瑶一天搞不定吕平安，就意味着魏云的如意算盘将没法继续打下去，他娶刘青青的愿望就会落空。

魏瑶毕竟是魏瑶，她是善良的、单纯的。她心仪吕平安，除了替魏山赎罪以外，还有出于内心的喜爱，是发自心底的喜欢，是少女追求爱情的一种情怀。她去找吕平安，吕平安不是忙，就是不愿意见她。尽管刘爱国劝说、开导吕平安不能记死仇，不能把魏山对他家造成的巨大伤害，强加在无辜的魏瑶身上。然而，劝说终归是劝说，是外部的力量，想让吕平安一下子心甘情愿地接受魏瑶，还需要平安自己内心的变化才行。

自从上次爱国主动找平安谈了一席话后，让平安心中的成见有所消解。但是，平安心中的“杀父之仇”埋藏了十几年，就是一颗小小的“复仇种子”，从播种到现在，也都长成了参天大树，要想一下子连根拔除，那是不可能的。

冰冻三尺，非一日之寒，就算锯掉了枝杈、砍断了主干、挖掉了树根，也不可能一下子把仇恨之树全部连根肃清。这棵仇恨的大树，经过十几年的生长，有形的东西固然能肃清，无形的、潜在的东西已经向外扩展，无论如何是肃不清的。

树都如此，人也一样。刘爱国没有想着一下子就能改变吕平安，让他消除多年来日积月累在心底的仇恨。他心里明白这需要一个过程，欲速则不达。在爱国的帮助下，吕平安终于可以和魏瑶坐在一张桌子上吃饭了，这无论如何，都算是一种进步。最起码，吕平安的思想已经有了一定程度的转变。

魏瑶从过去暗恋吕平安，到后来已经明确地表露出来。但吕平安不能接受魏瑶，在他心里，一直装着刘青青。刘青青在平安心里，已经装了不是一天两天，也不是一年两年了。同样，刘青青心里也被吕平安所占据，容不下别人，装不了别人。这十多年来，他俩之间的感情已达到“郎骑竹马来，绕床弄青梅。同居长干里，两小无嫌猜”的境界了。因此，对于魏瑶来说，吕平安与刘青青这么深厚的情感，无论如何都是摆放在她面前巨大的障碍。

魏瑶有魏瑶的做事风格，她只求心安理得。所以，平安不接受她，这在她的预料之中，她能接受这样的现实。如果平安轻易地答应了她，这反而让她看不起平安了。平安和青青多少年日积月累建立起来的爱情金字塔怎么能说倒就倒了呢？如果这样的爱情小船瞬间沉没了，那么，平安这样说变就变的人，就不值得她去接受、去爱了。尽管她多次表达了自己的心意，吕平安始终不接受，这让她更加敬重平安。虽然她的内心是非常矛盾和痛苦的，甚至心如刀绞般难受和疼痛，但是她还是心甘情愿地接受这样的现实，毫无怨言地品尝这杯苦酒。

现实本来是美好的，但有时候，现实生活更充满残酷性。这样的残酷，可以激励人奋进，也可以无情地将人击垮。

魏瑶始终没有得到吕平安的心，这让她对生活、对现实无比失望。她感叹、抱怨自己，为什么就没有一点能够吸引平安的魅力，没有一点能吸引平安的优点？少女的自尊心一点一点地被击碎了。在吕平安面前，她自己将裹着的心，像抽丝剥茧一样，一层一层地剥落了，将少女那颗火热的、滚烫的心，完全暴露在平安面前，却得不到一点的慰藉。这比将一个少女的胴体暴露在一个陌生男人面前更难受、更痛苦。既然已经剥开了、裸露了，就无法再合上。即便是急匆匆拉上一层层羽纱掩盖上，也无法像从前一样完完全全地遮挡住，她的心灵受到了极大的创伤，心中产生了无限的悲凉。

怀揣着无限的痛苦，魏瑶一个人漫无目的地走在渭滨公园里。秦汉市并不大，紧挨渭河堤岸修建了一座渭滨公园。“一条马路一种树”，说的是秦汉就一条像模像样的马路——人民路，人民路上就一种树——梨树，每到春天的时候，人民路两旁“千树万树梨花开”，也算秦汉的一道风景。“一个公园一只猴”，说的就是秦汉就一个渭滨公园，这里是年轻人谈情说爱的好地方，是市民游玩的好去处；渭滨公园里有一个猴园，猴园里有一座假山，整天只有一只小猴子爬上跳下的，深得小孩子喜欢。

深秋的竹林苍翠茂密。天色已晚，游人稀少。魏瑶像只无头苍蝇，漫无目的地在渭滨公园里走着，她的一举一动被一双贼溜溜的眼睛盯上了。当魏瑶走在青年湖旁边的竹林附近时，那双盯了她很久的眼睛迅速和她拉近了距离。黑影猛地扑上去，将她从身后死死地钳住。魏瑶摆脱不掉，一边挣扎一边呼救。黑影全然不顾魏瑶的挣扎，拼命将魏瑶往竹林深处抱去。这个黑影力气很大，魏瑶无论怎么做都无法摆脱他。黑影将她拖进竹林中，压倒在竹林中间狭小的空地上，魏瑶使出浑身的力气挣扎、呼救，黑影像骑马一样骑在她的身上，一只手卡住魏瑶的脖子，让她挣脱不掉、呼喊不成，一只手撕扯着魏瑶的衣服。魏瑶眼看着自己即将被黑影吞噬掉，拼命的挣扎和撕心的呼喊在黑影面前都成为徒劳，她便苦苦哀求黑影放过她。此时的黑影就是一只老鹰，惊慌的魏瑶就是一只小鸡。老鹰终于抓住了小鸡，岂有放过的道理？黑影继续撕扯魏瑶的衣服、裤子。魏瑶心想，自己的清白之身即将要毁在一个陌生的黑影手中，她心有不甘，又开始拼命地挣扎和呼救。无奈，黑影一拳打在魏瑶的太阳穴上，她眼冒金星，昏了过去……

正当黑影实施罪恶的时候，恰在渭滨公园里散步的吕平安、刘青青听到了呼救声。平安将拉着青青的手立即松开，循声追到竹林旁边，却没有了呼救声，凭着职业的敏感，吕平安听到竹林中有响动，便一个人钻进竹林里寻找。看到正在作恶的歹徒，吕平安怒不可遏，一个箭步冲上去，一脚踢在了歹徒的背部，只听“啊”的一声，歹徒应声倒在了竹林中……

吕平安急忙俯身，呼叫着躺在地上的人：“你醒醒，快醒醒！”当他整理好地上人散乱的头发后，才发现，躺在地上的人不是别人，而是苦苦追求他的魏瑶。于是，平安呼叫“魏瑶、魏瑶”，用手轻轻地拍打着魏瑶的脸颊，魏瑶刚一清醒，一双手将平安掀倒在地，歇斯底里地大喊：“你滚、你滚！……”平安知道魏瑶吓坏了，起身便说：“别怕，魏瑶。我是平安。”魏瑶一看是平安，伸手搂住了平安的脖子。平安没有防备，被魏瑶拉倒了，趴在魏瑶的身上。平安挣扎着，想从魏瑶的身上爬起来，无奈，魏瑶将他死死地抱住，生怕他跑了似的。平安慢慢地单手撑地，一点一点地将身子抬起来，顺便将魏瑶的上半身也带了起来。魏瑶刚才受了这么大的惊吓，此刻，见到了她朝思暮想的平安，内心一下子释然了，在平安怀里哭得非常伤心。平安喊青青过来帮忙，青青看到黑暗的竹林中，平安被一个人抱着不能起身，便帮着将两人拉起来。一看，平安怀中抱着一个女人，感到十分诧异。平安对青青说：“是魏瑶。”青青顿时醋意上来了：“难怪抱得这么紧。”平安说：“都没看啥时候了，你还有工夫吃醋？再晚来一步，她就被坏人糟蹋了。”

平安抱着魏瑶，走出了竹林。没料想，刚才被他一脚踢翻、坏了“好事”的歹徒从他的身后，将一把尖刀刺了过来……

29

罪恶与歹徒有一个共同的特点——见不得阳光的照射，就像《西游记》中的妖魔鬼怪，在孙悟空的金箍棒下，都会被打得现出原形。

4月27日，“4·11”专案指挥部搬到了五陵原上，这样工作起来特别方便。刘爱国、吕平安除了在“4·11”指挥部里听取每一个专案小组获取情况的汇报并逐一分析外，也在五陵原上调查走访、摸排线索。

刘爱国、吕平安从小到大，一直就没有分开过。同在一所小学、初中、高中上学，一同考入省警察专科学校。经过两年的学习培养，又一起被分配在秦汉市公安局渭滨分局刑警大队工作。尽管如此，两人还是不同的。刘爱国的身材虽然没有吕平安那么挺拔，性格也比较内敛，但他天庭饱满、棱角分明、不苟言笑，他具有五陵原儿女那股执着的精神，遇事沉着冷静，处理问题细心谨慎。吕平安牛高马大，是篮球场上的健将，深得女生的喜爱。他性格开朗，爱说爱笑，遇事比较莽撞。分配在刑警大队以后，两个人还在一个组；后来，刘爱国是组长，吕平安是副组长；再后来，爱国成了大队长，平安是副大队长。两个人在一起始终没有分开过。用五陵原上的俗话讲，他俩是红萝卜一爪——不零卖。

参加公安工作后，他俩就长期战斗在渭滨分局刑侦工作的第一线。从刑警干起，一步一个脚印，对公安工作特别是刑侦工作情有独钟，两个人分别先后多次荣立个人三等功。一个用思想和智慧，一个用力量和技术，相互搭档，互相配合，密切作战，先后破获了公安部、省公安厅督办的“6·1”震惊三秦大地的大学生被杀等一系列大要案件。他俩对工作兢兢业业、一丝不苟，每一起刑事大案发生后，他俩的身影总是第一时间就出现在案发现场。他俩一个分析案情，翔实有据；一个模拟画像，形象逼真。

自从“4·11”案件发生后，来自上级和党委政府等方方面面的压力越来越大，每过一天，就距离北京奥运会的开幕式接近一天，无论从哪一方面来讲，尽快破案迫在眉睫。于是，他俩率领刑侦技术人员和专案组成员在五陵原上摸爬滚打了十多个日夜。人明显消瘦了，眼圈发青，眼白发红，从刘爱国那急匆匆的步子中都能看到连日来的疲惫，也能体会到破案的艰辛。

调查工作紧张有序、紧锣密鼓地开始了，伴随调查工作的开展，每出现一个线索无不令指挥员们欣喜，及时调兵遣将，逐一收集证据、分析研判之后，又一一地否定了。

这几日，太阳好像有意与专案组作对，考验侦查员的意志、耐力和体力，气温突然升高，晒得树叶都懒洋洋地低垂着。从早到晚，调查人员顾不上休息，进东家出西户，找张三寻李四，一会儿召集村干部开座谈会，一会儿召集群众发协查通报，五陵原上每个村的角角落落，到处闪现着民警的身影。一时间，大街小巷，田间地头，民警走村串户，与群众交朋友、拉家常，寻找案件线索，到处张贴协查通报和犯罪嫌疑人的模拟画像。

两天过去了，调查工作进展得并不是很顺利。

案发地地处五陵原的长陵镇。近年来，在改革开放春风的吹拂下，发展经济的浪潮让群众沉醉。全镇积极开展“平安长陵”建设，积极打造“和谐长陵”小镇建设，社会治安环境逐年好转，生态环境得到了有效的保护，好多企业看中长陵镇的社会治安环境和生态环境资源优势，前来考察办厂，纷纷入驻，镇上那些有能力的人也相继建起了自己的企业，为全镇的经济发展注入了活力。招商引资吸引的企业与本地企业融合，取长补短，和谐发展，合作共赢，为长陵镇乃至五陵原的年轻劳动力创造了越来越多的就业岗位。他们不需要到外地去打拼，在家门口就可以找到适合自己的工作，既能赚到钱，也能照顾好家庭。于是，群众的欢歌笑语，增添了五陵原欢乐的气氛。长陵镇共有三十多个村，六万多常住人口，还有一万多暂住流动人口，三百多个大小企事业单位竞相盛开经济之花，推动着全镇经济的健康发展。

各村的青壮年劳动力纷纷走出家门，在五陵原上的企业打工，村中大多是老人和小学生。这给民警的进村入户调查走访，带来了一定程度上的难度。民警在村里入户走访，要么大门紧锁，让民警吃了闭门羹；要么就是平日经常足不出村的老人，消息闭塞。老人虽然善良，但是，他们的思想比较守旧，特别是面对民警入户走访调查，思想顾虑非常大，抱着多一事不如少一事的心理，很少有人愿意主动提供破案线索。还有的人由于受到传统思想的影响，加之出于对自身名声的保护，即使被犯罪嫌疑人侵犯，也不愿提及伤心的痛。

在长陵镇常住人口中，仅十八岁到二十五岁的男性青年就有五千多人，要从这五千多人和暂住人口中寻找一个符合体貌特征的犯罪嫌疑人，犹如大海捞针。尽管困难重重，专案组人员明知山有虎，偏向虎山行，从中找出了一条又一条的线索。

晚上8点，警官俱乐部灯火通明，十三个小组长都在认真地汇报着各个小组的战况。

……

听完各小组的汇报后，吕平安说："侦查工作本来就有它的复杂性和特殊性，这个特殊性就是随着案件调查的进展带来的不确定性、随机性和灵活性。现场的刀具、自行车等物证是受害人描述的，由于事发突然，受害人案发时思想上高度紧张，精神上极度恐慌，她们对于事物的认识很可能就会有一点偏差，她们对物证、案情、犯罪嫌疑人的体貌特征等的描述，就具有相对性，而不具有绝对性。这些不确定性、相对性，就带来了案件的复杂性。模拟画像也是根据受害人描述而绘制的，画像肯定与犯罪嫌疑人真实体貌特征有一定的差距，只能作为一个参考。各小组摸排时一定要认真细致，不仅要凭经验认真观察，而且要与目前隐藏着的犯罪嫌疑人斗智斗勇！"

"同志们，大家辛苦了！"爱国在听取侦查人员汇报后，从汇报人的语气、眼神和态度中，多多少少能感觉到大家的焦虑，虽然天不遂人愿，破案进展缓慢，个别民警的思想已经有了一丝的波动。他看在眼里，急在心上。为了调动侦查员的工作积极性，鼓舞士气，提高战斗力，爱国鼓励大家："我们大规模的摸排工作刚刚开始，虽然线索还不明朗，目前的工作与找到犯罪嫌疑人还有一定的距离，加之这几天天气炎热，也给我们的摸排工作带来了严峻的考验。我希望大家把辖区十八岁到二十五岁的青年人作为摸排的重点，把符合体貌特征的具有作案工具、条件和时间的人一定要纳入我们的视野，逐一筛选，特别是家庭不健全、本人心理不健康的，一定要作为重点中的重点来查！我相信在座的各位，一定有能力、有信心、有决心完成这一使命，给受害人一个圆满的交代，给党和政府以及五陵原上的老百姓交上一份满意的答卷！”

30

自从爱国和郝剑谈话后，郝剑就一直处于亢奋状态之中：一来他感觉到魏云能量的强大，尽管他犯了重罪，羁押在看守所，仍然有人明里暗里关心他、照顾他；二来他每一次和刘爱国谈话，不仅能有短暂的自由，得到爱国在饮食方面的照顾，也让同监号里的人对他刮目相看。基于这几点，他内心感到无比快乐，还有了高人一等的沾沾自喜之感。

在看守所能改善生活，这对羁押在这里的人来说，就是一种奢侈的幸福。更何况，是刘爱国自己掏腰包，让灶上给郝剑扯一碗他非常喜爱的𰻝𰻝面。这让同监号的人员不仅对他产生了嫉妒之心，更产生了羡慕崇拜之意，也让郝剑更加感到了一种难以掩饰的幸福之感、骄傲之心、盛气凌人之意。

晚上，躺在床板上的郝剑，还在回味着𰻝𰻝面的余香。他心想，要是每天都能吃上一碗𰻝𰻝面，那该多好啊！虽然羁押在看守所里，但最起码温暖的阳光每天还多少能洒在他的身上，这让他从内心深处感到些许的慰藉。

看守所的日子是平淡的、乏味的，这让郝剑想起了传销组织。在传销组织里，刚进去的时候，日子和在看守所几乎没有两样，一间小房子、十几号人，每天有人看管、清汤寡水的饮食……唯一的区别就是，在看守所里要认罪，要认真改造自己的心灵；在传销组织里，要的是钱，除了钱，还是钱。看守所，无论是管教干部，还是监号里面管事的人，都希望你听话、守法、不滋事；而在传销组织里，无论是大头目还是小喽啰，都希望你约人、约人、再约人，拿钱、拿钱、再拿钱。后来，自己也从被骗者转变为骗人者，混成了小喽啰、小头目。

在看守所的这段日子里，空间狭小的监室、一群陌生的人、失去了人身自由的烦恼、清汤寡水一日三餐的苦闷生活，郝剑突然意识到这就是他人生莫大的悲哀。从前，他西装革履、皮鞋锃亮、头发油光，出入高档酒店、会所，大碗喝酒、大口吃肉，鲍鱼海参、对虾乌龟，想吃啥就能吃啥，想去哪里就去哪里。无论是出门还是出入于酒店，各色美女前呼后拥，让他享受了人间的幸福；大把大把的钞票，让他忘了自己姓啥，迷失了人生的道路，一味地将灯红酒绿的生活当作自己的幸福，把拥有金钱的多与少，当作自己人生追求的全部。后来，他又把吸毒当作欲神欲仙、飘飘然的一种享受。于是，他进入传销组织骗人，骗同学、骗同事、骗朋友、骗亲人，欺骗自己的良心，让自己拥有了无数的金钱，让自己彻彻底底在金钱这个魔鬼的驱使下，如同行尸走肉。他吃喝嫖赌、抽大烟，直到杀人锒铛入狱，成了阶下囚。

郝剑想到了迟志强的《铁窗泪》：人生最大的悲剧莫过于失去自由，人生最大的痛苦莫过于失去亲人和朋友。郝剑早已习惯穿梭于灯红酒绿之中，习惯混迹在小蜜蜂、小蝴蝶之间，习惯了无拘无束、挥金如土的生活，总之，郝剑习惯了享受。突然间沦为阶下囚，他对看守所里的一切都不能接受，哪里还能谈得上适应呢？刘爱国的一碗𰻝𰻝面，让郝剑重新品尝到了儿时妈妈的味道。

说到底，传销窝和看守所在某种程度上是一样的，都是被束缚于一个狭小的空间内失去人身自由，都是一群人没黑没明地聚集在一起，都是清汤寡水的一日三餐，都是被人监督着，都是要接受教育改造的……从这几个方面来看，它们都是一样的。

其实郝剑看到的是表面现象，因为，他一直没有深入地研究过什么才是生活。他的生活就是在大量金钱包裹下的吃、穿、住、行、玩，他根本就不了解什么是生活，哪能深入地研究生活呢？说白了，他那叫为金钱、美女而苟活着，没有真正懂得人生的真谛。

看守所和传销组织最大的区别在于其本质的不同：看守所是用法律的手段，依法羁押并改造羁押于此的犯罪嫌疑人；而传销组织是用非法或违法犯罪的方式，对人身进行非法拘禁和对他人财物非法侵占的团伙，是一种非常典型的犯罪组织。传销组织是一个将好人变成坏人的地方，看守所是一个将坏人变成好人的场所。这，就是二者本质上最大的区别。

郝剑当年揣着魏云给的一千元钱，忐忑地离开了秦汉市。当年的一千元，是一个不小的数目，是一般人大半年的工资。郝剑喜出望外、感激涕零地对魏云千恩万谢，踏上了南下的列车，寻找自己的发财之路。

郝剑一出广州火车站就蒙了，东南西北都分不清楚了，很快被淹没在火车站熙熙攘攘、摩肩接踵的人流之中。他随着人流出了火车站，按照亲戚告诉他的地址，找到了他们要见面的邮政报刊亭。

站在秦汉的街头，郝剑是国棉三厂的一名青工；来到广州的街头，郝剑就是一个不起眼的流浪汉。郝剑站在邮政报刊亭那里，毒辣辣的太阳似要将他融化在火车站的广场上。仿佛他的血肉将要和广场一起融化，那身土里土气的衣服包裹着他，将他留在广场上，供无数人围观。围观的人，看着他的血肉一点点融化、模糊、消逝，并对他的乞丐服产生了莫大的不屑和鄙视。郝剑已经被淹没了，剩下的就是苟延残喘般的期盼。期盼他尽快像兔子一样逃离这群瞧不起他的人，以及这群瞧不起他的人那鄙视的眼光。此刻，他是孤独的、无助的、狼狈的，似乎成了这个富有朝气的大都市中的异类。

正当郝剑左顾右盼、东张西望，期盼他的亲戚前来接他时，一对穿着时髦的男女到了他的面前。这对突然出现在他面前的陌生男女，让他瞠目结舌，呆若木鸡。三个人站在一起，形成了鲜明的对比：陌生男女就是天鹅，他就是癞蛤蟆。他犹如鸡立鹤群，显得不伦不类，与广州偌大的城市格格不入。

男的问他是不是从秦汉来的？他怯生生地回答是的。

女的问他是不是叫郝剑。那声音如同鸟语，温柔得让他浑身能起鸡皮疙瘩。他腼腆地点着头，算是做着肯定的回答。

“跟我们走！”男的语气坚定。不是在请求他，而是在命令他。

郝剑反问道：“我不认识你俩，为啥要跟你俩走？”

男的说：“你不认识我俩无所谓，我俩是你亲戚的朋友，他工作忙，脱不开身，特意委托我俩来接你。要不是我们是好朋友，大热天谁愿意跑这么远来接你这个乡巴佬！你真是狗咬吕洞宾，不识好人心。”

“走不走随你。”说着，那个男的在前面走了，女的站在原地没动，两只眼睛死死地盯着郝剑。到了这般田地，郝剑举目无亲，死马权当活马医，极不情愿地跟在男的后边走了。

男的带着他在前面走，头都不愿意回。女的反而和他挨着走，一边走一边嘘寒问暖，问他一路上的情况，显得特别关心他，这让郝剑心中温暖了许多。女的一边走，一边时不时地有意把身子往他身上靠，他的身子间或挨上了女的并不丰满的胸脯，感觉像触电似的，刚才等待时心中的阴云瞬间一扫而光。这时，他突然想起在竹林里揉搓过魏瑶的胸脯，郝剑的心不由自主地往嗓子眼里提。尽管郝剑的嗓子有些干渴，但是这个女人就是他的话梅，让他不停地吞咽着唾沫。

刚开始，他十分害怕，害怕遇到“火车站美人陷阱”，害怕被他俩以耍流氓为由而殴打。他心想，他们都知道自己站在邮政报刊亭的位置，又知道自己的亲戚，还知道自己的姓名以及来自何方，最起码，这两个人是和自己亲戚认识的，不应该是打劫的匪徒。即使是匪徒，他又没有色，身上仅有一千元，大不了把命留下，把钱拿走算了，只要人不吃亏。这样想着，郝剑倒是心安了许多。“宁可花下死，做鬼也风流”，于是，当女的故意用身子往他身上贴近时，他也显得主动了一些，心想：路边的野花不采白不采，采了也白采。这样一路走着，左一拐，右一转，加之旁边有一个美女，弄得他神魂颠倒、心猿意马、忘乎所以，忘记了自己的身份，忘记了自己是来干啥的，还以为自己是来相亲的，和女朋友上街谈恋爱的。郝剑在迷失了自我和方向的瞬间，终于被带进了一个小区。

31

吕平安被歹徒从背后捅了一刀子，歹徒趁机在夜色中逃离了。

平安后背鲜血直流，他痛苦不堪，踉踉跄跄，双手慢慢地没了力气。魏瑶从他的胳膊弯慢慢地滑下来，离开了他温暖、厚实的胸膛，软软地倒在了地上。她在离开平安的瞬间，只听平安“啊”地大叫了一声，顿觉大事不好，便问：“平安，你怎么了？”

“我被人从背后算计了，挨了一刀子。”平安说完便倒在了魏瑶的面前。魏瑶急忙将平安抱在怀里，按着平安手指的位置，找到了伤口。她呼喊着刘青青，说：“平安受伤了，快过来帮忙。”两个没见过大阵势的年轻女子吓得哭了起来，她们的哭声、呼喊声惊动了渭滨公园零零星星的游人，大伙聚拢过来，一起将平安送进医院。

到了医院的急救室，医生一看平安脸色苍白，身上血迹斑斑，就连刚才搭伙抬他到医院的人，手上、衣服上都沾上了血迹。魏瑶不仅手上、衣服上、裤子上沾了血，慌乱中，脸上不知道啥时候也沾上了血。医生在将平安推往手术室的时候，还以为魏瑶也受了伤，非要拉着魏瑶到手术室做手术。

魏瑶说自己没事，她紧紧抓住医生的手，哭着祈求医生：“一定要救平安。”医生说：“把人交给医院你就放心吧！医院救死扶伤，这是我们的职责所在。”说着，医生就进了手术室。

魏瑶被外面的医生强行拉到急诊室，给她做了全面检查，在确信她身体没有受任何伤的情况下，才让她离开。

魏瑶身体本来就没有受伤，只是刚才被歹徒突然劫持到竹林里，企图强奸，将她打晕，让她受到了惊吓。而且，刚才平安被歹徒捅伤，让魏瑶产生了巨大的压力和恐惧，她不是担心自己，而是为平安担惊受怕，生怕平安出现意外。所以，她赶紧联系魏云。魏云听出了魏瑶内心的恐惧、焦急和不安。

魏云很快来到医院，看到手术室门外坐着的魏瑶、刘青青，他便朝魏瑶径直走去。魏瑶看到魏云，哭得更伤心了。魏云扶住魏瑶的肩膀，让魏瑶不要哭，哭不能解决任何问题，让魏瑶安心守候，相信医生的医术。

正在他们交谈的时候，手术室的门开了，护士说病人流血过多，需要输血，医院血库里的血不够了，需要家属的帮助。

魏瑶一听，二话没说就扑上去，拉住护士的手，让护士抽她的血。护士说："你别添乱了，你知道患者的血型不？"魏瑶说："我是O型血，你就抽我的。"护士问："你确定？"魏瑶像鸡啄米般一个劲地点头。魏云刚想阻止魏瑶，话到嘴边还没来得及说出来，魏瑶已经被护士一把拉入手术室。魏云看着已经关闭的手术室大门，干瞪眼，没办法。

魏云坐在刘青青旁边，劝刘青青想开些，不要难过。他说平安福大命大造化大，不会有事的。经过刚才的惊吓，刘青青已经没有了任何主意。她坐在长条椅上，不断地抽泣。听到魏云的安慰，她没有任何反应。两个人就这样很尴尬地坐在那里，没再说一句话。好在这样的尴尬场面时间不长，刘爱国闻讯后已经风尘仆仆地赶来了。

刘青青见到刘爱国，内心的委屈、恐惧和急躁一下子全都涌了出来，她一头扑进爱国的怀抱，失声痛哭起来。

刘爱国知道青青在心里早把他当亲人看了，所以，当青青遇到这样的生与死的紧要关头，在没有亲人商量、依靠、不知所措时，便会从内心深处感到孤独、恐惧和无助。当青青看到刘爱国的那一瞬间，她心中的堤坝便瞬间土崩瓦解了，便将内心的痛苦发泄在他的面前。因为这里是医院，需要安静，唯有安静，医生才能专心看病。刘爱国劝青青："不要哭，不要难过，平安吉人自有天相，不会有事的。我们在这里静静地等候，虔诚地为他祈祷。在内心轻轻呼唤着平安，平安就能听到我们的声音。"

青青安静了下来，紧紧地依偎在爱国的肩膀上，内心深处轻轻地呼唤着平安。

魏云看到这一幕，感觉有一把利剑扎到自己的心窝，他的心在滴血。他的心理发生了扭曲的变化，他追求青青的路上又多了一道障碍。刘爱国成了他得到青青的绊脚石。魏云心里很清楚，刘爱国要比吕平安更有思想，更为可怕，更难以对付。

魏云心如刀绞，他恨吕平安，希望吕平安不要活着离开手术台；他恨刘青青这么下贱、不要脸，当着他的面和刘爱国搂搂抱抱；他内心更恨刘爱国，恨刘爱国咋能在吕平安病危之际，乘人之危和人家的女朋友玩暧昧呢。

魏云心中的怨气、愤恨不打一处来，他气愤地骂道："流氓！"爱国一听，心里的火就腾腾腾往外冒，平安受伤还在抢救，他心里本来就难受得不是个滋味，一股无名之火正愁着没处发泄。他听到魏云的骂声，忽地推开青青，霍地站立起来，冲着魏云问："你骂谁呢？"

魏云说："谁是流氓我就骂谁！"手术室门外只有他们三个人，魏云很明显就是骂他和青青。爱国冲上去，一手抓住魏云的领口，一个耳光打在了魏云的脸上。

顿时，魏云的脸，被打得火辣辣的，他想还手，却不是爱国的对手，被火气正旺的爱国三拳两脚打趴在地。青青看见爱国还想继续出手，急忙上前拉住爱国，对着魏云说："还不快走！"

"咱们走着瞧！"魏云从地上爬起来，怒冲冲地离开了医院。

经过三个多小时的紧急抢救，医生终于给吕平安做完了手术。当医生走出手术室大门时，刘爱国和刘青青立即站在医生的面前，焦急地询问道："医生，手术如何？"

"手术很成功！"医生显得胸有成竹，"这个人命大得很，刀子再有一厘米就插到心脏上了。不过，病人因为失血过多，需要好好休息。过四十八小时才能脱离生命危险。"

刘爱国、刘青青赶紧和医护人员一起将吕平安送到病房，一起被送到病房的还有为平安献血的魏瑶。

吕平安还处于昏迷状态，脸色煞白，没有一丁点血色，戴着氧气面罩，手臂、腿上都打着点滴。魏瑶是清醒的，她知道平安手术做得很成功，这令她欣慰不已，她为自己能将血液输入平安的血管里尽一份心意而感到慰藉。她那双大眼睛，目不转睛地看着病床上的吕平安，吕平安的胸部随着呼吸一起一伏，魏瑶的嘴角挂着甜甜的微笑。

魏瑶知道，要不是平安及时出现并打翻歹徒，她已经遭到歹徒的蹂躏了。平安为了救她，才被穷凶极恶的歹徒下了黑手，险些丢掉性命。平安是她的福星，她为自己深爱的平安临危不惧，不顾个人安危勇斗歹徒的气概而感到由衷自豪和荣耀。

第二天，魏瑶给单位请假，专门到医院里照顾病床上的平安。来到医院，魏瑶听医生说，平安发高烧，如果高烧不退，很可能就有生命危险。魏瑶急了，哭着问医生咋办。医生说，除了打消炎针外，还有一种办法就是用医用酒精擦洗身子。魏瑶急忙找护士要了一瓶医用酒精，按照护士的吩咐，将平安的衣服脱光。她将酒精倒入碗内，用手撩着酒精，擦拭在平安的身上，特别是额头、前胸、后背、腋窝等部位，一遍、一遍、又一遍……

吕平安的高烧终于退了下来。

魏瑶衣不解带地照顾吕平安这件事很快在医院传开了，大家都说平安娶了个好妻子，魏瑶听后只微微一笑，并不否认。一时间，各种传闻满天飞。

经过魏瑶的悉心照料，吕平安总算度过了危险期。平安醒来后，发现魏瑶握着他的手趴在病床边，他感觉很纳闷。

魏瑶看到平安醒过来了，马上将医生喊进病房。平安问医生这是咋回事，医生说："多好的一个姑娘！要不是她悉心照料，阎王爷很可能已经把你领走了。"医生便将他高烧不退时魏瑶的所作所为讲了一遍，平安心中感到愧疚和不安。

看到平安已经度过了危险期，医生悬着的心终于落下了，对魏瑶说："谢谢你！"

魏瑶从医生口中得知平安已经脱离了危险，脸上露出了灿烂的笑容。魏瑶笑盈盈地走出病房，浑身洋溢着青春活力，整个人显得格外精神。

听到传闻后赶来医院的青青知道魏瑶的所作所为后，气愤不已，她迎着刚出病房的魏瑶走过去，一抬手，“啪、啪”两记耳光，重重地打在魏瑶的脸上，骂道：“不要脸的东西。”

魏瑶没有理睬刘青青。她知道自己这么做，是对她喜欢的男人的一种奉献，也是对平安这个救命恩人的真诚报答，当然这里面也藏了她的私心。但是，她的做法是对刘青青的极大伤害，也让青青难以接受和容忍。她的所作所为，已经将青青从平安的身边推开了，为自己和平安下一步的结合填平了鸿沟、扫除了障碍。她这么做，已经让大家对她刮目相看，也知道她和平安的关系了。

刘青青打她、骂她，魏瑶毫不在乎，她在心里欣然接受，坦然面对。毕竟，是自己抢走了刘青青的心上人。

魏瑶的举动，让魏云很吃惊，也让魏云很高兴。因为魏瑶的举动已经对刘青青产生了巨大的冲击。

32

刘青青病倒了。她这一病，病得实在不轻。

自从她知道有关魏瑶和吕平安的风言风语的那刻，她的心突然跳得飞快，就像无数个鼓槌在击打着她的心脏，让她难以平复。她的血液流动速度突然间加快了，好像无数条小溪向着身体的各个部位奔涌着，让她身体战栗得难以支撑；她的头突然憋涨起来了，一股股热流直扑脑门，就像一个难以承受来自内部压力的膨大的气球，简直要爆裂了。

青青迷迷糊糊地在宿舍里躺了两天，班都没有去上。她在昏迷中感觉到浑身酸困，好像有无数的人在追赶她。那些追赶她的人有的青面獠牙，有的血盆大口，有的长发遮面，有的指甲细长。她在前面撒开腿狂奔，那些人在她身后一路狂追。突然间，她的前面无路可跑，无处可逃，眼看着那些人马上就要追上自己，她双眼一闭，纵身跳下万丈深渊。她跳下去了，那些追赶她的人也跟着跳了下去，继续追赶她。

她也不知道哪来的勇气和力气，要是放在现实当中，这样的举动，她想都不敢想，哪里还敢去做？然而，这是梦境。在梦里，她突然勇敢起来了，勇敢到不管自己的死活，纵身跳下深不可测的万丈深渊。她纵身跳下去了，竟然像空中飞人，在空中飘啊飘，像云朵一样，自由自在、舒舒服服的，唯一的区别就是不能像云朵一样变换身形。她在空中舒展着身子，两条胳膊像鸟儿的翅膀轻轻地舒展开来，在空旷的天空中，犹如翩翩起舞的花蝴蝶，无拘无束、自由地飞翔；她又像一只小鸟，在蓝天白云下欢快地歌唱。蓝天下，她忘记了一切，忘记了那些追赶她的人，忘记了自己还处于危险之中，尽情地享受着蓝天白云带给她的无限喜悦。正当她享受着在天空中飞翔的乐趣时，突然间，她感到自己的双臂失去了刚才的劲，顿时酥软无力，再也不能像小鸟翅膀一样扇动，她无法在空中飞舞，整个身子就像一个装满沙石的麻袋，沉甸甸地往下坠落。她想呼喊求救，却喊不出来，就像被棉花团堵住了喉咙，任凭自己的身体快速往下坠落。

坠落之时，她看不到深渊之底，看不到周围的山峦、河流、湖泊、树木，眼前一片漆黑。她试图睁开眼睛看看周围的一切，但是，她如何努力都无法睁开双眼，也无法改变坠落的事实。

索性，她将自己全身蜷曲起来，任凭身体急速地下落。谁知，当她感觉到即将落地的那一瞬间，自己没有摔在地上，而是轻轻地落在吕平安的怀抱。平安在她下落的时候，已经将双臂舒展开来，等待着她下落时刻的到来。

青青落下来了，轻轻地落在了平安的双臂中。平安的双臂是有力的，将她的身体稳稳当当地托住；平安的双臂是强健的，将她轻轻地揽入温暖的怀抱。她一看是平安将她托住了，她没有死，便一头扎入平安的怀抱，放声大哭。平安一边用尽全身的力气将她紧紧地抱住，害怕她被人夺走；一边安慰她，让她不要害怕，他会舍弃自己的生命来保护她。这时候，平安抱着她，她扎入平安的怀抱，就像平安那天和魏瑶一样，紧紧地拥抱着。

一想到魏瑶，刘青青非常生气，她就将两只拳头紧紧地攥住，用力地打在平安的肩头。她哭累了、打累了，终于安安静静地躺在吕平安的怀抱中睡着了。

她也不知道睡了多久，突然，感觉到那群青面獠牙的人又在追赶她。青面獠牙的人群中，还有一张她非常熟悉又厌恶的面孔，魏瑶不知啥时候也加入这群人当中。她被那群人追得无处遁身，吕平安想要赶过来保护她，无奈，他被魏瑶死死地抱住，无法脱身。

此时此刻，她就像一棵在凛冽寒风中摇曳的小草一样，没有人关心、没有人保护，任凭风吹日晒和雨打。

突然，她感觉有人摇动她的身体，便从昏睡中醒了。她感觉全身乏力，眼皮都在打架，无力地慢慢睁开了一条缝隙，看到刘爱国和谷雨以及医护人员站在她的床边，她又昏昏沉沉地睡了过去。

医生告诉刘爱国："醒了就好。她没事了，让她好好地睡一觉。"

爱国、谷雨继续守护在青青的床前。

谷雨说："平安弄的这叫啥事？害得青青都病了。"

爱国看了一眼谷雨，问道："你说，这事能怪平安吗？平安当时处于昏迷之中，是死是活连医生都不知道呢，平安还能干啥？能左右了谁？要怪就怪青青她自己不主动，让人家魏瑶先得手了。"

"你说的是人话嘛！青青咋好意思做这样的事？她的思想你还不了解吗？"

如果那天躺在病床上的人是我，你会不会像魏瑶那样去做？"爱国问。

"又不是你，你胡说啥呢？"谷雨有些害羞地说。

"我说的是如果，你会不会去做？"爱国说，"要从陈旧的、传统的、封建的观念来讲，魏瑶的做法就是丢人现眼。但是，当时情况紧急，这样的办法是奏效的。所以，魏瑶的做法就是无私的、纯洁的、高尚的、伟大的。最起码，在她心里存在着最最纯朴的'善念'，救人于危难之中，难道她的做法不高尚吗？”

爱国的一席话，让谷雨感悟颇深，她也深知自己的骨子里，存在着思想保守、观念陈腐的封建残余。

“你说，平安和魏瑶、青青咋办？”谷雨怯怯地问。

“咋办？”爱国说，“事到如今，还能咋办？这不是秃子头上的虱子——明摆着吗？”

“难道，平安和青青就这样结束了不成？”谷雨说，“他俩的感情也太不牢固了。”

“这会儿，已经过了谈感情的时候。既然你认为他俩的感情基础好，在平安生命危急的紧要关头，为什么趴在平安病床边的人不是青青而是魏瑶呢？”

“我说不过你。”谷雨说，“你也别激动，这事的结局如何，就要看当事人了。”

“这事平安他一旦做不好，我和他都没完！”爱国激动地说，“按照你们的想法，平安就只能娶青青为妻了。你们想过吗？平安如果不娶魏瑶为妻，那魏瑶还有活着的勇气、力量和环境吗？平安不娶她，她将会在周围诸如你们一样思想观念的人的嘲笑声、谩骂声、诅咒声中死亡，被周围的唾沫星子淹死。”

护士听到他俩在楼道里争吵，便过来劝说：“这是医院，请保持安静。”这时，爱国才意识到自己刚才有些激动，有些失去理智了，听到护士的规劝后，立马安静了下来。

那天，刘青青打了魏瑶两个耳光之后回到宿舍，她痛不欲生，躺在床上，整个人一下子消沉了。她不吃不喝，不动弹不睡觉，也没去上班。单位赶紧派人到宿舍里查看，发现她浑身滚烫得似要燃烧起来，满脸涨红，嘴唇起皮，眼睛已经不能睁开，赶忙将她送到医院。医生说：“好在送医及时，否则，她要么死，要么残。”

吕平安躺在病床上，他还不知道刘青青的情况。爱国得知青青病了，便带着谷雨一起到医院，守护着病床上的青青。

33

五陵原上的人习惯把巴结人称为“舔尻子”。现实生活中，舔尻子其实是一门很深的学问。舔到位置上了，你会青云直上，达到“一人得道，鸡犬升天”的程度；舔错了，就会适得其反。

魏云舔尻子的功夫终于见到了实效。

这么多年，他一直都在搞投机钻营的勾当。他由乡政府调到组织部，像一条哈巴狗一样，专门围着秦汉市主要领导的屁股转，随时听候主人的召唤。他整天揣摩领导的心思，时间一长，就像领导肚子里的蛔虫，领导想啥、领导要啥，被他猜了个八九不离十。领导刚一张口，他便心领神会；领导刚发号施令，他唯领导的马首是瞻，从而当上了令秦汉市多少人垂涎的公安局局长，顺理成章地穿上了一身藏青色的警服。

中国的警服也经历了多次的变化，特别是99式警服，采用国际通用型号标准和国际警服的主流藏蓝色，加之按人定做，量体裁衣，穿上警服，佩戴警衔，人会显得格外精神。魏云五短身材，脸大嘴阔，腰吊腿短，好端端的警服让魏云穿在身上不伦不类，如同陈佩斯演的《主角与配角》小品一样，陈佩斯就算穿上八路军的服装，始终都摆脱不了“叛徒”的做派。

尽管魏云穿上警服不好看，但是，他必须穿，这是职责所在，也是对警察的硬性要求。警服是警察身份和执法的标志，他既然当上了公安局局长，就必须按规定穿警服。魏云之所以要当公安局局长，目的就是要掌握别人不能掌握的权力，穿上警服显出自己的威严。按照魏云的行政级别，能穿上白衬衫。这样一来，大家都知道他是秦汉市的高级警官，是一位县处级领导干部。

自从郝剑被关押在渭滨区看守所以后，魏云就有了要去看守所视察、调研的欲望和冲动。他要借机到看守所去，看一看身陷囹圄的郝剑。毕竟，郝剑是他的妹夫，不管他内心如何反感郝剑、厌恶郝剑，始终改变不了郝剑是魏瑶丈夫的事实。毕竟郝剑曾经帮了自己不少忙，听了他不少的使唤。在郝剑“落难”的时候去见一见，问候问候，关心一下，让郝剑感受到来自他的关心，绝不能让郝剑认为他是落井下石、见死不救。魏云在这个时候去看守所，不仅能显示出大舅哥的一片心意，即使他不开口，也能让吕平安及看守所的管教对郝剑多关心、多照顾，更能显示出他在秦汉市、在公安界的绝对权威。

魏云在缑卫花等人的陪同下，来到了渭滨区看守所。渭滨分局接到魏云要来看守所视察的通知后，一把手李局长、副局长刘爱国，以及看守所的民警早早就迎候在大门口。等到魏云一行人从车上下来，身着制服的李局长、副局长刘爱国、看守所领导班子成员、武警中队干部、民警等排成两行，夹道欢迎，并响起热烈的掌声。

看到渭滨分局“一把手”亲自迎候，还组织民警夹道欢迎，魏云感觉到自己的威严已经渗透到了公安局的角角落落，心中难免升腾起一种自豪感、优越感，脸上乐得开出了一朵花，本来就不大的眼睛喜得眯成了缝。

他朝着欢迎的人群走过去，缑卫花等人也从车上鱼贯而下，跟在魏云的屁股后面。李局长和刘爱国迎上前去，每个人都给魏云端端正正敬了个礼，魏云用他那蹩脚的手势还礼，算是对下属的一种尊重，然后亲切地握手、寒暄。和李局长、刘爱国等领导握完手后，魏云便走到夹道欢迎的民警中去，和他们一一握手，表示出一个局长亲切的关心和问候。

魏云走出民警组成的夹道后，民警们自行散去，各就各位，各忙各的工作去了，分局领导们陪着魏云一行人进到监区。

渭滨区看守所戒备森严，高墙电网，给人一种不容侵犯的威严。魏云要来看守所视察，李局长心知肚明他来的动机和目的。事前已经让平安安排好了一切，他要让魏云局长心满意足，取得他希望得到的满意效果。魏云先到监控室，查看看守所的监控。

魏云问：“看守所实施全监控了吗？”

李局长回答全部落实了，并告诉魏云，看守所的监控，不仅接入公安厅、公安部的监管部门，还接入检察院了，确保领导们随时能够掌握看守所里面的情况。

魏云一听，心里自然有点不悦。他心想，公安厅、公安部，还有检察院都能看到看守所的监控，自己为什么看不到呢？这不是每日看不看的问题，而是一种待遇。于是，他反问道："为什么我看不到呢？"

平安说："监控早已经接入市公安局了。监控是逐级接入的，只有接到市公安局，才能接到省公安厅和公安部。"

市局监管科的科长一听，急忙凑上前去，向魏云汇报道："监控早都接入市局了，也已接到您办公室了。"

"啥？接到我的办公室了？"魏云一听监控接到自己办公室了，自己还不知道，便担心自己在办公室内收受钱财、封官许愿以及与馂卫花玩暧昧等不可告人的隐私通过监控传出去了。这些见不得人的丑恶勾当，一旦被人发现，他就彻底完蛋了。所以，魏云大吃一惊。

"看守所的视频监控是通过公安内网进行传输，将全市所有看守所的视频监控图像全部接到您的电脑上了。您平时工作忙，没时间看电脑，所以没看到。"监管科长这么一说，魏云感到自己的担忧是多余的，刚才提到嗓子眼的心，一下子舒舒服服地放下了。特别是听到全市看守所的所有监控都已接入自己的电脑中，他感到了无上的权力，心中感到骄傲不已。

"这就好！这样不仅能确保看守所内的安全，还能有效防止和杜绝民警的违纪问题了。"他一脸凝重地又问，"监控图像咋不清晰？"吕平安说："这些监控已经用了七八年了，早该淘汰了，只是看守所的经费捉襟见肘，主要保障在押人员日常生活、学习、医疗等，再没有其他经费保障。单就医疗来说，那点经费都不够塞牙缝的。现在在押人员感冒了，头疼脑热的，一次都需要百儿八十，哪来的经费更新监控设施。"

爱国说："监控这样的电子产品，更新换代很快，一般一年半载就会有新产品的出现。魏局长能给拨些专项经费，把监控全换了，这就帮我们解决了最大的头痛事。"

李局长一听，心里乐得很。他故意问爱国道：“你说啥呢，咱咋能伸手向魏局长要钱呢？魏局长第一次来看守所检查，你咋好意思张这样的口呢？”

魏云听出了李局长这番话的弦外音，心想：这李局长够狡猾的，想要钱，还不想欠我的人情。这钱到底给不给呢？给，李局长不落我的人情；不给，又说不过去。既然来视察，就得解决一两个实际问题，要不，跑来干啥呢，再说，钱是公家的，又不让我掏腰包。毕竟，郝剑现在还在这里羁押着呢。既然爱国开了口，为何不落个顺水人情呢？魏云便说：“爱国既然张了口，咱就不能让这口白张。需要多少，就给多少。你看二十万够不够？”

李局长一听，心中也高兴了，便问平安够不够，平安说够了够了。

魏云说：“那就二十万吧。这根本就不是钱不钱的问题，而是事关看守所安全的大事。俗话说，好钢一定要用在刀刃上，钱一定要花在正事上。那么，我们一定要把钱用到该用的、急需用的地方去。监控的事是大事情，既然公安部、公安厅和检察机关都能看到监控，我们必须更换旧监控，让上级领导看得清晰，更好地监督我们的工作。看守所工作无小事，我一想到看守所，就吃不下饭、睡不好觉，老是担心看守所出问题。监控必须更换，这不仅能确保看守所羁押人员的安全，能给上级监督部门提供清晰的视频图像，还能从根本上杜绝民警违法违纪问题的发生。我下次来了，监控的事情如果还没有落实到位的话，我就拿你李局长是问。”说着就让随行的后勤科科长尽快把这件事办好。李局长立刻做了保证：“明天就安排这件事，请领导放心！”

魏云走出了监控室，又来到医务室，和医生交谈起来，询问看守所病员的情况。看守所的医生没有见过大世面，又是个技术型干部，见到魏云这个穿着白衬衫的高级警官，多多少少还有点胆怯，不敢主动说一句话。魏云问一句，他简单明了地答一句。回答得有点机械，弄得魏云有点尴尬。魏云一看没有啥问的了，就走出了医务室。

从医务室出来后，魏云便深入到监舍，与在押人员面对面进行交谈。他看了一个监舍之后，便到了第二个监舍，这个监舍正是羁押郝剑的监舍。

郝剑和所有在押人员一样，穿着看守所的制式马甲，站在所有人员的排头位置。他们全部站在放风的地方，见到魏云一行人进来，郝剑带领大家喊口号：“领导好！”魏云听了，心里很舒服，然后装模作样，貌似不认识郝剑一样，嘘寒问暖，问他在这里的感受、需不需要什么等。其实，他心里明白，郝剑心里亦明白，李局长、爱国和平安他们心里也明得跟镜子似的。此时此刻，一个个都揣着明白装糊涂。

魏云站在众人面前，一本正经地说：“在这里，首先要遵守纪律，服从管理，不要把在社会上养成的坏毛病带进看守所里；其次要认真反思，好好悔过，对自己所犯下的罪行要好好反省，不要执迷不悟，钻牛角尖；再次要好好表现，好好赎罪，不要一错再错，争取法院从轻判决的机会；最后，请你们放心、安心改造，有啥需要就直接对管教干部说。”魏云话音刚落，在场的在押人员便热烈地鼓起掌。

郝剑知道，魏云这是话里有话，表面上是对所有人说的，其实是给他吃定心丸，让他在这里不要惹是生非，他在法院做做工作，争取从轻处理，帮他把命保住；让他在这里需要吃啥就朝管教干部要，不要客气。于是，郝剑心中对魏云产生了一丝丝的感激和幻想。

魏云看目的达到了，心满意足，会心地笑了笑，然后扭头走出了男监舍。

紧接着，他来到女监舍。女监舍和男监舍一样，褥子、被子叠得整整齐齐的，顺着门口的墙壁摞起来，裸露在外的床板和地面一样，擦拭得干干净净。魏云刚一进来，就听到女在押人员齐刷刷、脆生生、甜滋滋的“领导好”的问候声，他心里像吃了蜜一样的甘甜。虽然这些女在押人员在这里羁押着，身体没有得到良好的护理，但是，她们基本没有遭受烈日的暴晒，一个个脸面白净得很。人常说，一白遮千丑。所以，她们一个个宛若盛开的白牡丹。

他一个一个地询问，一个一个地交谈。其他人都在他的身后站着、看着魏云所做的一切。跟随的管教从他的一言一行、一举一动中能感觉到魏云是一个好领导，和在押人员这么有耐心地交谈，不厌其烦地嘘寒问暖，这样的领导，对下属一定会更好。工作中，能遇上这样的好领导，一定是民警的福分。

突然间，魏云不往下问了，脸色很难看，一转身急匆匆地往外面走，吓得李局长和一帮人不知所措，赶紧跟着魏云一起往外走。

魏云不愧是一个老奸巨猾的老狐狸，他在往外走的一瞬间，突然意识到自己有些失态，赶紧调整心态和思路，脚步稍微慢了一点，等他们跟了上来，再一起往外走。他一边走，一边做着指示，说得字正腔圆、一板一眼的，让别人看不到一点点破绽。

34

这一夜，兰草在床板上翻来覆去睡不着。值班员问她是不是生病了，她说自己没有生病，只是没有睡意。

外面一片漆黑，兰草从小窗口望出去，啥也看不到。唯有监舍屋顶上的电灯泡发出白森森的光，让她不寒而栗。

在兰草内心深处，她早已淡忘了魏云的存在。今天，魏云突然来到看守所，一搭眼，她觉得这个警察非常眼熟，一时半会儿怎么都想不起来是谁。当魏云来到她面前，询问她的情况时，她才意识到站在她面前的人，就是人面兽心、披着羊皮的狼，是一只非常奸诈、狡黠的狐狸。兰草恨不得当时就扑上去，撕掉他的伪装，撕破他的脸，在他脸上抠出一道一道的渠渠，看他还有没有脸面在人前装模作样，摆出一副威严的架势。她想扑上去，撕扯他的警服，他哪有资格穿上这身代表国家形象、代表正义的警服?！兰草恨不得将他的衣服扒光，让人们看看他的蛇蝎心肠。兰草想控诉，控诉他对自己所犯下的罪。

当年，魏云以科学的名义，亵渎了科学，不仅占有了她的身子，还将她腹中的胎儿扼杀了，让她失去了做人妻、为人母的机会。魏云对她用卑劣的流氓手段，达到了自己丑陋的、不可告人的目的。然后用科学的手段，断送了胎儿的性命，让她从此断掉了寻找魏家人的念想，亲手毁灭了强有力的证据。

想一想当初，兰草自己都感觉很气愤。她怨恨自己当初为啥那么傻，为什么要听从魏云的谎言而让他在自己身上发泄兽欲。她怨恨魏云的畜生做法，明知自己已经是亲弟弟魏水的女朋友，不但不帮忙、不同情、不保护，反而还让自己在糊里糊涂中成了他盘中餐、口中食、囊中物。

兰草怔怔地盯着白森森的灯，眼前浮现了一幕又一幕的往事——

魏云让人给她做了人流手术以后，她感觉到天旋地转，下了手术台，出了计生办的大门，她昏昏沉沉、迷迷茫茫，头脑一片空白，双腿像灌了铅一样沉重，都不知道自己是如何回到家的。

那个时候，未婚先孕是羞于启齿、无脸见人的。正因如此，她才上门寻找魏水商量解决问题的办法，没想到，糊里糊涂地掉进了魏云给她挖的坑里了。她把自己关在房子里，整整躺了三天三夜，她回想了自己与魏水的点点滴滴，她既然是魏水的女人，为什么傻傻地让魏云又占了自己的便宜呢？魏云以检查的名义占了她一次便宜，竟然不知道忏悔，还无耻地又占了她第二次便宜。这可恶的第二次占有，身子被占有了，腹中的胎儿也被扼杀了。这让兰草不知如何是好，不知该如何面对魏水。这事情要是传出去，她就没有脸面活了，也没有活下去的信心和勇气了。她的家人也会遭受来自乡党们的唾骂、背后指戳和恶言相向。

想到这里，兰草感到害怕，仿佛有无数双有力的大手死死地掐住她的脖子，让她感到呼吸困难；仿佛有无数道犀利的目光死死地盯着她，让她不寒而栗；仿佛有惊雷般的嘲笑声在她耳畔阵阵响起，她的头脑一片空白，头痛欲裂。她仿佛已经成了不守妇道、乱搞男女关系的坏女人，成了人人喊打、无处藏身的过街老鼠。她恐惧、胆寒、无助，她必须在其他人还不知道的情况下，全身而退，隐退到一个没有人认识她、了解她、知道这件事的地方去。

然而，她能去哪里呢？突然间，她想到了南方，想到了广东，深圳。好吧，那就去南方。兰草一不做，二不休，急急忙忙拿了户口本、身份证，到公安局办理了前往特区的通行证，一个人悄悄地乘坐火车，一路南下，到了深圳，开始新的生活。

深圳，新中国改革开放的前沿阵地。在当时，好多人想去没敢去，没有勇气和胆量。兰草是一个地地道道的五陵原人，长这么大，还从来没有出过远门。走在深圳的大街上，她就是一个无法融入现代化大都市的异类，衣着打扮土里土气，没有一点大都市的元素。她像一只无头苍蝇，在大街上漫无目的地走着，寻找着自己的归宿和落脚点。好在深圳这个大都市，具有宽阔的胸怀，能容纳来自五湖四海的人们。兰草找到了一家服装厂，成了这家工厂外来的打工妹。

经过一段时间，兰草慢慢地适应了这里的快节奏。本来她就颇具姿色，经过深圳适宜的温度、湿度、空气和环境的洗礼和熏陶，她的皮肤更加白皙，更加温润，更加柔滑。人靠衣服马靠鞍，再配上一套时髦的衣服，俨然一个大都市的美女站在人们的眼前。她浑身流淌着五陵原的血脉，充满着五陵原的风骨，经过南国风水的洗礼和沐浴，五陵原的刚毅、倔强，南国的柔美、风雅，南北风情巧妙地搭配在一起，浑然一体，自然得当，一点也不觉得做作。

兰草的美不仅表现在外表，还表现在骨子里。她的美引起大家瞩目，也让工厂的林老板垂涎欲滴，神魂颠倒，把持不住，失去了往日的稳重。从此，她成了林老板关注的焦点人物。

林老板是一个香港商人，在深圳开着服装加工厂。他将兰草从车间调到办公室。兰草说，她文化程度不高，没有办公室工作经验，恐怕干不好。林老板让她啥也别管，只把他跟紧就成了。兰草心想，这不成了林老板的贴身秘书了吗？在深圳，私营企业老板有个贴身女秘书已经不是新鲜的事情了，个别贪图享乐的年轻姑娘抢着想干贴身秘书的差事，老板们却未必喜欢。在兰草心里，贴身秘书这件事情她绝对不干。林老板一看，眼前的尤物还是个这么倔强，有点难缠的主。于是，他让人做兰草的思想工作。兰草说："自己干活挣钱，是天经地义、体体面面的，无非就是下点苦力，自己心安理得。五陵原的儿女，最不怕吃苦。"办公室主任说："好多人都想高攀林老板，林老板还看不上眼。林老板慧眼识珠，好不容易在上千人中看中了你，你咋还不愿意？"兰草说：

“我们五陵原上的人就是这么正直，刚正不阿。不愿意干的事情，八头、十头牛都拉不动。”办公室主任说：“跟着林老板能吃香的、喝辣的，啥心都不用操，还不用下苦力，整天轻轻松松的，养尊处优，俨然一个高级白领，既轻松，又能挣大钱，何乐而不为呢？”

兰草说：“谁爱干，你就找谁干。”办公室主任一看没辙，就如实向林老板汇报。林老板说：“好事多磨啦。”

办公室主任又找到兰草，对她说：“你不用到车间干活，也不用给林老板当贴身秘书，就在办公室里整理文件。”兰草涉世浅，她不知道办公室主任给她采取的是“温水煮青蛙”的办法，就勉勉强强答应了。

办公室的事务繁多而杂乱，兰草文化程度不高，又是新手不得要领。办公室里每个人处理的文件，每个人都会归纳整理，不需要经过第二个人之手。这样一来，兰草一时半会儿插不上手，倒显得是个多余的人。这样整天闲得无聊，弄得她既着急又尴尬。办公室主任是个聪明人，他看在眼里，却不动声色，既不帮她、教她如何去做，也不批评她没眼色，只是暗地里观察着兰草的一举一动，心里阵阵窃喜。

慢慢地，兰草就主动找办公室主任要活干。办公室主任说：“你看办公室的活你也插不上手，让你感觉到无聊、尴尬。不过没关系，只要你愿意，你就给大家倒倒水，免得大家工作时走动，也能帮助大家节约时间，提高工作效率。”兰草心想，只要有活干就成。于是，她整日给办公室的人端茶倒水。有时候，有客户上门谈事，办公室主任又安排她在接待室端茶倒水，客人走后，她再把接待室的卫生打扫干净。

时间就这样一天天过去了，兰草也一点点适应了，觉得办公室的活就是轻松、干净，比在车间下苦好多了。

办公室主任一看火候已到，就告诉林老板。林老板心花怒放，一个劲地夸赞办公室主任能力强、手段高，说完，就给办公室主任发了一个大红包。办公室主任很自然地将红包装进口袋里，把兰草叫到自己的办公室，将红包递给兰草，说这是林老板的奖励。兰草无功不受禄，急忙推辞。办公室主任说：“老板的奖赏，你就安心拿着，这是你应得的。拿了红包，过去给林老板道声谢就好了。”

兰草怯生生地拿了红包，然后去林老板的办公室道谢。林老板坐在宽大的皮椅子里，就像蜗牛缩进壳子里。兰草给林老板道谢。林老板说：“好好干啦，红包会经常有啦。”

时间一长，兰草便习惯了。她不再讨厌林老板，而且还会主动过去给林老板拖地板、擦桌子、端茶倒水。

有一天，林老板和办公室主任叫兰草一起去陪一个重要的客户，她迟疑了一下，看见办公室主任坚定而不容置疑的目光，便同意了。

这一去，又是喝酒，又是唱歌跳舞的。后来，兰草啥都不知道了，醒来后，发现自己赤裸裸地躺在同样赤裸裸的林老板的身旁。

兰草哭了，哭得很伤心。林老板被她的哭声吵醒了，起身劝她：“不要哭啦。”兰草哭得更伤心了，她说她要控告林老板。林老板说：“可以。”然后让她穿好衣服，慢慢地陪她看了一段视频录像。一看录像，兰草惊呆了，视频中的那个赤身裸体的女人不是别人，正是她。录像里，她像蛇一样，风骚得不能再风骚了，如同淫荡的女人，在林老板身上像条蛇一样地游动着。从整个录像来看，不是林老板在勾引她，而是她主动地在勾引、挑逗林老板。这还能告吗？谁能相信这是林老板在强暴她？

兰草沉默了。林老板说：“你可以告我。”兰草没有任何反应。看完录像，她没有一点点控告的意思了，刚才生出的要控告林老板的想法，瞬间被彻底击垮了、粉碎了，碎了一地。

“你都不是处女，别在我面前装什么清纯。”林老板一句话刺中了她的要害，伤了她的心。她无言以对，将头深深地埋在两腿之间。

从此，她成了林老板的附属品。林老板说他没有儿子，让兰草和他签订生儿子的合同书，生一个儿子给五百万。可是，兰草的肚子就是不争气，一连生了两个女娃,这令林老板大为光火,一气之下,给了她两百万,一脚将她踹开。

经过这次变故,兰草已经不是从前的兰草了。她没有讨价还价的余地,更没有讨价还价的资本,她揣着两百万,回到家乡。

从此,兰草破罐子破摔,踏入歌舞厅,成了“三陪”。她学会了放荡,学会了与各色男人打情骂俏,学会了与男人应酬,只要给钱就行。万万没有想到,一个好端端的五陵原女儿,一失足成了金钱的俘虏。

兰草自己都不知道她是哪天、如何染上毒品的。从此,她不仅是金钱的俘虏,还是被毒品消磨的、失去人格尊严和伦理道德的下贱女人了。染上毒品后,为了毒品和金钱,她已经完全丧失了人格。

兰草因为贩毒被关进看守所。于是,在看守所,当魏云听到“兰草”二字后,受到了极大的刺激。兰草看着魏云逃跑时的狼狈相,在心中莫名地笑了。

35

魏云在女监室一个一个地询问。当他走到兰草面前时,准确地说,当他听到“兰草”二字时,他的心像突然触电似的一阵痉挛。他感到窒息,瞬间,心里又感到非常空虚和纠结。于是,魏云像兔子似的逃离了兰草。

当陪同人员还没有完全反应过来的时候,魏云感觉到了自己的狼狈,感到自己在众人面前有所失态。于是,他迅速调整好自己的状态,不至于让大家看出什么。

“魏局长,你怎么了?”李局长关切地问。

“没啥,没啥,突然间感到心口难受。”魏云说。

“要不要到医院看看?”李局长又问。

“你看我这身体,不会有大碍的。”魏云的身体状况他自己很清楚。为了掩饰刚才的窘态,他有意拿身体不舒服说事。

于是,一行人边说边走出了看守所。

李局长邀请魏云到会议室，想让看守所所长吕平安给魏云汇报工作。魏云说：“不要搞得那么正式嘛。坐在会议室，显得正规得很，大家会很拘谨，也不能畅所欲言，我就听不到基层民警内心的真实声音了。咱们随便一点，既能听取汇报，达到调研的目的，还能听到民警的心声，有助于帮助解决工作中存在的问题。”然后他让平安简单地汇报一下工作。

吕平安按照事先写的汇报材料进行汇报。李局长说：“大家都在外面站着呢，简单一点，拣重点说，说领导关注和关心的人和事。”平安便放下稿子，从看守所民警的数量和组成、看守所监舍的数量、羁押人员的数量、看守所工作运行情况、在押人员风险评估、每月的安全例行检查等方面进行了汇报。听得魏云脸上露出了笑容。然后，刘爱国又做了一番补充，建议市局尽快联系市卫生局，落实公安部、卫计委关于监管系统医疗卫生社会化管理工作，减少医疗成本，确保在押病员能及时得到有效的治疗，确保看守所安全。

魏云问：“文件不是早都发了么，还需要咋落实？”爱国说：“文件发了，但是落实起来很困难。几年了，这项工作没有一点进展，还停留在文件上，压根就没有落实到位。”魏云问：“有啥困难？”爱国说：“监管场所需要全科医生，还需要一定数量的B超、化验等专科医生，这些人很难找。即使找到了，他们也不愿意到监管场所工作。一是卫生系统一次性也给不了三四个医生，人员一旦不够，增加他们的值班量，他们就会很辛苦；二是福利待遇差，与社会医院根本没法比；三是医疗费用标准低，难以确保正常的医疗支出；四是……”

爱国还想继续说下去，被魏云挡住了。他不爱听这些话，他要听高兴的事情，听有推广价值的经验。爱国汇报的这件事情，他不爱听。所以，他阻止爱国继续说下去。李局长最了解魏云的脾气和心性，暗地里用胳膊轻轻地撞了一下刘爱国，让他不要再说了。李局长说：“魏局长是抓大事的人，这些事都是小事情，下来我们去找卫生局的局长来抓好落实。请魏局长放心，这点小事我们能办到、会办好的。”魏云听李局长这么一说，刚才的不快瞬间烟消云散了。李局长说：“大家欢迎魏局长做重要指示。”于是，大家便开始鼓掌，掌声很热烈，很有激情。

魏云站在看守所门前的空地上，煞有介事地对所有人做着指示。如果他不做什么指示，不强调点重点，不提出些什么要求，他就等于白来了一趟。他不做指示，那到基层来与不来都是一个样，还会让被调研单位的领导和陪同人员认为自己没有本事。所以，他听到李局长的“欢迎魏局长做重要指示”后，心中充满了无限的喜悦。他站在那里，喜形于色，面对着面前的一干人，开始做老套的重要指示：

“看守所里面关押着办案中抓捕的犯罪嫌疑人以及已经判决还没有送去劳动改造的罪犯，这里鱼龙混杂，就像一个炸药包、一颗炸弹，随时都有爆炸的危险。这个地方很重要，也非常关键，它是公安工作中最最重要的一个环节，这个环节一旦出问题，公安工作就会彻底失败。所以，要把看守所这个地方的安全问题放在重要的议事日程上，常抓不懈。

“一要领导高度重视。有句俗话说，‘老猫吃糨子，小猫看样子’，这句话强调了领导的重要作用。监管工作很重要，领导思想上都不重视了，底下的人谁还重视它呢？领导就是一个单位的主心骨，是家长，家长不重视，成员遇到问题肯定会一推六二五。‘一把手’要把这项工作牢牢地抓在手中，要经常深入监管场所，开展调研工作，准确把握监管场所、监管队伍中出现的问题，要尽最大能力解决问题。刘爱国嘛，你是副局长，就是局长的副手，要积极配合局长的工作，把看守所的事情抓好、抓牢、抓出实效。局长都要亲自抓，作为局长的副手，你也不能把自己甩得一干二净，还要一如既往地开展工作，确保看守重地的安全。

“二要精细化科学管理。管理是一门学问，你们一定要认认真真去研究看守所的管理工作，在上级的规章制度下，要很好地钻研对看守所、对民警以及对在押人员的精细化管理。刚才给你们划拨二十万元用于看守所的监控建设，这就是科学管理嘛。你们一定要从中找出很好的管理经验。

“三要依法依规管理。这里，我要强调的是依法打击‘牢头狱霸’。过去我没有来过看守所，听说看守所‘黑’得很，牢头狱霸横行霸道，欺压软弱的、新进来的，对新进来的还要进行各种各样的体罚、殴打，逼迫他们就范，逼着他们向家里要钱要物，孝敬自己。现在，我要求你们，必须严厉打击牢头狱霸，营造一个良好的风气，让在押人员人人平等，让他们的家属一百个放心。

“四要全力确保看守所的安全。上面讲的三条，其实质就是为落实安全提出的措施。监管安全无小事。监管场所的安全问题，除了主要领导重点抓，副职协助抓外，主要的就是你们看守所的每一个领导和同志义不容辞的责任，监管安全是法律赋予你们的责任，是你们的职责所在，容不得半点虚假。监管安全是一项实实在在的工作，容不得半点马虎。要充分发挥每个监管民警的思想自觉、行动自觉和法律自觉，积极调动他们的工作热情，让他们一心扑在工作上。

“同时，还要落实监管民警的岗位津贴。如果你们落实了，我就放心了；如果还没有落实，你们局里必须马上落实到位。我们要让马儿跑得快，就要给马儿多吃草、多供料、多喝水、多输血。你们要在立功受奖、提拔任用方面，优先考虑监管民警，增强他们的职业归属感、认同感、幸福感和荣誉感。

“最后，要严格按照公安厅的要求，合理调整警力，把监管场所的警力配齐、配强。我刚听了平安同志的汇报，你们看守所按照上级的要求，警力还没有配置到位，下来要抓紧落实，从警力资源配置、经费保障、监控建设，以及队伍管理等方方面面做实、做强、做到位，做出成效。”

魏云话音刚落，在场的人员全都鼓起了掌，很热烈、很给力，惊得树上的鸟儿扑棱棱地飞走了。

魏云心里甜滋滋的，脸上乐开了花。刚才看到兰草的那些不快全都烟消云散了。他抬起双手，示意大家停下来。他继续说：“我今天的讲话要连夜发出去，让全市公安机关必须连夜抓落实，要做到马上就办、事不过夜。”缑卫花一边点头，一边连声说好。魏云接着问李局长：“你们对于监管安全工作有没有信心？”李局长一干人用洪亮的嗓门喊道:“请领导放心！坚决完成任务！”

魏云脸上再一次笑开了花，他内心油然生出了一股自豪感。

36

五陵原的丰厚历史，造就了商鞅、张骞、王昭君等历史名人，也滋生了好多张屄（方言：张狂的人），张起来了都不知道自己姓啥。“五陵年少争缠头，一曲红绡不知数”。那些纨绔子弟做事高调，爱显摆，是“人前有”“人来疯”，生怕别人忘了自己，不知道自己是个有钱有势的主儿。戴个手套双手吊，理个洋楼不戴帽，戴个手表呼口号，蹬个皮鞋走路翘，穿个蟒袍满街跑。

魏云年轻的时候就是一个趾高气扬的张屄，仗着自己在乡镇工作时捞了不少不义之财，财大气粗，做事非常高调，无论何时、何地、何事，都喜欢站在高处，居高临下，像个大喇叭一样到处显摆、宣扬，搅和得旮旯缝缝都不得安生，口气比脚气都大。

魏云在到公安局之前，曾在检察院当过一段时间法警队队长，当事人给他送了一条皮带和一双皮鞋，他系上皮带、蹬上皮鞋，兴致勃勃地去澡堂张扬。其他人如果张扬，一定会在大街上、集市上等人多的场合去显摆，魏云这个人却匠心独运、别出心裁，专门去了澡堂。到了澡堂，他将全身上下、里里外外的衣服都脱了，然后，光脚蹬上皮鞋，裸体系好皮带，迈着八字步，腆着肚子，双臂慢条斯理地前后摆着，大摇大摆地往澡堂里走去。

他趾高气扬地走到了浴池最后一道门口，却被一个服务生拦住。服务生友善地提醒他，洗澡要把皮带去掉、鞋子脱掉。魏云头抬得和大雁一样高，哈哈大笑，牛哄哄地问：“你知道我这皮带是啥牌子的？”服务生摇头。他接着又问：“你知道我这皮鞋是啥牌子的？”服务生又摇头。他说：“你就是个十足的土包子！我知道你不懂。也难怪，整天在澡堂子里像个电线杆子杵着，哪里还能知道奢侈品的牌子和价格？告诉你，皮带是金利来的，皮鞋是 AAA 牌的。你今辈子都用不起。”

服务生说：“你洗你的澡，与皮带、皮鞋是什么牌子有啥关系？我好心提醒你，怕皮带、皮鞋被水浸泡坏了，你还不领情，给我上啥课呢，真是好心落了个驴肝肺！”魏云说：“你是驴槽上多出来个马嘴，吃饱了撑得慌，喝饱了胀得慌，咸吃萝卜淡操心。告诉你，我有钱，有钱难买我愿意。我买的东西我想咋折腾就咋折腾，与你何干？我就是要让你知道我穿的是名牌。”服务生说：“你穿名牌咋了，还不是到这里来洗澡？有本事就到秦汉市的海上世界去么。自己是一条笨狗，非要扎个狼狗的势子。”魏云哈哈一笑，说：“你娃有本事也整一件么。”服务生说：“我没本事整皮带、皮鞋，但我今天有本事不让你进澡堂子。你不是很有钱、很有能耐么，看你今天在我的地盘洗得成澡？”

魏云说：“有钱能使鬼推磨，洗澡钱、搓背钱我都掏了，咋还洗不成澡了？”服务生说：“我说你洗不成你就洗不成，不信，你就试试。”魏云说：“试试就试试。”

于是，魏云硬要往进闯，服务生偏不让他进去。两个人一直在推搡、争执，直到大堂经理来了才松开。经理一看是法警队的队长魏云，就说：“算了算了，让领导进去。”服务生一看没辙了，就不再拦挡魏云了。

魏云的性格一点都没有随他的父亲魏家兴，倒是随了他爷爷魏富贵。那一年，魏山被枪毙了，按常理，魏富贵应该闭门思过，感到羞耻、丢脸，在人前抬不起头。可是，他还是那副趾高气扬的德行，平日里是啥样还是啥样，心里一点事都没搁，让五陵原上的人感觉到公家枪毙的魏山与他一点关系都没有，以为魏山压根就不是他的亲孙子。

魏富贵走在大街上头仰得比咕噜雁还要高，说话还是往常那样高喉咙、大嗓门，咄咄逼人，人站在东城门口，西城门口的人都能听到他的声音，人没到，声先到。发财小心翼翼地劝他：“娃的事情，你也别难过。”富贵说：“这有啥难过的？他犯下了事，自作孽，不可活。不过，话又说回来，枪毙了也好，我也就省心了，娃在那边也能享清福呢。”发财一听，心里骂：狗日的嘴上就不能积点德。富贵说：“早死早托生，辈辈都年轻。国家枪毙他，按理说，一颗枪子就够了，我让他们打了俩枪子。一颗枪子五毛钱，我给了他们两块钱，不让他们找零头。”发财越听心里越来气，和这种人没啥话说，扭头就走了。

魏云趾高气扬地进了澡堂子，扭头对服务生说：“你看我进得来吗？”服务生本来心里就有怨气，正愁没处撒，一听魏云这么一说，气就不打一处来，拿了个水管，将水龙头开到最大，照着魏云的头冲了过去。水压很大，魏云被冲了个狗吃屎，趴在地上，皮带、皮鞋全都湿透了。

魏云猝不及防，被服务生用水龙头冲倒在地，皮鞋、皮带全都泡在水里，他心疼得要死的心都有了。本来想进到澡堂子里面，把皮带解开、皮鞋脱掉，然后小心翼翼地保管好。没承想，自己碰到了一个愣头青、二杆子，一开始就和自己杠上了，到最后，还用水浇湿了他心爱的、贵重的皮带和皮鞋，他恨不得立马就站起来，打服务员个鼻青脸肿。可是，强大的水压冲得他晕头转向，一时难以喘过气，辨不清方向，就连张口骂服务生几句都很难。

服务生一看魏云倒地后的狼狈相，得意地说：“你不是有本事得很么，我让你娃再嚣张！”

常言道：不是一家人，不进一家门。郝剑不愧是魏云的妹夫，也和魏云是一个德行。

自从魏云到看守所视察工作后，郝剑就显得特别兴奋，他像打了鸡血一样，内心充满了无比的优越感，嚣张的本性立马暴露无遗。此后，他越发趾高气扬、目中无人，好像他不是被羁押在看守所的囚犯，而是临时在这里体验生活的明星。在这里，他感觉自己高人一头，有魏云这座靠山，他还肯把谁放在眼里呢？魏云一来，局长都亲自来了，别说刘爱国、吕平安了。刚开始，刘爱国找他谈心，给他开小灶，他觉得爱国对他好，内心里很感激刘爱国。自从在看守所里看到魏云那副居高临下的架势，他心里一下子明白了，原来，他们这么做，完全是看在魏云的面子上，看在魏云的权力上。所以，他没有必要感激谁。他知道自己的这半生给魏云付出了多少，魏云也心知肚明。他连魏云都不需要感激，更谈不上刘爱国了。

一碗𰻞𰻞面并不值得郝剑大惊小怪、小题大做、感激涕零。郝剑回想自己在传销组织里的日子，他刚开始虽然吃了不少的苦，可后来，他靠着自己的头脑，也成了传销组织的核心骨干成员，赚得盆满钵满的。他身着高档衣服，整日出入高档酒店，美女陪伴，出入乘坐高档小轿车，花天酒地，灯红酒绿，啥样的场所他没出入过？啥样的山珍海味他没吃过？不要说他曾经拥有数不清的女人，就连外国的女人他也享用过。那时候，钱就是他出门横行霸道的通行证，他想干啥就能干啥，只要有钱。有钱就是好，有钱能使鬼推磨。这一次，因为传销，却被关押在看守所里。“成也萧何，败也萧何。”这是后世人对五陵原汉高祖的大将军韩信一生的凝练总结，现在总结郝剑，真是“成也传销，败也传销”。

第一次到广州被拉入传销组织后，刚开始，郝剑对“传销”二字很陌生。从小到大，他压根就不懂啥是传销。在学校念书上学时，老师没有讲过“传销”二字，书本里找不到“传销”二字，他的本子上也从来没有写过“传销”二字。在三厂上班，从生产区到生活区、从生活区到生产区，就隔了一条不太宽的马路——人民路，他的生活、工作和朋友圈子，基本就是两点一线，简简单单。生活区里没有传销，生产区里更没有传销，有的都是淳朴的感情、工作的热情，以及对生活积极、乐观、向上的信心和态度。

到了广州，郝剑原来的世界观、价值观和人生观全部被颠覆了。这里的花花世界他看不懂了，这里人与人之间的关系他弄不明白了，这里人对外面世界的热衷和追捧令他目不暇接，这里人对金钱的贪婪让他心有余悸。

郝剑被那一男一女带到小区后，所有的人表面对他都是非常热情，但热情的背后却隐藏着令他难以捉摸的猫腻。他不明白，那些人为什么不能像秦汉市的人那样，对人坦诚，一就是一，二就是二；丁是丁，卯是卯。在他们热情洋溢的外衣下面，让郝剑隐隐约约感到了阴森和恐惧。每一天他看着是自由的，有人陪着逛街、有人陪着吃喝，其实，他的一举一动都被一双双眼睛暗中注视着，不管他走在哪里、干了些什么事情、说了哪些话，都在那些眼睛的监视之下。那些眼睛，好像要给他身体里注入什么，又好像要从他身体中摄取什么，那些人在他周围如同一面凹镜，他就是他们的焦点，被周围的目光灼烧着，这令他不寒而栗。他看不清他们的真实面目，更看不明白他们的真实动机和目的，他非常困惑、迷惘，在周围人的热情中，他感到了无限的寂寞。

一周后，他们向郝剑摊牌了，经过众人洗脑式的宣讲上课，郝剑才明白他们的真实目的。原来，赚钱就是这么简单。只要拉人头，赚取人头费就能轻轻松松赚钱，比起三厂的工作来说，赚钱真的是太容易不过了。这样的赚钱方式，这样的致富途径，令郝剑欣喜若狂。于是，郝剑拿出存款单，按照要求，将存款单上的五千元全部缴纳上去。然后又物色人员，将他们拉来融入这个圈子，很快，他就赚取到了高额的利润。

有了钱，就有了一切。郝剑的人身自由不再受到限制了，他拉人头的能力和速度令传销组织的头目们刮目相看。于是，郝剑一步一步走上了经理的位置，养成了傲慢的性格，过上了花天酒地的奢靡生活。从此，郝剑变了，变得自己都不认识自己了，他目空一切，唯利是图。

有了魏云的关照，郝剑在看守所里把谁都不放在眼里了。在监舍里，郝剑充当起大尾巴狼了，飞扬跋扈，说话的口气比脚气都大，想吃啥就向管教要，稍不如意就破口大骂，忘记了自己犯罪嫌疑人的身份，把自己所待的监舍搞得乌烟瘴气。

37

站在汤汤的渭水之滨，朝北望去，便是土肥地壮、风调雨顺的五陵原。从东到西，从汉高祖长陵一直往西，便到了汉武帝茂陵。五陵原地势开阔，风光旖旎，成了帝王将相看中的风水宝地。这巍峨壮观的帝陵金字塔，成为世界的奇迹，也成为五陵原上一道雄壮、亮丽的风景线。

冬天的五陵原格外寒冷，大雪纷纷扬扬地下个不停。开阔的五陵原上，万物全被大雪覆盖了，什么也看不清楚，唯有白茫茫的一片。平日里高大、雄伟的陵墓在皑皑大雪覆盖下，与地面的白雪交织在一起，也显不出雄浑的气势了。

魏瑶衣不解带照顾吕平安的事情，在秦汉市传得沸沸扬扬，把吕平安、魏瑶两个人推到了风口浪尖。几个月过去了，事情并没有像天气一样，从夏天的高温转变到冬日的寒冷。相反，随着这件事的发酵，内外都是炽热的、烫手的。在秦汉市，平安休息了一段时间。每一天，只要魏瑶没事都会去看望他。见到他，魏瑶从来不提和他恋爱的事情，只是叮嘱他照顾好自己、调养好身体，陪着他到公园里散步。比起魏瑶，刘青青反倒沉得住气，好长时间都不去找平安，她感觉魏瑶让她丢了面子，她认为是吕平安给了魏瑶这个机会，她把全部的责任一揽子推到吕平安的身上。如果，那天吕平安不冲上去英雄救美，哪能被歹徒戳一刀子？如果平安当时不和魏瑶抱得那么紧，以他的身手，不要说一个歹徒，就是两三个歹徒岂能是他的对手？如果歹徒不戳平安那一刀子，他就不会被送往医院抢救，魏瑶也就不会给他输血，更不会和平安传出这些风言风语。

刘青青虽然嘴上骂魏瑶不害臊、不检点、不要脸，其实，她指桑骂槐，话里面骂的是魏瑶，话外数落的是吕平安不嫌丢人。平安说："我当时处于昏迷中，哪能知道发生的这一切？"青青说："你说的比唱的都好听，你们男人，整天吃着碗里的，还要看着锅里的。你嘴上不说，其实心里巴不得摊上这等好事呢。"平安说："你能不能把人往好处想？"青青说："你们男人都不是好东西。"平安生气地说："你再不要胡说八道了。"青青说："事情都做了，还有啥不敢让人说的。只许你州官放火，不许我百姓点灯吗？"只要他俩一见面，就会为这件事无休止地争吵。平安心里犯嘀咕：青青变了，变成一个不讲理的泼妇了。

痛苦不堪的吕平安来到了五陵原上，一步一步爬上了吕雉的陵墓，一个人孤零零地躺在了陵顶上。他的周围是白茫茫的一片，身下是厚厚的积雪。他被刘青青、魏瑶两个女人的情所困扰。他对天呼喊追问：世间情为何物？直叫人苦不堪言！

陷入两难境地的吕平安不能自拔：一边是和他青梅竹马、谈了几年对象的刘青青，让他从情感上难以割舍，他不想落下陈世美的骂名；一边是苦苦追求他、在生命的紧要关头悉心照料他的魏瑶，从道义上他不能背信弃义，更不能做被农夫抢救过来的毒蛇。

他想让自己静一静，认真地考虑一番。可是，城市的喧嚣，与刘青青见面后没完没了的争吵，周围旁观者疑神疑鬼的目光，把他推到了风口浪尖。他就像烧红的铁板上的鱼肉，吱啦吱啦地被烤着。往左走，他和刘青青好，他就成了世人眼中那条被农夫救活、又咬死农夫的毒蛇；往右走，他和魏瑶好，他就是人们眼中贪图荣华富贵、抛弃“糟糠之妻”的陈世美。《农夫和蛇》的故事，从古希腊传到了世界各地，从古代传到了今天，传了几千年。无疑，农夫是善良的、悲壮的，毒蛇是险恶的、毒辣的。而陈世美的故事从明代的《包公案》和清代的《三侠五义》一直流传到了现在，成为现代经典剧目《铡美案》，背信弃义、忘恩负义、追杀妻子、贪图荣华富贵的陈世美为世人所不齿。那正义的虎头铡，捍卫了公平和正义，秉持了诚信和善良，令那些心存幻想和侥幸之念、想背叛家庭、抛弃糟糠之妻的“陈世美”之流，闻风丧胆，胆战心惊，提起陈世美和虎头铡就不寒而栗。

吕平安究竟要做陈世美，还是要做毒蛇？无论是陈世美，还是毒蛇，他都不想做，他也做不起，他怕留下世世代代的骂名。但是，面对刘青青和魏瑶，他必须做出选择。做这种选择是艰难的，更是痛苦的。但是，他必须面对和尽快决定。

吕平安从怀中掏出一枚硬币，翻来覆去地看着，那一面代表谁呢？他犹豫不决。这时候，刘爱国、刘青青来到陵顶。

爱国上去照着他的屁股就是一脚，骂道：“狗日的躺在陵顶上躲清闲，害得我们满世界找你。”

平安看见青青冒着风雪来到他的面前，感到惭愧，无地自容。“大家都在担心你，你却躺在冰天雪地里作践自己。快起来，小心冻坏了身子。”说着，青青上前要扶他起来。

自从出了魏瑶的事情后，青青每一次见到他就是不断地争吵。今天第一次对他恢复了往日的关心和温馨，让平安心里顿时温暖了许多，他觉得心中有一团熊熊燃烧的烈焰，炙烤着他的良心。他顺从地从地上站起来，傻傻地看着爱国和青青。此时此刻，面对青青，他已经无所适从，显得格外窘迫和尴尬。

“拿个钢镚就能决定人生的命运？亏你还是警校毕业的。”爱国说，“每个人的路，不是靠命运安排，而是靠自己一颗坚定、善良、诚实的心去判断，靠着一双脚坚强地走出来的。自己选择了什么，就一定会是什么样的结果。你祖先吕雉，人家是大家闺秀，我的祖先刘邦是街头上的小混混。吕雉的父亲看刘邦天庭饱满，器宇不凡，骨子里充满了不安于现实的冲动，前途无量。于是，决定将尚在闺中的黄花大闺女吕雉，嫁给了做事莽撞、蹭吃蹭喝、已经有了私生子的刘邦。

“刘邦不安于现状，整天在外面闯荡，冲冲杀杀，连家都不闻不顾。吕雉带着一双儿女，整日忙了家务，还要下地耕田，养家糊口。可是，刘邦后来当了西汉的皇帝，吕雉自然而然成了皇后。如果刘邦当时选择了安于‘三十亩地一头牛，老婆娃娃热炕头’的平常人生活，他岂能与项羽争雄，一手缔造西汉王朝？如果吕雉目光短浅，一味地胡搅蛮缠，对刘邦的所作所为千指责、万阻拦的话，她哪能贵为皇后？所以，不要纠缠在矛盾和困惑之中，要找出一个合情合理的办法，解决矛盾，消除疑惑。逃避是无能的表现，退缩是弱者的方式。任何时候，都不要当缩头乌龟。我们是汉高祖的后裔，是五陵原上有血有肉的儿女，只有面对矛盾、正视困难，才能想出好的办法，让自己快乐地生活，这才是做人的本分。”

“走，外面风急雪大，回家说事。”爱国说着，拉着青青从陵顶的斜坡一步一挪地往下走，坡很陡峭，脚踩在厚厚的积雪上，一步一滑，好在爱国拉着青青的手，青青才不至于滑倒。

吕平安站在陵顶，在冰天雪地里用秦腔狂吼道：“渭城朝雨浥轻尘，客舍青青柳色新。”唱罢，他耷拉着脑袋，跟在爱国、青青的身后，慢慢地走下陵顶。

38

魏云到渭滨区看守所调研，发表了一番重要讲话，引来了阵阵掌声。这雷鸣般的掌声将他在监舍里遇到兰草时的惊慌失措、提心吊胆、惴惴不安，全部化解了、抵消了。

魏云到看守所检查结束了，准备离开。李局长心想，人家不管咋说，一来就给了二十万元，咱咋能不知道个好歹呢，无论如何都得邀请人家吃顿饭。于是，李局长真诚地邀请魏云吃个晚饭。

魏云说："天还早着呢，吃啥饭呢。再说，都在一个城里，抬腿就回去了，就不麻烦了。"

李局长说："在外面吃饭，又不要我自己亲自下厨，有啥麻烦的。"

魏云说："看你把日子过得恓惶的，都没钱给看守所更换监控，哪有钱请我吃饭？"李局长开玩笑说："我不是没钱更换监控，局里经费再紧张，这点钱我还能掏出来。如果我更换了监控，你到看守所调研，没有解决一个实质性的问题，岂不是白来一趟？再说，你整天忙得很，轻易都走不到我们分局，既然来了，就要给领导为基层单位服务、解决基层实际困难、聆听基层民警心声的机会。"

魏云一听，就笑了。李局长说的也是，话虽糙，道理就是这么个道理。说实在的，他到下面调研，就是要帮助基层解决一点问题，一二十万也不算啥，既能帮助基层解决实际困难，又能彰显市局党委对基层单位的关心和支持。他推辞说："只要你领情就行，饭就不吃了。"

李局长一定要给足魏云面子。他一而再、再而三地挽留魏云，顺着魏云的话说："饭你可以不吃。但你必须到我们分局看看。局里现在变化大得很，面貌焕然一新，可以用翻天覆地来形容。机关里的人听说你要来，高兴地等着你做重要指示呢。你一天忙得焦头烂额，虽说在一个城里，难得有空专门到我们分局调研。这样的机会难得得很。你今天要是不去，局里上上下下的人就会把我骂死。”

魏云听了李局长的话，心里像吃了蜜般地甜，煞有介事地说：“听你这么一说，不去都不行了。古人说，恭敬不如从命，那就走吧，看看分局变化有多大。”他话锋一转：“不过去可以，但是我不再讲话了。”

李局长开玩笑说：“都听你的。你是金口玉言，不想讲，谁也不能硬让你讲。”

魏云一行在李局长的盛情邀请下来到了渭滨分局。

到了大门口，车停下来了。大楼门前站了两行民警，一个个威风凛凛，英姿飒爽，列队等候魏云一行的到来。魏云一看，这阵容比看守所“豪华”多了，这阵势比看守所气派多了。

渭滨分局在魏云来的路上，已经提前把一切都安排好了。列队欢迎仪式完毕，只见一个身着警服、身材高挑、笑盈盈的美女民警站在魏云面前，启动了她的讲解程序。

负责讲解的美女名叫何晶，她第一次这么近距离地站在高级警官面前，显得有点局促、有点紧张。她的心跳有些加速，高耸的胸部随着呼吸一起一伏，显得更有女性的魅力。

这个美女民警的仪容仪表、一招一式，都是经过专门训练出来的。她试图让自己镇静下来，有意识地让自己深呼吸几下，慢慢地恢复了镇静。何晶领着魏云一行，先从分局大楼内楼道的警察文化开始讲起，讲渭滨分局警察的文学艺术、摄影艺术、书法艺术、美术艺术，通过民警自己的艺术成果再现了渭滨公安文化百花齐放的创作状况，彰显了渭滨公安文化建设的浓厚氛围。

何晶一边走，一边进行讲解：“在警营文化中，渭滨分局始终牢记毛泽东《在延安文艺座谈会上的讲话》和习近平总书记在北京文艺工作座谈会上的讲话精神，坚持党对警察文化事业的领导，坚持以人民为中心的创作导向，坚持用文艺为人民群众和基层民警服务。讲好公安故事，弘扬公安精神，传递公安声音，传播公安能量。分局的文艺工作者，怀着一颗感恩之心，经常深入村组社区、大街小巷、派出所和警务工作站，了解群众疾苦，反映警察心声，宣传警察打击犯罪、为民服务、公正执法的英雄事迹，进一步密切警民关系。这幅油画《小憩》，是我局民警一次重大抢险救灾现场的情景再现。画面上，奋战在抢险救灾现场一线的民警，他们顽强拼搏，用血肉之躯保护着人民群众的生命财产安全。休息时，他们席地而卧，躺在一片狼藉的废墟上，没有床板、没有铺盖，唯有一颗对党和人民的赤诚之心。他们身边整齐地摆放着吃完方便面的纸桶，还有喝完矿泉水的塑料瓶。这幅油画就是民警用实际行动诠释着'对党忠诚、服务人民'的真谛。"

何晶说："尊敬的领导，《小憩》不仅颂扬了人民警察爱人民的高尚品格，而且是对刚入警营的警察在心灵上的一次大洗礼。渭滨公安民警，他们自己受苦受累，却没有一丝一毫的怨言。他们把废墟当床，和衣而眠。他们把吃完方便面的纸桶、喝完水的塑料瓶井然有序地放在一起，唯恐给环境造成污染。他们的行为值得我们点赞，这种精神值得我们学习、弘扬和传承。"

何晶说："第一次讲解这幅作品时，我忍不住哭了。后来，每一次讲解这幅作品，我都'不敢高声语'，唯恐把辛苦了数个昼夜、刚刚入眠的他们惊醒了。"

周围的人能看出，何晶在讲解这幅作品时，眼睛都湿润了，能感觉到她音调明显低了。

"接下来的这幅照片《警魂》，是消防官兵奋战在火灾现场的真实还原。拍摄者是一个很有责任心的消防队员，他抓住了消防官兵在烈火的考验面前不退缩，毅然决然地冲在抢救人民生命财产第一线的精彩瞬间。中间那个满脸烟灰、一脸疲倦的消防队员，年仅十八岁，背着老人从烈火中冲出来。可谁能知道，这张珍贵照片，却成了他人生中最后一张照片，它承载着祖国的希望、父母的期盼和英雄在战场上的本色。就是这位年轻的消防队员在救出老人之后，再一次冲进大火中，巡查是否还有被围困的群众时，无情的大火吞噬了他年轻而富有朝气的生命。那一瞬间，他永远地定格在那场大火中，再也没有出来。

他虽然在烈火中壮烈牺牲了，但是，他的精神却在烈火中永生！生命在天地间永存！让我们永远地记住他的名字——田行健！”

说到这里，何晶声音哽咽，眼眶里盈满了泪水。

何晶停顿了片刻，接着继续讲解。接下来讲的是公安书画家的字画，玉春的草书、项伟的魏碑、铭安的竹子，虽然写得很好，遒劲有力，画风飘逸，风骨高傲，但是，魏云很明显对这些公安艺术家的作品不感兴趣。他不是不懂字画，而是他看不上民警的作品，他需要的是“名人”的字画。

何晶讲解时善解人意，她貌似很用心，实则匆匆而过。李局长看在眼里，便说：“请魏局长到靶场看看。”说着，何晶便走在前面带队，一行人来到渭滨分局地下靶场。

靶场位于渭滨分局办公楼的负一层。一行人从地上走到地下，明显感到一股寒气。对于很少到这里来的人来说，就有了一种森严的感觉。魏云以前没在公安机关，虽说他曾经当过法警，但那时候整个秦汉市都没有这么一个现代化的地下靶场。目前，渭滨分局的这个地下靶场，也可以说在整个秦汉市乃至关中地区都是首屈一指的。

今天，也是魏云坐上了秦汉市公安局局长这个宝座以后第一次来这里。这不仅让他感到新鲜、新奇、新颖，更让他内心感到莫名的兴奋。

到了地下负一层，何晶带着大家来到观察等候区小憩，招呼他们坐在等候区的黑色真皮单人沙发上，沙发与沙发之间是小茶几，茶几上摆放着三个洁白的小吃碟：一个小吃碟里摆放着湿巾，用于领导们吃点心前后擦手；另外两个小吃碟里，分别摆放着水果糖、小袋瓜子、饼干之类的小吃，供等候射击、观看打靶成绩的人享用。

等候区是一个长方形的区域，相比射击区来说，不算太大，大约有射击区的八分之一，就这也有二百多平方米了。它与射击区之间用透明防弹玻璃相间隔，玻璃的上部对应打靶的靶位，分别安装了一台液晶显示器。当智能靶场影像射击训练系统启动后，通过网络进行智能链接，射击的成绩便会出现在显示器上。

魏云等人在沙发上歇息了一会儿，便随着何晶从旁边的玻璃侧门进入射击区。射击区很大，有一千六百多平方米，地面铺设了绿色防滑塑胶地板，人踩上去感觉比较舒服。

进入射击区后，便是一溜儿排开的六个靶位，靶位是用奶油色木板做成的“L”形站台，供打靶人站立，左侧竖起来的一面一米五高的竖板上，还有一个可以摆放弹夹等射击用品的小架子，人站立的木工板上面，标注了靶位序列号、靶位线。这些靶位是可以随意挪动的，根据枪支不同、射击的需要，可适时做出相应调整。

射击区后面的一面大墙，是一整面的影像靶。这种影像靶，既可以显示画面，还可以吸附射上去的子弹，能有效防止子弹反弹伤人的危险，起到了安全防范、吸附子弹、显示影像的多重效果。在射击区的侧面，是一个个高仿的实战现场，有宾馆、饭店、加油站、车站、码头、游乐场、住宅小区、单位办公楼等现实生活的场景，便于日常的模拟实战射击训练。

何晶介绍完毕，李局长便邀请魏云实战演练。征得魏云同意后，工作人员启动了智能靶场影像射击训练系统。偌大的影像靶上便出现了“对党忠诚、紧握钢枪、敢打胜仗”十二个大字。魏云看到了这十二个大字，笑着对李局长说：“说得好！”

话音刚落，影像靶上便播放歹徒持刀抢劫的真实画面。一名特警先给魏云等领导们做了一遍演示后，便让魏云实际操作。魏云毕竟不是科班出身，他一出场，压根没有冲锋上阵、英勇杀敌的豪迈气魄。他在一名特警教官的指挥下进行演练，其余人都在外面观看。魏云一连演练了两次，智能系统的影像靶上都提示“演练失败”。

李局长笑着说：“设备有故障，赶紧让人修理。”这也算是给魏云打了个圆场，让魏云感觉到自己没丢面子。

李局长又问缑卫花是否射击，缑卫花很聪明，说：“设备有问题，还是等下一次吧！”李局长在心里赞赏这个女人的聪明。

于是，魏云一行人兴高采烈地走出了地下靶场。

39

调查摸底工作还在如火如荼地继续进行着。根据摸排情况，专案组迅速为“4·11”系列案件定下了摸排的重点，就犯罪嫌疑人的画像、作案工具特征、嫌疑人行为特征，以及三名受害人受侵害时的共同点、摸排重点范围做了进一步详细的分析说明，为案件侦破提供了更加坚实的依据。

三天来，八十多名民警深入大大小小三十多个村庄、三百余家企事业单位，走访群众七八千人，从中摸排出重点嫌疑对象五十多人。有的体貌特征接近，有的具有此类犯罪前科，有的家庭不健全，有的本人心理极不健康……所摸排出来的重点嫌疑对象，经过侦查人员一一核查，调查纳入视线的五十多名嫌疑人又被一一地否定了。

长陵派出所所长闫长明带着侦查员在陵南村和陵西村艰难地开展走访工作。两个村子虽然不大，但交通很便利，从村旁经过的柏油马路上人来人往，车水马龙。就在“4·11”案件发生十一天后的深夜，在陵南村村北的生产路上发生了骇人听闻的“4·22”拦路抢劫、强奸案件。为了进一步弄清案情，闫长明带领侦查员再一次来到受害人家里，听取受害人张水莲对案发当晚情况的陈述——

4月22日深夜，少妇张水莲下了夜班，骑着自行车疲惫地往家赶，她骑到大寨村附近，发现后面有一个骑自行车的男子尾随其后。她非常惊慌，于是，便加快了骑行的速度。她在前面使出浑身的力气骑行，那个男子在她身后疯狂地追撵。张水莲心中暗暗叫苦，心想，今夜遇到了坏人。她越是着急，双腿越是发软，自行车怎么也蹬不快。此时，她多想在这夜深人静中碰到熟人，可是，除了那个越来越逼近她的骑自行车的男子外，就剩下黑漆漆的夜幕了。

正当她心慌意乱之时，她骑的自行车被猛地撞了一下，张水莲连人带车一起倒在了地上，还未等她反应过来，一根木棒重重地打在她的背部，木棒顿时断成了两截，一个男青年迅速地骑到了她的身上。

“你要干啥？”张水莲惊慌失措地问道。

“我要摸奶。”男青年凶狠地说，“叫我摸一下，啥事都没有。”

“救命——”

黑暗中，男青年的眼睛里冒出绿光，双手掐住水莲的脖子，恶狠狠地说：“再喊，我就打死你！”他一边说着，一边耳刮子左右开弓打在张水莲的脸上。

“救命——”张水莲没有放弃最后的一线希望，继续呼救。

男青年双手死死地掐住张水莲的脖子，她最终被掐晕了。

男青年急忙把她拖至麦田中，脱掉了她的衣服，也顾不上她来例假，就强行……

这种伤天害理、丧失人伦的事接二连三地在五陵原上出现，天怒人怨，引起了乡党们的极大愤怒和恐慌。

当闫长明他们走访调查时，群众一个个义愤填膺，纷纷谴责犯罪分子的暴行，要求公安机关早日破案，抓住罪犯，给群众一个说法。话虽这么说，但是，能提供的破案线索却没有。

闫长明一行人怀着极其复杂的心情，继续投入摸排之中。

“闫所长，我们村有一个娃的情况与你们协查通报上的条件很相近。”陵南村一个长相俊俏的少妇看到闫长明和侦查员们走到村外后，她心里忐忑不安，装作若无其事的样子出了村。她害怕被人发觉，左顾右盼，一看四下无人，三步并作两步追上去，悄悄地对闫长明他们说。

“你知道他是谁家的人？”闫长明和侦查员问。少妇说，自己今年才结婚，在村里看到过画像上的人，至于是谁家的，她不清楚。

“谢谢你！请问你叫啥名字？”闫长明说，“破案了，提供破案线索有奖励呢。”少妇浅浅地一笑，说：“奖励就免了。只要能帮你们早日破案，抓住坏人，也算我对得起自己的良心。”说完，少妇头也没回急匆匆走了。看样子，她心里很害怕，害怕遇见熟人。

侦查员没有再细问，案件侦破了，再去寻找这个漂亮少妇也不迟。目前，抓紧时间破案，才是第一要务。这不仅是他们的职责所在，也是少妇的最大心愿。

闫长明带人火速返回陵南村，再一次拿出犯罪嫌疑人的现场模拟画像，让群众辨认。群众有的摇头，有的回避，有的声称压根就不认识，有的远远看见他们就躲开了。尽管如此，闫长明他们并不气馁，因为有漂亮少妇提供的准确线索，他们认定犯罪嫌疑人一定是陵南村的人。要知道画像上的人是哪家的，还必须通过仔细侦查才能搞清楚。

这些年来，群众的工作很难做。好多人都抱着息事宁人、事不关己的心态和多一事不如少一事的观点，明哲保身，不愿意提供犯罪线索，害怕引火烧身，担心提供线索会遭到犯罪嫌疑人和其家里人的打击报复。尽管如此，闫长明他们没有气馁，始终坚信正义会战胜邪恶，许许多多的群众还是会站到正义的一边。目前，只是群众因为过度担心，害怕举报本村人后遭打击报复，有后顾之忧，所以面对民警调查时才会躲躲闪闪。

到了傍晚时分，毒辣辣的太阳半截已经落入西山了。闫长明和几个侦查员换成了便衣，重新进村分散调查。果然，不出所料，通过走访，从群众提供的线索得知，居住在该村 44 号的村民魏楚生，长相与现场模拟画像十分接近。于是，魏楚生作为重点嫌疑人被纳入重点调查范围，成为重点排查对象。魏楚生，男，二十五六岁，家中贫穷，父亲是老实巴交、有些愚钝的农民，母亲是聋哑人。魏楚生只有小学文化程度，此人给人的感觉是性格孤僻、独来独往，群众背地里称他“独伙虫”。

其实，群众被他的表现迷惑了。魏楚生很聪明，无论是打牌，还是下象棋，在方圆百里几乎没有人是他的对手。

闫长明迅速将这一情况汇报到专案组。

“认真调查，力争见人，查找物证。”刘爱国听到案件有了线索后，告诫闫长明他们。随后，爱国和平安带人前往陵南村抓捕疑犯。

闫长明接连到魏家跑了四五趟，只见家门紧锁。听村人讲，魏楚生在城中打工，但具体情况不详。于是，闫长明他们悄悄地在魏楚生家附近蹲守。

如何才能见到魏楚生，便成了闫长明的一块心病。4 月 30 日上午，刘爱国、吕平安带人又一次来到魏楚生家，魏家依然是铁将军把门。

上帝给我们关闭大门的时候，往往还会给我们打开一扇窗户。

“难道魏楚生真的没在家？”刘爱国这样想着，抬头一看，他突然眼前一亮。魏家大门虽然紧锁，但墙上的那扇窗户却开着。

“人不在家，窗户咋开着？”爱国问平安。平安抬头一看，果然魏家迎门墙上的窗户开着。

平安给闫长明指着墙上打开的窗户，说：“这不符合常规。”闫长明说：“是的。”于是，他从邻居家借来了一架梯子，隔窗而望，魏楚生正在家中睡觉。这一发现，不啻哥伦布发现新大陆所带来的惊喜。于是，牛高马大的吕平安带人从邻居家翻墙进入魏楚生家，准备捉拿魏楚生。

这几天，魏楚生如惊弓之鸟，一天到晚提心吊胆，惶惶不可终日。刚才他已经听到门外的声音了，也知道自己在劫难逃。他把心一横：反正都是一个死，砍死一个够本，砍死两个赚了。他悄悄从床底下拿出一把斧头，揣在怀里，继续佯装睡觉，等待着公安人员进来抓捕，到时候拼个鱼死网破。

平安冲在最前头，没想到，魏楚生从床上一跃而起，挥动着斧头，朝着平安砍去。眼看着那把明晃晃的斧头就要砍中平安，刘爱国手疾眼快，大喊一声：“不好！”他用整个身子将吕平安推开，挡在了魏楚生面前。这时候，只见爱国左手像钳子般死死抓住了魏楚生拿斧头的右手手腕，右臂迅速搂住了魏楚生的脖子，右腿顺势插在了魏楚生的双腿后面，整个身子猛地用力前倾，将魏楚生推倒在床上……

这时候，侦查人员一拥而上，几把黑乎乎的手枪顶在了魏楚生的头上。

魏楚生束手就擒了，侦查员在他家中搜出了作案凶器——菜刀、农药、榔头以及交通工具自行车等。

40

蕞娃蕞娃你别馋，过了腊八就是年。

转眼间到了腊八。

平安妈一大早就在瓮里舀了一盆清水，放在庭院中，让水尽快结成冰。寒冬腊月的五陵原上地势开阔，偌大的五陵原上没有遮挡，就像一个裸露着身体的坚强汉子，任凭西北风从身体上呼啸刮过。

西北风寒冷刺骨，吹在人的脸上有一种针扎似的疼痛感。好在前几日下了一场大雪，五陵原上的一切都掩埋在皑皑的大雪中，西北风刮得再大、再急、再狂，仅仅只能把一点点雪花吹起来，冬天的落叶、五陵原上的尘土全被大雪覆盖着，西北风再强劲地肆虐，也卷不起落叶与尘埃。

西北风呼啸着，疯狂地刮了一个晚上，干枯的树枝被吹得哗啦啦地响，没有关紧的房门被吹得哐当哐当直响，还有个别老屋屋檐上的瓦片被吹落在地上，发出哐哐哐的声响。窗户上的贴纸或者塑料薄膜，被西北风吹得忽闪忽闪的，一股股风顺着门窗的缝隙钻进屋内，让躺在热炕上的五陵原人感觉不到土炕的温暖，被子里面都是冰凉的，大家都是整个人蜷曲在被窝里，虽然感到了寒冷，但是，还不愿意从被窝里出来。

平安妈起来得很早，在西北风无情的肆虐中她来到了院子中央。她身体比较健壮、高挑，穿着黑色连腰棉裤、对襟棉袄，可能是起来得早，还没顾上梳头的原因，头发还没有扎起来，被风一吹，有些散乱。她顾不上天寒地冻，蹲下身子，看了看那盆水，已经被全部冻成了一整块洁白的晶莹的冰了。她心中高兴，脸上露出了淡淡的微笑，不慌不忙，端起那盆冰朝着灶房走去。

五陵原一带，家家户户几乎没有独立的灶房。灶房往往与主人的卧房在一起，灶台与土炕相连接。冬天，烧锅做饭产生的热量，顺着灶台与土炕之间的火道进入土炕下。这样的连锅灶，既能节约柴火，减少浪费，还能有效地利用做饭产生的多余热量，确保土炕白天是热的。靠近灶门的是一口大铁锅，主要用来做饭、蒸馍，也就是主锅。在大铁锅与土炕之间的灶台上，有个小一点锅。小锅主要用来烧水，是备用的。前锅做饭，后锅烧水。只有当前锅用来蒸馍等不能做饭时，后锅才能发挥做饭的作用。虽然说是做饭，也仅仅是用来熬稀饭之类。真正要吃面，还需要用大铁锅。所以，在五陵原上，大小锅的用途，和汽车的主轮胎与备用轮胎起的作用是一样的。

平安妈将一盆子的冰块倒在案板上，然后用洗净了的斧头使劲地砍，将砍下来的一块块小冰块放在一个老碗里，剩余的冰块全部放入大锅中加热融化成冰水。

等到平安起来了，她将老碗里的冰块递过去，一人口中含一块小冰块，用口中的温度一点点融化成水吞咽下去。相传，吃了腊八冰的人，一年不肚子疼。

坐在灶火前的平安妈，点燃了一根火柴，将一把麦秸点燃，从灶口塞入灶膛，然后再一点一点地加入麦秸，等到灶膛里的火烧旺了，再一点一点地添加玉米芯、木棒之类的所谓硬柴。等到添加了硬柴后，她右手握住风箱的推拉杆，一推、一拉，再一推、再一拉，风箱的前后便发出"啪嗒、啪嗒"的声响，然后根据灶膛内火势大小，再决定推、拉的快慢节奏。随着右手的一推一拉，她的上半身也幅度较小地前倾、后仰。整个烧锅的过程，就像一幕节奏感很强烈的小戏，非常好看。

灶膛里添加了足够的硬柴，平安妈从灶火前起身开始准备做腊八饭的材料，她初七晚上早早地将绿豆、红豆、豌豆、玉米糁子等都准备停当，放在案板上，现在她要用热水将这些食材淘洗干净，全部下到锅里，又把几个月来珍藏下来的花生仁、核桃仁、杏仁、大枣一并倒入大锅里进行熬煮。然后又开始和面，醒面，擀面。

擀面，是检验五陵原女人做饭水平的唯一标准。哪个女人能干不能干，就看会不会擀面。会擀面了，再看你面擀得好不好，把面擀得是不是像麻纸一样薄。面擀好了，再看你切面的刀功，面切得细不细，粗细匀称不匀称。切好后，还要看面下锅后是否煮烂了、煮黏了，捞起来的面是否筋道。在五陵原上，谁家能娶到能干的会擀面的媳妇，那真是前世修来的福分。这样的女人能抓住男人的胃，这个家庭必定是稳定的。

腊八饭重在食材。食材要丰富多样，图的就是一个吉利。平安妈把面擀好后，卷在擀面杖上，然后顺着擀面杖，将面用刀划开。刀过之后，裹在擀面杖上的几层面便顺势躺倒在案板上。这时候，拿掉擀面杖，再用刀把面切成一指宽的面片。放下刀，两只手把切好的面弄乱，不让面片粘在一起，就可以下锅了。

面切好后，等到锅里面的豆类煮到八九成熟后，再下面。下了面，平安妈把早已准备好的红萝卜、白萝卜、白菜、豆芽、土豆等，洗净、切成丁，等到锅里的水烧开后，下到锅里，一起煮。

平安妈准备停当后，往铁勺里倒少许菜油，把铁勺塞入灶膛里烧，等油烧好后，再把生姜末、葱花、蒜苗和韭菜等放入热油中，进行油炒，炒熟后，再倒入锅里。

这一切准备好了，只见平安妈从案底下拉出一个盆子，盆子里是她前几日燣好的肉臊子。她用铲子铲了三铲子肉臊子，下到锅里，又将盆子重新放回到案底下去。根据口味，加入陈醋、食盐、酱油和味精等调味品，一大锅香喷喷的腊八饭就做好了。平安妈看着一锅腊八饭，脸上露出了甜甜的微笑。然后，她用马勺从大锅里把腊八饭舀到提前准备好的空盆子里。这一大盆腊八饭，每天中午做饭时加一勺，一直要到大年三十最后一顿饭时把腊八饭加完。这样，今年的腊八饭就完成了自己的“神圣”使命。

她把平安叫过来，让平安给左邻右舍送一些她家的腊八饭。这是五陵原的讲究。吃腊八饭，一是“腊者，接也”，庆祝旧年即将结束，新年即将来到，迎接新旧交替，予以辞旧迎新；二是“腊者同猎”，田猎获取禽兽，用肉祭祀神灵，也叫“冬祭”，保佑平安吉祥；三是“逐疫迎春”，祛病消灾，迎接新春。所以，腊八节也叫“佛成道节”“成道会”。其实，关于腊八节的来历，传说有很多种，有一种是说在秦始皇时，各地征得劳役修长城，腊八这天，长城终于修完了，大家即将散去，把剩余的粮食、菜品等全部放在大锅里一起煮，吃一顿“团圆饭”或者“散伙饭”，因为是腊月初八这一天做的，所以，称之为“腊八饭”。

平安一手端一个碗，每个碗里都装满他妈做的腊八饭，然后给左邻右舍挨个送去。在五陵原上，谁家腊八饭做好了，就给亲朋好友、左邻右舍送去，家家都是这样，最后，把大伙送来的腊八饭全都倒入大锅里，用铁勺搅拌匀，一家子就可以开始吃腊八饭了。

平安送腊八饭的时候，他妈也没有闲着。她将腊八饭给诸神位前各放一小碗，进行着一年一度的腊八祭祀活动。她端了一碗腊八饭，房前屋后地跑，给树上等凡是认为有必要的地方，都加一筷头腊八饭，敬天敬地敬鬼神，祈祷着全家平安幸福。等到家人吃完腊八饭，再把神位前的用于祭祀的腊八饭端回来倒入盛满腊八饭的盆里，以后加在每天的午饭中，祈求神灵保佑全家年年富裕、人人健康。

平安送腊八饭的时候，每到一家，主家都很高兴，愉快地接受平安送来的腊八饭，自然还要说一些感激、祝福之类的吉祥话。临了，还要问平安结婚的事筹办得如何，需要帮忙了就打声招呼。平安很自然地要感谢他们，说：“需要帮忙时我会提前打招呼，还要宴请帮忙的执客呢。”

“也该结婚了，年龄都不小了。”

“结婚了好！结了婚，你妈也就多个干活的帮手了。”

“寡妇带娃，这么多年，多不容易。结了婚，你妈心头大事就完成了。你爸的在天之灵也就安心了。”

平安听了很高兴，千恩万谢地回着活。他看起来脸上挂满了笑容，其实，左邻右舍的人看不到，也不懂，当平安听到大家说起他爸的时候，心中的苦楚只有他自己最清楚。

41

平安跟在爱国、青青的屁股后面，踩着厚厚的积雪，一路上没有一个人说话，除了西北风伴随着雪花偶尔呼啸一下，便是三个人踩在积雪上发出的声音。

从大陵到陵西村并不远，路上铺满了积雪，也看不清路在哪里，他们凭着对故土的热爱和眷恋，对村庄的熟悉，顶着风雪，在积雪上艰难地走着。

雪下得很大，三个人头上、身上都落了雪，因为迎着风走路，纷纷扬扬的雪花被风裹挟着迎面扑来，吹在脸上有些生冷的疼痛感。有时，风雪从衣领与脖子的空隙中硬生生地钻进去，让人战栗。有时候猛然刮来一阵狂风，让人瞬间感到呼吸困难。

三个人没有说一句话，尽管走在同一条路上，却各自怀揣着不同的心思。爱国走在最前面，要说，他的心思最重了，如何说服平安，这让他大伤脑筋，不知想了多少次，和自己的女朋友谷雨商量来商量去，始终没有找到一个好办法。那一日青青病了，他急忙把青青送到医院，将她从死神手中夺了回来，让青青深受感动。

只有当人在经历了生死考验后，才能明白一切，才能与世无争，与人无怨。但是，这不是所有经历过生死考验的人都能具有的一种天性和本能。

“天下熙熙，皆为利来；天下攘攘，皆为利往。”现实生活中，就是这样。人们为了名声、为了金钱、为了情感，争得你死我活、头破血流。可是，每一次到了殡仪馆，送别了至亲或者朋友、同事，参加完遗体告别仪式之后，走出告别大厅，抬头望去，殡仪馆的烟囱里正在冒着缕缕青烟，这时才明白，无论官大与官小，无论贫贱与富贵，唯有在殡仪馆这个地方都是一样的，都要进入火葬炉。于是，活着的人，当着众人的面，发誓要好好保护身体，珍惜生命。

出了殡仪馆的大门后，在这里的发誓、赌咒和一切想法，如同殡仪馆烟囱中冒出来的缕缕青烟，瞬间消失得无影无踪了。该胡吃海喝的继续胡吃海喝，该争权夺利的继续争权夺利，该贪污腐败的继续贪污腐败，该欺男霸女的继续欺男霸女，该为非作歹的继续为非作歹，该惩恶扬善的继续惩恶扬善……总之，除了极个别与世无争者“无欲则刚，有容乃大”外，其余的，全是外甥打灯笼——照旧（舅）。

青青跟在爱国的身后，距离很近，五陵原一马平川，地势开阔，没有山路那样陡峭，所以，下了大陵以后，尽管道路被积雪覆盖，但是，走起来安全感大大增强了，青青也就不需要爱国亦步亦趋地照顾了。

风雪中的青青心中的苦闷唯有她知道。这条路她走了二十多年，就像她的十个手指一样，熟悉得不能再熟悉了。这条路上，留下了她成长的脚印，留下了她恋爱的脚印，留下了她的欢歌和笑语，也留下了她的苦闷与惆怅。然而，过去所留下的一切，都没有今天这么难受、这么深刻、这么疼痛。在这条路上走着，想着马上就要和青梅竹马、相恋多年的爱人彻底分手，她想哭，但又哭不出来。以前，她遇到困难，就会有人帮她解决，替她分担，为她消愁。今天是她二十多年来感觉最郁闷、最沮丧、最痛心、最孤独的一次。尽管她想明白了，但是，当她经过一番深思，做出了艰难痛苦的抉择之后，她并没有感到浑身轻松。相反，她心如刀割，思绪混乱，感到无助、无望。现在，她能做什么？又能怎么做？只能跟在爱国的身后，机械地向前走着。

最煎熬的人是走在后面的平安了。看着风雪中艰难前行的青青，他很想哭。可是，就算现在扯开嗓子大哭一场，又能怎么样呢？他在青青与魏瑶之间，选择谁都是正确的，选择谁，都会对另外一个人造成极大的伤害。

自从魏瑶给他输血，精心照顾他之后，一切都在发生着或巨大、或细微的变化。选择魏瑶，他就成了千古罪人陈世美；选择青青，他就成了那条忘恩负义的毒蛇。陈世美抛弃糟糠之妻，最终倒在虎头铡上的故事，在五陵原上一直流传着，上至老人，下到小孩，都知道《铡美案》中为了荣华富贵抛弃糟糠妻的千夫所指的负心汉——陈世美。陈世美为了当上驸马，享受皇家给他带来的尊贵、荣华、富贵和金钱，故意“隐婚”，欺骗皇上和公主，顺理成章地当了皇家的驸马，公主的佳婿。陈世美对于秦香莲来说，是一个罪人；对于皇帝和公主来说，犯的是欺君犯上的杀头之罪。所以，他的死，一点都不冤枉，是飞蛾扑火，咎由自取，到头来，落得个千古骂名。

《农夫和蛇》的故事尽管老年人不清楚，但是，毒蛇之毒，五陵原上的人都是知道的。农夫在寒冬腊月里，看到路边即将冻死的毒蛇，好心将蛇揣在怀里，用自己的体温温暖了蛇，挽救了蛇的生命。救活了一条生命，他感到非常高兴。然而，他高兴得太早了，毒蛇永远都是毒蛇，江山易改，本性难移，毒蛇咬人的本性不会因为你拯救了它的生命而改变。于是，冻僵了的毒蛇清醒过来后，便咬了农夫一口，农夫便死于被他挽救了生命的毒蛇之口。

好多次，平安在梦里都在想着《铡美案》和《农夫与蛇》的故事，这件事对他的影响太大了。日有所思，夜有所梦。在工作中，他再苦再累，即使几天几夜不合眼，他都能熬过来。再大的案件，都没有难倒他、纠缠他，没有让他不快乐、不舒服过；都会在他的顽强和勇敢、智慧与缜密中迎刃而解。唯有这一次，让他煎熬得吃不下、睡不着。

走着走着，他感觉到自己身体累了，心更累了。他想坐下来休息一下，又停不住自己的脚步。他知道，是青青在前面牵着他、呼唤着他，他必须生命不息，脚步不止。

小时候，他俩一起上学。遇到雨雪天气，他都会主动背起青青，在雨中、雪中愉快地奔跑，让青青在他的背上快乐地成长。那天登大雁塔，青青累了，就是他背着她一个台阶一个台阶地往上走，他累得满头大汗，背上的青青一边笑一边给他擦拭着脸上的汗水，他俩太高兴了，高兴得让平安不知道辛苦，不知道劳累。可是，现在呢，青青就在他的面前，在风雪中艰难跋涉，他却无能为力。他多么想像从前一样，用坚实的脊梁背起青青，让青青感到温暖，重新捡回从前幸福、快乐的美好时光。然而，他的心没有从前那么执着和坚强，身体比以前更加沉重和无力。

到了爱国家里，温暖多了。爱国妈在屋子里早早就把炉子烧得红红的，让屋子的角角落落都充满了温暖。

在门口，爱国和平安各自拍打着身上的落雪，爱国妈用扫炕笤帚给青青扫着身上的积雪，让青青非常感动，差一点掉下了眼泪。

“姨，我自己来。”青青有些不好意思。

“看把娃手都冻硬了，姨给你扫。”爱国妈一脸阳光。

扫完身上的落雪，爱国妈给他们一人倒了一杯茶水，然后就回到自己的房间了。她知道三个娃有重要的事情要谈，她插不上嘴，也管不了这件麻烦事情。娃大不由娘！娃娃大了，自己的事情自己解决。

三个人围坐在火炉旁，不一会儿便全身感到了温暖，炉膛里燃烧的炭火烤得脸上红通通的。刚开始，三个人六只手，还都伸向火炉去烤，间或青青与平安的手接触了，两个人都会很快地往回抽，唯恐再碰到。

爱国看在眼里，他明白了一切。在平安心中，已经不是从前的自己和青青了，青青心中也不是从前的自己和平安了。两个人之间有了一点点的落寞，一点点的缝隙了。物品坏了用钉子钉好，或者用胶水粘好，都不会是从前的样子了，都会留下伤痕的。破镜虽然重圆了，但是，镜子中的那道缝隙是永远都无法抹去的痛。面对这样的痛苦，南朝便有了徐德言“镜与人俱去，镜归人不归。无复嫦娥影，空留明月辉”令人扼腕、感叹的诗句。物品尚且如此，更何况是具有七情六欲的人呢？男女在情感方面都是自私的，再大度的人，可以捐赠金钱、物品，乃至自己的生命，唯有情感是不能捐献的。

青青与平安心中已经有了缝隙，虽然坐在一起，但是，心中的缝隙已经无法弥合了。三个人面面相觑地坐着，没有了从前青梅竹马的欢颜笑语，没有了两小无猜的无拘无束，此时倒显得很尴尬。爱国心想，这样坐着总不是个办法，坐在一起的目的，就是要把事情说开，要解决问题，长痛不如短痛。

爱国说：“平安，青青今天主动找你，就是要告诉你，她不能与你结婚，她不想让你当‘毒蛇’。”

“难道要让我当‘陈世美’？”

“你不要得了便宜还卖乖！”爱国说，“事情演变到现在这个样子，你说咋办？你不想当陈世美，也不想当毒蛇，你选择啥？”

平安没有说话，他把头低下去了，他不知道如何选择，更不敢面对青青的眼睛。

半天没人说话，爱国说：“平安你也不要太自责，你毕竟和青青没有结婚么，充其量就是谈过恋爱。从本质上来说，从严格意义来讲，你俩分手了，你还够不上当‘陈世美’的资格。可是，魏瑶就不一样了，她一个大姑娘的所作所为，已经让人刮目相看，她的行动让我们敬佩。青青之所以这样选择，还不是为了你好？还不是为了你将来好好做人？还不是因为青青从小到大一直都理解你、很爱你吗？

“你做不出合理的、正确的抉择，青青替你做了。这样，你心里就会好受些，就会舒坦些。我们三个人从小到大，谁还不知道谁的性格？你不做出正确的选择，长时间这样拖下去，青青还能耗得起吗？事已至此，就要快刀斩乱麻，当机立断。只有这样，大家都少一点痛苦，少一点煎熬。青青这么做，你知道她受了多大的委屈？你知道她心中有多痛吗？她这么做，唯有她的心才真正如刀绞、如针刺、如剑穿，你能理解吗？”

青青已经泪流满面，她实在听不下去了，起身说道：“爱国说的就是我的意思。”说完便转身走了，不听爱国的劝阻，一头冲进风雪中去了……

42

自从魏云来看守所里检查后，郝剑似乎领到了一把尚方宝剑，他将自己杀人被羁押带来的烦恼抛到了九霄云外，忘却得一干二净，把监室当成了自己的家：趾高气扬、我行我素，想干啥就干啥，把监规视同摆设。管教民警制止了多次，他把民警的劝告当作耳边风，不仅没有收敛自己的言行，还更加狂妄，更加嚣张，更加目中无人，更加盛气凌人。一时间，把整个监室搞得乌烟瘴气：

想干活的，被他制止，他还把干活的工具全扔到门外；想遵守监规的，被他打骂，逼迫着违反监规。监室里的被褥按规定白天要叠放得整整齐齐，他却故意将叠放整齐的被褥胡拉乱扔。那个新进来的嫌疑人打扫监室卫生时，被他打得鼻青脸肿，还不许吃饭。每一次饭送来了，他不发话说吃饭，谁都吃不成。否则，轻则罚你一天不能吃饭；重则不仅不能吃饭，还要被他及手下教训一顿，直至你听话为止。随着他的卑劣行径变本加厉，小部分人为了巴结他、讨好他，就急忙附和；大部分人虽有怨言，却敢怒不敢言，唯恐成了郝剑教训的对象，所以便睁一只眼闭一只眼，忍气吞声，任其放肆地在监室里为所欲为、横行霸道。

郝剑成了监室里面的老大，成了典型的牢头狱霸。但是，没有一个人敢给管教干部举报、反映。大家都知道他是魏云的小舅子，不告则已，告了，谁又能把他怎么样？弄不好，到头来吃大亏的还是自己。

郝剑一时间有了一种满足感。在传销组织里，他想吃啥就吃啥，想干啥就干啥。在看守所里，他还是这个样子，尽管他杀了人，犯了法，他依旧是监室里的王。他心里美滋滋的，曾经走在广州大街上，他是拈花惹草的情郎，现如今，他坐在看守所里，他成了监室里最大的王。监室成了他的天下，他可以一手遮天，把大家账上存的零花钱，肆意地挥霍。他想抽烟，就必须有人给他买了，递在嘴边，还要弯着腰双手毕恭毕敬地给他点燃。他尽情地吸一大口，朝天吐着一个又一个烟圈。他的身旁，有端水的，有用手接他弹掉的烟灰的，还有给他捶背的、按摩的。他想吃啥，就得有人主动掏钱给他买，炒菜、米饭、油泼辣子𰻞𰻞面……凡是允许送进来的东西，他都会变着法子让人给他买，孝敬他。

在看守所里唯一不能与外面相比的，就是失去了人身自由。郝剑想起以前在广州的点点滴滴，不由得就想骂娘。当年在 KTV 听到别人唱迟志强的那首《铁窗泪》时，虽然这首歌是迟志强经过牢狱生活后的心灵感悟，但是，郝剑一点感觉都没有，心灵上也没有受到一点点的震撼。他觉得，他啥也不缺，要钱有钱，要吃有吃，要喝有喝，整天狐朋狗友在一起，吹牛、吃饭、喝酒，唱歌、跳舞、泡妞，咋样痛快咋样来，咋样舒服咋样来，一点都感受不到“人生最大的悲剧莫过于失去自由，人生最大的痛苦莫过于失去亲人和朋友”的深刻含义。现在轮到自己头上了，才切身感觉到失去自由的滋味了，感觉到以前那些“朋友”的作用了。虽然这里有规定，没有判决之前，除了公检法的办案人员和当事人的律师外，其他人不允许探视。尽管如此，郝剑在这里被羁押了几个月，也没有见到一个曾经的好朋友给他送过东西，这让他很失望、很伤感，这才体会到迟志强唱这首歌时，内心是多么痛苦和悲伤。

在这里羁押久了，特别是当郝剑有了一定的舒适感、优越感后，便产生了一种冲动。常言道：饱暖思淫欲。他想女人，想女人想得都有点近乎疯狂了。越是想，越得不到满足；越不能满足，他越想。所以，同监室里的人都感到郝剑最近有了一种狂躁感。但是，郝剑不说原因，他们也不敢乱猜。

晚上，郝剑躺在床板上，翻来覆去地睡不着。他睡不着不是因为想他的案子，更不是为自己所犯下的滔天罪行而忏悔，而是想女人的欲火让他鬼迷心窍，想入非非了，他想起了他和魏瑶——

他在广州。

魏瑶已经被他拉入传销团伙里。为了能留住魏瑶，郝剑想了好多办法，他把魏瑶入伙的几万元都给垫上了，魏瑶只挂个名，其他的事都是郝剑一手操办的。郝剑通过自己的关系网，为魏瑶寻找赚钱的机会，他把自己拉过来的人头全部算在魏瑶的名下。魏瑶是郝剑发展的下线，魏瑶赚了，他也跟着赚了，而且比魏瑶赚得还多。

传销组织是一个金字塔式的结构。郝剑来到传销组织后，要发展自己的三条下线，也就是要有三个人来支撑他。下线发展够了，就不能再发展了，除非他以别人的名字再发展下去。他的下线每个人再发展三条下线，以此类推，下线发展下线。下线越多，自己赚取的就会越多。当他的下线及下线的下线达到十二个人的时候，他就可以升任小经理了。当了小经理，就可以坐享其成，享受渔翁之利。一旦你的下线再没有发展，也就赚不到钱了。于是，你这个小经理就成了一条死鱼，成了“塑料花”，看起来很美，实则没有一点诱人的花香。郝剑不想当“塑料花”，便要求下线不断地发展下线，壮大自己的队伍，把自己推向一个更高的层级。每上一个层级，他的职务就会高升一级，就能赚取这个层级领导的报酬。

一开始，魏瑶还不知道里面的门道，慢慢地被传销组织里的人每天所谓的“上课”，用赚大钱、一夜暴富的极大诱惑吸引她，让她的脑海里光想着钱、钱、钱，这样，她就会积极地发展自己的下线了。不管如何，郝剑把她拉进来了，并帮助她发展下线，所以，她对郝剑非常感激，毕竟，是郝剑帮助她赚取了一次又一次的好处费。传销组织里，每一次，只要有一个人荣升到经理的位置，传销组织的大头目就会给荣升者一个非常迷人、十分灿烂的微笑。他们为了能留住人、收住心，从微笑演变成了握手，从握手演变成了拥抱，再后来，从拥抱就发展成了发生性关系，以此来要挟、控制你，使你不能随便脱离组织。

在传销组织里，魏瑶亲眼看到有个年轻女孩子被洗脑以后，为了把自己的男朋友拉进来，便采取了和郝剑一样的吹嘘、欺骗等手段。这个女孩子做得比郝剑更绝。此前，男朋友多次要求与她发生性关系，都被她毫不犹豫地拒绝了。这一次，她却主动地留住了男朋友，并宽衣解带和男朋友住在了一起。尽管如此，男朋友心里却对传销很有抵触情绪，思想很不稳定。上级主管发现这个苗头后，便主动出击，又在传销组织里找了几个颇有姿色的年轻女人，将那个男孩子生拉硬拽进房子里，让女人们一个一个与他发生性关系，以此来控制他。所以，在传销组织里，为了能赚钱，他们手段很多。洗脑是其中最基本、最常见的一种办法，主要是对新来人员灌输所谓的传销观念、理想、信念，把传销的思想、理念根植于成员的大脑中，让他们有了一种对金钱的追求，对美好生活的向往，从被动变成主动，从行动上的不愿意变成思想上的一种自觉意识。色诱是另外一种方法，利用男女对于异性的渴望，从而在思想上牢牢控制对方，让他们欲罢不能，甘愿俯首。不管是上课、洗脑，还是色诱，这些都是软办法。除了软办法还有硬办法，软禁、拘禁，采取非法限制人身自由的手段，消磨你的意志，打消你的幻想，让你屈服；还有毒打，从身体上进行残害，让你在痛苦中放弃逃离的念头，在暴力手段的强压下，不得不屈服，不得不顺从。

在郝剑的帮助下，魏瑶很快发展了三条自己的下线。然后下线又发展下线，终于在自己的下面有了十二个人了，魏瑶顺理成章地成了小经理，不仅赚回了自己投入的资本，还赚取了高额的回报。短短半年时间，魏瑶的进步如此之大，令她周围的人咋舌，啧啧赞叹，刮目相看。大经理闻讯后，也很是赏识魏瑶的才干，决心要把魏瑶培养成一面旗帜、一根标杆。

这一天，是任命魏瑶为小经理的时候了。大经理亲自出马，除了魏瑶必须得到的现金外，大经理还特意为她购买了金项链、金戒指、金耳环。魏瑶听到大经理要来看望她的消息后，心中非常高兴，经过自己这段时间的努力，她终于可以见到传说中的大经理了。

一整天，魏瑶在煎熬中度过。自己稍稍有了一点成绩，大老板就要接见自己，和自己谈心，她感到局促不安，不知如何是好。就这样，魏瑶在惊喜与慌乱中熬到了下午五点多。

大经理其实并不大：个子不高、身材不魁梧、职位也不是最大的。他梳了一个大背头，显得他的脸盘比较大，一双小眼睛贼溜溜的。他头发乌黑发亮，油光油光的，很明显是经过一番精心的梳理，打了发蜡，头发齐刷刷地盖在他的大脑袋上，这让他的脸盘子完完全全地暴露出来，显得更加硕大。这正应验了“脸大脖子粗，不是大款就是伙夫”的戏语，大经理的确是个大款。

这一次的聚会大经理费了很多神。他亲自选择酒店，亲自安排菜肴，亲点参加聚会的人员。他把与会人员范围比以往扩大了好几倍，目的就是要让魏瑶成为组织里的偶像级人物，用魏瑶的传奇事迹来激励其他人。在饭桌上，他亲自给魏瑶颁发奖金，亲自为魏瑶佩戴金戒指、金项链、金耳环。他在酒桌上发表了很简短、很精彩、很煽情的讲话，把传销组织吹嘘为培养成功人士的摇篮，把魏瑶说成了一朵花，成了大家学习、追求的偶像级目标。

魏瑶在大家的羡慕、嫉妒中度过了这个不平凡的夜晚。她发现大家看她的目光有了很大的变化，目光里有羡慕，有嫉妒，还有一点点的嫉恨在里面。大家看到魏瑶拿到了大把大把的钞票，大经理亲自为她佩戴“三金”，女人心中的嫉妒就像一束火焰一样爆发了，恨不得自己立马变成晚会的主角，男人恨不得娶了魏瑶作为自己的妻子……

酒足饭饱以后，大经理提议大家去唱歌。于是，所有人欢呼雀跃，簇拥着魏瑶从二楼来到了酒店的八楼，来到了最大的KTV包间。所有人似乎忘记了刚才对魏瑶的羡慕嫉妒恨，一个个忘乎所以，尽情地唱歌、跳舞。

大经理和魏瑶坐在长沙发的中间，魏瑶是今晚的主角，理应受到众星捧月的待遇。大经理一边和魏瑶聊天，说魏瑶长得漂亮、迷人，他很喜欢；一边喝酒，并趁机把魏瑶拉进自己的怀里，搂抱、乱摸，还把那只不安分的手伸向魏瑶高挺的胸部。魏瑶虽然喝了酒，但此时意识还是比较清醒的，她急忙把大经理已经伸进衣服里的手往外拉。她越拉，大经理的手越往里面塞。大经理也不顾什么领导的面子，也不顾大庭广众之下，趁势将魏瑶压倒在沙发上。魏瑶抬起手就是一个耳光，硬生生地打在了大经理硕大的脸上。这时候，郝剑发现了大经理的图谋，立即上前，像老鹰抓小鸡似的一把将大经理从魏瑶的身上提了起来，煞有介事地对大经理说：“这是我的女人！”大经理一听，立马变了一个人似的，说不知者不为过，连忙向魏瑶赔不是，请求郝剑原谅。

郝剑也不是那种得理不饶人的人。毕竟大家共事多年了，魏瑶也没有受到更大的伤害。再说，这样的事情在传销组织里面已经是一件司空见惯很平常的事情，郝剑和传销组织里面多少女人发生过性关系，连他自己都记不清楚了。所以，他原谅了大经理，说：“一旦有下一次，决不轻饶。”大经理的头点得像小鸡啄米似的。

魏瑶受到了惊吓，当郝剑把大经理从她身上提起来后，她立马扑到郝剑的怀里，紧紧地抱住了郝剑的腰，郝剑一下子感到心里暖洋洋的，顺势也把魏瑶紧紧地抱在怀里。

为了向大经理和众人证明魏瑶是自己的人，也为了防止别人以后再欺负魏瑶，郝剑趁着酒劲，将自己的嘴贴在了魏瑶的嘴上。魏瑶可能被刚才大经理的举动吓着了，在这里，虽然待了半年多，但是，在这远离家乡的地方，她寂寞、无助。刚才，如果不是郝剑及时出面干涉，她已经……

魏瑶不敢往下想，便没有拒绝。

43

魏云一行参观完渭滨分局公安文化建设长廊和现代化靶场，兴高采烈地随着李局长来到了接待室。

渭滨分局的接待室很宽敞，足有一百多平方米。地面上铺着奶油色的厚地毯，魏云一行人踩上去，感觉脚底下轻飘飘、软绵绵的，非常舒服。脚踩在地毯上，没有鞋底与地板接触时发出的响声，特别是缑卫花跟在魏云的屁股后面，脚底下发出咔咔的声响，让魏云感觉很别扭。缑卫花脚下的声音，就像钉了掌的马走在水泥路上发出的声音一样，魏云感觉非常好笑，但他又不好意思笑出声来。有一次，他私下里对缑卫花说："你听听你脚下发出的声音，就像一个钉掌的马走在大街上。"缑卫花笑了笑，啥都没说。魏云感觉到不可思议，为什么缑卫花不反驳他的言论呢？便追问。缑卫花说："你和我一样。我是马，你能是个啥？"魏云说："你是马，我就是骑手。"缑卫花莞尔一笑，算是回答。

李局长对魏云说："你看看接待室里悬挂的这几幅字画如何？"

魏云说："我对字画是门外汉，不懂。"

李局长说："你还不懂？如果说你不懂字画，是个门外汉的话，那我们就是字盲、画盲了。"李局长压低了声音问："听说你收藏了许多好东西，啥时候拿出来让我也开开眼界？"

魏云一听李局长的话，嘿嘿地笑个不停："哪里有呢？你啥时候给我送幅字画。"魏云这么一说，李局长有点不好意思，说："我哪里敢给你送呢？你两袖清风，一尘不染，我怕吃了闭门羹。再说，我也没有那么高端、大气、上档次的字画能拿得出手，害怕入不了你的法眼么。”

魏云听得高兴。李局长说：“领导你看看这里的几幅字画如何？点评点评。”

魏云来到油画《万里长城万里长》前，仔细地欣赏着这幅画。他一会儿靠近油画近看，看作品的创作手法；一会儿又离开油画远看，看作品的视觉效果。他问李局长这是谁的杰作，李局长说：“这是赵玉臣先生的作品。先生画的马栩栩如生，被廖静文女士收藏于徐悲鸿纪念馆了。”

“油画是西洋画，具有极强的表现力和逼真的立体感所造就的艺术效果。它既能体现出西方贵族的高贵典雅，又能代表西方人对于艺术的崇高追求。”魏云说，“最具有代表性的《蒙娜丽莎》和《向日葵》堪称油画中的经典之作，名扬世界。《万里长城万里长》构图新颖，能将西方油画的创作技法与中国传统的山水画画法巧妙地、很好地融合起来，既能体现出祖国山河的秀美与壮观，又能让人从中感受到作者对祖国美好河山的热爱与赞美，不失为一幅优秀之作。”

魏云说完，大家鼓起了热烈的掌声。李局长说：“毛主席说‘不到长城非好汉’。我要让民警看着这幅画，就如同登上了举世闻名的万里长城了。《万里长城万里长》之所以挂在这里，其目的就是要唤醒每个民警的狼性，激发他们勇往直前、敢闯敢拼、不畏牺牲的大无畏精神，激发民警对祖国山山水水的热爱之情，要让每个民警凝心聚气，锻炼长城般牢不可摧的钢铁意志，紧握手中枪，保卫国和家，构建‘平安渭滨’强大的钢铁长城！”

李局长的一番话，说出了这幅画作的真实含义，魏云带头鼓掌。

看完这幅油画，李局长又邀请魏云看对面墙上的字。魏云说：“这不是毛泽东的《沁园春·雪》吗？”李局长说：“是的。”魏云说：“这幅字写得好，龙飞凤舞，潇潇洒洒，写出了毛主席当年取得长征胜利后，对未来憧憬的博大胸襟和大无畏的英雄气概。”

他转过头又问：“这幅书法作品出自哪位高人之手？”李局长说：“这

是王效敏先生之作。王先生多才多艺，不仅书法作品写得好，而且擅长山水画。书法上，他是‘飞天体’‘滚龙体’创始人谢德萍先生的得意弟子；绘画艺术上，他师从徐悲鸿的弟子韦江凡、齐白石的弟子傅石霜。而且他为人诚实善良，他的作品，无不绽放出他热爱大自然的满腔豪情和真情实感。”

“难怪写得这么好！这字不仅看着飘逸，而且很熟悉，原来他是谢德萍先生的弟子。看来，他不愧是谢先生的真传弟子。”魏云说。

李局长说：“毛主席的这首词，大气磅礴、旷达豪迈，意境壮美。这幅字悬挂在此，主要是激励民警抒发对于祖国壮美河山的热爱之情，唤起朝气蓬勃、斗志昂扬的奔放激情，激发民警纵横千万里、守护美好家园的壮志豪情。”

魏云笑着说：“看你像个大老粗，没想到心还这么细腻！真是胡萝卜调辣子，吃出没看出。”

李局长听了魏云的话，显得不好意思了，说：“在你面前，真是班门弄斧了。如果你喜欢的话，我给你送上他俩的作品。”

魏云说：“君子不夺他人所好么。”李局长说：“什么君子不君子、好不好的，只要你喜欢就行。”

李局长对办公室主任说：“你尽快落实魏局长的指示。”办公室主任说：“保证完成任务。”

眼看着到了吃饭的时间了。李局长安排魏云一行吃饭，酒店选择在渭滨区最豪华的酒店——雪花大酒店。

雪花大酒店是渭滨区乃至秦汉市内的一家豪华大酒店，这家酒店主要做的是粤菜，海鲜是雪花大酒店的招牌菜。

请客吃饭，就一定要把客人招呼好。请客，看似简单，其实里面的学问很深。点什么菜，喝什么酒，坐什么位置，哪些人作陪……都需要费神费力地好好思忖，不能有半点马虎。否则，钱花了、饭吃了、酒喝了，客人还满腹牢骚。用五陵原人的话说，就是钱没踢响！

李局长是个细心人，提前让办公室主任早早在雪花大酒店订好了包间，同时，他按照魏云的暗示，还让在局里面选了何晶等几个能喝酒、性格好、放得开、能开得起玩笑的年轻女警察作陪。何晶是秦汉市公安系统公认的美女之一，人长得好，性格好，会察言观色，能随机应变。

这顿饭一定要吃出很热烈的气氛，要让魏云和所有人吃得都很开心，很满意，很舒坦。

44

二十三，祭罢灶，小孩拍手哈哈笑。

再过五六天，大年就来到。

辟邪盒，耍核桃，滴滴点点两声炮。

五子登科乒乓响，起火升得比天高。

一转眼，腊月二十三到了。这一天，是中国传统的“祭灶节”。一大早，平安妈拿升子从面瓮里挖了三升白面，倒在瓦盆里面，她要为晚上祭灶提前做好准备。把面和好以后，她先用笼布蒙在面上，再用盖帘把上面盖好，然后把面连同瓦盆一起放在热炕上。有了温度，面发酵起来就会很快、很旺，面起旺了，做出来的饦饦馍才好看，更好吃，香甜可口。

入冬以后，天寒地冻，西北风凛冽，雪花漫天飞舞，农活基本就没有了，庄稼人清闲了。一个冬天，饲养室那盘又热又大的土炕成了大家的好去处。一来人多热闹，胡说海谝，消磨时间；二来生产队的麦草多，敞开了用，土炕一天到晚都是烫手的；三来饲养室不仅土炕热，饲养室里面的温度比外面高出好多，人在里面站着都不冷，方便干活。

进入腊月，离过年就不远了。原上的人都忙开了，为过年做准备。二十三祭灶官，二十四扫房子，二十五磨豆腐，二十六蒸馒头，二十七杀头猪，二十八剃头发，二十九去买酒，年三十儿贴花门，大年初一撅着屁股作揖儿。

天刚麻麻黑，平安妈就开始烙饦饦馍了。在原上，人们祭灶的供品就是饦饦馍。腊月二十三一大早，五陵原上的家家户户都要和面。不过，关中一带流传着“张王李赵，二十四日祭灶”的说法。说的是这四个姓的人，很聪明，具备经商头脑，善于做买卖，一年到头都在外面做生意，所以，回家过年就晚了。于是，祭灶的时间就推到了腊月二十四了。

平安妈把起旺的面倒在案板上，不断地揉着。面揉到了，擀出来的面、蒸出来的馍才好吃。面起旺了，揉面时还要加入一点碱面或者碱面化成的水，去除酸味。加多少碱面，也很讲究。碱面加得少了，烙出来的饦饦馍就会发酸；碱面加得多了，烙出来的饦饦馍就会泛黄色。五陵原上人爱开玩笑，谁家的馍蒸黄了，戏称为“军用品”。

面揉到位后，平安妈麻利得很，将面揉成蕞娃胳膊粗细的长条，然后再切成一个个整齐的小段。在揉面的过程中，她早就给灶膛里填入柴火，用慢火将锅烧热。面切好后，平安妈放下刀，然后一团一团地揉，揉成一个小团，放在案板上，用手使劲一压，再用一尺长的小擀面杖往四周擀压，让面团成为一个一指头薄厚的圆形饦，所以叫饦饦馍。她擀好一个，就给热锅里放一个，不停地擀、不停地放，还要把放在锅里的饦饦馍不停地翻动，防止火太大将饦饦馍烙焦了。

半个时辰后，平安妈把饦饦馍烙好了。她叫平安出来祭灶。在原上，祭灶是男人的专利，女人只负责烙饦饦馍。原因很简单，灶神是一个心术不正的家伙，女人一定要远离他。相传，古时候有个叫张单的人，平时四体不勤、五谷不分，好逸恶劳、好吃懒做，游手好闲、不务正业，他把祖上殷实的家底，当鸡毛毽子一样胡踢乱整，没有几年工夫，殷实的家底很快就被这个败家子踢腾光了。自己踢腾光了家当，不在自己身上找原因，反而怪罪老婆，说老婆是个丧门星，是个败家败财的灾星。一怒之下，一纸休书将心地善良的老婆休了。

张单成了一个光杆司令，没吃的、没住的、没铺的、没盖的，到头来，蓬头垢面，沿街乞讨。一日，他乞讨中遇到了一个妇人，妇人看见家门口来了一个头发散乱、衣衫褴褛、驼背弓腰、看不清面目的乞丐，便动了恻隐之心，将乞丐让进家门，给他端了一碗热乎的饭，拿出热乎乎、软绵绵、白花花的蒸馍让乞丐尽饱吃。张单遇到了贵人，看见多年难以遇见的饭菜，也不管不顾，低下头狼吞虎咽地往干瘪的肚子里塞。他一个劲地吃，妇人一个劲地往出端，直到他吃饱了、喝足了为止。张单吃饱以后，还想将剩下的白蒸馍拿走，但他实在不好意思，抬眼看向妇人。这一看不要紧，看得他羞愧难当。这个妇人不是别人，正是当年被他视作丧门星休掉的妻子。

一时间，吃饱了饭的张单羞愧难当，无颜面对前妻。他趁着妻子不备，一头扎进灶火里，被大火活活烧死了。这一天，恰好就是腊月二十三。玉皇大帝闻知张单的事后，觉得张单内心已经有了悔改之心，所以封他为“灶君”。

江山易改，本性难移。张单被封为“灶君”以后，好了伤疤忘了痛，忘乎所以，飘飘然，好吃懒做的本性重新暴露出来了。不仅懒病缠身，而且还学会了“告黑状”。人们害怕张单上天后，到玉皇大帝面前指鹿为马，颠倒是非，“告黑状”，给自己和家人带来麻烦，所以，每年的腊月二十三晚上，都要恭恭敬敬地祭拜灶君。所以，在灶君的像旁边，家家户户都贴着“上天言好事；下界保吉祥”的对联。这既是普通人的心声，也是对于灶君的期盼，或者说是一种忠告。

像张单这样的灶君，岂能让女人祭拜他？万一他看中了哪个有几分姿色的女人，这家人遭殃是肯定的。宋代范成大在《祭灶词》中这样写道：“古传腊月二十四，灶君朝天欲言事。云车风马小留连，家有杯盘丰典祀。猪头烂热双鱼鲜，豆沙甘松粉饵团。男儿酌献女儿避，酹酒烧钱灶君喜。婢子斗争君莫闻，猫犬角秽君莫嗔。送君醉饱登天门，杓长杓短勿复云，乞取利市归来分。”这首《祭灶词》说得很全面，也很公正。

平安按照祖上流传下来的老规矩，将灶君像用热毛巾擦拭得干干净净，又把供奉用的小桌板擦试了一遍。然后在灶君像两侧贴上“上天言好事；回宫降吉祥”的对联，横批是“四季平安”。贴好对联后，他用火柴点燃了两根蜡烛、三炷香，毕恭毕敬地插在灶君像前的香炉里，再把烙好的饦饦馍全部整齐地放在灶君像前，正准备下跪磕头，被他妈叫住了。

"这是师家村师先生做的秦御茯茶，有年月了。你把茯茶给灶君泡上一杯，让灶君吃饱喝好，然后精精神神地回宫去。"

平安从他妈手中接过一个麻纸包，打开后，一股清香扑面而来，顿时，他的五脏六腑都感觉到了清香。他把茯茶递近他妈的鼻子，说："妈，你闻闻，香得很。"平安妈就使劲地用鼻子闻，真的很香。这包茶叶她已经保存好多年了，每一年都拿出来，从中取一小撮，给灶君冲泡。但是，只有今年她才猛然发现师先生家的茯茶具有入心沁肺的清香气。

平安泡好茯茶后，洁白的茶碗里面呈现出通透的红褐色，茶水清亮通透，透出了一股股甘甜的清香味。回头一看，他妈不知道何时已经走开了。他心里明白，他要承担这个家庭男人的责任，要开始祭灶了。

平安将茶碗毕恭毕敬地放在灶君像前，然后，跪在灶君像前，规规矩矩、虔诚地磕了三个响头。磕完头，他双眼微闭，在灶君像前说了一些祈求灶君到玉皇大帝面前美言、护佑全家安康之类老生常谈的客套话。每一年，为了不伤害母亲的一片善良之心，不惹母亲不高兴，他都要祭拜灶神。

自从父亲吕诚实被魏山杀害后，他们娘儿俩相依为命。特别是当他考上了警察学校以后，在学校军事化的教育下，他懂得了什么事情该做、什么事情不该做。在学校，他学过哲学，了解什么是"无神论"。但是，他回到家里，面对母亲对神灵的虔诚态度，他的心里就发软，他必须尊重母亲的选择，要做一个孝顺的儿子。既然要孝顺，那就要尽到做儿子的孝心，要听从母亲的话，顺从母亲的安排。所以，在祭拜神灵的问题上，他对母亲言听计从。

平安祭拜完灶君后，和母亲坐在热炕上，享受着饦饦馍的麦香。过了一会儿，母亲下地将灶君面前的茶碗端过来，倒入一个大茶缸里，然后在茶缸里注入多半茶缸的开水，又拿出两个碗，将茶水倒入碗里。母子一人一碗秦御茯茶水，一边喝茶，一边吃着饦饦馍。平安妈又热了一碗炒好的肉臊子，用饦饦馍夹肉臊子，母子二人吃得很开心。

平安妈吃完饦饦馍，喝完了碗里的茯茶水，对平安叮咛道："早点休息，这几天要抓紧时间，你的婚期就剩了五天了。该请的执客一定要早点请，让大伙早点过来帮忙。”

“你放心！”平安说，“现在有服务队，过事简单多了，你就不要操心了。过两天，我就请执客过来帮忙。”

45

雪花大酒店，富丽堂皇。

魏云一行人在李局长的带领下，来到雪花大酒店八楼最豪华、最大的包间——渭城客舍。

魏云刚进入包间，菜品也上得差不多了。办公室主任请示李局长是否可以入席。李局长请示魏云，魏云打量着“渭城客舍”包间，从这里的豪华程度来看，足见雪花大酒店的气派：毛茸茸的地毯中央绣着素有“花中之王”美誉的牡丹花。牡丹是长安画派大写意画法，寥寥数笔，将牡丹的艳丽色泽、玉笑珠香、雍容典雅、富丽堂皇全都彰显出来，增添了包间内热烈的氛围。墙上悬挂着著名书法家张兴斌老师撰写的狂草体《渭城曲》：“渭城朝雨浥轻尘，客舍青青柳色新。劝君更尽一杯酒，西出阳关无故人。”这首诗，是唐代大诗人王维在渭城客舍里送别朋友到安西时，写下的一首送别诗。全诗简单直白，删除繁缛与雕饰，以简洁明快自然的语言抒发他的送别之情，寥寥几笔，入木三分，情景交融，韵味悠长，具有很强的艺术感染力。该诗问世以后，便被人谱曲传唱，并成为流传千古的经典名曲。

在对面墙上，悬挂着花鸟大师、著名的国画艺术家萧焕老师的一幅《富贵吉祥》。萧焕老师的花鸟画在国内外享有盛名，《人民日报》曾称其作品“给传统注入了新的生命”。有人评价萧焕老师的作品，不仅具有浓厚的传统新文化意识和时代精神，同时还蕴藏着憨厚无华的黄土气息，力求通过作品表现他对生活的哲学思考。魏云看得出神，并读出了《富贵吉祥》中唐代大诗人刘禹锡的诗："庭前芍药妖无格，池上芙蕖净少情。唯有牡丹真国色，花开时节动京城。"这首《赏牡丹》，是刘禹锡睹物思人、借物抒怀的经典诗作，抒发了自己对于花中之王牡丹的喜爱之情，激发了他对大自然、对祖国壮丽河山的眷恋之情。同时，假借牡丹，抒发了自己的远大志向和宏伟抱负。

看到这里，魏云心中很高兴。富贵富贵，这不就是他爷爷的名字吗？整个包间里，暗含了对自己人生的真实写照，也是对他们魏氏家族的一种赞扬。从自己爷爷"富贵"这个名字开始，到如今自己的人生轨迹，无不包含着大富大贵。自己祖上的荫德护佑着自己，让自己一步一步走上了领导岗位，有权，有钱，还有势。

魏云今天来到渭滨分局，从踏入渭滨区的第一步开始到现在，李局长前呼后拥，让自己很有面子。想到这里，魏云脸上露出了会心的微笑。李局长看到魏云心情很愉悦，自己也很高兴，急忙邀请魏云入席。

人常说，世界上有十六难：风景最难描绘，心情最难重复，情感最难把握，忠诚最难相信，素质最难提高，命运最难改变，行动最难统一，细节最难做好，关系最难处理，机遇最难邂逅，理想最难实现，人心最难得到，利益最难分配，心态最难平衡，情绪最难控制，自己最难战胜。到了今天，李局长发现，请领导吃饭也是一件很难的事情。点什么菜、坐什么位置，稍有不慎，就会把事情办砸了。

魏云听到李局长邀请他，便从回想中缓过神来。在这个场合，他当仁不让，便坐到了上席的位置上。在五陵原上，上席是留给尊贵的客人的。魏云坐好了以后，其他人就好安排了。李局长坐在魏云的左手位置，并故意安排何晶坐在魏云的右手位置。其他人按照一个主家、一个客人的次序，依次坐到了椅子上。

众人落座以后，李局长让魏云致辞，魏云说："你是东道主，你说。"李局长站了起来，清了清嗓子，说了一些热烈欢迎、吃好喝好的客套话。然后，再一次邀请魏云做重要讲话。

魏云坐在红木高靠背椅子上，听到李局长让他做重要讲话后，非常高兴，心想：你不让我讲话能行吗？我不做重要讲话这宴席能开场吗？虽然这是你的地盘，是你做东宴请我，你是主人，但我才是真正的主角。魏云喝了一杯茶水，感觉到很清香，沁人心脾，便问李局长这是啥好茶。李局长说是秦御蛹虫草茯茶，专门让人提前在这里泡好的。魏云满脸堆笑，微微地点点头，然后清了清嗓子，说道："吃人的嘴软，拿人的手短。今天李局长宴请大家吃饭，本人实在不好意思，给李局长添了不少麻烦，特此表示歉意和感谢。话虽如此，尽管我们吃了李局长的饭，但我这人爱说实话，还是要指出你们工作中的缺点和不足，我们不能因为一顿饭而放弃原则，监管科、后勤部门啊，你们一定要把问题指出来，说得越深越透越好，这样渭滨分局就会整改得越彻底，今后的工作会干得更漂亮。吃饭嘛，是为了填饱肚子，不是为了讲阔气、摆排场。试想一下，我们周围是否还有吃不饱肚子的穷人？远的不谈，就说咱公安局内部，也不是人人都一样，十个指头伸出来都不一样齐的。听说，你们局里有个民警患有癌症，需要花费很多钱，我们必须尽最大的能力，在原则范围内去帮助民警解决实际困难。该组织拿的，组织一定要拿；该民警捐献的，发动民警自发捐献；需要英烈基金救助的，一定要按照程序抓紧时间解决。还有一种办法……"魏云欲言又止，转过头来看李局长。李局长说："请讲、请讲，能办到的，我们毫不含糊。"

魏云接着说："这个么，对于你李局长来说，就像这桌子上的小吃碟一样，'小菜一碟'。"

李局长说："你就别打哑谜了。"魏云说："这个办法好是好，就是怕违反规定。你们渭滨这块沃土，人杰地灵，好多著名的民营企业如雨后春笋。在秦汉乃至陕西有名望的企业家很多，请他们伸出友谊的援手，奉献爱心，帮一帮这些困难民警，也为我们分担一点责任，为民警解决燃眉之急。"李局长说："这事我们已经做了，打了擦边球，我们不直接插手。"

魏云一听，便问："你们咋做的？"

李局长笑了笑，说："民警进企业、做宣传，不断密切警企关系，取得企业的理解和支持。说明公安机关的实际困难，在企业家自愿的基础上，以企业家的名义自愿到医院去奉献爱心。”

魏云心想，这个李局长实在是高！心眼多且缜密，鬼点子稠得很。正当他心中还有点纠结时，李局长说：“这办法是我上一次去你办公室，你传授给我的，这才过了几天，你就忘了？”李局长这么一说，魏云心里更高兴了。

魏云说：“今天这顿饭太奢侈了，下不为例。”说着，举起手中的酒杯。大家一看魏云举起了手中的酒杯，不待邀请，一个一个自觉地站了起来，端起手中酒杯，在魏云的提议下，酒杯往中间一推，然后左右互碰一下，寒暄一两句，一举杯、一仰头，一杯酒就下肚了。

魏云落座后，转过头问：“李局长，这是啥酒？咋一股子酱香味，是不是茅台酒？”李局长不急于回答他，让何晶把酒给魏局长斟满后，说：“魏局长今晚就交给你了，领导不满意的话，我拿你是问。”何晶很聪明，她站起来说：“请李局长放心，魏局长今晚不满意的话，你就开除我。”魏云一听，哈哈一笑说道：“言重了！言重了！”李局长打趣地说：“还是魏局长懂得怜香惜玉啊！”然后，问魏云这酒口感如何？魏云说：“好得很，和茅台酒是一个味道，含到口中，不仅有一股浓浓的香味，而且口感绵软不辣喉咙，是好酒。”李局长说：“你一来，我专门让陈老虎寨的年红把自己珍藏多年的‘陈氏养生酒’拿出来，这酒是他家几代人的心血研制出来的秘方配制出来的。陈氏养生酒好在它的工艺，是原始作坊，纯手工的。关键一点，它是原浆粮食酒，不做任何勾兑，也不增加任何添加剂。喝了陈氏养生酒，对人身体非常有益，还能强身健脑。”

魏云听得直点头。李局长不失时机悄声地说：“我给你准备了两箱陈氏养生酒、两箱秦御蛹虫草茯茶，还有十箱金鸽瓜子呢，已经装到你车上了。”

魏云听到这里，心中高兴的涟漪已经泛起了波浪，连忙说：“谢谢。”李局长说：“举手之劳，何必客气。”

魏云说：“你点了这么一大桌子菜，太浪费了。”李局长说：“人多，不浪费。”魏云笑了笑，说：“吃饭简单点，少而精。”一句“少而精”，听得李局长心里“咯噔”一下，魏云明显要上“硬菜”呢，多少个普通菜的价格，才能顶一盘硬菜啊！这么多的人，一人一份硬菜，要花多少钱呢！李局长不由得心疼起来。尽管他心里不舒服，还得按照魏云的指示去做，赶紧让后勤科长照办。

酒过三巡，李局长让先上佛跳墙。魏云说：“才开始喝酒，不急不急。”李局长说：“一会儿大家喝多了，哪能知道佛跳墙的味道呢？”于是，一人一份佛跳墙。魏云吃得很开心，大家心里更开心。他们难得吃到佛跳墙，所以，心中非常感激李局长。

与其感激李局长，还不如感激魏云。如果不是魏云的“少而精”，你就是拿把枪顶在李局长的脑袋上，他也绝不会这么破费的。在平时生活中，他就是个吝啬鬼、铁公鸡，一毛不拔。有人打趣说李局长是个糖稀鸡，非但拔不出毛，还倒沾毛呢，一碗𰻞𰻞面就把人打发了。

人在屋檐下，岂能不低头。李局长看着大家都在吃佛跳墙，表面上很高兴，其实，他的心里别提有多难受了！他是农民的儿子，小时候吃了不少的苦，遭了不少的罪，他知道一日三餐来之不易，懂得“粒粒皆辛苦”的道理。平日里，他吃的是粗茶淡饭，从来都不敢浪费一粒粮食，在生活上不敢有一丝一毫的奢侈。有时候，他一个人扪心自问：这个世道咋变成这个样子了呢?

酒过三巡。李局长说自己手下的一帮人，一个个光知道吃，都不知道把魏老佛爷敬一敬。魏云一听李局长把自己比作“老佛爷”，这是多大的荣耀，满脸洋溢着兴奋。于是，大家立即起身，排成一排，一个挨着一个站在魏云面前敬酒。何晶站在魏云跟前，端起酒杯，然后弯下小蛮腰，双手将酒杯捧给魏云，魏云也端起酒杯站了起来。何晶说：“领导您坐。”魏云依旧站着，兴高采烈地和何晶碰着酒杯。何晶说：“领导在上我在下，想碰几下碰几下。”一句话说得魏云眉开眼笑，一举杯，一杯酒一饮而尽。何晶说：“领导，咱连干三杯。”魏云说：“成。”

敬第一杯酒，何晶说：“感谢领导的赏识。”何晶干了，魏云说：“万水千山总是情，少喝一杯行不行？”何晶说：“朝辞白帝彩云间，领导半斤只等闲。”一句话说得魏云眉开眼笑。何晶端起第二杯酒，说：“祝领导身体健康。”两个人干了第二杯，魏云说：“锄禾日当午，连干三杯苦不苦？”何晶说：“酒是粮食精，越喝越年轻。”何晶将第三杯酒双手递给魏云，说：“祝领导天天年轻心情好，精神抖擞步步高。”

何晶的三句话说到了魏云的心坎坎上了，说得魏云心里像喝了蜜一样甜。

何晶三杯酒后，大家都一个接一个给魏云敬酒。魏云喝得有点猛，便提议，搞一个活动，谁输了谁喝酒。在五陵原上，喝酒猜拳行令的办法很多，双方划拳定输赢的、老虎杠子定输赢的、扑克牌定输赢的、猜大小定输赢的、掷骰子定输赢的……花样繁多。

后来，大家都嫌猜拳声音太大，这种夜市生活的娱乐办法不适合大酒店这样高雅的环境，便用其他办法替代。魏云说：“规矩是这样的，比如一个一读一，两个一读二，三个一读三，第一个人说完，下面的人就要照此接上，否则，就认定为输家，就要喝酒。”先从李局长开始。李局长说：“一个人读人，两个人读从，三个人读众。”第二个人是缑卫花，她说：“七个人读化，八个人读仈，九个人读仇。”大家觉得不对劲，说缑卫花输了，要罚她喝酒。魏云听出其中的酸味了，说缑卫花没输。于是，大家继续往下接着说。

“一个又读又，两个又读双，三个又读叒。”

“一个土读土，两个土读圭，三个土读垚。”

轮到何晶了。只见何晶站了起来，说：“一个云飘在天上读云，一个云坐在车上读运，一个云浸在水中读沄。”大家都说不符合规矩，要罚酒。魏云听出何晶心意了，她专门逗自己开心呢。魏云心知肚明，便笑呵呵地说：“何晶这个算数，符合规矩。”

有了魏云这句话，就没有人再敢难为何晶了。

何晶对着众人甜甜一笑，动情地看着魏云落座了。

何晶说完了，便轮到了魏云。李局长说：“大家鼓掌欢迎。”于是，酒桌上，响起了一阵掌声。掌声过后，魏云说：“一个日叫旦，两个日叫昌，三个日叫晶。”魏云意有所指，说得大家开怀大笑。何晶脸上泛着红晕，浅浅地笑着，就是不接招。这时候，唯有缑卫花心中不是滋味，她知道，这是魏云与何晶在众目睽睽之下公开地打情骂俏呢，把她当个摆设，不放在眼里。

李局长看出来缑卫花的醋意了，为了不扫兴，故意端起一杯酒，敬缑卫花，缑卫花也不推辞，起身回敬，遮掩了心中的愤懑。

一帮人就这样喝下去了。

46

腊月二十六，太阳还没出东方的地平线，陵东村吕平安家便热闹起来了。

平安妈高兴得一夜都没有合眼，她早早起床，将房前屋后打扫了一遍。然后洗漱，之后便换了一身干净的衣服。今天，是她一生中最为高兴的一天，比起当年她和平安他爸吕诚实结婚的时候还要高兴。自从吕诚实死后，她寡妇带娃，一个人独自撑起这个家，难场得很，其中的辛酸只有她自己明白。她是一个非常要强的人，她不想，更不能让人看她孤儿寡母的笑话，她一个人默默承受了许多，比一般农村妇女承受了更多的苦难。生产队平整土地、兴修水利那阵子，她起早贪黑，与男劳力一样，日夜奋战。她手上磨了许多血泡，为了不影响第二天干活，夜深人静的时候，便悄悄地点燃煤油灯，将缝衣针在灯火上烤了烤，一咬牙，将脚上、手上的血泡全部挑破。第二天，她咬紧牙关，继续干活，从来没有落在男劳力的后面。

平安妈干活不惜力，能吃苦，一个女人能干出男人的活。当生产队长提出给她按照一天十个工分记工时，她不答应。寡妇门前是非多，她害怕别人说她的闲话，害怕人在背后戳她的脊梁骨，不想给自己带来不必要的麻烦，更不愿意因此给那位善良的生产队长惹上是非。后来，生产队长没办法，召开生产队社员大会，把这事提到会上，交给生产队的社员讨论。最后，大家一致认为给她按照男劳力记工分，她才勉强答应了。

大家之所以同意这个意见，一是一致认为她能吃苦，干活很卖力，从来都不偷奸耍滑，她每天的工作量比起有的男人还要多；二是她心地善良，从来没有啥坏心眼，农闲时，谁家有啥需要，她会尽心尽力地帮忙，她的人缘在陵东村方圆十几里非常好；三是吕诚实死得很冤枉，为了生产队的一罐菜油，付出了沉重的代价，留下这孤儿寡母的，生活确实不容易。按道理，吕诚实为了保护集体财产而死，应该给她娘儿俩一定的抚恤费、生活费，生产队没有钱给她，平安妈也从来不向生产队张口要。所以，大家认为给她按照男劳力记工分也是理所当然。

平安考上警校以后，她看到了自己的希望，看到了孩子的未来。在平安报到上学的前一天，她提着烧纸、祭品，还特意带了一瓶陈氏养生酒，来到了吕诚实的坟茔前，告慰吕诚实的在天之灵。这一天，她把这么多年来憋在心里的心酸、委屈、心里话全部哭诉出来了，她哭得昏天黑地，哭得很伤心。她那动情、伤心、悲恸的哭声，在五陵原上久久回荡，听到的人都感到阵阵心酸。有几个心软、泪窝子浅的女人，不由得跟着她的哭声默默流泪。女人们想到吕诚实的坟头将她劝回来，转念一想，这么多年来，自从她当年给吕诚实送埋的时候哭得软瘫在地上之后，谁还见过她哭过？她始终都是笑着应对着每一件事情，笑着接待每一个人。今天，吕平安终于考上警校了，让她好好将心中的苦楚、压抑、愤懑一股脑儿地倒出来，倒完了，她心里自然就平静下来了。这几年，她活得很累，她一个寡妇带娃，多么不容易；她又活得很开心，有一个听话、懂事、孝顺的儿子，这是她的依靠、她的骄傲。她的儿子吕平安终于长大成人了，她那颗悬了十多年的心终于可以放心落地了。

腊月二十六，五陵原上帮忙的执客早早到了平安家。吕先生坐在礼房，将他那副石头眼镜架在高耸的鼻梁上，从镜片背后查看着每个人的一举一动、一言一行。他年纪大，德高望重，又有文化，五陵原上，谁家有大大小小的红白喜事，都会请他坐在礼房管账、坐镇。

村主任在农村的权威性比较大，农村人戏称“吃得开”“抡得红”“红头发”。吕大鼊是陵东村的村主任，是帽辫子上拴辣椒——抡得红的人，他自然而然就是吕平安婚礼的总管了。

吕大鼊在平安家，招呼着来帮忙的执客。大家围坐在礼房，一边烤火，一边听从他的安排。看客总管牛娃、礼房吕先生……吕大鼊依次将迎亲的、看客的、背柴火的、烧火的、端盘的、洗碗的、烧茶水的、担水的等各个环节的人都安排停当了。他特别叮咛一定要把大厨王一勺安顿好，大厨照顾不好，他们就会趁机耍性子、使绊子、撂挑子，饭菜质量就很难保证。他们会把热的弄成凉的，把稀的弄成稠的，把油擎起倒，把肉尽管放，弄得主家所买的材料不够用。

大厨王一勺一听，又气又好笑地说：“你别儴（方言：挖苦）我了。你在五陵原上打听打听我的名气，哪次敢不把主家的事当自家的事情办，我就不在五陵原上混了。后厨的事情你交给我，就放你一百二十个心。”

“给你一百二十个胆，谅你也不敢糊弄我。”吕大鼊说，“端盘子的一定要年轻力壮、不惜力气的人，把做好的饭菜端上去，把空盘子及时撤下来，让娘家人一定要先坐席、先吃饭，让娘家人满意才是最关键的。”

爱国问：“大鼊叔，我干啥呢？咋没我的事？”吕大鼊说：“结婚那天，你负责带人把新媳妇耍好。”爱国爽快地说：“好！”

吕大鼊把执客全部安顿好了，大家坐在一起先要坐席，让大家品尝一下大厨王一勺做饭的手艺，提出意见，王一勺也好提前做准备。今天晚上这顿饭，是吕家人对帮忙人的提前酬谢，把大家的嘴抹一抹，好让总管指挥着大家齐心协力，把平安的婚事办扎实。五陵原上流传着“吃人的嘴软，拿人的手软”的老话，但是，今晚这顿饭，平安是真心实意要感谢大家帮忙的。吕平安在开席后，分头给大家敬酒，顺便说一些感谢之类的应酬话。爱国也分头给大家敬酒，叮嘱大家一定要把平安的婚事操好心，感谢大家前来帮忙。大家吃饱以后，各自散去，回家好好休息，养好精神，期待着明日开始按照吕大膙的安排，各负其责，各忙各的事情。

腊月二十七下午，平安妈让平安去祭奠了吕诚实，让地下的他放心，告诉他，儿子要娶媳妇了，娶了媳妇，吕家就后继有人了。

平安提着烧纸和祭品到地里去了，平安妈在家里一会儿都闲不下来，像个不停息的陀螺，招呼着前来帮忙的人。在五陵原上，娶媳妇是一件大喜事，她早早就给亲戚下了请帖，给乡党们逐家逐户地通知了，请大家吃宴席、帮忙。

男人们干着男人们的事情，女人们都围坐在后厨，该洗刷的洗刷，该择菜的择菜，五陵原上的乡党帮忙一定会尽心尽力的。女人们在干活的时候，都夸平安娶了个好媳妇，平安妈听了以后，心里也很高兴。

平安自从与爱国和青青将事情说明白以后，平安才告诉他妈，他要娶的媳妇是魏瑶，而不是青青。刚开始，平安妈一听儿子要娶魏瑶做媳妇，还以为自己听岔了，又问了一句，平安说是的。平安妈的气就不打一处来，骂平安忘恩负义，骂平安好歹不分，咋能舍下青青，却要娶了仇家的女儿；骂平安好了伤疤忘了疼，把他爸咋死的事情忘了。“你就是一辈子打光棍，我也决不允许你和魏瑶结婚。”

平安说他永远都不会忘记他爸是咋死的。平安妈说：“既然你没忘，为啥还要和仇家的魏瑶结婚呢？”最后，她威胁平安说：“你敢和魏瑶结婚，我就死给你看！”

一连几天，平安妈哭哭啼啼、不吃不喝，非要让平安和魏瑶一刀两断。

邻居闻知后，纷纷上门谴责平安，都觉得平安妈做得对、做得好。

“这娃咋是个白眼狼呢？”

“杀父之仇都敢忘了，真是个忘恩负义的东西！”

“唉！娃大不由娘了。”

……

一时间，说啥难听话的都有，更让平安妈心里针扎似的极其不好受。她坚守自己的底线：除了青青，谁也别想进吕家的大门。

解铃还须系铃人。平安一看他妈寻死觅活、不吃不喝、软硬兼施，他实在没有办法说服他妈，便请来了爱国和青青。爱国便把魏瑶在医院悉心照料平安的事情前前后后、一五一十地告诉了平安妈。

爱国的话触动了平安妈脆弱的神经，她吃惊地问平安：“这是真的？”平安、青青都说是真的。平安妈又问青青：“你那时候干啥去了？”青青低着头，小声说道：“我做不出来。姨，你好好想一想，如果魏瑶是您的女子，做出这样的事情，您会不会同意他们的婚事呢？”

大千世界上的任何事情，没有绝对的公道。要得公道，打个颠倒。平安妈一沉思，虽然魏山是杀害自己老头子的凶手，但是，魏瑶却在自己唯一的儿子生命危急的紧要关头，真心实意，挽救了儿子的生命，为吕家保护住了一条根！这女子在天底下，打着灯笼都很难找到的。想到这里，平安妈大哭了一阵子，请求老头子的在天之灵宽恕自己、饶恕儿子的不孝。哭过之后，她说：“这主我做了！”她便央媒人到陵南村魏家，上门提亲了。

听说魏瑶在平安生命垂危之际，不仅给平安输血，还衣不解带地照料平安，平安妈才答应了这门亲事。这件事在五陵原上炸开了锅，啥话都传出来了。但是，村民们的表扬声远远大于辱骂声。

“伤风败俗的女人，娶进门就是个祸害！”

“这女子性子刚烈！有一颗善良的心，关键时候丢弃封建思想，是个好媳妇！”

“这娃有血性！是咱五陵原上的奇女子。”

“这女子真正是五陵原上的种！”

……

别说平安妈不答应这门亲事，魏家人一听吕家人差人上门提亲，也是说啥都不答应，特别是魏富贵和人送雅号“十三红”的翠红，他俩的头摇得和拨浪鼓一样，不仅把媒人提的礼扔到大门外面去，还把媒人往外撵，给媒人一点点面子都不留。

媒人是谁？他就是五陵原上远近有名的“钢嘴”，说了一辈子的媒，啥事情他没经过？他继承了他爸的良好基因，能说会道，花花肠子特别多。有一年，五陵原上两家人因为羊吃了麦苗的事情打官司。打官司，就要有诉状。“钢嘴”他爸号称五陵原上的“神嘴”“妙笔”，在五陵原上也算数一数二的人物，是个能人，东家长、西家短，谁家要打官司，免不了要登门请教、写诉状。羊主人找“神嘴”写诉状，他听了原委，看到白花花的银子面子上，提笔写道：“三九寒天，地冻如砖。羊嘴是肉，岂能啃动？”他这么一写，就说明羊的嘴巴是肉长的，咋能在三九寒天啃动被大雪覆盖、冻得严严实实的麦苗呢？这样，羊主人的官司就胜了。“神嘴”刚给羊主人写完诉状，麦田的主人提着白花花的银子找上门来，央求“神嘴”给自己写一份诉状。他看到来人的银子比羊主人的多，便提笔写道：“一冻一消，地皮虚泡。羊蹄一刨，连根带梢。”这份诉状又把羊主人陷于不仁之地了。

魏瑶的爷爷魏富贵和她婆翠红把“钢嘴”往外撵，把他提的礼扔到门外，“钢嘴”索性坐在魏家门前，一味地抽烟，也不理魏富贵。陵南村的人一看“钢嘴”坐在富贵家门口抽闷烟，就知道没有好事。说起媒人“钢嘴”，在五陵原上，上至魏富贵这样年纪的老人，下至吕平安这样的年轻人，哪个不知、哪个不晓他的厉害！一般人提着礼当求他说媒，他还要看天气、看心情呢。他说：“我不是神仙，不会有求必应的。”在说媒的行当里，他算最牛的一位。虽说没有富贵年纪大，但是，他和富贵家的儿子家兴年纪不相上下。说媒时，他能说会道，把黑的能说成白的，把绿的能说成红的，把一根麦草秆秆能说成金条，说了一辈子的媒，还从来没有失手过。

“钢嘴”只管抽烟，啥话也不说，静静地坐在魏家门前。一时间，一个传一个，魏家门前聚集了许多前来看热闹的村民。

“‘钢嘴’，你咋被关在门外了？”

“你不是屄嘴能行得很吗？”

“�屄嘴让烟锅占着，这会儿还放不出个响屁。”

正当大家在魏家门前嘲笑“钢嘴”时，魏云和魏瑶急急忙忙回来了，看到门前聚集了这么多的人，走近一看，原来门前蹲着风靡五陵原的媒人“钢嘴”。魏云兄妹俩一看这阵势，就知道媒人被撵出门了。

魏瑶急忙敲门，魏云让大家散了去。等到大门开了，魏云将“钢嘴”一把拉进屋内。

“爷，你都不嫌村上人笑话你！有理不打上门客，人家好心好意上门给魏瑶提亲，这是好事么，你咋能把‘钢嘴’叔关在门外呢！”魏云说。

“你个屄懂个屁！我这一辈子，过的桥比你走的路还多，吃的盐比你娃吃的面还多，吃的冰棍的棍棍都能给你娃编几张凉席。咱和吕家是啥关系？那是杀父之仇！这是深仇大恨，别说一辈子解不开，就是八辈子都解不开的死结！魏瑶嫁到吕家，很明显就是把她往火坑里推呢！”魏富贵气得吹胡子瞪眼睛地骂魏云。

“爷，咱家和吕家是有杀父之仇。这是魏山与吕家结下的仇，与我有啥关系？”魏瑶问。

“和你没关系？你说得轻巧得很。你和魏山是啥关系？他是你亲哥，他结下的仇，就是你的仇！”

“在咱们五陵原上，汉元帝时期，汉朝和匈奴关系破裂，大战一触即发，汉元帝刘奭为了缓和与匈奴的关系，便封王昭君为公主，把她嫁到塞外和亲呢。王昭君出塞和亲后，匈奴就和汉朝和平相处了。”

“你！你……”魏瑶的话气得魏富贵没话可说，用手指着魏瑶，“你咋就这么想嫁到吕家去？”

“我嫁到吕家也算给魏、吕两家‘和亲’呢，我嫁过去权当给魏家赎罪了。是刀山，我上；是油锅，我下；是火海，我跳。嫁过去后，是死是活，与谁都没有关系！”

“你——”

这时候，“钢嘴”发话了，数落富贵：“思想老旧，爱操闲心。你还不知道吧，俩娃的事都传遍五陵原咧。”

“啥？你说啥？你再给我说一遍，你在这里㩟谁呢？看我咋收拾你！”说着，魏富贵抡起拐杖就要打“钢嘴”。“钢嘴”不躲不闪，一把抓住富贵抡过来的拐杖，怒气冲冲地说：“我给你把面子留足了，要不然我早到门外宣扬了。你不信我的话，你可以问问娃么。”

魏瑶听“钢嘴”这么一说，脸一下子能红到脚面上，一会儿点头，一会儿摇头，自己也不知道如何回答是好。

魏富贵气得“唉”了一声，拄着拐杖颤颤巍巍地朝里屋走去。

看着魏富贵气急败坏的样子，“钢嘴”心里乐开了花，一边出门，一边唱道——

> 李庆若气冲冲公堂打坐，凭总镇欺压我实实可恶，
> 这一案官司我怎结果，我思前想后我怎发落，
> 哎，猛想起……

47

魏云一行人喝得醉醺醺的，有的语无伦次，有的东倒西歪，有的直接被喝得趴在地上不省人事。但是，魏云还像个没事人一样。李局长本来酒量不行，为了把魏云一行招呼好，只好发动手下搞“车轮战”，所以，自己就免了好多要喝的酒。

何晶的酒量很好，也很机灵，除了给魏云敬酒外，还给李局长敬了酒，感谢李局长这么多年对自己的培养，感谢今天把自己叫到酒桌上，给了和大领导近距离接触的机会。她和大家一一碰杯之后，主要的任务就是招呼好、照顾好魏云。当同事们一个一个忙得和吹手似的，轮番给魏云敬酒的时候，她自己

倒落下个清闲，也就少喝了许多的酒。缑卫花因为自己和魏云的特殊关系，加之又是秦汉市公安局办公室主任，所以，大家自然不会放过给她敬酒的机会，这让她有点吃不消。好在李局长给她挡酒，她还不至于喝多了、喝醉了。

李局长心想，万一把缑卫花喝多了，她再趁着酒劲，把酒场搅了，到时候谁都下不了台。所以，他让已经从长陵派出所调到渭阳派出所任所长的闫长明跟着缑卫花，替她挡酒。闫所长也想巴结缑卫花，更想巴结魏云。他得到李局长的尚方宝剑以后，威威武武地上阵了。他站在缑卫花身旁，凡是敬上来的酒，只要缑卫花递给他，他便拿出一个大男人的气度，二话不说，端起来就喝。他身高一米八，人长得英俊潇洒、风流倜傥，在缑卫花面前竭尽全力表现自己，深得缑卫花的欣赏。

酒宴散后，李局长让大部分人各自散去，留下少数人陪魏云在天上人间KTV唱歌跳舞。

20世纪90年代初，秦汉市一夜之间，大街小巷突然兴起了大大小小的KTV，霓虹灯闪烁，歌声在秦汉市的夜空里飘荡。夜幕下的KTV中，陪喝、陪唱、陪跳的“三陪”小姐，一个个穿得花枝招展、花里胡哨的，衣着暴露，涂脂抹粉，脸上的脂粉涂抹得比铜钱都要厚，娇声嗲气的，招揽着生意。陪着客人跳舞，紧紧地贴在客人身上；陪客人唱歌，虽然五音不全，还泰然处之；陪客人喝酒，一大杯一大杯地喝，喝了啤酒不过瘾，还要喝洋酒。尽管一个晚上下来，喝得把肠肠肚肚都能吐出来，还要继续喝。这不是因为她们贪酒，而是酒水有提成，喝得越多，提成越多。小姐们一个个跟猴精似的，她们不喜欢客人，却喜欢客人身上的钱，她们和钱没有深仇大恨。

在这个世界上，你和啥都能有仇，但你不能和钱有仇。小姐们不是傻子，能到KTV里来当“三陪”小姐，目的很明确，要把每一个客人照顾周到，让客人心满意足，舍得大把大把在自己身上花钱，自己把钱挣到，才算有能耐。

魏云那个时候在检察院工作，整天和周贵、日旺在一起鬼混，逛KTV，喝花酒，把秦汉市大大小小、角角落落的KTV、歌舞厅齐齐地转了个遍。他们出手大方、阔绰，深得KTV的老板和小姐们的喜爱。哪家来了新的小姐，老板一定会给魏云他们打电话，通知他们新人来了，欢迎光临。魏云他们整天像苍蝇、蚊子似的，在秦汉市歌舞厅游荡，乐此不疲。哪家KTV的装潢好、哪家的小姐服务好、哪家的音响效果好，他们如数家珍，娓娓道来。他们第一次逛KTV时，小姐问他们姓啥、是干啥的，他们面面相觑，不知道如何回答是好。但有一点他们很清醒，绝对不能说出自己的真实姓名和工作单位，万一小姐一时兴起，跑到单位去找他们，那岂不臭名远扬了吗？于是，客人们都是"假名假姓假地址"，小姐们个个是"假情假意假温柔"。

周贵当年是当兵的，所以他告诉小姐自己是"大饼"。小姐说，哪有叫这个名字的？周贵说，自小家里就缺衣少吃的，父母为了能吃饱，所以给自己起名"大饼"。他这么一说，还能自圆其说。小姐说，大饼不好听，以后就叫他"冰激凌"。三个人都说小姐起得好，从此，周贵在KTV里面就不叫周贵了，叫冰激凌。日旺是警察，就说自己是"老井"。小姐说，老井是啥？日旺问她看过电影《老井》没，小姐说看过。日旺诡异地笑着问，看过还问？自己到这里来就是为了打她这口"井"的。日旺一句话，说得在场的人哈哈大笑。到了魏云这里就有点尴尬了，他是检察院的干部，总不能说自己是"老茧"么，难听死了。正当他犹豫不决的时候，周贵说，他是个"闲人"。从此以后，魏云、周贵、日旺在KTV里面摇身一变，成了闲人、冰激凌、老井了。

闲人、冰激凌、老井掩盖了他们三个人的真实身份。他们在KTV里如鱼得水，为所欲为，和小姐打情骂俏，喝花酒、厮混，各取所需。

多年后，魏云当上了秦汉市公安局局长，周贵、日旺都成了他的下属，他们在一起谈起当年在KTV的风流韵事来，津津乐道，没有一丝的羞耻感。

这一夜，魏云再一次来到渭滨区最豪华的天上人间KTV，在闪烁的霓虹灯下、在此起彼伏的歌声中，度过了一个难忘的夜晚。

魏云在包间里面唱了一首《迟来的爱》，在座的人为他鼓掌、喝彩。魏云唱罢，将麦克风递给何晶。何晶也不谦虚，唱了一首《糊涂的爱》，她不仅长得甜美，嗓音也很甜美、清脆，就像大树林子里面的百灵鸟，博得了大家热烈的掌声。两首歌唱完了，魏云迫不及待地和何晶坐在一起喝酒。每当歌声响起，魏云就会绅士般地邀请何晶到舞池跳舞，他不会跳交谊舞，也不会跳三步、四步、恰恰、探戈之类的，他抱住何晶在舞池里跳贴面舞。气得缑卫花牙咬得咯咯作响，心中的怒火冒出三丈高。她坐也不是，站也不是，魏云在偌大的包间里，当着她的面与何晶缠绵，这是在打她的脸，让她情何以堪？

缑卫花明知道魏云的目的和用心，她想阻止，却无能为力。尽管她很生气，但在公开场合她是秦汉市公安局办公室主任，私底下也只是魏云的秘密情人，不是媳妇。她只能强忍着心中的怒火，不能在众目睽睽之下找魏云发泄。魏云也正好掐住了她的“七寸”，才敢在这里当着她的面放肆地玩耍。缑卫花气得走出包间，站在外面的过道，很长时间都没进去。李局长看在眼中，心里很着急，千万不能惹恼了这位“姑奶奶”。他心生一计，立即安排渭阳派出所所长闫长明另外开了一个包间，好好照顾缑卫花缑主任。

这个包间里只有缑卫花和闫长明两个人，闫长明便承担起照顾缑卫花主任的全部责任。刚才在雪花大酒店，闫长明一杯接一杯地替缑卫花喝酒，他义气、豪爽的性格博得缑卫花的赞许；他身材魁梧，一表人才，打动了缑卫花的芳心。缑卫花心知肚明，自己仅仅是魏云的秘密情人，她也惹不起魏云，更得罪不起魏云，她害怕魏云的淫威，只好在众人面前故作姿态，不敢越雷池一步。闫长明早就听闻魏云与缑卫花的关系了，心里一盘算，他要想在仕途上进步，就必须得到魏云的认可和同意。然而，他接触魏云的机会少之又少，进步的事情就只能是白日做梦了。今天晚上，好不容易能与魏云的办公室主任、情人缑卫花近距离接触，这是他做梦都没想到的事情，他必须感谢给他提供机会的李局长。

当李局长安排他替缑卫花代酒这份差事的时候，他感激不尽，义不容辞，挺身而出。现在，李局长又让他一对一照顾缑卫花，他感到了莫大的荣幸、自豪和骄傲。内心深处，他对李局长感激涕零，他绝对不能辜负李局长给他的天赐良机，他要抓住这个难得的大好机会，赢得缑卫花的认可。有了缑卫花的认可，他接触魏云才有可能，他下一步升迁才有希望。

闫长明尽心尽力、绞尽脑汁地照顾着缑卫花。他害怕缑卫花不胜酒力，便让服务员拿一些矿泉水代替啤酒。缑卫花心情特别不好，自己的情人正在她的眼皮底下与其他女人调情，这犹如拿了一把盐撒在她的伤口上。她说："拿酒！"于是，闫长明让服务员上了 KTV 里最好的红酒。闫长明打开红酒，斟满了两杯，将其中一杯递给缑卫花，说："主任，您请。"

自从见识到酒桌上闫长明对自己热情的表现后，缑卫花对闫长明就有了一些好感，只是在众人面前不好表露出来而已。魏云在一边的包间里无所顾忌地撩妹，缑卫花心中很不愉快。现在，这个包间里只有他们两个人坐在一起，缑卫花想尽情地发泄心中的醋意和愤懑，想让自己麻醉，便说："别叫我主任，叫姐。"闫长明说："好的。"于是，他端起手中的酒杯，叫了一声姐，一仰头把酒干了。闫长明喝完，说："我干了，姐随意。"缑卫花说："你让姐咋随意？"闫长明说："听姐的安排。"

在闫长明面前，缑卫花体内的怨气、酒精搅和在一起，酒精的作用已经显现了，她不像一个公安局的办公室主任了，而成了一个有血、有肉、有情的女人了。她要闫长明带着自己跳舞，闫长明便邀请缑卫花进了舞池。闫长明要跳交谊舞，没想到缑卫花上来就抱住他的脖子，一下子弄得他不知所措，两只手都不知道放在哪里好。

"姐长得不美吗？"缑卫花见状，便问。

"姐长得蛮(方言:好看)、长得漂亮。"闫长明听说过缑卫花和魏云的关系，有些胆怯，他不敢越雷池半步，害怕偷鸡不成蚀把米。缑卫花确实长得漂亮，他实话实说。

"你害怕姐吃了你不成？"

"不，不是……"闫长明紧张得说话都结巴了。

"不怕就把姐抱紧！"闫长明按照缑卫花说的，把她紧紧地抱在自己的怀里。于是，两个人在音乐声中跳贴面舞。跳着跳着，闫长明被缑卫花身上散发出来的香气迷离了双眼、迷醉了那颗怦怦乱跳的心……

48

吕平安终于要结婚了。腊月二十七，刘爱国、青青早早地过来帮忙。

按照五陵原上的风俗，结婚时，娶亲要起得早，出发得早，天不亮就要把新媳妇娶回家中。

平安妈把一切都安排停当了，她安排吕家门中平安的叔父吕结实作为娶亲的总管，按照五陵原上的风俗习惯去做，目的是不失礼、不丢人、不失尊严，顺顺当当、平平安安把新媳妇娶进门。还有一个与平安同辈的嫂子红歌作为婆家娶媳妇的娶客，从进入新娘子家的那一刻起，她就要与新娘子的家人进行协商、沟通，要传递婆家人的意思，起到娘家与婆家沟通的桥梁和纽带作用。还有一个小男孩，这是抱鸡娃。他怀抱一只大公鸡，听从娶亲人的安排，跟随浩浩荡荡的娶亲队伍一同前往新娘家中。“鸡”同“吉”。“抱鸡迎亲”意思是“报吉祥、报平安”。在选择公鸡时，最好是母鸡第一次孵化出来的公鸡，要健壮、有精神，才能成为迎亲的公鸡。

吕家娶亲的人出发前，要在吕家列祖列宗的牌位前举行娶亲前的祭拜仪式：上香、点蜡烛，再行叩头礼。一切完毕后，大门口燃放爆竹，爆竹噼里啪啦作响，响彻了五陵原的上空，在长陵上空久久回荡。陵东村距离陵南村不到两千米，吕家的爆竹声在空旷的五陵原上飘荡、回响，一直飘到了陵南村的上空。爆竹声响后，娶亲的队伍带着艰巨、重大、光荣的任务，开始向陵南村出发。

娶亲的队伍到了陵南村口时，再一次燃放爆竹，这叫提醒炮，告诉魏家人和陵南村的人，陵东村娶亲的人来了，好让陵南村的魏家人做好准备，也提醒需要帮忙、看热闹的人都去魏家。

到了魏家，按照五陵原上的风俗，吕结实要与魏家安排的长辈人交换庚帖，商量新媳妇回门等事宜。这里一边商量，红歌已经到了新娘子那边去了，和送客女人在一起互相介绍，相互熟悉一下。

魏家人还要为娶亲的人准备一顿饭菜。这顿饭很简单，但象征意义很大，其实不是为了吃饭，而是表现一种热情好客的姿态。娶亲是一件大事，娶亲的人心知自己的使命，吃饭不是目的，娶亲才是正事。这边的话还没说完，四个凉菜已经上了桌子，娶亲的人象征性地用红筷子夹几口菜，喝一两盅白酒，臊子面就端上来了。

五陵原上的臊子面是很有讲究的。有条件的人家，就邀请一两个会做面食、凉菜、热菜的人，早早到家里来，提前把面擀好，把菜洗净，把臊子燣好，光等着客人到来。魏家因为有几个人在外工作，家境殷实，在五陵原上数一数二，为了显示自己家庭的富裕，他们提前把五陵原上有名的赵大厨请过来，专门安排待客的饭菜。

吕家娶亲的人每人吃了一碗臊子面，就要动身返程了。魏瑶在送客女人的搀扶下，磕头拜别了魏家的列祖列宗，临出门时，把送客女人递过来的一把红筷子扔在地上，便出了家门。娶亲的人早就到门外等候着，新娘子一上车，爆竹声一响，吕家的娶亲队伍就返程了。

扔筷子是一种风俗习惯，女子出嫁，临出家门把娘家的筷子扔了，意思就是出了娘家的门，就是“嫁出去的女子，泼出门的水”，再也不能吃娘家的饭了。

魏瑶扔了筷子就往门外走，没有哭。魏富贵问：“这娃得是瓜了，咋不哭呢？”魏瑶没有理识（方言：理睬）她爷，径直出了家门，心想：我为啥要哭呢，平安是我爱的人，能嫁给他，我高兴还来不及呢。你让我哭，我偏不哭，气死你！谁让你个死脑筋不同意这门亲事呢。

其实，姑娘出嫁时的哭，也是一种形式，是一种装出来的样子，给左邻右舍表达出一种离家的心酸和不舍。这个风俗延续了很久很久。在过去，男尊女卑，女子出嫁后，几乎很少回家，心中平添了思亲之苦、想亲之痛。现在，男女平等了，女子出嫁后，想啥时候回娘家就回，与娘家人接触比较多，她们出嫁是特别高兴的一件事，不必痛哭流涕、装模作样。

吕家娶亲队伍在黎明前的黑暗中出了陵南村，朝着陵东村出发。

陵东村人已经听到了陵南村传来的起程炮声，他们聚集在大门口，等着迎亲队伍回来。迎亲队伍到了村口，又一次点燃爆竹，告诉家里人迎亲队伍平平安安回来了。

娶亲车还没在大门前停稳当，吕家门口已经燃放了大炮仗、鞭炮。大炮仗震耳欲聋的咚咚声，与鞭炮清脆不断的噼里啪啦声混合在一起，青烟和爆竹声一同飘向五陵原的上空。

五陵原上的红白喜事，都必须在当天安排两顿饭。早晨一顿饭，中午一顿饭。家境贫寒的人家，两顿饭都是面食，吃两顿五陵原臊子面。家境好的人家，早晨一顿面，吃面前还有四个凉菜，两荤两素；午饭有酒有肉。吕家娶媳妇，一顿面食，一顿酒肉。

午饭是“八凉八热”十六道菜：凉菜有五香牛肉、芳香排骨、猪头肉、油炸小黄鱼、油炸花生米、炝莲菜、醋熘土豆丝、酸辣白菜；热菜有香酥鸡、红烧鱼、条子肉、红烧肉、甜盘子、烩三鲜、五陵原炖豆腐、五陵原大烩菜。客人吃菜、喝酒中，还会端上一盘子五陵原花卷、蒸馍。花卷、蒸馍，除了让客人尽饱吃，还满足了客人吃肉夹馍的需要。

吃过午饭，魏瑶要去后院上茅房了。这是一种风俗，不管新娘子是否需要上茅房，都必须去，这是娶亲的一道程序，也是耍新娘子的前奏。娶亲的嫂子红歌和送亲女人陪着魏瑶到了茅房，一帮年轻小伙子便把早已准备好的板凳、木盘放在后门口，等着新娘子出来。盘子里放着四样东西：吃的、红包、小孩子的镯子、玩具。这四样东西，每一样都要用碗扣住，新娘包括周围的人都不知道哪个碗里面扣的是啥。戏耍的人故意在四个碗底上涂抹些猪油，光滑得很，拿不住，揭不开，需要用头上的簪子从碗与盘子接合处的缝隙插进去，然后把碗撬起才能揭开。

戏耍的人看见魏瑶从茅房出来，一下子就像打了鸡血一样地兴奋。魏瑶在大家如针芒般的目光中走了出来，她心里知道大家要干啥，这是耍新媳妇的一道程序。在农村，没有哪个新媳妇不过这一关的，除非婆家在本村人缘不好，在村里没有人缘。一旦没人耍，婆家、娘家人的脸都挂不住，会颜面扫地，让婆家人在娘家人面前下不了台，也让新媳妇和娘家人极其没面子，后悔与这样的人家结姻缘。魏瑶心想，无论如何，这一关都得过。五陵原上有句谚语：养肥了的猪，即使钻到案板底下，也逃不过挨刀子的命运。魏瑶笑着，硬着头皮往前走。

大家看见魏瑶过来了，便开始起哄。刘爱国等几个为首的人开始让魏瑶给他们一人点一根烟。魏瑶要用双手点，他们故意不让，非要她用一只手点烟。这样，魏瑶很难对准他们嘴中乱动的香烟，加之旁边还有调皮捣蛋的朝着点燃的火柴棒暗暗吹气，一时半会儿点不着。心越急，越点不着。她再次点燃火柴，刚要去点，便被人故意一口气给吹灭了。就这样，大家一直在持续玩“点烟”的把戏。

魏瑶对爱国说：“你就故意整我，到你结婚的时候看我咋收拾你呢。”

爱国说：“车到山前必有路，今儿个先看你的把戏咋耍呢。”

没办法，魏瑶最后主动拿起香烟，叼在自己嘴上，点燃后，然后逐一递给每一个人。大家接过魏瑶递过来的烟，故意放在鼻孔处闻闻，伸出舌头舔舔，大声喊道：“香得很。头茬子苜蓿二淋子醋，魏瑶的舌头腊猪肉。”众人哄堂大笑。狗剩趁机在魏瑶的腰上捏了一把，说魏瑶的腰软和得很，喊道：“魏瑶的腰棉花包，火罐柿子猪尿泡。”众人又是一阵哈哈大笑。狗剩喊道：“不知道魏瑶的尻子白不白？”大家说没见过。狗剩说：“那就脱裤子让大家看。”在五陵原上，新媳妇娶进门，三天没大小。不管是长辈，还是晚辈，都可以和新媳妇开玩笑。这时候大白天的，红歌害怕这伙年轻人没分寸，万一在娘家人面前弄出是非来，谁脸上都挂不住，都不好收场。于是，她就劝大家开玩笑不要开过火。

当大家放肆乐和的时候，魏瑶放了一个很响的屁。爱国说：“新人放屁，大吉大利。”接着，魏瑶又放了两个响屁。爱国说：“再放再放，人丁兴旺。”说得大家哈哈大笑。

过了一会儿，魏瑶再没有放出一个响屁来。这时候，狗剩喊道：“有屁不放，影响心脏。”

“没屁硬挤，锻炼身体。”二怪接过狗剩的话说。

大家开过一阵子玩笑后，就让魏瑶揭碗了。魏瑶便羞羞答答地揭开了碗，碗下面扣的是小孩子的镯子。耍笑的年轻人一下子起哄了：“新娘子等着入洞房呢，性急着要娃呢。”“离天黑还早得很，新娘子心里急得猫抓猫挖的。”“新娘子早都和咱哥把觉睡过了。”“她早都知道咱哥的长短了，咱哥也知道她的深浅了。”

尽管魏瑶在秦汉市里面工作了好几年，但面对这一帮没有分寸、不讲规矩的年轻人，说出这样让人害羞的话，她的脸一下子臊红到了脚面上。

这轮耍笑后，大家都去忙自己的事情了。红歌把魏瑶领到邻居家去了，大家明白这是要送娘家人了。主家长辈带着众人，站在大门口一一和客人道别。

客走主人安。送走了娘家人，才轮到吕家的客人、陵东村人吃饭了。吕家客人和陵东村人吃完饭后，才轮到帮忙的执客和主家吃饭。大家吃过饭后，帮忙的开始抹桌子、收拾院子。

一切收拾停当后，有事的乡党们陆陆续续回去了，剩下没事的人，等着晚上闹新房、耍新娘。

这一夜，将是一个热闹的不眠之夜。

49

大老板的鲁莽举动确实把魏瑶吓坏了，他在众目睽睽之下强行非礼魏瑶，要不是郝剑及时出面制止，魏瑶就会在大老板的胯下受辱。

五陵原上有句老话：货离乡贵，人离乡贱。魏瑶这时才真正懂得了这句话的深刻含义。离开了五陵原那片沃土，魏瑶什么都不是。独在异乡为异客，她身处异乡，第一次遭到这么大的屈辱，她成了大老板眼中的玩物；在众人眼里，她已经落下了天大的笑柄，这将成为大家饭后的笑料和谈资。

当郝剑救了魏瑶，将惊魂未定的她紧紧地拥在怀里的时候，魏瑶像小鸡紧紧地依偎在母鸡的怀抱一样抱住郝剑，生怕郝剑把自己抛弃了。在这个陌生的异乡，面对唯一的朋友郝剑，在惊吓与酒精的促使下，她没有拒绝、没有反抗，反而迎着郝剑的嘴……

郝剑用实际行动告诉在座的人，魏瑶是他的人，谁也不能侵犯她、欺负她，包括大老板在内。做完这一切，他抱起魏瑶，头也没回地走出歌舞厅的大门，将魏瑶抱到了客房里，放在了床上。

第二天，天已经大亮了，魏瑶在迷迷糊糊中被窗外汽车的汽笛声、人来人往的嘈杂声吵醒了。她睁开眼睛一看，这是一个陌生的房间，这是什么地方、自己是怎么来的，她一概不知道。她转身一看，郝剑赤身裸体躺在自己身旁，睡得死沉沉的。再一看自己，全身上下赤裸裸的，一丝不挂，她惊慌失措，惶恐不安，紧紧张张地坐起来，却找不到自己的衣服，急忙摇醒床上的郝剑。

郝剑睡眼惺忪，两眼无精打采地看着慌乱中的魏瑶，懒洋洋地躺在床上，没有一点要起身的意思。魏瑶问："我咋到了这里？你怎么和我睡在一起？我……"她一连串地问了好几个问题，希望从郝剑嘴里得到答案。

"你自己好好想一想。"郝剑没有一点的紧张和慌乱。

"我想不起来了。"说完，魏瑶便低下头，嘤嘤地哭。郝剑听到魏瑶的哭声，顿时心一软，睡意全无。他坐起来，将魏瑶揽在怀里。魏瑶挣扎着，试图离开他的怀抱，可是，她感到浑身困顿，手无缚鸡之力。

此时此刻，魏瑶想起了自己的丈夫吕平安。她背着自己的丈夫已经和别的男人赤身裸体地躺在了一起，无论是自愿的，还是被强迫的，造成的结果都是一样的。她对不起平安，她违背了自己的初衷，她一生将要背负起这一笔沉重的良心债。想到这里，魏瑶哭得更伤心了。

魏瑶不哭不要紧，这一哭，哭得郝剑心里反倒紧张、慌乱了。他劝魏瑶不要哭了，可他越劝，魏瑶哭得越伤心。魏瑶的哭声就像鼓槌一样猛烈地击打着他的心；魏瑶流下的眼泪，就像一把把锋利的剑，刺痛了他的心。他不再劝说，只是紧紧地抱着魏瑶，任凭魏瑶在他怀里哭泣。

过了一会儿，魏瑶似乎哭累了，哭声断断续续，低沉无力，已经没有刚才那么响亮了。郝剑感觉时机到了，就提醒魏瑶说："你还记得昨晚的事情吗？"魏瑶在他怀里直摇头。郝剑说："昨晚大老板当着众人的面，对你欲行不轨，你还记得吗？"魏瑶点了点头，似乎又记起了昨晚的事情。

郝剑说："你当时很害怕，紧紧地抱住我，然后我就把你带到这里了。"魏瑶说："你这是乘人之危。"郝剑说："事情已经到了这一步，已经于事无补，你说我啥我都没意见，我们已经回不到昨天以前了。我也觉得对不起你，对不起平安。昨晚上的事情，如果我不出头露面，你好好想想，大老板能放过你？你现在对不起自己的良心，也对不起你的丈夫。但我当时如果放任不管，就成了你乃至五陵原上的罪人，永远对不起你了，我这一辈子都会受到良心的谴责。因为，从过去到现在，我都很喜欢你！很爱你！我不能容忍任何一个人欺负你，玷污你的清白。"

魏瑶说："那你就可以乘人之危，玷污我的清白吗？让我今生都要背负沉重的负担吗？"她嘴上虽然这么说，但心里承认郝剑说的都是事实。昨晚要不是郝剑挺身而出，那么，她不仅在丈夫面前没有清白可言，在众人面前她那一点点脆弱的尊严也会消失殆尽。郝剑在危难之中救了她，但是，他又乘人之危占有了她，她不能原谅郝剑。

郝剑说："昨晚我俩都喝酒了。"魏瑶说："你不要用喝酒掩盖事实。"郝剑说："我也不想掩盖啥，我做了啥我就承认啥，现在说啥都洗不清，这一切责任我自己来承担，后果由我一个人来担负。"魏瑶说："你能担负得起吗？"郝剑说："担负得起我也要担，担负不起我还得担。总之，这件事与你没有关系，我郝剑做错了事，我郝剑担当。”

“这话当真？”魏瑶说。

郝剑说：“君子无戏言。”

“事情已经这样了，我违背了自己的初衷，对不起平安，我要是和平安离婚了，你会娶我吗？”

“你真的和平安离婚了，我一定会娶你的。这也是我为什么至今没有成家的原因，在我心里的那个人，一直都是你。”郝剑说。

郝剑的一番话，让魏瑶心情平复了下来，心里也好受了许多。郝剑这么多年一直不结婚，原来是心里想着自己，要不是郝剑今天亲口告诉她，这些她一直不知道。想到这里，她内心温暖了，原来还有个男人自始至终将她珍藏在自己的心里，让爱发芽、生长。此刻，魏瑶内心感激郝剑，感激郝剑在心里一直给自己留下空间。这种空间，不仅仅是一个盛装自己的容器，而是一种爱，一种死心塌地的爱。当初，她把自己交给了自己爱得要死要活的吕平安，现在，又把自己糊里糊涂地交给了爱自己爱得死心塌地的郝剑，作为一个女人，她心里泛起了阵阵矛盾、纠结的涟漪。

郝剑说：“我这么爱你，你都不爱我一点点？”魏瑶说：“我爱的是平安，我心里装不下你。”郝剑说：“我昨晚救了你，你都不感谢我？”魏瑶说：“都这样了，我已经以身相许了，还要怎么感谢呢？”郝剑说：“既然你已经以身相许了，也不在乎再以身相许了。”于是，他不顾魏瑶的挣扎和反抗，又想爬上魏瑶的身子，企图再次侵犯魏瑶，却被魏瑶一脚踹到床下。

魏瑶气愤地说：“你咋是这样的人？”郝剑说：“你的胸让我终生难忘。”魏瑶很生气，不理郝剑。郝剑说：“自从那一年我把你拉进竹林里，摸了你的胸之后，我就终生难忘，这么多年，做梦都是你。”

郝剑的这句话，听得魏瑶惊讶地坐了起来。她杏目圆睁，气得一句完整的话都说不出来：“你——你——”

50

魏云坐在办公室里心神不定。

他从 KTV 出来以后，让司机将他送回办公室，其他人都各自散去。司机说：“这么晚了，还要办公吗？”魏云说：“因为天太晚了，才不能回家。回家，不仅自己休息不好，还会影响到家人的正常休息。还是回到办公室休息，自己能休息好，也不打扰家人。”

司机听后，便将魏云送回办公室。到了秦汉市公安局大楼下，魏云让司机也早点回去休息，自己一个人上楼了。

魏云在办公室里突然心跳加快，喘气声也逐渐加粗。他一会儿坐在沙发上，一会儿坐在老板椅上；一会儿在办公室踱步，一会儿躺在床上。他期盼着何晶能快点到来，幻想着一会儿如何与美女共度良宵。一想到美女，魏云就如同打了鸡血，兴奋不已，以至于乱了方寸，坐卧不宁。

正当他心焦的时候，听到有人敲门，他忽地从床上坐起来，冲着门急急火火地走过去。打开门一看，正是他焦急等待的何晶。魏云看到何晶，一把将何晶拉进门，迅速地将门关上，急不可耐地像在KTV里一样伸出双臂拥抱何晶。不料，他的双臂被何晶轻轻地推开了。魏云十分纳闷，刚才她在歌舞厅不是和自己相处得很投缘吗？话说得很投机吗？舞跳得很和谐吗？怎么一转眼工夫，何晶就像不认识他了一样，还不让自己拥抱了。他再一次上前拥抱何晶，又一次被推开。何晶说：“急啥？心急吃不了热豆腐！”然后拉着魏云的手，说：“你要听话，要乖，才能得到你想要的。”

何晶这么一说，魏云便安静了一些。魏云拉着何晶摸黑朝着卧室走去。魏云知道这是办公室，他不敢开灯，一开灯，很可能就有人来找他。有人找他，就会坏了他今夜的好事。

他拉着何晶进了卧室，魏云才打开灯。他的卧室里没有窗户，打开灯，外面看不见。

到了卧室，魏云又开始不安分了，对何晶又是搂抱又是亲吻，都被何晶一一化解了。何晶佯装嗔怒地说：“看你猴急的，是不是见了美女都这样？”魏云不管她说啥，他只有一个目的，就是今晚无论如何要占有何晶。他不管何晶说什么，何晶说何晶的，他做他的，他一个字都不听。

何晶一看魏云这架势，就是无论你说什么，他都要达到自己的目的。她便说：“欲速则不达。咱俩说会儿话好不好？”

“过后再说。”魏云嬉皮笑脸地说。

“就在办公室吗？”

魏云“嗯”了一声，又继续搂抱何晶。

“这里是办公室，你咋能弄这事？”

“现在各大酒店、宾馆查得严，又有监控录像，万一被人发现了，就日塌了。”

“好吧！你先洗洗澡吧。”何晶显得无可奈何地说。

“洗啥呢。”魏云不满地说。

“刚才喝酒、跳舞，满身的酒味、汗味，臭烘烘的。”何晶劝说道。魏云一听何晶说的都在理，只好听从何晶的安排，脱了衣服，到卫生间洗澡了。

魏云三下五除二地洗完澡，当他兴冲冲从卫生间出来的瞬间，一下子愣住了。何晶拿着手机正冲着他笑，他一下子慌了神，赶紧又躲进卫生间里，说道：“不是说好了么，你这是干啥呢？”

“谁和你说好了？和你说好啥了？就你这副德行，枉为公安局局长。在人前，你穿得光鲜亮丽、人模狗样的，倒像一个公安局局长。背地里，你贪财好色，急功近利，欺上瞒下，栽赃诬陷，收取贿赂，欺男霸女，无恶不作。”何晶说，“党中央三令五申地要求不要践踏党纪国法，你全都当作耳边风，置党纪国法于不顾。‘十八大’后，你还不收手、不收敛，依然我行我素，飞扬跋扈，淫威不减。男人找你办事，你提‘钱’；女人找你办事，你要‘日’后再说。今天晚上，你在歌舞厅还是这副德行，我怕啥？我有共产党给我撑腰壮胆，我一不想升官，二不想发财，看你把我能怎么样。”

魏云躲在卫生间里，吓得不敢出来，一再求饶，求何晶放过他。何晶说：“你出来，你不出来我就不走。”魏云说：“你走吧！你走吧！我求求你了。”何晶佯装出门，故意把鞋底在地板上踩得很响，还把卧室的门甩了一下，要让魏云认为她已经走了。

过了一会儿，魏云从卫生间出来，一看何晶还站在原地，拿着手机对着自己拍，吓得赶紧再一次躲进卫生间。

在卫生间里，魏云惊魂未定，说：“好我的姑奶奶，我求你了。你走吧，我保证把你的事情办好，让你满意。”

何晶眼看着把魏云耍到位了，便收起手机，朝着魏云喊道：“希望你堂堂正正做人，干干净净做官，明明白白做事！再不要祸害我们女人了，再别收取不义之财了！”说完，她就像一个打了胜仗的士兵凯旋一样，昂首挺胸，走出了魏云的办公室。魏云听到何晶的脚步声，害怕再一次上当，只能躲在卫生间瑟瑟发抖，不敢贸然出去。

何晶打开魏云办公室大门，吓了一跳，缑卫花不知道何时站在门口，看见她出来了，像贼一样，赶紧躲开。看着何晶的背影，缑卫花骂道：“臭不要脸的婊子。”

“谁是婊子谁知道！”何晶头也没回地走了。

缑卫花顾不上何晶，她也不敢在办公大楼里面放肆撒野，她还不知道魏云的情况如何，也不敢对何晶贸然采取行动。

缑卫花进了魏云的办公室，轻车熟路，径直来到魏云的卧室。缑卫花满世界地找，却没看到魏云的人影。躲在卫生间的魏云误以为何晶又没走，吓得躲在里面不敢出来。缑卫花在外面拉门，怎么也拉不开。卫生间里传出魏云的声音：“姑奶奶，你说的话我答应你一定照办，你放心走吧。姑奶奶，我求求你放过我。”

缑卫花一听魏云的口气，肯定失手了。她故意不接话，让魏云“姑奶奶、姑奶奶”地求饶。过了一会儿，缑卫花在卫生间门口扑哧一声笑了，魏云一听是缑卫花的声音，在卫生间里问：“卫花，是你？”缑卫花反问：“你希望是谁？”魏云问：“何晶呢？”缑卫花没好气地说：“早就走了。”魏云一听何晶走了，才迟疑地、慢腾腾地从卫生间里赤裸裸、战战兢兢地出来了。

“美死你了？”缑卫花一股醋意，故意问道。

“你再别傶我了。今晚让这婊子把我耍美了。”魏云被何晶吓得瑟瑟发抖，一骨碌钻进被窝里。

“你不是老手么，怎么翻阴沟里了？”

“你再别嘲笑我了。咱玩了一辈子鹰，今晚让鹰把眼睛给鸽了。”躲在被窝里，魏云自我嘲笑着。

“常在河边走，哪有不湿鞋的道理？”缑卫花一想到今晚上的事情，气就不打一处来。好不容易抓住机会，一定不能放过傶魏云的机会。她继续说：“你没看看你今晚上的德行，见了何晶就像狗见了稀屎一样。今晚没遇上善茬吧，遇上了个刺儿头也好，好好地杀一杀你的嚣张气焰。”

“你咋是个得理不饶人的货？”魏云气得骂缑卫花。

“你在我面前逞啥能？有本事你在何晶面前耍威风去。”

“卤水点豆腐，一物降一物。”魏云说着，一把将缑卫花拉进被窝，“今晚何晶欠下的债你来偿还。”

51

当年审查魏楚生的时候，任凭侦查员磨破嘴他都不招供。谁也没有想到，最终，魏楚生却倒在了爱国给他精心编织的“网”中。

衣带渐宽终不悔，为“案”消得人憔悴。审讯工作艰难地进行着。

二十多天以来，渭滨分局刑警大队围绕“4·11”系列案件昼夜奔忙，走过了一个又一个村庄，摸出了一条又一条线索，走访了一个又一个群众，熬了一个又一个通宵，眼睛熬得通红通红的，皮肤晒得黝黑黝黑的，人明显消瘦了。审讯魏楚生的这个夜晚，又是一个不眠之夜，他们一个案子、一个案子地审讯，一个细节、一个细节地盘问，蛛丝马迹毫不放过。

狐狸再狡猾，最终也逃不出猎人的手掌。刘爱国、吕平安亲自坐在审讯室对魏楚生进行审讯。审讯前，他们对魏楚生及其家庭情况进行了认真调查、分析，特别是对魏楚生的个性特点、心理特征等进行了认真的研判，制定出了具体的审讯办法和策略。

十多个小时过去了，面对审讯人员，魏楚生装聋作哑，软硬不吃。这个时候，刘爱国低头对吕平安说："你去找个红色胸罩和内裤。"

"要这干啥？"吕平安听了爱国的话，有些不可思议，迟疑地问。

"叫你干啥就干啥，哪里来这么多'干啥'。"刘爱国笑着说。

"一天到晚没个正形，案子审得好好的，出啥幺蛾子呢？"

"叫你去找，你就去找。少废话！"

"我到哪里给你找去？要找你自己去找。"平安没好气地说。

刘爱国一看吕平安这牛脾气，知道这时候他就是磨破嘴皮子，都是同一个结果：对牛弹琴，没有结果。

爱国出了审讯室，径直去了燕楠的办公室，刚好燕楠的办公室里没有其他人。燕楠看见刘爱国进来了，笑盈盈地说："刘局，案子审完了？"爱国说："没有。"燕楠说："没有你跑来干啥？还不去审案子？"

燕楠察觉爱国有话要说，就问："有事吗？"爱国欲言又止，话都到了嘴边又咽了回去，急得燕楠一个劲地催问。

爱国不好意思地说："想跟你借一样东西，又不好意思开口。"

"要啥你就直说。"燕楠是个心直口快的人，不喜欢拖泥带水。

"那我就真的要说了？"爱国迟疑地看着燕楠，见燕楠点头，又不好意思开口了，扭头要走。燕楠一把拉住他，急切地说："说吧！"爱国吞吞吐吐地说："想借你……借你……"爱国欲言又止，倒让燕楠很着急，催他快说。

“想借你、借你的红色胸罩和内裤，你今年不是本命年嘛！”说完，爱国的脸红得像鸡冠子。

“你胡说啥呢？”燕楠一听爱国要向她借私密东西，有点生气。

“你别误会。为了破案，才需要向你借这两样物品。”爱国便将自己对魏楚生的认识一一说了出来。燕楠听明白了，说：“你出去等着。我这里没有多余的，我只能现在给你从身上脱了。”

过了几分钟，门打开了，燕楠将一个深色手提袋递给爱国，爱国打开一看，用手拿出红色胸罩，胸罩上还保留着燕楠的一丝体温，爱国心里一颤，马上又装进去，故作镇静，急急忙忙地再一次踏入审讯室的大门。

“招了没？”爱国问吕平安。平安说还没有。

“我就知道你不行！”他笑了。平安一听爱国嘲笑他，没好气地说：“你行，你来审。”这么多年来，除了工作，斗嘴也是他俩的专长。难怪李局长说他俩一个属鸡一个属狗。

“我来就我来。你把眼睛擦亮，看好了；把耳朵奓起来，听好了。”刘爱国说着，坐在了审讯桌后。过了半天，刘爱国也没开口。吕平安还想看好戏，没想到，刘爱国把他晾了半天，一句话都不说，气得他骂道：“有屁快放。等你这样破案，黄花菜都凉了。”爱国一看平安的急脾气又上来了，故意笑着说：“我不放！急死你！”

正当吕平安着急的时候，刘爱国走到魏楚生的面前，看着魏楚生一副死猪不怕开水烫的架势，开心地笑了。他从深色手提袋里拿出红色的胸罩和内裤，在魏楚生眼前晃动着。爱国晃动着红色胸罩和内裤，一言不发，死死地盯着魏楚生。

看到红色胸罩和内裤，魏楚生就像西班牙斗牛场上的斗牛，疯了似的要抢，无奈，他坐在审讯椅子上，双手、双脚被固定着，抢不到，便把头伸得老长，想用嘴咬。那红色非常耀眼，魏楚生就像那发疯的斗牛，用力将头伸向红色的火团里。

一件红色的胸罩、一条红色的内裤，与其说摧毁了魏楚生的思想防线，不如说它点燃了魏楚生对于异性的渴望之火，让坚守了十多个小时都不开口的犯罪嫌疑人魏楚生开口了，交代了“4 · 11”“4 · 16”“4 · 22”等系列案件的犯罪事实。

“秤砣掉到水瓮里，你还有啥不服气的？”魏楚生招了，刘爱国得意地问平安。

“就你能得很。”平安没好气地说。

“你嘴还犟得很！牛犊钻到车底下，还有抵触情绪了。我让你找东西，是你不情愿去的。”

平安在爱国面前，就像斗败了的公鸡，他对爱国的智商、情商都很佩服！事已至此，他无话可说了。爱国说：“玩笑归玩笑，正事归正事。你的现场模拟画像虽然很逼真，但你有没有感觉这里面还少一点啥东西？”平安说：“有话你就直接说，别卖关子了。”爱国说：“你的这门手艺确实对侦破案件起到了至关重要的作用，不过，你的模拟画像缺少了一种灵动的感觉，过于死板。要让人透过画像，看到犯罪嫌疑人复杂的内心世界。这样，有体貌特征，能看清心理反应，更加有利于确定侦查的范围和方向。”

爱国的这句话，说到了要害，说到了平安的心里。刑事侦查工作，表面上看起来风风火火，其实，它需要的是耐心、细心。犹如我们观看油画，距离太近，看得就模糊、粗糙；相反，拉开一定的距离，看得就逼真、清晰。

魏楚生虽然交代了“4 · 11”系列持刀拦路抢劫、强奸案件全部作案过程，但专案人员并没有感到一丝一毫的轻松。刘爱国心中有一个疑惑：魏楚生是否还有更大案件没有交代？这个疑问不断地敲打着他的心扉——寻找类似案件，比对相关证据，争取深挖余罪。

案件侦破后，刘爱国陷入深深的沉思之中——

两年前的9月12日发生的长陵小学女学生康妮被杀案，至今未破。“9 · 12”案件犯罪嫌疑人的作案手段、作案时间、侵袭对象等特征与“4 · 11”系列案件相似度极高。此案至今没有侦破，这起案件是不是魏楚生所为？他心中这样想着，便叫来吕平安，说出了自己的想法。

平安说："这一次我们想到一起了。我正在安排人调取'9·12'案件现场遗留的有关物证，正在将物证与魏楚生自身的有关证据进行认真的比对分析。"

"有啥发现？"爱国问。

"我估计一会儿就会有结论。"平安说，"咱先等等。"

大约半个小时后，技术人员将比对报告送了过来。报告中说，通过比对发现，"9·12"与"4·11"系列案件有着许多共同点。这一重大发现，令他俩非常惊喜。高兴过后，爱国说："为稳妥起见，咱们邀请专家做进一步比对。"于是，他俩一道去邀请痕迹方面的高级工程师廖亮，经过廖亮对证据的更进一步的比对、分析之后，确定"9·12"杀人案系魏楚生所为。

经过审讯人员与魏楚生的再度交锋，在大量的证据面前，魏楚生终于交代了"9·12"拦路抢劫、强奸案件——

两年前，闲得无聊的魏楚生像只无头苍蝇一样，在长陵街道乱转，到了中午一两点钟，他从地摊上的一大堆锄头、铲子、菜刀、斧头、链条中，花了六元钱买了一把特大号斧头。他把这把斧头拿在手中，左看看右瞧瞧，爱不释手，心中暗喜，蓄谋已久的计划，迅速地在他心中升腾。

魏楚生心中有了自己的小算盘后，便坐在老实疙瘩小饭馆里，要了一碗𰻝𰻝面。他端起面碗，头也没抬，一口气将面吃完了，又倒了一碗面汤喝光了，撑着胀胀的肚皮，脱掉上衣，将斧头包裹得严严实实，往自行车后座上一放，骑着自行车便去踩点……

9月12日中午，他又来到长陵街道上，在老实疙瘩小饭馆里买了一碗𰻝𰻝面，吃完后便来到事先踩好的作案地点——长陵车站铁路桥涵洞东侧的生产路上。

此时正是正午，空旷的田野上空无一人，太阳在头顶上强烈地照耀着。

魏楚生心神不定，心中不停地盘算着能否得手。

头顶上的烈日晒得魏楚生更加心头火烧火燎，他焦急地来回踱着步子，站也不是，坐也不是，蹲也不是，那条“毒蛇”不断地吞噬着他的灵魂，他像一头发怒的野兽，又恰似久困于铁笼中刚刚被释放出来的老虎，睁着冒火的双眼，张着血淋淋的大口，期待着“猎物”的出现。

中午 1 点多，一辆自行车进入了魏楚生的视线，他双眼死死地盯着自行车上那个漂亮的小女孩。那个十二三岁的小女孩骑着一辆儿童自行车，上身穿了一件粉红、白色线条相间的长袖上衣，下身穿了一件米黄色带黑色松紧带的长裤子，双肩书包背在身后，脚踏板上的一双红色休闲鞋伴随着自行车的前进转着一个又一个圆圈。她欢快地骑着自行车，回家的感觉真好！天真无邪的小女孩哪里知道，一头野兽已经向她张开了血盆大口。家，快到了，母亲做好饭，在等待着她。她一边骑着自行车，一边唱着欢快的歌谣……

“站住！”突然，魏楚生从玉米地里闪了出来，横在路中央，拦住了小女孩的去路。

小女孩大吃一惊，吓得从自行车上摔了下来。

“你叫啥名字？”魏楚生恶狠狠地问道。“我叫康……康……康妮。”面对眼前突然出现的手持斧头的陌生人，小女孩吓得不轻，怯生生地回答着。

魏楚生二话没说，上前拉住康妮的手，像拎小鸡一样一把将她从地上拎了起来。

“哥哥，你，你……你想干啥？”康妮结结巴巴地问。

“跟我走！”

“我又不认得你，凭啥听你的？”

“小孩子还敢犟嘴，不要命了？”魏楚生露出凶相。

“救命啊——”康妮看到了魏楚生凶狠的目光，出于本能，竭尽全力地呼救。然而她那稚嫩的声音在野兽面前显得那么无力。在这空旷的野外，她那弱小的声音早已被太阳融化在闷热的空气中，谁人还能听得见？

“你再喊我杀了你！”魏楚生用死亡威胁着康妮，康妮吓得目瞪口呆。魏楚生如同老鹰抓小鸡，一手拎着康妮，一手将自行车提起，朝大路一侧无人的小路深处走去。

到了蒿草地旁，魏楚生用塑料绳将手无寸铁且手无缚鸡之力的康妮双手反绑，便想敲诈一笔钱。

“你家里都有谁？”魏楚生问。

“我爸死了。家里只有爷爷、奶奶、妈妈。”

“你家电话是多少？”

康妮害怕极了，在魏楚生的恐吓下，吓得魂都丢了。魏楚生问什么，她就机械地、如实地回答什么。

此时，远处传来了康妮妈妈呼喊女儿的声音，魏楚生害怕被康妮的家人或过路的行人发现，又将她拉向玉米地深处。玉米地的燥热没有封住魏楚生的罪恶，反而点燃了魏楚生心中邪恶的欲火。

康妮妈妈撕心裂肺的呼唤并没有唤起魏楚生的良知，他张着血盆大口，吞噬了康妮……之后，魏楚生又挥起斧头，朝康妮的头部、喉部及胸部砍去……

天真无邪的康妮，路遇穷凶极恶的暴徒，惨死在茂密的玉米地里。

魏楚生得到了兽性上的满足，拎起斧头，仓皇而逃。

52

魏瑶和吕平安结婚后，魏云心中那颗久悬着的心终于落地了。那天媒人登门替平安提亲，没想到被他爷魏富贵和他婆翠红硬生生地拦在大门之外，要不是他和魏瑶及时赶到，事情的结局还不知道演变成啥样子呢。

对于富贵的所作所为，魏云十分恼火，富贵差一点就坏了自己精心谋划的好事。魏云为了得到刘青青，冥思苦想了好久，终于要实现自己的愿望了，却遭到爷爷的无情阻拦。他的周密谋划，以及他所做的所有事情，除了自己，还有他布下的棋子郝剑外，不能告诉任何人。要让这样不光彩的事情永远隐藏于心，最终腐烂在心里。

俗话说得好：无巧不成书。

先一天晚上，魏云做了一个噩梦，他梦见魏瑶被人投井了，不能与平安结婚。在他大失所望的时候，吕平安穿着大红色暗花对襟上衣、黑色裤子、黑色白底布鞋，从肩膀到腰间，斜挎着一条红色带花的红绸缎，戴着一顶黑色西瓜皮帽子，满面春风，骑着一匹枣红色高头大马往前走。他的身后，有一顶八人抬的大花轿，一行人吹吹打打到了陵西村刘家。鞭炮噼里啪啦震得树上的小鸟一个个扑棱棱地飞跑了，刘家所有人脸上洋溢着幸福灿烂的笑容，彬彬有礼地接待着吕家娶亲队伍。

到了刘家门前，吕平安飞身从高头大马上一跃而下，黑旋风般地朝着刘家大门里面奔去，不一会儿，他抬头挺胸，双手紧紧地抱着刘青青，大步流星地朝外走，在众人的帮忙下，迅速将盖着红盖头的刘青青轻轻地放到大花轿中。大花轿和一行人在炮仗声和吹吹打打的唢呐声、锣鼓声中，高高兴兴朝着村外走去，逐渐淹没在爆竹的青烟和五陵原的尘土之中。

看到大花轿和吕家一行人渐行渐远，他又急又气，他想跑过去拦住吕平安的枣红色高头大马，拦不住吕平安也行，只要把大花轿里的新娘子刘青青抱走，他就心满意足了。可是，他的双腿像灌了铅，沉重无力，又如同踩在棉花包上，软绵绵的，连支撑起他的劲都没有，更别说跑了。他想呼喊，却喊不出声。正当他欲行无力、欲哭无泪、欲喊无声的紧急关头，一朵白云从天上飘飘然地飞到了他的面前，瞬间，那朵白云化作了一个手拄拐杖、满面红光、须发尽白的老神仙。魏云盯着老神仙看，老神仙笑着用拐杖在他的胸口轻轻一点，说了句“快追”便又化作一朵白云飘向天空。

随着老神仙话音落下的瞬间，他顿时浑身发热、发烫，精神振作，精力充沛，四肢不知从哪儿来的劲，朝着大花轿飞奔而去。魏云飞奔到大花轿跟前，周围娶亲的人没有一个发现他。他“嗖”地一下钻进大花轿，来到了他朝思暮想的青青面前。他紧张得不知所措，双手都不知道放在哪里是好，冲着顶着盖头的新娘子傻傻地笑着，激动地说："青青，我来了。青青，我来了。"说着，他欣喜若狂地去掀新娘子的红盖头。当他掀开红盖头的瞬间，一下子愣住了，新娘子不是令他神魂颠倒的刘青青，而是他的妹妹魏瑶。魏瑶发现他掀开了自己的红盖头，大吃一惊，问道："哥，你要干啥？"

魏瑶的喊声惊动了骑在高头大马上的新郎平安，顿时，平安像武侠剧中的大侠一样，还没等他回过神，就冲到了大花轿前，掀开大花轿的门帘，一拳重重地打在他的脸上。顿时，他的脸开了花，平安像拎小鸡似的，扯住他的领口，将他拉出大花轿，狠狠地摔在地上。娶亲的人一看被摔在地上的他，心中明白了八九分，一拥而上，拳打的、脚踢的、咒骂的……魏云吓得大叫一声，从噩梦中惊醒了。

魏云惊出了一身冷汗。他预感到大事不好，一大早，他就领着魏瑶，一起回五陵原上的家中。魏瑶在路上告诉他："今天平安家让媒人登门提亲呢！"魏云口中应了一声，沉默寡言地骑着摩托车飞也似的朝着五陵原奔去。坐在他身后的魏瑶吓得紧紧地抱住魏云的后腰，说："哥，你开慢一点。"魏云有自己的心事，哪管魏瑶的善意提醒，他把挡位踩在了最高挡上，把油门拧转到最大处，摩托车轰隆隆地朝着陵南村风驰电掣，卷起了一阵阵尘土。

回来得早，不如回来得巧。他俩骑着摩托车刚到家门口，媒人"钢嘴"正好被富贵赶出家门。

魏瑶结婚后，刘青青就像大病了一场，整个人都消瘦了许多。虽然是她自愿放弃与平安的婚事，但是，这不是她的真实意愿。事情演变到这个地步，她只能打掉牙往肚子里咽。她心中的痛苦，唯有她自己知道有多深。

问君能有几多愁，恰似一江春水向东流。

一想起这件事，青青就内疚，就悔恨，就痛心疾首、捶胸顿足，常常一个人躲在没人的地方暗自伤神、独自流泪。她埋怨自己为什么在关键时候不能挺身面对，为什么不够勇敢、不够坚强呢？她怨恨自己的思想为什么那么封建，那么保守呢？她为什么不能像魏瑶那么勇敢呢？魏瑶在关键时候无所畏惧，一心只想挽救心爱的人的生命；魏瑶敢想敢做，义无反顾，在思想深处和骨子里，摒弃一切私心杂念，不惧世人惊讶的目光和社会上沸沸扬扬的流言蜚语；为了心爱的人，她不顾自己还是一个黄花大闺女，勇往直前、挺身而出，犹如一个斗士，更像一个战士，关键的时候能拉得出、冲得上、打得赢。

当平安身体康复以后，当平安在她与魏瑶之间徘徊的时候，她感谢平安对她的那份感情，感激平安对她的那份珍爱。可是，在事实面前，她才猛然醒悟，她不能再那么自私了，更不能让魏瑶受到任何伤害了，她不能让魏瑶被世人用鄙视的目光刺杀，被世人咒骂的唾沫星子淹死。于是，她经过一番思想斗争，毅然决然地选择了离开，将幸福之门留给魏瑶。

人在迷惘的时候，心理防线是最脆弱的。

在青青痛苦不堪的时候，魏云轻轻地来到她的面前，以一位兄长的姿态关心她，为她消除心中的烦恼，排解心中的郁闷。当青青渐渐消除对他的防范后，他便对青青发起了一轮又一轮猛烈的攻势，最终，赢得了她的芳心。

立夏的那一天，魏云和青青结婚了。

结婚那天，天上下起了大雨。陵南村通往陵西村的道路被雨水浇透了，婚车在坑洼不平、湿滑泥泞的路上颠簸着，一上一下，遇到泥水潭，车轮就打滑，弄得婚车忽前忽后，忽左忽右。遇到较大的泥水潭，只见车轮飞转，不见车辆移动。没办法，迎亲的年轻人只好从车上下来冒雨推车。这样，迎亲的日旺、周贵等几个年轻小伙子和魏云，衣服上、裤子上，脸上全都沾满了泥水。年轻小伙子们便吵着喊着要魏云给他们买新衣服。

日旺一看大家都满身泥泞，便对魏云开玩笑：“你小时候为啥爱骑狗呢？”五陵原上流传着这样的说法：男孩子小时候如果爱骑狗，长大后，他结婚娶媳妇那天，一定会下雨的。所以，日旺这么说。

魏云和青青定下结婚日期后，魏云实现了自己梦寐以求的心愿，高兴得嘴都合不拢了。他盼星星盼月亮，就盼着这一天能把青青娶到家，无奈，天公不作美，下起了雨，还要自己下去推车，弄得新买的婚服上都是泥水，心里就有一点点的黯然。一听日旺这么说，他没好气地说："骑垂子呢，还骑狗。赶紧推车！"

大家一听，都不作声了。

吕平安知道青青和魏云要结婚，心里就像吃了苍蝇一样。但是，他已经是有妇之夫了，有看法没办法，只能眼看着青青嫁作他人妇。一大早，他一个人站在长陵上，对着陵西村、陵南村出神。当他看到婚车出了陵西村后，不顾大雨滂沱，站在陵上唱了起来——

渭城朝雨浥轻尘，
客舍青青柳色新。
劝君更尽一杯酒，
西出阳关无故人。
劝君更尽一杯酒，
西出阳关无故人。

听到平安的歌声，坐在婚车里面的刘青青心如刀绞，两行热泪唰唰地往下流。

魏云在雨地里推车，本来就窝了满肚子的火没处撒，听到平安站在陵上扯破嗓子唱的秦腔，气得他咬牙切齿，骂道："小心把你狗日的唱死了。"说完，他气呼呼地钻进车里。一看，刘青青正在车里流泪，魏云没好气地骂道："丧门星！"

53

魏瑶听了郝剑的话，大吃一惊。难道当年把她拉到竹林里要非礼她的人是郝剑？她的心里就像敲鼓一样，感到一阵慌乱。

回想当年的情形，魏瑶就感到害怕。那一夜，要不是平安及时赶到营救了她，她早就被人强暴了。依照她的性格，渭滨公园的青年湖就是她的归宿之地了。她是一介草民，一个无足轻重的人物，她投湖自尽，公园里的青年湖还是那个青年湖，影响不了公园的一草一木、一山一水。20 世纪 80 年代初，大学生邵小利勇救落水儿童牺牲后，被追认为革命烈士。多少年了，青年湖畔依然矗立着邵小利烈士纪念碑。除了每年清明节，秦汉市中小学校组织一大批学生前往邵小利烈士纪念碑前祭奠外，还有几个人能依稀记起邵小利烈士当年奋不顾身跳入湖中舍身救人的英雄壮举呢？英雄尚且如此，更何况自己这个平凡得不能再平凡的小人物呢？当年，可能在一段时间内，她的遭遇只不过会成为人们茶余饭后的谈资而已。过了这个“谈资期”，她以及她的故事、遭遇就会烟消云散，无足挂齿了。

是谁，让这个时代的人们逐渐缺失了正义和良知？是谁，让这个时代的人们变得麻木不仁了？这值得我们深思。

有的时候，魏瑶在想，自己为什么要加入传销组织呢？虽然与郝剑的拉拢息息相关，其实，在这个背后，隐藏着自己对金钱的贪念。

当她听到从郝剑嘴里说出来的这句话后，才意识到郝剑的真正意图了。她厉声呵斥道：“你就是当年竹林里的那个畜生？”

郝剑一看魏瑶恼怒了，意识到自己一时糊涂，说漏了嘴，违背了自己和魏云曾经的约定，感觉到害怕和不安。他急忙赔着笑脸，说：“哪能是我呢！我胡说呢，千万别当真。”

魏瑶才不相信他这一套，一口咬定郝剑就是当年那个趁着夜色，将自己强行拉到竹林里要强暴的畜生。那天多亏平安，否则，郝剑差一点就祸害了自己，践踏了自己的人格，亵渎了自己的清白，污秽了自己作为女人的尊严。她大声斥责郝剑："不是你，那你怎么能知道这件事？"

郝剑自知说漏了嘴，赶紧找理由自圆其说。他说："当年英雄救美女、美女救英雄的事情闹得沸沸扬扬，满城风雨，秦汉市哪个人不知道呢？如果你真的被人强暴了，你不说，可能谁都不会知道这件事。这件事情的关键在于，吕平安英雄救美，为你挺身而出，拔刀相助，把你从歹徒的手中救了出来。他为你光荣负了伤，这件事成为轰动整个秦汉市的大事情。凡是当年在秦汉生活、工作的人，哪个能不知道呢？还有你，美女救英雄，为了挽救生命垂危的救命恩人，摒弃世俗，悉心照料。你的壮举在当时被传为一段佳话，令人啧啧赞叹。好多有正义感的人，都以你为榜样，以你为楷模。"

郝剑这么一说，魏瑶刚才强硬的思想防线被动摇了。是啊，当年如果自己真的被歹徒强暴了，歹徒逃跑了，自己一死了之，还有谁能知道当时在她身上发生过什么呢？还有她自己，在救命恩人吕平安生命垂危的紧要关头，她把一切置之度外。这件事在当时传遍了整个秦汉市，震荡得秦汉像发生大地震似的，说啥的都有，褒贬不一。然而，她用实际行动实现了自己救人的目的，她认为自己的所作所为问心无愧、理所当然，才不在乎别人说她啥，更不在乎别人如何看她。

郝剑察觉到魏瑶思想上有点变化，进一步趁热打铁，说："你当时的举动在咱三厂引起轩然大波。刚开始，大家还没有正确理解这件事，私底下指责你、耻笑你。后来，车间主任对你的人品、你的做法都给予了高度的认可和褒扬。大家后来也都认为你是个性子刚烈、善良的奇女子。"

这番话，听得魏瑶心里更加敞亮了。她问："我咋不知道厂里还有这事？"郝剑说："当局者迷，旁观者清。你是当事人，当然不知道了。听了你的事，我当时就有了要娶你的冲动。可惜啊！"

"你少胡说！"魏瑶嗔怒道。

"我没胡说！"郝剑说，"当年，厂里好多女工都羡慕你，都暗下决心学习你，要以你为榜样呢。好多男工都和我一样，都想娶你当自己的老婆呢。当年的你清高得很，把心拴在平安身上，枉费了我们这一大帮子男工的心，白白在你身上耗费了几年。”

“你就好好在这里胡说。”

郝剑说：“我说的绝对是真的。当年，如果我是竹林里的那个魔鬼，我肯定不会放过你的。如果我真的是那个魔鬼，公安局能放过我吗？他们能让我逍遥法外这么多年吗？我岂不早就被判刑关押了？不过，我这辈子能为我的心上人坐一次牢，也值了。”

魏瑶再一细想，郝剑说得对——如果他是当年的禽兽，他不仅企图强暴自己，还从背后捅了平安一刀子，公安机关是绝对不会放过他的。

经过自己一番辩解后，郝剑看到魏瑶对自己的疑虑已经消除了，心中难免一阵窃喜。

54

闫长明自从那天晚上陪缑卫花唱歌、跳舞以后，便对缑卫花产生了浓厚的兴趣。他的兴趣不在“性”上，而在于缑卫花与魏云的关系上，他需要缑卫花从中帮忙、牵线，为自己得到提拔重用提前扫清障碍，铺平路子。

他经常给缑卫花打电话、发短信和发微信，今天送缑卫花一套兰蔻化妆品，明天送缑卫花一个爱马仕的手提包，后天送缑卫花香奈儿香水，这些能迷住女人的东西，一下子让缑卫花对闫长明刮目相看，也拉近了缑卫花与他之间的距离，更加密切了两人的关系。

缑卫花在魏云那里得不到的东西，闫长明都会无偿地送给她，他好像缑卫花肚子里的一条蛔虫，把缑卫花的心思猜得十分准确，拿捏得非常到位，所送的东西，都是缑卫花喜欢的。有一次，闫长明邀请缑卫花到雪花大酒店吃饭，恰好魏云出差去了外地。缑卫花在秦汉市公安局那是一人之下，万人之上。魏云不在公安局，她就自由了。当闫长明给她发出邀请后，她欣然接受了。缑卫花在电话里问闫长明："有没有约其他人？"闫长明说："我是专门请姐吃饭。如果姐还有谁需要叫的，你就叫上一起过来。"缑卫花说她知道了，说道："雪花大酒店人来人往的，熟人太多，要不咱们去西安。"闫长明说："一切听姐的。"下班后，缑卫花对着镜子，把自己好好地打扮了一番，在衣柜里精心挑选了一件她非常喜欢的青花瓷旗袍，一个人出了秦汉市公安局的大门，上了闫长明的汽车。缑卫花上车后，闫长明开足马力，过了秦汉大桥，从陈阳寨那里上了西宝高速公路，朝着西安驶去。

一路上，两个人有说有笑，谈笑风生。闫长明会说话，他知道缑卫花想听啥话，就专门拣缑卫花喜欢听的话说，说得缑卫花喜上眉梢，一个劲地夸奖闫长明聪明、懂事、善解人意，说得闫长明有点不好意思了。到了西安钟楼，闫长明把车停放好，带着缑卫花去了世纪金花。缑卫花问："不是吃饭吗？到这里干啥？"闫长明说："姐，饭得吃，衣服也得买。"缑卫花一听，心里掩饰不住的喜悦，嘴上却说道："你成天给姐买东西，衣服就不买了。"闫长明说："衣服要试呢，我没敢买。今天有幸陪姐出来一趟，机会难得。"说着，他不管三七二十一，拉住缑卫花的手往世纪金花走去，生怕缑卫花变卦不给他花钱的机会和面子。缑卫花也没再推辞，跟着闫长明进了世纪金花。

闫长明直接把缑卫花拉到华伦天奴专卖店，给缑卫花挑选衣服。导购小姐一看他俩进了专卖店，笑盈盈地迎上来，问："先生是个有心人，专门陪着妻子买衣服。"闫长明听后，脸都有点红。缑卫花倒像个没事人一样，紧紧地挽着闫长明的胳膊，冲着导购小姐美美地笑着。

在导购小姐的参谋下，缑卫花挑选了一套衣服。缑卫花从试衣间出来，一下子靓丽了许多，像变了一个人似的。这身衣服穿在缑卫花的身上非常合适，连导购小姐都啧啧赞叹，说："这套衣服就像事先专门给姐量身定做的。"缑卫花看着闫长明，含情脉脉。闫长明说："姐身材好，穿啥都好看。这身衣服穿在姐身上，让姐比以前更加漂亮、更有气质了。"一句话说得缑卫花心花怒放。

闫长明付了钱后，缑卫花要去试衣间换衣服，闫长明说：“不换了，这套衣服穿在姐身上走出去，西安满大街都是回头看姐的，我也顺便跟着姐沾光呢。”导购小姐把缑卫花的“青花瓷”包装好，顺手把袋子递过来。闫长明迅速接过袋子，缑卫花激动地挽着闫长明的胳膊出了世纪金花。一路上，还真是应验了闫长明的话，缑卫花走在大街上，回头率非常高，街上的人羡慕地看着缑卫花，缑卫花心里像吃了蜜似的甜。

闫长明问缑卫花：“想吃啥？”缑卫花说：“衣服这么贵，让你破费不少，咱就不吃了吧。”闫长明说：“茄子一行豇豆一行。买衣服是买衣服，吃饭是吃饭，咱不能混为一谈。今天就是请姐吃饭呢，咋能说不吃就不吃了呢？”缑卫花一看拗不过闫长明，就说：“随便。”闫长明笑了，说道：“姐，西安东西南北四条大街上没有卖随便的。再说，女人不能说‘随便’么。”缑卫花在闫长明胳膊上拧了一下，嗔道：“我让你学坏！”闫长明说：“那就听我的。”缑卫花说：“好。”闫长明便把缑卫花带到钟楼饭店，在服务生的带领下，进了包间。两个人坐定后，闫长明点了两只大龙虾、两条河豚，还点了四个清爽的凉菜，并专门给缑卫花点了一份养生美颜的木瓜炖雪蛤。缑卫花让少点几个，闫长明说：“难得请姐吃一次饭，必须吃好喝好。”他告诉服务生，把四个凉菜每个按照半份上。服务生就走出包间，顺手把门带上。闫长明便给缑卫花添茶水，缑卫花说：“兄弟聪明得很，弄啥都能揣到姐的心上。”闫长明嘿嘿一笑，顺手摸在缑卫花的胸上。缑卫花一愣，闫长明不怀好意地笑了，说：“我没揣到姐心上，倒是把姐的胸揣上了。”缑卫花一只手抓住闫长明的那只不安分的手，另一只手轻轻地拍打着这只手，仰头看了闫长明一眼，瞬间脸红到脖子上了，说：“你就使坏！”闫长明一看缑卫花没有松开他手的意思，便又捏了几把，顺势用嘴迎上去，在缑卫花的唇上亲了一口，问缑卫花：“喝酒不？”缑卫花说：“你陪姐有功劳，姐今晚一定陪你好好喝几盅。”闫长明便点了一瓶三十年的茅台酒，两个人有说有笑，一边吃、一边喝、一边交谈。

不知不觉中，一瓶茅台酒便被两个人喝了个底朝天。闫长明问缑卫花：“还喝不？”缑卫花说：“算了，喝好就行了。”闫长明结完了账，两个人出了钟楼饭店的大门。走出大门，闫长明说：“姐，坏了。不能酒驾。”缑卫花说：“你明知道要开车，为啥还要喝酒？”闫长明说：“陪姐出来一趟，高兴么。咱叫代驾。”缑卫花说：“叫代驾还不如今晚就住在西安。”于是，两个人又返回饭店，闫长明就在钟楼饭店登记客房。缑卫花说：“登记一间。”闫长明说：“这样不好吧？”缑卫花说：“有啥不好的？我说好就好。”闫长明说：“那就听姐的安排。”于是两个人便登记客房，在西安住下了。

到了客房里，缑卫花说：“你要放老实，不能欺负我。”闫长明说：“你是我姐，我咋能欺负你呢？爱你都来不及呢。”

其实，缑卫花从答应闫长明吃饭开始，已经在构想着晚上的一切事情。她之所以提出来到西安吃饭，就是为了防止在秦汉遇到熟人，特别是魏云的眼线。要是让魏云的眼线看到她和别人在一起吃饭后告诉了魏云，魏云肯定要收拾她。到了西安，他们就到了一个相对陌生的环境里，几乎不可能遇到熟悉的人。她明知道自己和闫长明一旦喝酒，就不能开车了。当闫长明问她是否喝酒时，她非但没有拒绝，反而高兴地主动陪着他一起喝酒。喝了酒，就有了不回秦汉市的理由了，也有了开房的借口了。

喝了酒的缑卫花不再那么腼腆了。在这个谁也不认识自己的陌生城市里，她不再那么拘谨了。她很自然，不需要再死要面子活受罪了，索性摘下了长期以来在人面前一本正经的面具。在这个十几平方米的房子里，除了她，就是闫长明了。好不容易有了和闫长明独居一室的机会，她岂能不珍惜这美妙的夜晚和难得的机会。

她在房子里面走过来、走过去，让闫长明看自己穿的衣服是否好看、是否有气质。闫长明专门拣好听的说，说得缑卫花飘飘然了。她对闫长明说道：“姐的身材更好！你等着，我先去洗澡了。”说完，旁若无人地脱了刚买的华伦天奴牌衣服，进了卫生间。不一会儿，闫长明就听到卫生间里传出来哗哗的水声。

哗哗的水声从卫生间里传出来，搅乱了闫长明的心。他躺在床上，突然想起了那天晚上在 KTV 里缑卫花搂着他跳贴面舞的情景，便呼吸急促，心怦怦乱跳。不一会儿，闫长明感到胸口很压抑，酒后身体里有了一种本能的欲望和冲动。但是，他不敢贸然造次，在秦汉市公安局几乎人人都知道缑卫花是魏云的秘密情人。现在，纵使闫长明吃了熊心豹子胆，他也不敢和缑卫花有肌肤之亲。

他在缑卫花这里寻求的是当官的靠山和路径，不是男女之欢。正当闫长明心猿意马之时，突然听到缑卫花叫他。他问："啥事？"缑卫花说："你给姐搓搓澡。"闫长明心里一下子明白了，他说他不敢。缑卫花说："你就那点出息？姐又不是老虎，还能把你吃了不成？"

缑卫花这么一说，闫长明才知道自己真的没出息，胆小如鼠。他想到一则笑话：一男一女两同事出差，因为酒店仅剩一间客房，男女便共住同一间客房，就像他和缑卫花今天一样。晚上，女同事故意在两床之间画了一道红线，说道："越此线者，禽兽不如。"那一夜，两个人相安无事。起床了，女同事很生气。男的说："你不是定下了规矩，我没有逾越红线，你咋还生气了？"女的没好气地说："你连禽兽都不如，还是个男人吗？"

想到这里，闫长明来了精神，他不能落下个"禽兽不如"的名声。于是，在荷尔蒙的激励下，他三下五除二脱了衣服，一头扎进卫生间里去了。卫生间里，便传出缑卫花欢快的叫声。

第二天一大早，闫长明懒洋洋地打趣说："姐，你不穿衣服比穿衣服更好看！"

缑卫花嗔怒道："没出息的家伙！"

临出门的时候，闫长明拿出一张银行卡递给缑卫花，说："昨晚喝酒了，差点把大事忘了。"缑卫花问："你这是干啥？"闫长明说："这里面有三十万元，密码是你的电话号码。"

缑卫花说："你把我看成啥人了？"闫长明一愣神，咋又错了。仔细一想，和女人发生完关系给女人银行卡，容易让人产生“卖淫嫖娼”的误解，他急忙解释说：“姐给我帮忙呢。还要打点其他人，我心里实在过意不去，这是一点辛苦费而已，不成敬意，请姐笑纳。”说着，他抱住缑卫花狠狠地亲了几口，说：“我提拔的事还要仰仗姐帮忙呢，这是一点小意思，等事情成了，一定重谢。”

缑卫花故意推辞着，闫长明便将银行卡直接装进她的包里。缑卫花心想，闫长明说得在理，便没再推辞。但当缑卫花拿到银行卡的瞬间，她感到一阵焦虑。

55

魏云结婚那天，阴雨绵绵，道路泥泞，车轮子在泥水地上打滑，他和周贵、日旺等人下去推车时，车轮子溅起的泥水，把他穿着娶媳妇的新衣服弄脏了，推车的人都成了泥人。这时候，却听到吕平安站在陵上，扯开嗓子唱秦腔，青青在车里暗自伤神、独自流泪。魏云一肚子的窝囊气没处撒，对着坡上骂道：“唱他妈的 ×！”

几个人赶紧劝他：“骂啥呢！娶媳妇是个高兴的事情么。”魏云不再言语了。在五陵原泥泞的道路上，魏云娶亲的车辆如同老牛爬坡一样，艰难地往前爬行着。

雨过天晴。关于魏云小时候骑狗的说法像云一样在大家的心头散去了。转眼间，到了三天回门的日子了。一大早，青青把自己精心打扮了一番，魏云也把自己收拾得油头粉面的，换了一身干净的新衣服。

青青说：“你别穿新衣服了。回门呢，娘家的嫂子们肯定要和你戏耍呢。这万一把你的新衣服弄脏了，你又吊着脸不高兴了。”

中国传统的婚姻习俗，新婚三日后，新郎要陪着新娘子回娘家一趟，这叫“回门”。五陵原上的人很看重这个风俗礼仪，也非常重视“回门礼”。回门礼的轻重，代表着男方家的富裕程度，也代表着男方对女方的尊重程度。一般情况下，新郎家为了要面子，都要提前商量、精心准备回门的“四样礼”。

除了四样礼以外，还要准备一些红包、糖果、瓜子、手绢之类的小礼品，娘家的乡党们戏要新郎时，新郎要将这些散给戏耍的人，满足一下大家的小心愿。

流传下来的风俗习惯都具有一定的道理。“三朝回门”也是有一定的原因的。古时候闺中姑娘基本上都是大门不出、二门不迈，是黄花大闺女。新婚初夜时，少男少女不懂得性知识，新娘子的处女膜容易受到损伤，比较疼痛。新郎官正是血气方刚的时候，还不懂得怜香惜玉，娘家人担心新娘子受不了，便以新娘子想念父母的名义，把她接回娘家“疗伤”。

回门时，新娘子常被嫂子们叫到一边，悄悄地说些闺中密语，询问夫妻生活是否和谐美满之类，也对新娘子传授一些夫妻生活技巧、女性生理卫生等知识。

“没事没事。”青青这么一说，魏云心里明白，她在隐晦地提醒他。魏云为了在陵西村表现一下自己，显示魏家的富有，精心准备好了四样礼：两盒红星软香酥、两盒秦御茯茶、两瓶陈氏养生酒、两条中华牌香烟。

一切准备停当后，他骑上了一辆崭新的凤凰牌二八自行车，带着青青一溜烟地去了陵西村丈人家，踏上了他俩“三朝回门”之路。

魏云刚进了陵西村，乡党们都在门口看热闹。魏云一边走，一边听青青给他介绍碰见的人，他就按照青青对对方的称呼来称呼这个人。魏云见了男的递上香烟，见了女的递上手绢，见了小孩子就发糖果。

陵西村的人都知道青青今天要带着新女婿魏云回门，吃过早饭，就站在门口等着看热闹了。看新娘子有啥变化，看新女婿给丈人家提的啥礼。今天一看，青青果然已经和当姑娘的时候不一样了：整个人从头到脚穿戴得整整齐齐，显得很阳光、很精神，焕发出一种成熟的魅力，脸上的红晕泛起，见了人就莞尔一笑，甜甜地打招呼。

魏云呢，不愧是在城里面工作的人，把自己精心地拾掇了一番，西装笔挺，衬衣雪白，胸前的领带像五陵原上秋天成熟的稻黍（高粱）一样火红。他把准备好的四样礼挂在车头上，就是要让陵南村、陵西村的人看呢，好好地炫耀一下他们老魏家的殷实家境和显赫门第。大家从魏云、青青的梳妆打扮一看，陵南村老魏家不愧是殷实人家，出手阔绰大方，给丈人家回门提的四样礼很重，令人眼馋得流口水呢。

一路上，嫂子们用草圈、自行车轮胎往魏云头上套，和他开玩笑。开始，魏云还躲躲闪闪的，后来干脆不躲不闪，站在原地不动，让前来开玩笑的嫂子们往他头上套。这样一来，反倒把嫂子们弄得没办法了。于是，就不再往他头上套东西了。而是挡住他，让他谈新婚之夜的感受。他显得很腼腆，说："嫂子们都是过来人，那方面的经验很丰富，都是教授级的人，我是小学生，嫂子们应该给学生传授经验才是。"魏云的话，说得嫂子们没辙了。魏云趁机给嫂子们发喜糖、小手绢。

新媳妇回门，是五陵原上的一种古老传统。凡是正常婚姻，都要走这个程序，大家都知道回门的礼数。魏云回门前就想好了，与其死缠烂打，不如束手就擒；与其躲躲闪闪，不如泰然处之。出发前，他就预备着拿出了一副死猪不怕开水烫的架势，任人宰割。反正，肥猪钻到案板底下，也躲不过挨刀子的噩运。

魏云在陵西村这次回门，在乡党面前，把青青和刘家人的面子给足了。一路上，他笑嘻嘻的，对前来和他开玩笑、戏耍的人，不急不恼，始终笑脸相迎。回门这天，魏云的表现和结婚那天简直判若两人。陵西村的人都纷纷夸赞青青找了一个好丈夫。

傍晚，西面的天空挂满了火烧云，把汉高祖长陵照得更加亮堂和庄严。五陵原的人说，早烧不出门，晚烧晒死人。早晨，东面的天空挂满了红红的火烧云，预示着大雨即将来临，提醒大家不要出门；傍晚，西面的天空挂满了红红的火烧云，预示着第二天一定是艳阳高照的大晴天。火烧云下，魏云、青青要离开陵西村了，一群儿童跟在他们身后，唱着儿歌，把他们送出陵西村——

新郎官，骑大马；新娘子，坐花轿。

新郎掀开红盖头，抱着新娘入洞房。

大小伙，当新郎；大姑娘，做新娘。

新郎新娘睡新炕，明年要抱胖娃娃。

56

魏瑶怀孕了。

自从平安和魏瑶结婚以后，平安妈整天急着要抱孙子。可是，平安妈左等右等，这一等，等了好几年，魏瑶的肚子就是不争气。这几年里，要么怀不上，要么，怀上几个月就流产了，就像刚挂了满树的果子令人满怀欢喜，结果却被突如其来的一场冰雹打光了一样，令人惋惜和纠结。这样的结果，不是他们一家三口人所需要的。平安妈心里越是着急，魏瑶越是生不出个儿子来。

五陵原上流传着“隔代亲”的话。意思就是爷爷奶奶和孙子孙女亲近得很，爷爷奶奶会把自己对子女缺失的爱超额补给孙子孙女。

这样的亲情，据说与五陵原上的几座周朝陵墓有关。

周文王之子周武王的陵墓在周文王陵墓的北面，周文王陵墓西南方向约一千二百五十米的陵照村北是周武王之子周成王的陵墓，周文王陵墓东南方向约一千五百米的新庄村西是周成王之子周康王陵墓，周成王陵墓西南约两千米是周康王重孙、西周第六代君主周共王的陵墓。人们用“背儿抱孙”形象地总结了五陵原上周朝陵冢的分布形式。

远在周朝，历代周王死后，都不忘亲情，都是“脊背上背着儿子，怀里抱着孙子、重孙”，从而演绎出了五陵原上的一种地地道道、原汁原味的乡土亲情。

盼了几年，没有盼到孙子，平安妈多多少少对魏瑶犯了心病，难免话里话外都带有一点怨言。魏瑶听了这些怨言，尽管心里不高兴，有点生气，可又一想，婆婆守寡二三十年了，能不盼望着早点抱孙子吗？再说，婆婆盼望着早点抱孙子，哪里错了呢？魏瑶想开了，你说你的风凉话，到了晚上，她就催促着平安，赶紧上床造人，满足老人家合情合理并不奢侈的心愿。

常言道：事与愿违。这个世界很奇妙，当你越是想得到什么的时候，偏偏得不到；当你不想要什么的时候，却以波涛汹涌之势，一泻千里，势不可当。有的女人不想再要孩子，可是，只要她裤腰带一松，就怀上了。平安妈一门心思盼望着早点抱孙子，魏瑶每天晚上一心钻到炕上造人，可是，日复一日，年复一年，魏瑶始终没有给平安妈生出个孙子来。

一直怀不上孩子，让魏瑶心里有了阴影。婆婆请来了师先生的儿子师诚信登门瞧病。师诚信子承父业，学习传统的中医学，把“望、闻、问、切”四大技能学得很扎实、很到位。他私下告诉平安和他妈，说女人怀不上孩子的原因不一定出在女人身上。平安妈大吃一惊，说：“你别胡说了！怀娃的事咋能不在女人身上呢？”师诚信说：“按照传统的观念，怀娃应该是女人的事。科学研究，事实并不是这样的。科学认为，女人怀不怀娃取决于男女双方。”平安妈生气地说：“师先生，我是敬重你父亲师老先生的医德和名望，才请你来看病的，你在这里胡说啥呢！八成想出我们吕家的丑呢！”

师诚信说：“咱们远无冤近无仇的，我出你吕家的丑对我有啥好处呢？我是医生，我讲究的是科学，尊重的是事实，你听不听随你的便。”说完，师先生背起药箱走了。平安赶紧把师先生送出大门，一再地给师先生道歉。师先生说：“娃，你是有文化的人，要相信科学，到大医院给你夫妻俩好好检查检查，也好对症下药。没检查清楚，盲目乱投医、乱吃药，对身体不好，也解决不了实际问题。”平安千恩万谢地送走了师诚信。

回到家，平安妈还在生师先生的气。平安劝他妈：“不要生气，师先生也是为了咱好。”平安妈没好气地说：“他能为咱好？我看他不安好心！”“他为啥不安好心呢？”平安反问他妈。

“谁知道！反正我就是看他心术不正。”

平安笑了，说：“你说不出个所以然，又没证据，不能冤枉人么。”

“你长大了出息了，咋还学会胳膊拐拐（方言：胳膊肘）朝外拐呢。”

“师先生和他父亲师老先生在咱五陵原上都是有威望的老中医么，他说的不会有错。”

“师先生嘴上有尿呢，他说能怀娃就能怀娃？”平安妈害气（方言：生气）得很。

平安一看他妈为了要孙子，啥话都敢说，越说越离谱了，再这样说下去，他妈非气死不可，也无助于问题的解决。于是，他就不再说话了，静静地坐在一旁，耐心地听他妈唠叨。

中国的传统美德之一是孝顺，对自己的父母，既要孝，还要顺，才是孝道。

听了师先生的建议，平安背着他妈，和魏瑶一起把秦汉市、省城各大医院跑遍了。最后，果然不出师诚信先生所料，检查的结果令平安很失望，原来这么多年魏瑶没有怀上孩子，或者怀上孩子又流产的原因真的在平安身上。各大医院诊断认为：平安的精子畸形率高，活力不强，生命力不旺盛，才导致魏瑶怀孕概率很低，怀孕后胚胎不健康、不强壮，容易流产。

问题出在平安身上。看到这样的结果，平安的心一下子凉了半截子。他原来也不相信问题会出在他身上，从小到大，他都是运动场上的健将，身体应该不会有问题的。可是，科学的依据让他无话可说。这个结果与师先生号脉的结果是一致的，可见师诚信先生的医术十分高明。

医生告诉平安：“你千万不要灰心丧气，精子畸形率高，活力不强，并不代表就不能怀孕，只是怀孕的概率很低，需要一个过程，你俩必须有耐心。”

“这都几年了啊！”平安痛苦得很。

“这几年里，魏瑶不是也怀过几次孕吗？”医生慢条斯理地说，并一再叮嘱他不要灰心丧气，不要悲观失望，一定要大度、大气、乐观、积极、正确地面对生活。临出门时医生告诉他俩：“只要功夫深，铁杵磨成针！千万不能灰心，一定要树立起怀娃的自信心！”

回家的路上，平安一句话都不说。魏瑶就劝他：“听医生的，属于我们的孩子一定会有的。”

“说得轻巧得很。”平安说，“几年了，连个娃的毛都没有，我妈急得寻死的心都有了，我能不着急吗？”

“急有啥用？急能急出个啥结果？”魏瑶说，“回去了妈要问你问题出在谁身上，你一定要说是我的问题。”

平安急眼了，说：“谁的问题就是谁的问题，咋能乱说呢！”魏瑶说：“你连这一点都不明白，也看不懂吗？妈要是知道问题出在你这里，还能活吗？再说，五陵原上的人虽说都开明得很，有哪个男人愿意承担这份责任？其背后的原因很多，最关键还是男人的面子，男人家世世代代传递香火的尊严。男人在这方面有问题，你在五陵原上哪里听说过？你是男人，是咱吕家的顶梁柱，一定不能让人知道是你身体出了问题。”

魏瑶这么一说，平安心里一阵酸楚，他感激魏瑶在关键时候替他着想、为吕家考虑。想当年，要不是魏瑶悉心照料，他不知道自己还能不能挺过来。今天，为了男人的尊严、为了吕家的面子，魏瑶咬紧牙顶住压力，把一切责任全部揽在自己身上，为的是让他堂堂正正做人，在人面前抬头挺胸！这样的女人，让平安心里很感激，此刻，他既想说话，又说不出话。

然而，平安也不是一个自私自利的人。他一想到他妈，就替魏瑶担忧。一旦把他俩不能生娃的责任全部推到魏瑶头上去，他妈会不会像《孔雀东南飞》中的焦母，逼着他俩离婚呢？想着想着，他就头大……

几年后，魏瑶终于如愿以偿地怀上了孩子，平安妈欢天喜地，成天张着嘴巴乐呵呵的，人也活泛了许多。看一个人的变化，首先看他的脸。平安妈的脸，已经从以前的黑云密布的阴天变成了阳光灿烂的晴天了，逢人有说有笑的，话也多了，笑声也响亮得很。

自从魏瑶怀上孩子以后，为了防止流产，平安妈让她整天待在家里，哪里也不能去，更别说去广州做销售了。对于魏瑶来说，这一次好不容易怀上孩子，这是天大的好事、喜事，无论如何，她必须要好好地保护好腹中的胎儿。

长时间没有孩子，已经让她感到罪孽深重，她必须尽自己最大的努力，早日完成婆婆的心愿。她一门心思在家里安心养胎，听从婆婆的安排，要活动就在屋子里活动，最多就在院子里走走路、散散步。俗话说：生下牛牛娃，就有米汤喝。婆婆整天围着她转，她想吃啥，婆婆就给她做啥；她想喝啥，婆婆就给她喝啥。她俨然成了吕家的大熊猫，属于重点保护对象了。

一个月后，她妊娠反应很厉害，婆婆生怕有啥闪失，叫平安把魏瑶送到医院检查，医生说大人和小孩一切正常，回家放心安胎。几天后，魏瑶说她想吃酸的，婆婆就专门给她弄酸的吃。平安妈整天忙里忙外的，和魏瑶的“丫鬟”一样，一心一意地精心伺候着魏瑶，嘴里整天念叨着：“酸儿辣女，酸儿辣女……”

端午节这一天，魏瑶生了一个牛牛娃，平安妈脸上笑成了一朵牡丹花。她说，娃是端午节生的，就叫“端午”。这一个月，陵东村的乡党们天天往平安家跑，到他家门前“烧娃”。一个月时间，平安家门前的一个麦草堆没有经受住乡党们烧，就烧完了。一帮人烧完刚走，另一帮人又来烧；香烟、水果糖发得就没停。平安妈的脸，一天到晚，被来烧娃的乡党们用锅底的灰涂抹得和敬德一样黑，都来不及去洗……

57

缑卫花在钟楼饭店接过闫长明送给她的银行卡时，心里很不舒坦。她心想：闫长明，你娃就是个瓜皮！你早不送、迟不送，非要等到和我睡一觉之后才送，这不秃子头上的虱子——明摆着么，两人的行为具有“卖淫嫖娼”之嫌。你让我情何以堪？幸亏闫长明脑子灵光，及时进行了一番解释，才化险为夷，打消了缑卫花的心结。缑卫花将银行卡拿到手上的瞬间，脸一下子红了，心中感到了一丝丝的焦灼。

五陵原上俗话说：睹物思人。缑卫花拿着闫长明送给她的银行卡，顿时想起了自己当初给魏云送银行卡的事情，心中难免突突地跳动起来，白皙的脸蛋一下子红了。

缑卫花原来不在秦汉市工作，她是秦汉市彬长县公安局的一个普通民警。她原本是省城郊区的人，省考时，考入彬长县公安局。在彬长县她人生地不熟，地方偏僻，消息闭塞，特别是到了晚上，县城里空荡荡的，她就更加思念家人，一心想着要回到省城里去。不过，这种想法对于她来说，简直白日做梦，比登天还难。她是一个普通人家的孩子，家里没有靠得住的关系。这年头，没有靠得住的关系，想调回省城，基本上没有啥指望。

人常说：瓜人有瓜福。缑卫花人长得很漂亮，工作能力也很强。凭自己的工作能力，在彬长县这个巴掌大的地方，很快就有了一点点小名气。小小的县城，大家都知道公安局有一个非常漂亮、非常能干的警花。

人怕出名猪怕壮。缑卫花的漂亮已经出名了，说实在的，多亏她在公安局工作，二道毛、闲人因为惧怕公安局都不敢近距离地去骚扰她。他们知道，缑卫花就是一朵带刺的玫瑰，弄不好，花还没采到，香气还没闻到，就会被扎手。到时候，没吃上狗肉，倒惹了一身的膻气，何必自找苦吃？二道毛、闲人是这么想的，也是这么做的。

爱美之心，人皆有之。缑卫花以漂亮的脸蛋、优雅的气质、出众的能力，在一众干警中崭露头角，很快成了县公安局和县委县政府接待上级的首要人选。《史记·淮阴侯列传》中有：“智者千虑，必有一失；愚者千虑，必有一得。”迎检时，准备得再充分、再周密、再细致，未必就能达到完美无缺。五陵原上的人常说：过事过事，多多少少就会出点事情。领导在检查中，稍一用心，就不难发现不少的问题。一般情况下，领导能当面指出来的就当面指出来，能当面说的就当面说，不会在会上进行专门的点评，批评的意见也就少了许多。有时，领导就会当即发火，吹胡子瞪眼的，弄得大家都下不了台。这时候，谁能让领导心情愉悦、不横挑鼻子竖挑眼、不暴跳如雷呢？唯有美女。领导看见了温柔可爱的美女，就会注意自己的形象，便会在美女面前注意自己的言行、态度，该发的火也就不发了，心情自然就会好起来。

美，确实是一剂良药。美能让充满阴霾的心情变得晴空万里，美能让复杂的事情简单化，美能让难以化解的矛盾迎刃而解，美能让棘手的问题轻松地化解。

五陵原上有句老话：猴都有个打盹的时候。

魏云当年还在秦汉市委组织部工作时，有一次到彬长县检查、指导工作，县组织部便将缑卫花借到组织部门，加入接待上级领导的行列中。也就是这一次，缑卫花的美，让魏云心旌摇曳；缑卫花的能力，让魏云赏识有加。在一整天的检查中，缑卫花在魏云的车上当讲解员，宣传彬长县经济发展建设所取得的巨大成就，宣传彬长县领导班子抓经济、促和谐的超前思路和过硬措施，宣传彬长县党员领导干部踏石留印、抓铁有痕的垂范作用，宣传彬长县三十多万群众凝心聚力谋发展、殚精竭虑提效能的豪情壮志。缑卫花讲完经济建设发展，又把人文彬长、绿色彬长、开放彬长、健康彬长、幸福彬长娓娓道来，让车上在座的人对彬长县有了新的定位、新的认识、新的了解、新的思考。经过缑卫花的介绍，大家不仅对彬长县近年来的健康发展、转型升级、生态小镇建设、绿色旅游发展有了一个全新的认识，也对车上这位身着警服的美女讲解员给予了高度的评价。

魏云对着彬长县的领导说："这位是哪个部门的？"

这几年，警服很受社会各界的青睐，自从公安机关换上了 99 式警服，这种青睐不仅体现在民间偷偷摸摸的模仿，后来演变发展到有的单位公开模仿，作为本单位的工服。不仅是颜色，而且样式也与警服相类似，让人难分清。所以，魏云对警服不了解也是情理之中的事情。领导说："她是县公安局的民警。"魏云啧啧赞叹，一连说了几个"不错"。

正当领导们在车上津津乐道时，突然，司机来了个急刹车，车上的人随着车的惯性，猛烈地将上半身往前倾去。这一急刹车，缑卫花差一点摔倒了，好在她的身旁有扶手。车停下了，只见车头处一个衣着脏兮兮、蓬头垢面、骨瘦如柴的老汉，手里拿着一把从田野里采摘的野花，站在车头前不停地摇晃，嘴里含糊不清地念叨着什么，这让魏云心里顿时阴云密布，很是不快。县上陪同的领导一看出了这个意外，头上都惊出了汗珠子，心想：事前不是已经安排好了，沿途、参观点不是都有安保维稳人员吗？不是让县委政法委、县公安局和县信访局、各乡镇事前排查了不稳定的因素吗？并且已做好长期上访户的稳控工作，能稳定在村组的已稳定在村组；对个别难缠的，当地稳定不了的，由各街办用车把他们拉到其他县，美其名曰旅游，实则把他们稳控在其他地方，以免他们拦车、堵路，或抱领导的腿、在现场喊冤叫屈，给领导造成不好的印象，也给全市造成负面影响。

这时候，车门刚刚打开，缑卫花健步如飞地下了车，迅速地走到车前，一把将老汉拉到路边，顺手将老汉手里的那把野花接了过来。老汉一看，这么一个漂亮的美女突然出现在他的面前，把他也吓蒙了，瞬间心里慌乱了，瞠目结舌，把他拦车的动机和目的忘得一干二净，对着缑卫花这个大美女，嘴张得圆圆地傻笑着。此时，县公安局的民警过来了，一人一条胳膊，迅速将这个拦车的老汉架走了。架走的时候，拦车老汉十分不情愿，用脚尖在地上划拉着。

缑卫花看见拦车者被同事架着走了，一转身，双手捧着那把野花，笑盈盈地上了车，径直走到魏云的面前，泰然处之，和颜悦色地说：“群众听说领导下基层，高兴地前来献花呢。”说着，双手将那把野花递给了魏云。魏云满脸笑容，心中的阴霾刹那间烟消云散了，兴奋地从缑卫花手中接过鲜艳的野花，放在鼻孔处闻着，说：“这野花香得很！”

缑卫花这么一说，从根本上消除了县领导的思想顾虑，卸下了领导思想上的包袱。刚才出现的突发情况，着实把车上的人都吓坏了，好在缑卫花随机应变，能说会道，化险为夷，把专门拦挡领导车辆的“闹剧”，演变成了专门给领导送花的“喜剧”，这令县上陪同的领导和魏云都没有想到。突发事件能够瞬间积极地、稳妥地应对和处置，完美收场，一切要归功于缑卫花的临危不惧、沉着冷静的处事方式。这件事情，让大家对缑卫花刮目相看，赞叹不已。

“巾帼不让须眉，是个人才！”看着缑卫花十分得体的表现，魏云夸奖道。

“巾帼英雄，人才难得！”县上领导赶紧补充道。

从此，缑卫花在彬长县声名鹊起。

午饭时，魏云专门点名让缑卫花坐在他旁边作陪。县上的领导把缑卫花找来，坐在魏云的旁边，陪同他吃饭、喝酒、聊天，彬长县拿出了贮藏多年上好的陈氏养生酒，热情地招待魏云一行。有缑卫花在旁边作陪，魏云这顿饭吃得很开心、很愉快。饭后，魏云谈兴未尽，又将缑卫花叫到客房里谈话，详细地询问了她的简历、家庭状况等。缑卫花第一次近距离见市上的大官员，心中多少有点忐忑。上午在车上举止得体、落落大方的表现，瞬间化为乌有。她显得很拘谨，紧紧张张的，说话有点不连贯。

“不要紧张嘛！领导和你谈心呢，放自然一点。”县上领导说。他这么一说，缑卫花更加不自然了，坐在沙发上，两条腿夹得紧紧的，一双手局促得都不知道放在哪里好了。这与上午的表现，简直判若两人，要不是魏云和县上一大帮领导亲眼所见，他们一定会怀疑缑卫花被“掉包”了。

“有啥要求你给魏部长说么。”县上领导点拨道。魏云本来是“副部长”，县上领导故意把魏云称为“部长”，很明显，这是在巴结魏云而进行的一种吹捧。

“不急不急。看把美女紧张的。有啥事日后再说，日后再说也不迟。”魏云显得很轻松，也很健谈。他问一句，缑卫花答一句。这次谈话，在不协调的气氛中进行着。

县上领导拍了拍缑卫花的肩膀，提醒她，趁着魏部长心情好，有啥要求赶紧给领导说。

缑卫花扭扭捏捏的，都不敢抬头正眼看魏云，低声说：“我想调回去。”魏云说：“调到省城么，这比登天还难。不过，调到秦汉市么……”魏云显得很轻松，故意卖关子：“难度应该小一点。”

“还不快谢谢魏部长。”县上领导提醒缑卫花。缑卫花恍惚中急忙站起身，弯腰给魏云道谢。

魏云满脸堆笑说：“八字还没一撇呢，急啥？日后再说。”

58

魏云陪着青青到陵西村回门那天，魏云提了两盒红星软香酥、两盒秦御茯茶、两瓶陈氏养生酒、两条中华牌香烟的回门礼，这么高端、大气、上档次的贵重回门礼，在五陵原上摇了铃了。他的回门礼在陵西村街道上一出现，就赢得了陵西村人赞叹的目光。特别是魏云当天的表现，时时处处充分表现出了活泼、开朗、阳光的一面。陵西村人都说，这娃不愧在外面工作，见过大世面，穿戴有讲究，做事有气派，都夸赞青青找了个好丈夫。

无论是回门的礼，还是魏云的一举一动，都是可圈可点的，这让青青家人足足地在陵西村乡党面前拾了一次面子。内心的激动虽然看不到，但从她全家人脸上洋溢的笑容和嘴里欢快的语气、爽朗的笑声中，不难看出他们的高兴、激动和愉悦的心情。

结婚第七天，魏云突然间病倒了，这让魏家人不知如何是好。前一天，魏云起床后发现自己的脸上、手背上都起了红色的针尖状小斑点，也没有太在意，以为自己受了风寒，出了荨麻疹。起红色斑点的地方比较痒，但自己还能忍受。谁知道，第二天起床，发现脖子和身上都起了一大块一大块的红斑，特别是会阴处，起满了红色的斑块。总之，全身上下没有一处没起斑块的地方。所起斑块的地方都出奇地痒，伸手去挠，皮肤像麻纸一样不经挠，手到之处，便会破裂。看到魏云突然间成了这个样子，全家人急得团团转。

麦花说："把娃难受的，送医院吧。"

翠红坚决不让送，说："花柳病，送医院都不嫌丢人现眼吗？"

"这咋能是花柳病呢？"麦花怀疑地问道。

"这就是花柳病。"翠红语气很坚定。

"那咋办呢？你看把娃难受的。"家兴心疼地说道。

翠红以前开过翠红院，对于花柳病她是非常了解的。一般情况下，化一碗盐水，擦抹患处，然后把草木灰往患处涂抹，再吃一些大败毒丸之类的药物就行。

看到孙子成了这个样子，翠红既心疼，又生气。她心疼自己的孙子，怎么就患上这样的病呢？把娃难受得不成样子了。于是，她便用自己当年的老办法医治。魏云的病情不但没有好转，反而加重了。这让翠红很生气，一口咬定是青青在外面行为不检点，患了花柳病，和自己的孙子同房，传染给孙子的。一想到这里，翠红火冒三丈，气不打一处来，破口大骂起青青来。

“你就是个婊子！在外面勾引野男人染上了花柳病，又来祸害我孙子！”翠红在院子里破口大骂，骂得非常难听，连富贵都听不下去了，说：“你是不是嫌知道的人太少了？要不我把你拉到村委会,你用广播骂,你在那里好好骂。”

“你少给我装好人！我孙子让她祸害成这个样子了，你还护着她！”

“我不是护着她！我巴不得把她杀了去！”富贵说，“你的叫骂声能喊破天，半个五陵原都能听见，这事要是传遍五陵原了，我们全家咋活人呢？”

翠红一想，如果魏云得了花柳病的事传遍五陵原，人家一定会戳她的脊梁骨，就会揭开她的老底，把她当年开翠红院的事情抖搂出来。老了老了，让她这张老脸往哪儿搁呢？

青青一听翠红在院子里骂她呢，虽然心里很委屈、很生气，却又不敢顶撞翠红。她自己的清白她自己知道，魏云也心里有数。新婚的那天晚上，魏云和她做那事情，把她疼得不断地叫唤，血都染红了崭新的白床单。翠红真的是口无遮拦，骂得青青无地自容，她委屈地在房子里默默流眼泪。

青青是一个思想比较保守、骨子里很传统的女人。如果不是她思想保守，那么，和平安结婚的人就一定是她，而不是魏瑶了。从小到大，她只有在新婚之夜和魏云发生过关系，这也是她从小到大第一次和男人发生关系，再没有第二个男人。翠红这样骂她，给她头上泼脏水，这让本来就守旧、清白的她，感到莫大的耻辱。现在，她就是跳到黄河都洗不清了。

青青是一个封建的女人。如果不是她的思想封建，那么，在吕平安伤重垂危时，她也会像魏瑶一样，不在乎风言风语，哪怕被人嘲笑、戳脊梁骨，她都在所不惜。从小到大，她已经接受了传统的、封建的礼教教育，从一而终，嫁鸡随鸡嫁狗随狗，不能、不敢、不愿有一点点非分之想。她遵奉男女授受不亲，更不敢和别的男人有一点点的肉体上的接触。翠红骂她，全家人不信任她，这让她感到孤独、寂寞和无助。

青青又是一个懦弱的女人。她的性格随她的母亲，与人为善，从来都不与人高声说话，哪怕是被人欺负，她都不会反击，也不会像五陵原上大多数妇女那样，扯开嗓子，破口大骂对方。翠红在当院骂她是婊子，按照一般女人的做法，我品行端正，没有做见不得人的事情，一定会当面讨要说法的。可是，青青只会一个人躲在房子里嘤嘤啼哭，不敢为自己辩解。

麦花看到两个老的不消停，就问家兴讨要办法。

家兴说："你留在家里看着，我去师家村请师先生。"

麦花不解地问："师先生能治这病？"

"弄到大医院，就会丢人现眼，辱没家门。这件事万一传出去了，孩子将来咋在外面做人呢？"家兴说，"事已至此，只能去请师先生。最起码，师先生是个大夫，他的办法总比咱的多。最主要的是，师先生为人谨慎，和他父亲一样，从来不多一句嘴。"

于是，麦花在家里左劝劝富贵、翠红，右看看魏云，压根就不管青青的死活。

家兴这时候骑上自己那辆凤凰牌二八自行车，去师家村请师先生了。

翠红本来就不是个省油的灯，她虽然不在庭院里面破口大骂，被麦花劝到屋子里，但她就是个人来疯，你越劝她，她越逞能，唯恐魏家人把她不当一回事。她坐在自己的屋子里，一想到魏云的病，气就来了，气一来，火就噌噌地往上冒，她按捺不住愤怒的心情，一个劲地骂青青。她骂的每一句话、每一个字，都像一把把利剑，深深地刺在青青的心口。

青青本来还想再忍下去，只要没人再骂她、打她、冤枉她，她就想这样一味地忍受、沉默下去。她想清静，翠红偏不让她清静。翠红的骂声，让她无法接受。于是，她打开房门，将那条染着自己初夜之血的白床单，狠狠地扔在当院。“咣当”一声，将房门关上了。

听到魏云的房门“咣当”一声，翠红就骂道：“有人生没人养的东西，还敢给我摔门。”骂着骂着，她就号啕大哭，连哭带骂地又开始了。

富贵说：“反了天了！刚过门，翅膀就硬了，还说不得了？”

麦花说：“都少说几句成吗？还嫌屋里不乱吗？孩子还在病中，家里就踢踢腾腾地不安静了。”说完，她就出门看个究竟。刚出翠红的门，就发现庭院的地上多了一条洁白的东西。麦花捡起来一看，是一条床单，一条带血的床单。她心中一惊，拿起床单，急火火地进了翠红的屋子。

“妈，你看这！”说着，麦花就把这条带血的床单拿到翠红面前。

“这是啥？”翠红哭喊着问道。

“床单么！还染着血迹呢。”

翠红一看，白色的床单上染着血迹。她是过来人，对这个比较了解。一般情况下，女人轻易不愿意把带着处女血的东西拿给人看。青青把这个宝贵的东西能扔到庭院里，这说明她把青青冤枉了。但是，翠红倚老卖老，鸭子煮了七十二遍——肉烂嘴不烂。她死活不认账，不承认自己把青青骂错了、骂重了、骂冤枉了，反而对麦花说：“别信她的！她不知道在哪里捡的这破烂东西糊弄我呢！”话虽然这么说，但翠红非常心虚。没事谁愿意拿自己的“处女血”给人看呢？她刚张口骂人，青青能在哪里捡到这样的东西呢？肯定是她自己的。为了给自己找个台阶下，她虽然没有了刚才骂人的气焰了，但嘴上依然不依不饶地骂骂咧咧，不过，声音已经明显从高八度降到了低八度。顿时，魏家院子一下子消停了许多。

不一会儿，家兴用自行车驮着师诚信师先生来了。师先生看了看魏云的症状，他感觉这不可能是花柳病。一是这几年，秦汉还没有开放到公开乱搞男女关系的程度；二是以陵西村刘家人老几辈在五陵原上的为人处世，无论如何青青都不会做出伤风败俗、有辱祖宗的事情来。

于是，师先生便和青青进行了简短的交流，给青青号了号脉，确诊青青没有病症后，又和翠红、富贵交流。麦花刚想说白床单的事情，被翠红用话岔开了。

师诚信说："你不说实话，我没办法开处方。不能对症下药，就会耽误孩子的病情。你们自己掂量掂量吧！"

大家都不说话，屋子里静得有点可怕，这个时候，一根针掉在地上都能听得见。师先生不愧是五陵原上的名医，他继承了父亲师老先生的衣钵，嗅觉特别灵敏。他闻到一股异味，便伸手摸了摸魏云的新床，再掀开床单，看了看魏云的床下。不看不知道，一看吓一跳。他说："病因找到了。"

魏家人大吃一惊，翠红惊奇地问："病根找到了？"

师诚信"嗯"了一声，顺手从床底下拿出了一个曾经盛过油漆的破碗，说："这就是导致孩子生病的根源。"

"油漆能导致娃生病？"富贵疑惑地问。

"这种病，叫油漆过敏症。"师先生说，"孩子结婚，这是天大的好事。为此，你们婚前做新家具，然后刷上油漆。一般人对油漆不过敏，就不会生病。魏云对油漆过敏，但过敏反应比较迟缓，接触到油漆后，慢慢地过敏一点一点加重了，便成了现在这个样子。"

"有啥好办法治疗吗？"家兴问。

师先生说："有句古语叫对症下药。有啥病症，就有啥解药。油漆过敏症和花柳病的症状基本一样，一般人在没有搞清楚病症原因之前，很容易误诊为花柳病。一旦产生这样的误诊，就不能很好地做到对症下药了，就会耽误病情。轻者，延误了治疗的最佳时间，患者就会加倍痛苦，治愈的时间就会拖延；重者，则会直接要了人的命。"

师先生这么一说，翠红羞愧得脸红了。麦花便将白床单的事情给师先生一五一十地说出来了。师先生说："这就对了。我刚给青青号过脉，孩子身体好着呢！"说完，对家兴说："你到长陵街道买上一捆新鲜的韭菜，用石臼一砸，砸出韭菜汁子，把韭菜和汁子一起贴在患处，就行了。"

“韭菜能有这么神奇？”翠红惊讶地问。

“用过了就会见分晓的。”

吃罢饭，师先生在魏家人的欢送下走出了陵南村。

59

时间过得飞快，转眼间魏云离开彬长县已经三四个月了。他是开春到彬长县调研检查的，现在已经到了七八月份。缑卫花左等右等，没有任何消息，在她心里便把魏云说的调动她的事情淡忘了。她知道，自己人微言轻，又没有啥靠山，她和魏云一不沾亲二不带故，仅仅凭那天的工作表现，就能让魏云帮助她如愿以偿地调到秦汉市，简直就是天方夜谭，她想都不敢想。

正当她不再想调动事情的时候，县上领导说，魏云让她去秦汉市一趟。缑卫花傻笑了一下，感觉已经无望了。领导说：“走，怕啥呢！他不借咱米，也不至于把咱升子拿去么。”缑卫花有些不知所措。领导说：“调动的事情的确难度大得很，县上多少人把头挤扁了，做梦都想调到秦汉市去，却没有机会，一辈子都喊叫着调动，一辈子都没调动成功。机会难得啊！死马当活马医。调动的事情对你来说是一件大事，这件事情事关你今后的长远发展和政治前途。”缑卫花说：“我应该咋办？”领导说：“这年头花钱办事，天经地义。”“家里也想花钱办事，苦于一直找不到合适的人。”缑卫花说，“这需要多少钱？”领导说：“这个你自己和家里人商量一下，自己拿主意。如果你家人决定了，你告诉我。”

到了周末，缑卫花告诉领导把银行卡办好了。她问领导：“二十万少不少？”领导会说话：“这不算多，也不算少。只要你愿意，把事情能办成就行。”缑卫花“嗯”了一声。领导提醒她说：“晚上到了酒场你要见机行事，趁着其他人喝酒不注意，就把银行卡塞进魏部长的口袋里。酒桌上，我给你再美言美言，在一旁把火烧旺，力争把你的事情办成。你的事情办成了，也算我还你那天一个人情。”缑卫花说：“领导，言重了。”领导也是个实在人，说的都是大实话，那天要不是缑卫花聪明机智，他挨处分是肯定的。魏云一旦发怒了，他头上的乌纱帽可能都保不住了。

一切安排好了之后，缑卫花坐上领导的车一起到了秦汉市雪花大酒店。领导说：“今晚我请魏云吃饭呢！你一定要好好表现。其他的事你就不管了。”“给我办事，咋能让您破费呢。”缑卫花显得不好意思。“你和我一个月能挣几个钱？这次请魏云纯属公务接待么。”缑卫花虽然心里感觉愧疚，也不好再说啥话了。领导告诉她：“魏云爱喝酒，你就好好陪他喝酒。你提前把客房订好，喝酒晚了你就不回去了，路上也不安全，你就在酒店安心住下来。”缑卫花一听领导给自己安排得很周到，便应声答应了。领导说：“退房时要记住开发票，回去了报销。”缑卫花没多说，点头答应了。

县上领导虽然在彬长县工作，家却安在秦汉市，他喝完酒就要回去陪老婆孩子呢。毕竟一个星期没回来了，好不容易回来一次，就要好好团聚，享受天伦之乐。

晚上6点半，魏云急火火地赶到雪花大酒店。县上领导和缑卫花都起身迎接魏云。魏云说：“不好意思，让你们久等了。”

领导说：“部长是个大忙人，能抽出时间赴宴，已给足了我面子。此刻，我感到我的脸和报纸一样大。”一句话说得魏云开怀大笑。魏云一边说话，一边笑着和他们握手。当他握到缑卫花的手时，久久不丢开，说：“这手光滑得和绸缎一样。”他一句话说得县上领导笑了，缑卫花却脸红了。

领导说：“部长，缑卫花的事情还望领导操心呢。”魏云说：“这事已成为我的一块心病了。应人事小，误人事大。今天你别给我压力，让我轻轻松松地吃饭，日后再说。”缑卫花不失时机地说：“让领导费心了！我一定会报答领导的大恩大德。”魏云笑着说：“为美女办事，哪敢求回报呢！”

缑卫花刚想把银行卡送给魏云，没想到，魏云叫来的宣传部、林业局、水利局的几位领导恰好赶到，缑卫花赶紧把银行卡装了起来。魏云把他们给县上领导和缑卫花一一做了介绍，相互打招呼、寒暄、握手后便依次落座。

酒过三巡，大家就开始相互敬酒。五陵原上不仅讲究“礼尚往来”，也深知“来而不往非礼也”的道理。酒席上，你敬我、我敬你，敬得不亦乐乎，乐此不疲。

喝酒图的是热闹，一味地喝酒、吃饭，也没有意思。所以，酒桌上的文化很多，最普遍的就是划拳猜令，不过，这种夜市小摊上的方法，不适合雪花大酒店这么高雅的场所。所以，说段子、掷骰子、猜数字、玩扑克牌等层出不穷的论输赢后喝酒的方法，在比较上档次的大酒店里慢慢流行开了。魏云提议：“在座的每个人要结合自己的工作特点，用‘尖尖、圆圆，千千万、万万千’造句。”他这么一提议，在座的宣传部副部长、林业局副局长、水利局副局长都应声附和。大家异口同声提议让魏云先来，说：“领导带好头，群众有劲头。”

魏云嘿嘿一笑，便说：“我是组织部的，我来说。笔头尖尖，公章圆圆，考察的干部千千万，任用的干部万万千，有失误吗？也有。”

魏云话音刚落，大家齐声叫好，说魏部长说得实在。魏云嘿嘿一笑，说：“让今晚的东道主说。”县领导说：“先让各位领导说。”大家说：“你是东道主，你的地盘你做主。”县领导说：“恭敬不如从命。”于是，他站了起来。大家都示意他坐下说，他说：“站起来能表示对领导们的尊重，还是立体声，洪亮。”一句话说得大家哈哈大笑。县领导说：“筷子尖尖，盘子圆圆，去过的饭店千千万，吃过的海鲜万万千，白吃过吗？也有。”他刚说完，大家说这与他的工作特点不符合，必须罚酒。县领导说，他是东道主，就只好说吃饭喝酒的事。魏云说：“群众的眼睛是雪亮的。大家让你罚酒，就必须罚酒。”魏云发话了，县领导端起酒杯，一仰头，一饮而尽。

喝完罚酒，县领导继续说：“嘴巴尖尖，胃口圆圆，讲过的话千千万，吃过的饭万万千，有不高兴的时候吗？也有。”县领导算是过关了。他在魏云的示意下落座了。

宣传部副部长接着说：“笔杆尖尖，笔头圆圆，写过的文章千千万，发表的文章万万千，有假话吗？也有。”林业局副局长说：“锯齿尖尖，滚木圆圆，砍过的树木千千万，卖过的木材万万千，栽过树吗？栽过。”水利局副局长说：“石头尖尖，浪头圆圆，修过的大坝千千万，治理的河流万万千，干过活吗？干过。”

大家都说完了，轮到缑卫花了。魏云说：“美女一开口，就知有没有。美女开口笑，就知妙不妙。”说得大家哈哈大笑。大家这一笑，把缑卫花笑得更加窘迫，面红耳赤的，她莞尔一笑，站起来说：“感谢魏部长和各位领导给我面子，能和大家在一起吃饭，是我今生最大的荣幸。”然后自我介绍了一番，大家才知道这位美女是个警花。

女要俏，一身孝。缑卫花穿了一件白色连衣裙，那条三指宽的红腰带，将她的腰肢束紧了，让她的身材更加前凸后翘，非常好看、迷人，把魏云看得合不拢嘴了。大家都打趣，说县领导艳福不浅。县领导笑而不答。这时候，魏云把他开春到彬长县调研时缑卫花应对突发事件的事情添盐加醋地说了一遍，听得在座的各位副处级干部咋舌，对缑卫花刮目相看。他们一致认为像缑卫花这样的女干部实属凤毛麟角，是个不可多得的人才，抱怨魏云为啥不给他们单位调这样的干部呢。

魏云笑了笑，啥话也没说。他心想：也不撒泡尿照照自己，猪八戒照镜子——里外不是人，还装啥呢。在单位，你们几个哪个能说了算？喝了点酒，就不知道天有多高、地有多厚了，一个个就成了景阳冈上的武松，都能打虎？

其实，他们这些副处级干部也只是嘴上的功夫，说说而已，过过嘴瘾罢了。他们一个个在酒桌上像十一个人排了两行——人五人六的。其实，在单位说话就像放了个闷溜屁，没响声、没臭味、没人听，只能是“驴粪蛋子外面光”。有时候，他们自己也相互调侃：吃饭吃素的，当官当副的，穿衣穿布的。他们哪有如此的觉悟，只是副职手中没有权力，人微言轻，说了不算，所以，别人很少请他们吃饭。他们“吃饭吃素的”，那为什么见了海鲜就像嗡嗡的苍蝇，比谁都爱吃，筷子比谁都抢得欢，比谁都吃得多？他们“当官当副的”，骗鬼去吧！他们整天把头削得尖尖地往官场里钻，何尝不想当个“一把手”，只是心比天高，命比纸薄。今晚他们觍着脸陪魏云吃饭、喝酒，就是想巴结魏云，让魏云找机会在领导面前好好地替自己美言美言，提拔自己，把自己转正。至于“穿衣穿布的”，这明显就是自欺欺人的假话，在座的有哪个穿粗布衣服？就连稍次一点的西服皮鞋都早扔到沟里了。

对于他们这些混迹于官场的人，不仅要听其言，更要观其行。

缑卫花笑着感谢各位领导的美意，她说：“警笛尖尖，手铐圆圆，侦破的案件千千万，抓获的疑犯万万千，都落网吗？没有！”大家说缑卫花虽然说的结合了自身的工作特点，但是，在这个场合说这样的话，太不合适、太不应该了。魏云就说：“罚酒。”缑卫花听了大家的意见，也觉得自己在这样的场合说这样的话，确实欠考虑。领导们怕啥？就怕手铐、脚镣。于是，魏云话音刚落，缑卫花便端起酒杯，自罚一杯，说道：“小女子在这里给各位领导赔罪了。”

接着，她说：“为了表示对各位领导的尊敬，我再说一个。”大家齐声说：“好！”于是，缑卫花继续站在原地，说道：“初一月亮尖尖，十五月亮圆圆，天上的星星千千万，地上看星星的人万万千，两个人赏月吗？没有。”

这一次，大家都称赞缑卫花说得好，说出了大家的心里话，很有意境。缑卫花一看，时机成熟了，大家在她敬过酒之后，陆陆续续相互敬酒，她急忙走到魏云跟前，说：“魏部长，我给您再敬一杯。”魏云说：“不都敬过了么。”缑卫花甜甜一笑，说：“礼多人不怪。”于是，她放下自己的酒杯，双手端起魏云的酒盅，恭恭敬敬地敬给魏云，魏云一看美女有敬意，便心领神会。他接过缑卫花递过来的酒盅，和缑卫花碰了一下，两个人心照不宣，一饮而尽。缑卫花将那张银行卡顺势塞进魏云的裤子口袋，说：“不成敬意，请领导笑纳。”魏云心领神会，没多说一句话。他满脸堆笑地看着缑卫花坐回到自己的位置上了。

县领导看到魏云落座后，在旁边低声说：“小缑调动的事还望领导多费心。”

俗话说：男女搭配，干活不累。男女牵手，吃饭喝酒。这一夜，因为有缑卫花作陪，在座的所有人心情格外愉悦，一个个都打饱嗝了，把一周的劳顿全都抛到耳朵背后了。

天下没有不散的筵席。曲终人散，缑卫花和县领导出门要送大家，魏云握着缑卫花软绵绵的手，舍不得丢下，对着大家说：“各走各的，都不要送了。”魏云眼看着其他几个领导走了，对着县领导和缑卫花说：“把心放到肚子里。”县领导和缑卫花心知肚明，一而再、再而三地感谢魏云。魏云握着缑卫花的手依依不舍，县领导看在眼里，急在心上，说：“我先走了。”魏云这才不好意思，说：“咱走！咱走！”缑卫花看着他俩离去，便去了楼上客房。

到了客房门口，她从口袋里掏出房卡开门，一点反应都没有。她以为走错了房间，一看门牌号，对着呢。再一细看房卡，她吓得出了一身冷汗，醉意一下子吓散了。原来，这是她给魏云准备的那张银行卡。她刚才怕被别人发现，私下里拿错了，将房卡当作银行卡塞进了魏云的口袋里。

这可咋办？她心想，把房卡错当银行卡送出去了，这给人造成的错觉就是要开房睡觉呢。想到这里，她的脸一下子发烧了。她想退房，又没有房卡，退不成。没办法，她只好硬着头皮，让服务员开了房门，自己心慌意乱地进去了。

她一个人坐在沙发上，祈祷着……

等了大概半个小时，没人来打扰她。缑卫花这才把悬着的心放下了。心想：魏部长不应该是那种人！洗澡睡觉，明天去找魏部长，再用银行卡换回房卡。

当她洗完澡，赤条条地走出卫生间时，看见魏云静静地坐在沙发上，一双眼睛像饿狼一样发着绿光，色眯眯地死死盯着她看，看着她的胴体。缑卫花吓了一大跳，惊慌失措，赶紧返回卫生间，穿好酒店配的睡衣，待在卫生间不敢出来。

她顿时慌了手脚，不知如何是好。刚才平复的心一下子就像怀揣一窝兔子，咚咚咚地乱跳。她坐在马桶上，想让自己平静下来，可是怎么都平静不下来。

她在里面怯怯地问："领导，这么晚了，您咋来了？"魏云反问她："你说呢？我不来，咋对得住你给我的房卡呢？"

唉！智者千虑，必有一失。缑卫花说："领导您别误会。我给错卡了，错把房卡当银行卡了。"

魏云听见缑卫花说话的声音有些发颤，知道缑卫花可能是送错卡了。他心想，她说送错了，难道就真的送错了？万一她是害羞呢？事到如今，何必多想呢！送到嘴边的肥肉咋能不吃呢？他心一横，既然来了，就不能让"到手的鸭子飞了"。清代李渔在《玉搔头·谬献》中说道："既到这边，说不得了，将错就错，进去罢。"

想到这里，魏云的胆子大起来了，他径直走到卫生间门口，轻轻一推，卫生间的门并没有关，他喜出望外。"公子便有些晓得，只是将错就错，自以为得意。"他便走进去，将蜷曲成一团的缑卫花抱到了酒店宽敞软和的床上……

60

过了元旦，端午也过了半岁，可以断奶了。魏瑶给平安提出要去广州，继续回去上班，平安也不好说啥话。在魏瑶怀孕、生产、管孩子的这一年多时间里，魏瑶的银行卡一直按期会收到一笔不菲的钱。刚开始，魏瑶有些纳闷，心中直犯嘀咕，自己一直在家也没有做任何事情，银行卡为啥还按期会收到一笔钱呢？

这个事情平安也知道。刚开始，平安劝她"无功不受禄"，自己既然没去上班，就没有理由继续拿那份钱。魏瑶说："我也知道这个道理。不过，按照我所在的公司的管理制度，既然我已经早早把基础都打好了，到了那个阶层，就应该拿到这份钱。再说，我因为生孩子没有去，并不是我不劳动，而是'一分辛苦一分甜'。国家法律都给已婚女同志产假的休假待遇，产假期间还扣发工资吗？"平安一听魏瑶说得也有道理，就不再说啥了。魏瑶害怕平安多心、唠叨，于是，此后再不提公司每月给她银行卡打钱的事情了。

魏瑶到了广州，接她的人自然就是郝剑了。

她刚一出火车站，就看见郝剑站在出站口，头仰得和大雁一样，眼睛一眨不眨地看着走向出站口的人，从中寻找着一年没有见到的魏瑶。看到魏瑶走出出站口，郝剑像打了鸡血似的兴奋，手舞足蹈，大声呼喊着魏瑶。

魏瑶从人群中挤出来，朝着郝剑一边走一边挥手。当她走到郝剑面前时，郝剑心中不由得升起难以掩饰的喜悦之感，他的双臂像巨大的管钳，紧紧地将魏瑶抱在怀里不肯松手。

魏瑶在人流如潮的广州火车站见到前来接她的郝剑，面对郝剑热情似火的拥抱，她保持着女性的矜持挣脱了。她说："火车站人来人往的，要注意影响。"郝剑说："谁能认识咱俩？"

一句话把魏瑶的眼眶说湿润了。

是啊！人活一世，草木一秋。在这个大千世界里，人与人之间的关系、情感都很微妙。五陵原上的人经常告诫自己：物离乡贵，人离乡贱。这其中的道理显而易见。人生地不熟，走到一个新的地方，一个新的环境，谁能知道你是谁。别人对你的性格、人品、特长等都需要一个漫长的过程去了解，才能确定可否与你继续交往。天下熙熙，皆为利来；天下攘攘，皆为利往。要不然，他俩怎么能从古都秦汉跑到繁华的广州呢？

在广州火车站，和他们怀揣一样的动机、目的的人不计其数。他们为了一个"利"字，不惜远走他乡、东奔西走。

一年多没来，公司已经换了一个新的办公地方，也换了一批新人，好多都是陌生的面孔，只有两三个人认识魏瑶，魏瑶的心一下子就凉了，这和她第一次来这里没有两样。陌生的广州、陌生的环境、陌生的人员，此刻，她心中产生了一种懊悔感，产生了一种退缩感。此刻，她巴不得立即插上翅膀，逃离这个一切都陌生的公司。

郝剑看在眼里，急在心里。他给大家介绍了一下魏瑶，便拉着魏瑶匆匆逃离了办公室。路上，魏瑶向郝剑说出了自己的感受，谈了自己要逃离的想法。郝剑说："你可以有这样的感受，但千万不能有这样的想法。你知道吗？要不是这些陌生的面孔每日的辛苦，把你一步一步推到更高的层级去，你的银行卡每月怎么能有那么多的进账？你每月的收益,就是他们一帮人辛勤劳动的结果。你可以对他们陌生、有距离，但是，你绝对不能对钱疏远、不亲近，更不能嫌弃你银行卡上每月不菲的进账。"

郝剑的几句话，把魏瑶说得无话可说。在这个世界上，有几个是不食人间烟火的仙人？又有哪些是真的脱离了低级趣味的人？大家都是凡夫俗子，脱离不了滚滚红尘的烟火气息。但凡有理想、有道德、有情操的人，都谨记着"君子爱财，取之有道"的道理去赚钱，还有一些人落入了"为利有情故，不吝尽施舍"的俗套不能自拔。

转眼间，魏瑶已经来了两个星期，再过半个月就要过年了。南方人对过年的重视程度远远大于北方人，他们无论这一年走南闯北、翻山越岭、漂洋过海做了多少生意，到了年关就要推掉一切工作回到老家过年。与其说是过年，不如说他们利用传统佳节,增进亲情、传承传统文化。1999年春节联欢晚会上，陈红一曲《常回家看看》打动了无数人的心，说出了无数人的心里话，道出了父母对孩子的牵挂。越是临近春节，南方过年的气氛越浓厚。

魏瑶提出要回家过年，郝剑不想回去。这么多年，他一个人在广州已经习惯了，回到曾经熟悉的、生他养他的秦汉市反倒有些不适应。特别是年关的广州，是举世瞩目的"花城"，仅大街小巷里五彩斑斓的鲜花这一点来说，秦汉市就无法比拟。还有气候，年关的广州，暖意融融，比起天寒地冻的秦汉市来说，要好上一千倍、一万倍。还有这里的海鲜，比秦汉市的大鱼大肉要好吃得多。郝剑试图说服魏瑶不要回秦汉市过年，他给她讲在广州过年的好处，给她讲在广州过年还能去香港、澳门，把留在广州过年的好处讲了一大堆，说得口干舌燥，魏瑶好像一句话也没听进去，她只想回秦汉过年。秦汉是她的根！秦汉是她的魂！秦汉是她的家！那里有她的亲人，她必须回到秦汉，与他们团圆，在一起过年！

秦汉是生她养她的地方，在她心中，秦汉就是那“桃花盛开的地方”，她的父母、她的婆婆、她的丈夫，还有她的端午都在秦汉，她必须回到那方热土，和她的亲人们一起过大年。有亲人陪伴的年，才是她想要过的年。

魏瑶执意要回秦汉市过年，这让郝剑心里非常失落。他极其不满，怎么才能把魏瑶的心留住，把魏瑶的身心都留在自己的身边呢？郝剑苦思冥想，一定要想出一个很好的办法，把魏瑶和平安彻底地分开。只有这样，他才能有把魏瑶留在自己身边的机会。

郝剑陷入沉思之中。

61

开春了。五陵原上遍地都是绿色的麦子、黄色的油菜花、白色的梨花、红色的桃花，五彩斑斓，把五陵原装扮得犹如一个正处在发育期的少女，青春、阳光、靓丽，富有鲜活的生命力。

又不过年又不逢节，太阳从西边出来了，魏云突然间回到了陵南村。这让魏家兴很纳闷：平时叫都叫不回来，整天以工作繁忙为借口，躲在秦汉市里不愿意回家的魏云，咋就突然间回来了？他这一回来，犹如千年的铁树开花，万年的枯藤结瓜。

麦花看到魏云回来了，就问魏云想吃啥。魏云说他吃过了，让麦花讨了个没趣。可怜天下父母心！天下的父母都把心绑在儿女身上，儿女的心却拴在石头上。按理说，养儿方知父母恩。魏云的儿子清明都长高了、长大了，魏云也该懂得父母的辛劳了。可是，魏云却丝毫体会不到家兴、麦花在他身上付出的心血。

“你回来有啥事？”家兴一听魏云说他吃过饭了，就问。

“没事就不能回来转转？”魏云没好气地说。

“你爸看你回来，就顺便问问，你咋和你爸说话呢！”麦花说，“要是你天天回来，我和你爸都高兴。我们整天盼望着你回来呢。你一个人回来了，青青和娃咋没回来呢？”

麦花这么一说，魏云就没有再犟嘴，说：“一个上班，一个上学呢。这是我给你俩买的东西。有陈氏养生酒、秦御茯茶、红星软香酥、金鸽瓜子。”麦花说：“我娃回来就回来了，还买这么多的东西干啥？这些东西肯定花了不少钱，钱难挣屎难吃，以后要爱惜着花钱呢。”麦花不知道，她还以为这些东西是魏云花钱专门给他们买的。其实，她的儿子魏云现在出息得很，在外面吆五喝六的，基本上是自己的工资不花，吃饭靠请，抽烟喝酒靠送，这些酒、茶，都是上一次在渭滨公安分局调研时李局长送的。

魏云回家时路过了长陵，便想起了刘邦的《大风歌》：“大风起兮云飞扬，威加海内兮归故乡，安得猛士兮守四方！”魏云心中泛起了层层涟漪，他现在衣锦还乡，踌躇满志，趾高气扬地回到了故乡，以他现在的权势，回到五陵原这片热土上，大有光宗耀祖之感。

“孝顺不能用钱衡量么。再说，这些东西值不了几个钱。你们敞开了吃、敞开了喝，吃完了、喝完了，我再给你们送。”魏云听了麦花的话，可能良心发现，说了句人话。

麦花看着这些东西，高兴得眼睛都眯成了一条缝。家兴没好气地说：“像八辈子没见过啥！”麦花说：“你咋说话呢？娃好心好意买回来孝敬咱的，你就不能说些好听的吗？”家兴说：“他能有这么好的心？”说罢，一转身，双手往身后一背，出了家门，朝着五陵原上走去。家兴心想：这屄娃冷不丁地回来了，不知道心里打的啥鬼主意。肯定是黄鼠狼给鸡拜年——没安好心。他心里一定有啥事瞒着自己，否则，以家兴对魏云的了解，没事魏云是绝对不会回来的。

知子莫若父。魏家兴对于魏云还是比较了解的。想当年，他去秦汉县看守所探望即将要被拉出去枪毙的魏山，让魏云跟着自己一起去探望他即将失去生命的哥哥，哪怕去看上一眼也罢。但任凭他磨破了嘴皮子，魏云说啥都不愿意去。当时，魏山骂魏云“不是人”，还给念了曹植的《七步诗》。魏家兴听了后，一开始还没有反应过来，心里想，娃都是快死之人了，哪来的闲情给他背诵古诗呢？魏山骂魏云“不是人”，他也能想得通，魏云在这个时候也不来看哥哥最后一眼，也不来和哥哥做诀别，他的举动，确实不符合人之常情，常人肯定不会这么做的。

魏山被法办已经好多年了，但是，魏山当时的一举一动、一言一行，一直萦绕在魏家兴的心头，至今挥之不去。“煮豆燃豆萁，豆在釜中泣。本自同根生，相煎何太急？”一想起魏山背诵的这首古诗，魏家兴就煎熬得睡不着。他一个人暗自思忖，常言道：“人之将死，其言也善。”魏山马上就要被拉上断头台了，为啥他会说这样的话呢？魏云是他的亲弟弟，在他生命即将要逝去的时候没来看望他，没有和他道别，这怪魏云，他做得不好，做得不对，魏山心里对魏云有怨气这是必然的。但是，魏山心里能有多大的怨气？他俩之间毕竟没有杀父之仇，从道理上来讲，魏山犯不着和魏云生这么大的气，魏山为啥要违背人间常理呢？魏家兴百思不得其解。

这事困扰魏家兴几十年了。他把《七步诗》读了一遍又一遍，想了一次又一次。今天，魏云突然间回来了，他又一次琢磨着曹植为什么在七步之内能作出这首流传至今脍炙人口的诗？他在脑海里把魏云这么多年所做的事情一一回想，把魏山当时的表情仔细分析，他终于想明白了。魏山之所以骂魏云“不是人”，之所以要念《七步诗》，这里面一定隐藏着不可告人的秘密。“本自同根生，相煎何太急？”他想，魏云不可能这么恶毒吧？不可能嫁祸于魏山吧？难道……莫非……魏家兴不敢往下继续想。每一次，他一想到这件事，都会被吓出一身冷汗。每一次想到魏山、魏云之事，魏家兴心头就会隐隐作痛。然后，他便独自一个人走上五陵原，静静地坐在魏山的坟前流泪。

魏家兴一脸不高兴地出了大门，麦花知道他到五陵原上去了，但她做梦都想不到魏家兴去了魏山的坟头前。她看魏家兴出了门，就对魏云说：“你累了就去炕上躺一躺。妈中午给你做你爱吃的𰻞𰻞面。”魏云没言传，一个人躺在炕上。

躺在炕上，魏云怎么都没有睡意，咋都睡不着。回到家里，他就会看到曾经和魏山住过的房子，就会想到自己嫁祸于魏山的事情。当年，他和青青结婚的时候，就想过要拆除这座老房子。可是，翠红坚决不答应，说这房子是她一辈子的心血，只要她还有一口气，谁都不能打这座房子的主意，打这座房子的算盘。除非她死了，管不上了。不过，就算她死了，谁想要拆除这座房子，她在地下也不会放过谁。

这件事虽然已经过去了几十年，魏山已经被枪毙了，他已经顶替了魏云，为魏云所犯下的杀头之罪买了单，不会再有人为吕诚实一案翻案了。这多少会让魏云心里稍安。然而，五陵原上的人说：纸里包不住火，雪里埋不住鞋。再狡猾的狐狸也会露出尾巴的。一想到这里，魏云就会感到害怕。所以，多少年来，他始终不愿意回到五陵原上来。富贵、翠红都死了，按理说，魏云早就有能力把这座房子拆了重新翻盖了。可是，近几年来，老家具、老房子很吃香，大家都想高价收购这些老古董。所以，魏云就改变了主意，按照他婆说的话办，不再打这座房子的主意了。他一心想把这座房子原汁原味地保存下来，把这座房子当作宝贝一样地保护好。

想到这些，魏云在炕上躺不住了，他起身去找他妈。麦花正在厨房里和面呢，准备给魏云做𰻞𰻞面。她见到魏云进来了，问：“你咋不睡呢？”“睡不着，陪你说会儿话。”麦花看着红光满面的魏云，心里乐开了花。

魏云坐在灶台旁，有一句没一句地和麦花拉家常，说着说着，便把自己回来的真实目的说出来了。他说：“我爷留下的那个宝贝在哪？”麦花不解地问：“啥宝贝？”魏云说：“龙涎香石么。”

“哪有龙涎香石？”麦花有些生气。

“五陵原上谁不知道咱家有块龙涎香石呢，你还骗我？”魏云不依不饶。

麦花一看魏云啥都知道，也不能再欺骗他了，便没好气地说：“有是有，不过，你爷死的时候，你爸把它和你爷一起埋了。”

“咋能埋了呢？！这是一件难得的宝贝，很值钱的！”魏云说，龙涎香石是秦朝时皇宫里面的物件，是稀世之宝，现在已经找不出第二块了。他一边给他妈说龙涎香石是一件价值连城的旷世之宝，一边埋怨父母对宝贝不珍惜。

麦花听魏云这么一说，心里也有了一点动摇。今天，她第一次听魏云说那是一件很值钱的宝贝疙瘩时，麦花就有些后悔。魏云是自己的孩子，无论如何是不会欺骗自己的，于是，她开始埋怨婆婆翠红当年将这么值钱的宝贝和公公一起埋葬了。

62

改革开放的浩荡春风，将五陵原从昏睡中唤醒，五陵原上到处都显现出改革开放带来的丰硕成果和昌盛繁华的景象。长陵镇率先成了五陵原上第一个吃螃蟹的镇，长陵镇的街道上，如雨后春笋，一夜之间出现了好多的 KTV 歌舞厅、美容美发厅、足疗店，在这片花花绿绿的世界里，充满了神秘和诱人的色彩，吸引了五陵原人的目光，也招致了许多褒贬不一的热议。这样的歌舞厅，败坏了淳朴的民风，也让一些轻浮之徒走上了歧路。

师先生听说长陵镇的事情以后，还悄悄地到镇子街道转了几次。每转一次，他都会心痛不已，暗自叹息：“社会怎么能发展到这一步呢？好糊涂啊！”师先生为那些当官的感到羞耻，他们怎么能违背社会道德、悖逆传统的人伦，把五陵原淳朴的民风彻头彻尾地破坏了？螳臂当车，自取其辱，这种违背公序良俗的产物犹如秋后的蚂蚱，还没有来得及蹦跶几天，便悄然消失了。可是，这件事却成了师先生的一块心病，让师先生大病一场，也让他在叹息声中结束了自己的一生。

2000 年的冬天，一场大雪纷纷扬扬地下了一天一夜，将有点泛黄的麦苗全部覆盖住了。突然间，从师家村师先生家里传出阵阵哭声，师家村的人闻声后匆忙赶去师先生家，师先生已经逝去了。师诚信和孝子贤孙们都跪在师先生的遗体旁，放声痛哭。闻声赶来的乡党们，都思念起师先生生前的好，伤心流泪，纷纷加入哭丧的行列里，共同缅怀、祭奠、追忆师先生。

师先生仙逝的噩耗在五陵原上不胫而走，方圆几十里的人得知后悲伤不已，纷纷前来吊唁。一时间，五陵原上通往师家村的条条道路上车水马龙，前来吊唁的人络绎不绝，好在通往师家村的路是政府前几年修好的柏油路，尽管冰天雪地的，但车辆、行人通行不受影响。来的人多了，师家村的村书记、村主任就犯了难，不要说管饭、倒水，车辆来来往往的，交通都成了问题。通往师家村的三条公路，车辆在公路两旁停了几千米。只要车辆朝着师家村方向来的，不用问，一定是来师家村祭奠师先生的；只要穿白戴孝的，不用说，他们一定是来送师先生最后一程的。刚开始，村干部把送来的花圈一个挨着一个摆放，后来，也顾不了那么多，全部叠压在一起，放成一堆，送来的花圈堆积成了一座小山丘。

一连几天，来师家村的人真不少，黑压压的一大片。前来祭奠的人，要按照五陵原的习俗，分个先来后到。除非是上司衙门来了，随来随祭奠，否则，先来后到的规矩就不能破坏。一旦破坏了，就乱了套。上司衙门是五陵原人对他舅家、老舅爷家以及干亲的统称。

师诚信一看这阵势，父亲的丧事，惊动了整个五陵原，十里八乡的人都前来祭奠，心里实在过意不去，便去找师家村的村干部商量。

“父亲生前一再强调，丧事要一切从简，眼下弄得这么大的阵仗，违背了老人家的心愿。”师诚信说，“老人在天堂都闭不上眼。”

“这些人都不是我们请来的，他们都是自发自愿的。你说，不让谁来？”村干部倒把皮球踢给他。在五陵原上，白事不同于红事。红事你不请，人家不来；白事，只要你声望好、受人尊重，不用你去请，大家都会自发地前来吊唁、帮忙，来了的人你也不能拦。

村干部的一句话，把师诚信噎死了。来的都是客，把谁都不能挡在门外面。

这个时候，他感激父亲，感激父亲一生的悬壶济世，感激父亲一生与人为善，感激父亲一生乐于助人。父亲用语言和行动、诚实和善良、勤劳和智慧，成就了一世英名。他正是在父亲的感染下，才有了今天，才能把医术发扬光大。

于是，他告诉村干部，要按照父亲生前遗愿，一切从简，不能铺张浪费，不能讲排场、摆阔气。一旦违背了父亲的遗愿，自己就成了忤逆不孝的不孝子了。村干部说："这一点，我们明白，长陵镇领导也做了交代。"师诚信说："我们五陵原人讲究礼尚往来，乡党们来了这么多，他们都是有心之人，心怀感恩之人，我分身乏术，招呼不过来，也不能一一感谢，所以，必须让每一位前来祭奠的人吃好。临走时，再给一人送一盒秦御茯茶。"村干部说："这事好办。"

出殡前一天，师家村人更加悲伤，悲痛他们失去了一位德高望重的长者；师家村更加热闹，因为师先生已经一百岁了，属于喜丧。大家在悲伤的同时，也把丧事办成了热热闹闹的喜丧。王长兴、李太平、张永乐三家在五陵原上很有名的乐队都不请自来，而且一个个还免费吹拉弹唱，弄得执事总管都不好安排了。最后，经过协商，嘱咐他们三家不管过去是什么关系，有没有隔阂，有没有过节，今日必须顾全大局，齐心协力，把师先生的丧事办好。王长兴、李太平、张永乐说："你小瞧我们了，我们好歹也算五陵原的子孙，咋能不知轻重呢？在这件事上相互挤对、不讲团结的话，还不让人拿尻子把我们笑死了，以后还咋在五陵原上活呢？"执事总管一听，心里的石头"嗵"地一下掉在地上，说："闲话少说！赶紧登台子唱戏去。"

整个下午，师先生的孝子贤孙们在礼仪先生的带领下，分成两拨：一拨人在灵前给前来吊唁的人磕头、谢礼；一拨人在礼仪先生的带领下，紧随吹吹打打的乐队，到村口迎礼。礼仪先生走到哪里，乐队就跟到哪里。孝子们身着白色的孝衫，手里拄着柳枝条做成的哭丧棒，紧随其后。因为师先生属于高寿的喜丧，所以，孝子们想哭就哭，想笑就笑，紧跟在礼仪先生身后，嘻嘻哈哈的。礼仪先生说磕头，他们就双腿一弯，跪在地上磕头；礼仪先生说作揖，他们就双手在胸前抱拳作揖；礼仪先生说哭，他们就开始号哭。总之，一切听从礼仪先生的安排。

到了晚上，祭奠仪式正式开始了。“三献”为首个环节。先是男孝子排成一行，为首的师诚信从家里把做好的七碟子、八大碗的“饭”端出来，按照礼仪先生的要求，行礼，然后将“饭”一一献在灵前；其次是众女孝子，为首的端一个放着毛巾、香皂、牙刷、牙缸等洗漱用具的洗脸盆，跟在礼仪先生的身后，在一阵阵唢呐声中，步履蹒跚地走到灵前，献给师先生；最后，轮到贤孙们登场了，长孙端着盘子，盘子里放着茶壶、茶缸在前，贤孙们紧随其后，按照礼仪先生的要求朝着灵前走去。看热闹的乡党们看着他们滑稽的表情就笑了，说：“拄的纸棍打狼呢，戴的孝帽图洋呢。”他们不羞不恼，一边走，一边朝着乡党们做鬼脸。

“三献”结束后，就开始今晚的正式仪式——乐奏九章。礼仪先生先让男孝子孝孙们跪在灵前，由师诚信给师先生上香后，第一章“唢呐大祭灵”便在王长兴、李太平、张永乐三家乐队委婉、悠扬的唢呐声中开始了。三家乐队各出了两个背着洋鼓的女人和两个手持铙钹的女人，十二个女人穿着花花绿绿的表演服装，在中间围成一个圈，跟随着唢呐的声音，舞动着、跳跃着，把铙钹、洋鼓敲打出了花样。瞬间，唢呐、铙钹、洋鼓将大祭灵推向高潮。

唢呐大祭灵结束后，乐队中，一个穿着一身素衣、戴着高帽、戴着二尺长白胡须的老生站在中间，唱道：

满营中三军齐挂孝，
旌旗招展雪花飘。
白人白马白旗号，
银弓玉箭白翎毛。
……

老生将刘备心中的愤懑、悲伤之情演唱得惟妙惟肖，让看热闹的乡党们不断地鼓掌欢呼。这时候，执客总管走上前来，将一截子白布搭在老生的肩膀上。五陵原上把这件事叫作“搭红”，意思是这个人唱得好，送上礼物以资鼓励、以表感谢。老生受到这等待遇，立马来了精神，使出吃奶的劲，唱道：

刘玄德直哭得如醉倒，
是何人解去王心上的愁焦——

唱的人正唱得起劲，人群里有人说：“这不是平安吗？”

“平安的秦腔比他爸唱得好！”

“难得娃的一片孝心。给他爷送葬呢！”

这时候，看热闹的人群中有人说让翠红唱。翠红和富贵坐在人群里看热闹，说：“我也想给师先生唱呢。可是老了，唱不出来了。”是啊！人不服老不行。想当年，翠红十三岁就在五陵原上唱戏唱火了，听翠红的演唱，比吃羊肉泡馍还带劲呢。

这曲唱罢，礼仪先生开始第二章“好人一生平安”了。

冬天，五陵原的夜晚很漫长，也很寂静。师家村的唢呐、铙钹、洋鼓打破了五陵原的寂静，也让漫长的夜晚显得很短暂。

第二天，天麻麻亮，奠酒仪式还没有举行完毕，师家村的街道上便响起了铜锣声，敲锣的人高声呼喊：“起灵了——”

听到起灵的锣声，师家村的乡党们从家里出来，拿着铁锨走上街头，为师先生送葬。五陵原上，一般安葬时，棺材被盖上棺罩后，要用拖拉机来拉走。师先生的棺材刚盖上棺罩，这时候，执客总管说：“让拖拉机闪远。师先生是咱五陵原上响当当的人物，咱们用肩膀扛、用手抬，把老先生风风光光地送走。”他这么一说，大家都觉得有道理，必须用最高礼仪送师先生最后一程。于是，众人纷纷响应，加入抬棺的人群中。

礼仪先生高呼："师先生，一路走好啊！活着，你是一位巨人！死后，你是一座丰碑！"

63

魏瑶执意要回五陵原过年。郝剑知道，依照魏瑶的心性，凡是她决定了的事情，十匹马都拉不回来。

郝剑一看说服不了魏瑶，心想：留不住心还不如不留。他便提出陪她上街买年货，魏瑶同意了。一下午，他们采购了许多年货，郝剑还想继续购买，魏瑶说："拿不动了。"郝剑方才罢手。

到了晚上，他俩在外面吃了饭，便回家收拾行李，早早做好魏瑶回五陵原的一切准备。人常说：归心似箭。魏瑶来广州这么多日子，心里早就想她的端午了。有好几次，她想起端午，一个人躲在一边暗自伤神，暗自流泪。第二天一大早的火车，魏瑶就要踏上返回秦汉的旅程了。这一夜，她和郝剑似乎有说不完的话。两个人唠唠叨叨了大半夜，郝剑说："我对不起你！"魏瑶说："胡说啥呢！"郝剑说："自从我见了你之后，就一直对你念念不忘。这也是我至今单身的缘故，也是我把你叫到广州的缘由。"

"你是不是在说胡话？"魏瑶问道。"没有。我说的是真话，是实话。"于是，郝剑把他是如何与魏云交往、如何喜欢她、如何听从魏云的安排破坏平安与青青之间的关系、如何把她拉到竹林等的事情一五一十说出来了。

"我与你前世无冤，今世无仇，你为啥要欺负我？"魏瑶很生气地质问道。

郝剑一看，这下捅了马蜂窝。他与魏云定下来的规矩已经被他打破了，保守了二十多年的秘密已经不能再继续保密了。他说："这都是魏云一手安排的。"

"我是他亲妹子！他为啥要陷我于不仁之地呢？"

"因为他喜欢青青，他也知道你喜欢平安。"郝剑说，"他这样做，表面上看起来是在帮你，其实，他在利用你，成全他。他利用了你的善良，利用了你的感情。自从那天在公园里第一次见到你，我就被你的美貌所吸引，你的美貌搅乱了我的心。于是，我远远地躲在你的身后，观察着你的举动。说真的，无巧不成书。那天，平安和青青正好在公园里散步。刚开始，我也没有想强暴你的意思。后来，把你抱在怀里，特别是抓住了你软乎乎、圆润润的乳房的瞬间，我的心都软了、化了、醉了、碎了，我的欲望之火熊熊燃烧，就情不自禁地发泄着原始的本能……”

“别说了！”魏瑶做梦也没有想到，她的亲哥魏云会这样对待她。她越想越生气，越生气心里越难受，她失声痛哭，质问郝剑：“魏云让你刺伤平安了吗？”郝剑说：“没有！平安那一脚把我踢晕了，坏了我的好事，我一生气，就……魏云一看我把事情弄大了，心里害怕了，给了我一点钱，让我远走高飞。所以，案件至今就没有破。”

“你！你！你就不是人！我瞎了眼了，还把你当成好人了！”魏瑶骂道。郝剑说：“现在你说啥都没用了，骂我、打我都无济于事。婚后，魏云和青青过得并不幸福，一看你和平安过得幸福美满，他心里就来气，就让我把你勾引到广州，美其名曰让你发财致富，实则是想破坏你的家庭。”

“你为啥要听他的话？”

“我不听他的话，我可能也活不到今天。魏云说过：人不为己，天诛地灭。他杀过人，已经够本了，再杀我一个，还赚了。你说，他敢杀人，我不听他的成吗？”

“他把谁杀了？”

“吕诚实。”郝剑说。

听了郝剑的话，魏瑶一下子陷入痛苦之中。原来，这一切都是魏云背地里一手策划、推波助澜的结果，郝剑把她叫到广州，也是魏云一手安排的。到了广州，魏瑶发现了一件令她终身悔恨、无法改变的事情，她对不起平安，对不起自己的良心。她骂郝剑不是人，骂魏云不是人。魏瑶说：“你别编造了。

魏山杀了平安他爸，都被法办了。”郝剑说：“魏云说魏山是个替死鬼。只有魏山死了，他才能活。”

郝剑的话，犹如一根铁棒，把魏瑶一棒打晕了；他的话犹如一块巨石，让魏瑶沉入悔恨、痛苦的深渊不能自拔。郝剑明知道他说这些话会对魏瑶造成什么结果，他却非要说出来不可。一直以来，魏瑶是他的一个心结。这么多年来，魏瑶一直活在他的心中，让他不能自拔，不能解脱。这一次，他劝说魏瑶和他在广州一起过年，但魏瑶态度坚决地要回到秦汉，他无论如何说、如何做，都不能撼动魏瑶回去与平安过年的决心。他觉得自己除了有几个臭钱以外，就是一个无用之人，自己在平安面前就是一个失败者。他心想，魏云残害了他，平安不让他过上好日子，他也不能让他们过上好日子。于是，郝剑心一横，便把自己所做的事情和盘托出，告诉了魏瑶。他希望魏瑶自责，希望魏瑶无颜面对平安，只有这样，魏瑶才能离开平安，他才有机会和魏瑶在一起。

这一夜，魏瑶未合眼。天还没有大亮，她早早地起床，也不跟郝剑说，红肿着眼睛，带着痛苦踏上了回乡的列车。

64

麦花一听魏云是因为龙涎香石的事情回来的，她的心一下子凉了半截子。她还以为魏云良心发现，感恩父母呢。没想到，这娃就是个喂不熟的白眼狼。想到这，麦花刚才鼓足了要给魏云做𰻝𰻝面的劲一下子全没了。

麦花的心揪成一团，回想起当年不堪的往事——

结婚那天，她无论如何去做，家兴一点反应都没有。好在新婚之夜没人听房，也没有第三人在场，否则，她所做的一切不能启齿的事情，都让她脸红，让她觉得无颜面对，要是被听房的人听到了，把她能羞死。

第二天一大早，她和家兴两人都不说话。她生气得很，狂烈的欲火点燃了她心中排山倒海般的怒火。家兴也很生气，生气自己是个银样镴枪头，中看不中用。洞房花烛夜，他一点都不争气，一点都不给力，不能顺利地将新婚之夜的喜悦和幸福传递给新媳妇，他发自内心地感到愧疚。这是两个人的事，整整一个晚上，麦花铆足了劲，使出了浑身的解数，把自己的看家本领都拿出来了，到头来，剃头担子一头热。皇后急得要死要活的，皇帝却使不上一丁点的劲。

翠红看到麦花一脸不高兴，心想：新婚之夜折腾得死去活来的，咋还不高兴呢？新婚之夜，翠红在自己屋子里，就听到他俩一晚上就没消停过，喊叫得就像杀猪呢，这新媳妇咋就不知足呢？为了探个虚实，翠红悄悄地把麦花叫到一边，问明了情况。翠红说："你胡说啥呢？这绝对不可能！"一句话把麦花说得面红耳赤，害羞得巴不得有个老鼠洞钻进去。麦花说："不信就去问你儿。"

问过家兴后，翠红和富贵给儿子结婚时铆足的高兴劲瞬间全没了。他俩心里明白，儿子中看不中用，有哪个新媳妇能忍受这样的事？翠红问富贵："这咋办呢？"富贵说："这事又不能让人替，我咋知道呢？"

"唉！这下家里就不能消停了。"

自从麦花进了门，魏家再没有一个消停的夜晚了。多少个夜晚，翠红、富贵俩听到麦花在新房里喊叫、哭闹，心中就不是个滋味。只听从新房里传出麦花的叫骂声，家兴像杀猪般的号叫声、叫骂声。翠红明白，这一定是无能的儿子征服不了欲火旺盛的媳妇，被媳妇连掐带咬呢。

翠红问富贵："这可如何是好？"富贵说："你总不能让我去么。"他虽然这么说，其实他巴不得自己亲自出马呢。翠红骂道："羞你先人呢，火都烧到脚后跟了，你还有这份淫荡心。你真是个没出息的种，狗改不了吃屎。"

一年以后，魏家兴还不见好转。这一年，麦花和家兴在新房里火急火燎的，翠红和富贵在自己的屋里也睡不下个囫囵觉，儿子的事情成了他俩的一块心病。每当夜晚来临，他俩都会提心吊胆的，心中自问"这可咋办呢"。好在家兴在秦汉市工作，所以，家兴慢慢地也以工作忙为借口，能不回来坚决不回来。免得他不中用，把麦花又惹急眼了，把他连骂带打，连掐带拧的，既伤了他男人的尊严，又伤了他的身心。索性，他住在单位不回原上了。

一天，家兴心情很好，兴致勃勃地正要上班。麦花没敲门就进来了。麦花这一来，家兴的心就揪成一团。他问："你来干啥？"麦花说："找我男人呢！"家兴一听，麦花话里有话，急忙给麦花倒了一杯白糖水，说："走累了，先喝一口白糖水。""你还知道我心里有苦楚啊？"

麦花说着，接过家兴手中的搪瓷缸子。她一边喝，一边说："我还以为你死到单位了！有家都不回。"

"单位事多得很，忙得抽不开身。"

"你就知道工作工作，你老婆的事谁来解决？"

"你有啥事？"家兴问道。

"我有啥事？你不回家，当然不知道我夜夜守空房的难场了。"麦花说得很实在，说着说着，眼眶都湿润了。

一句话，把家兴说得无地自容了。他怯怯地说："你明知道我不行，就不要为难我了。"

"这么长时间了，你不试试咋就知道不行？"麦花说，"这件事，我不找你，难道还能找别人不成？"

"你坐着先喝水，让我赶紧把手头事情先处理完。"

麦花坐在椅子上喝着糖水，心里想着晚上的事情，万一，家兴好了，她就……想到这里，她心里被糖水滋润着，脸上泛起了红晕。

到了晚上，家兴和麦花就开始折腾，家兴还是不行。房子里又传出一阵又一阵的吼叫声。这声音传到翠红的耳朵里，她和富贵又揪心了，两人又商量如何来解决这个问题。富贵说："让她去棒槌会上试试，兴许还能见效。"翠红说："棒槌会上人多眼杂，万一遇到了不成器的，生出来的孙子都没出息。"富贵说："这也不行，那也不行，你说咋办呢？"翠红说："瓦刘村窑上有个姓冷的河南窑客，人长得很精神，也有一股蛮牛劲，就是个头低了一点。"富贵说："你啥意思？"翠红说："咱把冷窑客请到家里，借他的种，给咱传宗接代。"

“想得美！你愿意，人家要是不情愿呢？”富贵说。

“你们男人就没有一个好东西，见了女人就像狗见了稀屎。这等好事，有哪个男人不情愿呢？”翠红骂道。

“男人不好，你咋还爱往男人怀里钻呢？”

翠红说：“你就是个老不正经的货！不走犁沟专走崖背子。”翠红这一骂，富贵就不再说话了。翠红说：“冷窑客是外地人，在咱这里没有根基，他也不敢惹是生非。到时候还得按照咱说的办。一次不行，就来第二次，直到麦花怀上了为止。到那个时候，咱给他一笔钱，将他打发走。”富贵说：“万一他不走呢？”翠红说：“你能干啥？软的不行就来硬的，硬的不行就来横的，实在不行，我就和他拼了老命。”

翠红的话说得在理。常言说得好：讲理的害怕不讲理的，不讲理的害怕不要命的。

就这样，翠红私下和麦花商量借种的事情。麦花一听，脸一下子全红了。她说：“我是家兴的女人，咋能和别的男人睡觉呢！”翠红说：“我听到你晚上痛苦的叫唤，心里就不是个滋味。家兴要是个男人，我还能把你送给别人去？”麦花不同意借种的事情，这也是五陵原女人的妇道。但是，她却经不住翠红的软磨硬泡，还有她自己一年来饱受欲火攻心煎熬的缘故，最后，勉勉强强同意借种的事了。

家兴在单位上班，他害怕上麦花的炕了，躲在单位不回来。趁着家兴住在单位不回家的机会，翠红让富贵请来了冷窑客，好吃好喝地伺候着，把喝得晕晕乎乎的冷窑客连推带拽地硬弄到麦花的炕上。冷窑客也好久没有沾女人了，看着炕上赤身裸体的女人，顿时，全身的热血喷到脑门子上了，浑身上下、从里到外，散发着男人的强健和阳刚之威。酒壮㞞人胆，趁着酒劲，他扑到麦花白嫩嫩的身子上……

翠红和富贵听见麦花受活的叫唤声，心里不是个滋味。

鸡叫第三遍时，翠红起来了。富贵问：“干啥呢？”翠红说：“叫那货趁着夜深无人赶紧走！”翠红来到麦花的房门口，听见两人还在里面折腾呢。她心想：这两个货咋就这么大的劲头呢？翠红便敲门，说：“赶紧走！”麦花说：“事还没完呢。”窑客说：“别催了！正在兴头上呢，弄完了就走。”翠红心中就不高兴了，气呼呼地丢下“你俩别吃饱了还舍不得撂碗”的话扭头走了。

麦花正在厨房里回忆，家兴进来了。看到麦花呆呆地出神，问：“不好好做饭，发啥神经呢？”家兴这么一问，麦花回过神，说：“你一上午死到哪儿去了？就等着你下面呢。”家兴说：“我到魏山坟头去了。娃对我说他死得太冤屈了。”

魏云一听他爸去了魏山的坟头，心里就很不自在。当他听到“他死得太冤屈”时，心里“咯噔”一下，就像一颗火热的心一下子掉到冰窟窿里。他的面色一会儿泛白，一会儿泛红，一会儿泛青，脸上火辣辣的，心在突突地跳，一下子坐不住了，说：“我走了。”

麦花冲着魏云的背影喊道：“把饭吃了再走！”魏云既没回头，也没答话，急匆匆地出了大门，走了。

看着魏云魂不守舍、匆匆忙忙的样子，家兴心里有底了。他问麦花：“他回来干啥？”“还能干啥？寻‘宝’来了。”麦花一看儿子没吃饭就走了，加之刚才对于往事的回忆，气就不打一处来。

“你咋说的？”魏家兴心里一颤，问道。

“我还能咋说，就说连同他爷一起埋了。”

“走得好！咱吃咱的饭，他滚他的蛋。”家兴说。

“你是饿死鬼托生的！一天到晚就知道吃吃吃。”麦花把围裙脱下，气呼呼地往案上一扔，尻子一拧，走出厨房，把家兴一个人丢在那里。

65

安葬完师先生，五陵原上又恢复了往日的宁静。

富贵自从师家村回来以后，就一病不起。家兴请师诚信来瞧病，师诚信看了看富贵的脸色、把了把脉、感觉了一下富贵口中吐出来的微弱气息，心里就有了十足的把握。

富贵看见师诚信给他瞧病，嘴里含混不清地问："你爸还好吗？"诚信说："前几天走了。"富贵问："去哪了？"诚信说："上西天了。"富贵好像又记起了师先生去世的事情，说："我梦见你爸来看我呢。"

师诚信对翠红说："姨，我叔怕是过不了年了。"然后又对家兴说："准备后事吧！"说完，师诚信也不开处方，也不开药，就走了。翠红对家兴说："你爸气数尽了。就按照诚信说的去操办吧。"

那天，富贵在送了师先生后回来的路上，对翠红说："师先生死得很风光！"翠红说："师先生一辈子行善积德，这是他应得的。"

"师先生死了，惊动了整个五陵原。看着他风风光光、热热闹闹地走了，我心里就不是个滋味。"富贵说。

"你能和人家师先生相比？你一辈子干了些啥，你心里比谁都清楚。我想，你死了，只要陵南村能有人来给你送葬，咱就算烧高香了。"翠红说。

翠红的话恰好击中了富贵的要害，他身后的事已经成了他的一块心病。一路上，他再也没有说一句话，低着个头往回走。到了家，他往炕上一躺，从此就一病不起。

躺在炕上的富贵，酸甜苦辣咸齐刷刷地涌上心头。他知道，自从父母走了以后，他四体不勤，五谷不分，不稼不穑，成了一个地地道道、游手好闲、好吃懒做的二流子。要不是在秦遗址的废墟上捡到了那块龙涎香石，他别说娶妻生子，恐怕早就到地下寻汉高祖刘邦报到去了。多亏了龙涎香石，让他翻了身，脱了贫穷的皮，得到了"十三红"，拿着翠红的钱，住着翠红的屋，睡着翠红这个好多人都想睡一觉的美人，翠红还为他生了一个带把的儿子魏家兴。

他也曾在五陵原上像一个发情的疯狗一样，到处作恶，欺负了无数良家妇女。新中国成立以后，各种各样轰轰烈烈的运动在五陵原上开展得如火如荼，但没有一个曾经遭受富贵欺负的人挺身而出，检举他、揭发他，让他心存侥幸，助长了他的淫威。

从师先生的坟地回来后，魏富贵整个人一下子就垮了。他没有一点精神，站立起来都有些不稳当；没有一点食欲，见到翠红给他端来的饭碗，就有些恶心；没有一点睡意，从早到晚、从晚到早，他不敢闭上眼睛，有时候困得接二连三打哈欠，也不敢闭上眼睛。他一闭上眼睛，就感到了恐惧：要么就是他当年在五陵原上糟蹋良家妇女的惨烈场景，要么就是五陵原上那些已故的人跑到他面前，和他拉家常、聊天，硬拽着他去与他们做伴……

师诚信瞧过富贵的病后，翠红让家兴赶紧操办，害怕万一来不及了，她会后悔一辈子。尽管富贵和她结婚以后，一直都不消停、不安分，在五陵原上招惹是非，完全不顾及她的感受。她年轻时候也哭过、闹过，也曾经以上吊、投井威胁过，但是，女人的这些小伎俩对于魏富贵这样的人来说，又能怎么样呢，纯属“小儿科”的雕虫小技。

“一日夫妻百日恩。”看到富贵的现状，翠红心软了。

66

谁也没有料想到，一直对吕平安情有独钟的魏瑶突然要离婚，这让平安措手不及。

魏瑶从广州回家过年，大包小包提了一大堆：给平安买了一身西服，给平安妈买了一身时髦的唐装，给端午买了玩具、衣服，还买了一大堆吃的、用的。她有说有笑、欢欢喜喜、高高兴兴地和家人团聚在一起过大年。

大年三十，魏瑶一个人忙前忙后，包饺子，择菜。平安妈抱着孙子端午，过一会儿就会进来看一下。魏瑶说：“妈，你放心！我能做好的。”平安妈便抱着端午出门到大街上转悠去了。上午，平安便去吕诚实的坟头上坟，迎请吕诚实的灵魂一起回家过年。到了中午 12 点，魏瑶把凉菜做好了放在桌子上，平安在门前放鞭炮。他妈说：“你离远点，小心把娃吓着了。”这个时候，五陵原上响起了一阵又一阵的噼里啪啦的爆竹声。

到了正月初二，魏瑶要去陵南村娘家拜年。她对平安说：“你就不去了。”平安问：“为啥？”魏瑶说：“我去了就回来。”其实，魏瑶不让平安去娘家，主要是怕见到魏云。一想起魏云，她心中便涌出阵阵无名之火。她不去给父母拜年，害怕父母伤心落泪，还害怕村里左邻右舍的乡党们笑话。毕竟，一切问题都是魏云造成的，父母是无辜的，也是她必须报答养育之恩的人。平安说：“我不去也行，你去了要解释清楚，免得老丈人不高兴。”魏瑶说：“知道。”平安便将给丈人家拜年的礼收拾好，骑着摩托车把魏瑶送到陵南村村口后，转身回去了。

他妈看见平安回来了，迟疑地问道：“把啥东西忘了？”平安说：“没有。”她一脸茫然地问：“你咋不去丈人家？”平安说：“你别管。”“是不是两人拌嘴了？”平安说：“没有。”一看他妈一副打破砂锅问到底的架势，他便回到自己房子里了。

平安躺在炕上，心里也不是个滋味。他也纳闷，魏瑶今年为啥不让他去陵南村拜年呢？再一细想，不去也好，免得见到魏云，弄得自己浑身不舒服。这样一想，平安像个无事的人，昏昏沉沉睡着了。

正月初五，家兴和麦花来给端午送灯笼了。平安妈一看亲家来了，高兴得像个小孩子，不一会儿，便将盛满核桃、大枣、瓜子、糖果的盘子端上来。麦花说：“亲家，不忙活了。你坐下。”平安妈热情得很，脚下像生了风似的，又是端水果，又是端魏瑶年前炸的麻叶，招呼着亲家：“快吃！快吃！”魏瑶和平安便去厨房忙活了。

五陵原上从西汉时期开始一直流行着打灯笼的习俗。去年，魏瑶生娃了，家兴和麦花自然要给孩子送灯笼。本来，送灯笼是孩子他舅的事情，所以，民间流传着谚语：外甥打灯笼——照旧（舅）。魏瑶不想见魏云，也不想让魏云到自己家里，拜年时专门给她妈叮咛了。她妈问原因，魏瑶说：“没有原因，反正不让他来就成。”魏水早早地买好灯笼，说好了第一年一定要和父母一起给外甥端午送灯笼，突然间朋友家里出事了，他临时有事来不了，还专门叮嘱父母，给魏瑶和平安说清楚，表示歉意。后来，他见到魏瑶和平安，又当面表示歉意，并给了端午一个一千元的大红包，说：“娃小，不会磕头。但压岁钱不能少。”魏瑶开玩笑说：“像你这样的舅，端午应该多几个才是。”魏水说：“明年挣大钱了，一定给娃一个更大的红包。”

到了打灯笼的时间了。五陵原上从古到今一直流传着“十三晚上挑，十四晚上绕，十五晚上碰”的打灯笼习俗。相传有一只神鸟误入人间，被误杀了。天帝闻讯后大怒，正月十五要派天兵天将下凡，火烧人间的一切给神鸟报仇。天帝的女儿心地善良，挂念凡间百姓，于是悄悄下凡，把这一消息传递给百姓。大家闻讯后，大吃一惊，聚在一起商量办法。商量来、商量去，一致认为，让天下百姓家家户户、大人小孩，每个人都打着灯笼，到了正月十五晚上，家家户户把所有灯笼全部焚烧，造成天兵天将火烧民间的假象，瞒过天帝。所以，才有了打灯笼的风俗。

平安妈抱着还不懂事的端午，十三晚上打着灯笼满街道地转悠，一晚上，端午高兴得眉开眼笑，瞌睡都没有了。到了十四晚上，平安妈继续抱着端午打着灯笼，把自家的房前、屋后、院落齐齐照了一遍。十五晚上，婆孙俩再次走上大街，和一群打着灯笼的小孩子一起碰灯笼，直到把灯笼焚烧了才乐呵呵地回家了。端午虽然还不谙世事，但是看见灯笼很好奇，一双大眼睛盯着红红的灯笼看了三个晚上，也笑了三个晚上。但是当他的灯笼燃烧完后，他却“哇”的一声哭了。平安妈说：“我娃不哭、我娃不哭。”端午一看心爱的灯笼没了，伤心得能不哭吗？平安妈说：“我娃乖，穿新鞋。我娃不乖，穿旧鞋。”小孩就是好哄，过了那个新鲜劲，见了人又嘿嘿嘿地笑。

《白下琐言》记载：“岁正月既望，城头游人如蚁，箫鼓爆竹之声，远近相闻，谓之‘走百病’。”五陵原上流传着“正月十五看花灯，正月十六游百病，游了百病不生病”的谚语。“游百病”，寄托了五陵原儿女祛邪、禳灾、祈福的美好愿望。

正月十六下午，魏瑶抱着端午，和婆婆一起出了家门，来到五陵原上。原上到处都是游百病的人群。婆婆在原上采集野草，抱在怀里，非常快乐。晚上回到家里，魏瑶把婆婆采集的野草用水煮开，倒在洗澡盆里。婆婆试过水温后，便给端午开始洗澡。给孙子洗完澡后，她让魏瑶洗。魏瑶说："妈，你累了一天了，你洗洗澡，能解乏气。"平安妈便不再推辞。

转眼间，正月就要过完了。正月最后一天，俗称"晦日"，也是送鬼的日子。这一天，家家户户都要到坟头烧香、磕头，把大年三十晚上请回来过年的亡灵送回去。有的地方把这一天也叫"送穷鬼"。相传，黄帝的孙子颛顼身材瘦小，喜穿破烂衣服，给他做了新衣服也会被他撕破，或者用火烧坏了才穿。他住在北方，为水，属阴。古人常把阴与幽灵、鬼神、死亡相联系，所以，送穷鬼变成了送颛顼了。有一副对联：放千枝爆竹，把穷鬼轰开；烧三炷高香，将财神接进。反映了人们在辞旧迎新之际，送走旧日岁月的贫穷、辛酸和苦难，迎来幸福美满生活的憧憬。

五陵原上的正月三十晚上，除了送穷鬼外，还有"燎惶惶"的习俗，用火将每个人身上与家宅之内的秽气、邪气、霉气等统统烧光，象征新一年将光辉闪耀，庄稼收成好，火烧财门开，人财两旺。

正月三十下午，平安和爱国相约回到原上。天黑下来时，他们各自在家手持文王蒿火把，从后院到前院，小心翼翼地把里里外外照了个遍。然后，将火把拿到门前，点燃门前早已准备好的那堆文王蒿。点燃后，平安妈、魏瑶依次从火堆上来来回回地跨三次，平安抱着端午也在火上跨了三次。第一次，把端午吓得哇哇大哭，后来，端午觉得好奇，就不再哭了。

平安妈说："快！快把端午和你们手腕、脚腕的花花绳剪下来烧了。"于是，魏瑶回去拿了一把剪刀，先把婆婆的花花绳剪了，又剪了平安、端午和她的花花绳，将四个人的花花绳扔在文王蒿的火中烧了。

出了正月，年终于过完了。魏瑶突然间提出离婚，平安听了，云里雾里一头雾水："好端端的，离啥婚呢？"魏瑶痛苦地说："我心里有苦，我有负罪感。"

"孩子都有了，我们的好日子刚开头，还有啥负罪感呢？"

"我对不起你！"

这个年魏瑶过得很难场。为了让全家人过一个团圆、祥和、快乐的好年，她强忍着心中的痛苦，表面上看不出她有啥心事，她的内心却如被刀扎剑刺，翻江倒海般地难受。她一想到郝剑所说的话，心里就不是滋味，就会非常痛苦和难受。从小到大，即使那时候平安没有正眼看过她一眼，她都没有这么难受过。要不是郝剑说出那些话，她还一直被蒙在鼓里，还以为为了她和平安的幸福，魏云在帮助她。她做梦也没有想到，魏云原来是个很阴险、很歹毒的家伙，心肠这么毒辣。他笑嘻嘻的脸面之下，隐藏着罪恶的嘴脸，埋藏着蛇蝎般险恶的用心。魏云为了达到自己不可告人的目的，抓住了她的"七寸"，不仅害了她，更重要的是棒打了平安和青青这对青梅竹马、两小无猜的鸳鸯，亵渎了他们纯洁、神圣的爱情。

魏瑶陷入痛苦中不能自拔，她整宿整宿睡不着觉。看见平安，她便喘不过气来，心就会战栗，她会感到害怕，会更加自责。每每想起郝剑的话，她就感到无法面对平安。在平安面前，她如鲠在喉，无语凝噎。她想到魏云是杀害吕诚实的凶手，就觉得凶手就是自己，而不是魏云。她一步一步地走过来，特别是当她如愿以偿地和平安结婚后，她满心欢喜，满眼幸福。然而，这样的欢喜、幸福是魏云一手策划、精心安排的。这样的结果，让魏瑶觉得，自己在青青、平安面前，就是一个十恶不赦的罪人，是一个不可饶恕的恶魔。特别是当她想到和郝剑的那一夜时，内心有说不出的痛苦和压抑，压得她几乎要窒息而亡。这一世，她就是罪恶的源泉，她必须离开平安，离开这个让她胆战心惊、惶惶不可终日的"伊甸园"。

她提出离婚的要求，平安坚决不离。魏瑶一看平安态度很坚决，便吃了大量的安眠药。幸亏平安发现得及时，否则，她就命丧黄泉了。

“我哪点做错了？”平安守在病床前，问魏瑶。

“你没有做错！一切的错误都是我造成的。我无颜面对你，愧对妈那么疼爱我！”魏瑶痛苦地说，“你要给我留条活路，咱就痛痛快快地把婚离了！否则，你能看住我的人，却守不住我的心；你能看住我的今天，你看不住我的明天，你就等着给我收尸吧！”

“你别想不开！只要你愿意，你觉得自己心里好受，你说咋办就咋办。我不图别的，只要你平平安安地活着！”平安说。

“哥！你是个好人！今生我对不起你！只要你愿意，来世我还愿意做你的媳妇，当牛做马，偿还我这辈子欠你的债！”魏瑶说，“妈那边还请你多担待，不要告诉她老人家，我已经愧对她了，不能再让她替咱们提心吊胆。以后，我会经常回来看孩子，看她老人家的。”

……

魏瑶和平安和和气气地离了婚。魏瑶把这几年积攒的钱，一分不剩地全部给了平安，自己净身出户。“你挣下的，都给你留着。”平安说。“我一分一文都不要。妈喜欢端午，把娃就给妈留下。这些钱权当我给娃留下的抚养费，给妈留下的养老钱。”说完，魏瑶紧紧地抱住平安放声痛哭。

67

秦汉市公安局又要开始新一轮的干部调整了。

魏云自从当了秦汉市公安局局长以后，三天两头调整干部，他把整个心思都用在调整干部上面了。

“这次调整干部，你一定要考虑闫长明。”缑卫花不失时机地向魏云举荐。“你俩啥关系？你咋对他这么上心？”魏云一脸的严肃。“咱俩是啥关系？”缑卫花反问魏云，说，“我能和他有啥关系？”缑卫花不敢让魏云知道她和闫长明的关系，刻意地隐瞒着魏云。“你俩啥关系我咋能知道？”“还不是他今天给我送衣服，明天送化妆品，后天再送包包，有时候还请我吃饭。”缑卫花轻描淡写地说，“吃人的嘴软，拿人的手短。”“就这些？”魏云脸色一变，色眯眯地盯着缑卫花问道。“你把我想到哪里去了，难道我是公共汽车吗？”缑卫花故作伤心落泪的样子，说，“我和你在一起，谁还敢和我在一起？我就是有那个贼心，别人也不敢有这个贼胆。”

魏云说：“没有别的了吗？”缑卫花一看魏云怀疑她，不相信她说的话。以为魏云知道闫长明给她送卡的事了，便说：“他还给我送了一张三十万元的卡。你不提醒，我差点忘了呢。”说着，她便将银行卡放在魏云的抽屉里。

魏云见状，嘴上很虚伪地推辞着，却没有一点实质性拒绝。他一看缑卫花老实的样子，“扑哧”一声笑了。“你还好意思笑？”缑卫花很委屈地问。魏云说：“从前有个财主让管家到街上买竹竿，管家没有问清楚，上街后便买了二斤猪肝，高高兴兴地拿回来。财主一看，他要的是竹竿，管家买的是猪肝，此猪肝非彼竹竿，又气又好笑，说：耳朵呢？管家一听，吓得魂不附体，赶紧从怀里掏出私藏的一斤猪耳朵。”魏云说完，缑卫花破涕为笑，说：“你就知道出我的洋相。”

“谁问你卡的事情了？真是不打自招！”魏云一看缑卫花梨花带雨的，便笑着打趣。

“你一天到晚就知道拿我穷开心！”缑卫花嗲嗲地说。

一说到卡，魏云就想到他和缑卫花的事情了。一想到这件事，他就觉得好笑。一张卡，便把缑卫花送到了他的床上。

无巧不成书。人世间，事情就这么诡异，巧合的事情实在太多了。有时候，有心栽花花不开；有时候，无心插柳柳成荫。想当年，潘金莲要不是站在阳台上搭衣服，一不留神将一根竹竿撞落到从楼下路过的西门庆头上，西门庆永远也不知道这座楼里还藏有一个貌美如花的潘金莲。要不是他在宴请潘金莲时，故意将一根筷子撞落到地上，假借捡拾筷子，弯下腰，一双不安分的手捏住了潘金莲的三寸金莲，试探出潘金莲对他的好感，也不至于演绎出潘金莲与西门庆的故事。

魏云说到卡，缑卫花便不好意思了。她说："哪壶不开，你就偏偏要提哪壶。"魏云笑着说："哪壶没开？我看你各个眼眼都开着呢。"缑卫花明白魏云话里有话，便不再按着魏云的思路说话了。她话题一转，转到正题上来了，问道："闫长明的事情咋办呢？"魏云问："闫长明想干啥呢？"缑卫花说："人家现在是派出所所长，想当副局长。"魏云说："渭滨分局的副局长太多了，这事不好办。"

缑卫花一听，便笑着说："还有你不好办的事情？你在组织部当了那么多年的领导，鬼点子多得像马蜂窝，还有能难住你的事情？"缑卫花这么一说，说得魏云自己都不好意思再说啥了。

其实，魏云心里早都有了主意了。他憎恨刘爱国，刘爱国当年在医院打了他，让他怨恨一生。要不是刘爱国到现场逞能，郝剑杀人案早都定了性，无非就是一起排除"他杀"的非正常死亡案了，郝剑也不至于被羁押在看守所，他也不会处心积虑地到看守所调研工作，也不会给看守所拨二十万元监控系统安装费，也不至于见到他曾经以科学检查的名义占有的兰草了。

提起兰草，魏云就觉得好笑。那么大的个姑娘，没有一点思想，说能检查出是否怀孕，她就糊里糊涂地相信了。脑子没有一点沟回，简直就是猪娃的脑子，光板板么。提起到看守所调研的事，他事后非常担心，害怕兰草说出自己当年的丑行。当年自己也是鬼迷心窍，把魏水的女朋友给占有了。魏云很聪明，他知道魏水肯定看不上兰草，不是说兰草长得不漂亮，而是她农家女的身份就决定了她不可能做魏家的媳妇。即使他们两人你情我愿，魏家无论如何是绝对不会妥协、答应的。于是，魏云抓住了这一点，才敢以科学检查的名义占有了傻傻的兰草，并私下和计生办的医生商量好，给兰草做了人流，彻底给魏家解决了后顾之忧。

当魏水一直不答应和兰草结婚时，兰草对魏水说出了魏云对她所做的一切。听罢，魏水勃然大怒，回到家里，二话没说，上去就对魏云拳打脚踢，骂道："畜生！"从此，兄弟俩形同陌路，不相往来。

在看守所，兰草没有把魏云当年对她所做的事情告诉任何人。虽然，她走上了犯罪的道路，但是，她作为五陵原上的女人，本性始终是善良的。当年，她要不是涉世不深，也不至于被魏云糟蹋。魏云不仅糟蹋了她，还扼杀了她和魏水的孩子。魏云诡计多端，丧尽天良，把她的一生彻彻底底地毁了。想起这件事，她就痛恨魏云，也痛恨自己当年那么轻率地相信了魏云的鬼话。

兰草当年离家出走，来到南方，她从一个村姑变成了打工妹，她从不谙世事的女人变成了了解社会的知性女人。特别是当她被老板的一笔分手费打发之后，她染上了毒品。自从她染上毒品后，便走上了一条失去人格、失去尊严的荒诞之路，人人躲着她走，个个避着她过，她成了人见人恨、人见人怨的过街老鼠。在这条路上，她飘飘然过、失望过、忏悔过。一番痛苦的思索之后，她大彻大悟，原来人生之路不是别人修出来的、给出来的，而是通过自己一步一步地拼搏、奋斗一点一点地走出来的，靠苍天、靠别人，都不如靠自己。只有自己，才是自己命运的主宰者！

在看守所，当她见到魏云的刹那，情绪一下子就不稳定了，要不是这么多年在社会上的锤炼，风风雨雨的洗礼，人情世故的考验，她会像一个村妇一样，不顾一切地冲上去，撕破魏云的嘴，挖烂魏云的脸。现在的兰草，已经失去了年轻时候的青涩，她变得成熟多了、稳当多了。那天，她很快地平复了一下自己的情绪，当作不认识魏云。再说，时过境迁，再重提已经封存了二十多年的事情，对于自己来说已经失去了实质性的意义了。也正是因为她的这种思想，滋长了魏云的嚣张气焰，让魏云不再担惊受怕了，他为所欲为，肆无忌惮。

自从魏云得知刘爱国到现场找到蛛丝马迹破获了郝剑杀人案以后，他便对刘爱国恨之入骨。但是，爱国是一个讲规矩、尊重事实的人，对案件精益求精的人，面对证据，他坚持原则，实事求是，一丝不苟。魏云知道，在郝剑这件事上，有了铁的证据，他心里再如何怨恨刘爱国，都拿刘爱国没有一点办法。然而，刘爱国能否继续当官、能否升迁的命脉却被他牢牢抓住了。他一心想把刘爱国拉下马，一解心头之恨。恰好，缑卫花提起了闫长明的事情，收了闫长明的好处费，魏云一心要拉下刘爱国，提拔闫长明。

魏云眉头一皱，计上心来。

68

腊月初二一大早，天气格外寒冷。宽阔的五陵原上西北风呼啸着卷起了地上的尘土和枯萎的黄叶。

在炕上躺了一个多月的富贵有了精神，满面春风，笑嘻嘻地对翠红说他想吃𰻝𰻝面。翠红说："你等着，我这就给你去做。"富贵说："我都八十多了。七十三，八十四，阎王爷不叫自己去。"翠红说："你胡说啥呢！你这不是精神了？别胡思乱想了。"说完，她要给富贵做饭。富贵说："你别急，我还有话要对你说。"翠红说："吃完了再说也不迟。"富贵说："有话得赶紧说，说晚了、迟了，怕就没有机会了。"翠红便让麦花给富贵做𰻝𰻝面，她坐在炕沿上，听富贵唠叨。

"这一辈子，我最对不起的人是你。"富贵说，"最最对不起的是五陵原上的父老乡亲，最最最对不起的是遭到我欺凌还不揭发我的那些人和他们的家人。想起自己一生所做的这些事情，我就惭愧得很、丢人现眼得很。他们要是能早点打我、骂我，把我告官了，我的罪恶就会减少，我的罪恶也会早点结束。"

"现在说这些还有啥用呢？你好好养病，身体好了，你如果有胆量，你就挨家挨户地登门谢罪，祈求人家的原谅。"

"我不能这么做！"富贵说。

"你不愿意？害怕丢了你的老脸不成？"翠红问。

"我都老了，脸不脸的还有啥！"富贵说，"他们之所以一直没有揭发我、检举我，不是因为他们害怕我，为我着想，而是他们要严严实实地保护好自己的名声和尊严，保护好列祖列宗的脸面。我这样做了，岂不是把他们已经尘封了几十年的那层窗户纸捅破了？这张象征尊严的窗户纸一旦被捅破，你让他们的脸往哪里放？他们，还有他们的家人，他们的子女、孙子孙女以后咋在五陵原上活呢？五陵原上还不乱成一锅粥了？我已经是快入黄土的人，我不能那么自私。不能因为自己想挽回早已缺失的良知，弥补自己卑劣行为所造成的伤害，再一次铸成大错。”

翠红一听，富贵说得在理，便说：“你说得都对。那该如何办？”富贵说：“只要你愿意，这事就好办！我死了，你在我的灵堂前给列祖列宗磕头，给五陵原的人磕头，给那些我曾经犯下罪恶的人磕头。磕了这头，替我谢罪。”翠红说：“只要能替你赎罪，替我们魏家赎罪，替列祖列宗赎罪，咋样我都能做。”

富贵听了翠红的话，笑了。不过，他笑得很凄惨，说：“我死了，啥都不图。你和孩子拿席子把我一卷，扔到五陵原上喂狗去，不要给你和娃添麻烦。”翠红说：“你以为我不想？我就怕五陵原上的人骂魏家后人，还要骂魏家先人。你死了，一了百了；我呢，将会活在众人的唾骂声中。你放心，我会把你安顿好的。”富贵又笑了，这次笑得有些很不自然，说：“我没有师先生那样忠厚、仁义和高尚，就不祈求师先生那样体面和风光。我死后，只要陵南村的人能把我抬埋了，我就喜得吆蝇子（形容高兴得手舞足蹈）呢。”

翠红说：“知道错了就好。到时候过奈何桥，一定要记着，千万不能喝孟婆汤。喝了孟婆汤，啥事情都会被你忘得一干二净的，你会忘了你的诺言。到了阴间，一定要当牛做马好好赎罪呢。”

“我知道。我这一生罪孽深重，活着无法赎罪，死后，当牛做马，哪怕当一条看门狗，也要好好地替主人看好门，也要赎清自己一生的罪孽。”

翠红说：“好了好了，不说了，我去看看麦花给你把𰻞𰻞面做好没。”翠红看到富贵有了一点精神，还主动提出要吃𰻞𰻞面，她心里很高兴，让麦花精心给富贵做了一老碗𰻞𰻞面。她把面端到富贵炕前，叫了几声，富贵没有反应。她伸手一摸，富贵已经走了。翠红心里“咯噔”一下，整个身子一发软，一碗热腾腾的𰻝𰻝面掉在了地上。

翠红无论如何都没想到，安葬富贵的前一天，不要说富贵的灵前冷冷清清，就是她家门前都和往常一样，没有一点过大事的热闹场面。乡党们没有来，她没能完成富贵生前让她磕头谢罪的心愿。一整个晚上，翠红没有合眼，担心着出殡前起灵的事情。没有乡党们的帮忙，棺材就没办法从屋子里抬出来。这一夜，翠红很煎熬……

第二天一大早，安葬富贵起灵的铜锣在陵南村响起，每敲一下，翠红的心就纠结一分。令翠红万万没有料到的是，起灵的时候，五陵原上纷纷扬扬地下起了大雪，门前聚集了好多乡邻乡党，除陵南村的人以外，陵东村、陵西村的人也都过来帮忙了。

翠红心头一热，眼泪不由自主地往外涌，她感激得放声恸哭。她内心深处非常感激这些善良、厚道、本分的五陵原人，他们不计前嫌，原谅了富贵生前所犯下的罪恶，他们用质朴无华的行为感染着翠红，她双膝跪在雪地上，大声哭喊着："富贵，你要是在天有灵，睁开眼睛看看，五陵原上的乡党们来抬埋你了！你要是地下有知，就一定要好好用实际行动洗清你身上的罪过，好好地赎罪吧！"说完，翠红给五陵原的乡党们重重地磕了三个响头……

然后，她站直了身子，对着家兴大声说道："娃呀，五陵原的乡党们才是咱家的恩人！埋你爸的事小，招呼乡党们吃好喝好的事大。告诉服务队的大厨，放开手脚大胆去做，菜、肉要用最大的盘子上，一定要让乡党们吃好喝好！感恩乡党，这才是你娃做人的本分！"

69

渭滨区看守所是全省的优秀看守所，被公安部评为一级看守所。郝剑在这样的看守所里被羁押着，心里极其不舒服。看守所管理非常严格、科学、规范，不允许任何人违反监规。

郝剑忍受不了这样的约束和管教。

这么多年，他在外面自由自在惯了，一觉睡到自然醒，一天到晚的时间都是由他自由支配，不受任何约束和限制。好在当他的忍耐程度还没有突破极限的时候，魏云来到看守所，以调研为名，实为看望他。这一点，郝剑心知肚明。

自从有了魏云的特殊关照，这样的约束对他来说，慢慢地、一点点地被他抵触、挤压、突破，直到最后，他在监室里可以自由自在地生活，不受纪律、监规的约束。他想吃啥只要告诉管教干部一声，就会有的。他想起床就起床，不想起床他可以一个人继续睡大觉。他想干活就干活，不想干活就可以当甩手掌柜。监室里面的任何事，管教干部说的话，表面上大家唯唯诺诺，服服帖帖，私下里当成耳边风，没人听，全是郝剑一个人说了算。其他人不是不想听管教干部的话，而是只要你听了管教干部的话，郝剑在背后就会整治你。轻则辱骂，重则拳打脚踢。一时间，郝剑所在的监室成了看守所的一块“飞地”。

按照看守所的规定，午饭后所有人都要午休，确保在押人员有充足的休息时间。国庆节放假期间的一天，大家都在午休，郝剑故意把他所在的监室的人全部叫起来，组织大家唱歌，影响得整个看守所的人都休息不了。管教干部赵班长前去制止，却被郝剑当着众人的面，劈头盖脸地辱骂了一顿。气得赵班长打开监室大门，进去想好好地收拾郝剑。然而，还没等到他收拾郝剑，郝剑和他的几个喽啰已经把他团团围住，要不是其他管教干部闻讯后及时赶来，他就被郝剑他们围起来打了。

平安得知后，气得暴跳如雷，说道：“无法无天了！”然后，他带着管教干部和武警，要杀一儆百，好好地惩戒惩戒郝剑，杀一杀郝剑的嚣张气焰。郝剑自从有了魏云这把尚方宝剑，他把平安也不放在眼里，看到平安进来后，质问：“平安，你想干啥？”“这里是看守所，不是你称王称霸的地方！你必须遵守监规，服从管理，不能扰乱监室的秩序！”平安厉声斥责道。

“什么狗屁监规？在老子眼里，一文不值！我在这里称王称霸，你能把我咋？”郝剑轻蔑地说。

“你——”平安气得都想动手。但他转念一想，不能打骂、体罚在押人员，自己不能破坏了监规。

郝剑一看平安的眼都气红了，正中他的下怀。有魏云给他撑腰，他知道平安拿自己没有任何办法，就故意恶心平安，说：“在我面前逞什么能耐？有能耐你媳妇还能和我睡一起？”说完，郝剑很放肆地大笑起来，压根就没有把平安和这一帮管教干部放在眼里。

提起魏瑶，平安心中的怒火腾地升起。他一个箭步上前，像一头愤怒的狮子，左手抓住郝剑的领口，右手攥成拳头，高高举起。身后的管教干部都在提醒他，千万不要冲动，所以，平安举起的拳头又放下了。郝剑很不屑地说：“就这点屄本事，怪不得连自己的老婆都拴不住，还敢动老子？”

是可忍，孰不可忍？这么多年，平安哪里受到过这样的羞辱？他心中压抑了十多年的怒火彻底爆发了，只见他挥动拳头，朝着还在抱着侥幸心理的郝剑打了过去，等到管教干部反应过来，三拳已经打完了。郝剑像死猪一样，倒在地上号叫：“所长打人了！所长打人了！”平安大声斥责道：“告诉你，别狗仗人势！今天打你三拳，第一拳，是替看守所监规打的！第二拳，是为了讨回我的尊严打的！第三拳，为了魏瑶的名声打的！”说完，平安对管教干部说：“给他上床板！”郝剑一听平安要给他上床板，躺在地上耍死狗，哭着喊着：“我要告你！”

“上床板”是看守所为了整治牢头狱霸而采取的一项措施，也是防止死刑犯临刑前自杀自残的一种措施。不一会儿，管教干部抬来床板，把郝剑抬到床板上，把他的手、脚和脖子全部固定起来，让他彻底失去自由。

平安说：“今天这事与其他人无关！你要告我，一会儿我就让检察院驻所监察室的同志进来和你谈话，你好好地告诉他们，我为什么打你三拳！”说完，他扭头走了。

管教干部跟在平安身后，都在替平安担心，害怕郝剑把他告了，魏云就要拿他开刀，轻则批评教育受处分，重则撤职免职。当平安以迅雷不及掩耳之势打了郝剑后，他们既替平安担忧，又替平安高兴。平安就是平安，他是一个普通的公安民警，他不是统领千军万马的大将军韩信，岂能忍受胯下之辱？面对这种公然的挑衅、赤裸裸的羞辱、肆无忌惮的公开叫板，任何一个男人都难以忍受。

平安打郝剑的事情很快传到了魏云的耳朵里。魏云一听，勃然大怒，立即拨通了李局长的电话，质问道：“一级看守所，咋能发生这么重大的事件呢？小小一个所长，利用手中权力，殴打在押人员，简直是无法无天了！”李局长一个劲地给魏云赔不是，魏云不依不饶，继续冲着李局长发火，说：“这事我将派督察队调查，你们全力配合，必须严肃处理！”李局长说：“魏局长，请息怒。郝剑在看守所里明火执仗地违反监规，横行霸道，把监室弄得乌烟瘴气，当着众人的面羞辱平安……”还没等李局长说完，魏云就生气地问：“郝剑违反监规就要打他？他羞辱平安，平安就打他？谁给他平安这么大的权力？是不是有人在背后纵容、包庇、袒护平安？”李局长知道平安打了郝剑，简直就是太岁头上动土，他怕魏云生气，拿平安开刀，这样，就毁了一个一时糊涂犯了错误的好同志。李局长说：“你放心！我一定尊重事实，严肃处理。”

放下电话，李局长心里很难受：“唉！看热闹的真不嫌事情大。”当他听了爱国、平安等人的汇报后，他感觉郝剑狗仗人势，在看守所里无法无天、为所欲为、横行霸道，视法律和监规如儿戏，把管教干部全都不放在眼里，是谁给了郝剑这么大的胆子？是谁在幕后为郝剑撑腰壮胆？秃子头上的虱子——明摆着呢。只不过，魏云的权力大，这件事的决定权在魏云而不在他手里，他说了不算。为了息事宁人，目前，他只能顺着魏云，争取魏云的谅解、理解，力争大事化小、小事化了，让平安平平安安地躲过这一灾。

他把爱国和平安再次叫到办公室，商量办法，以期解决问题。平安见了李局长，没精打采的，那天他打郝剑的劲全散了。李局长笑了笑，说：“抬头挺胸！把你那天打人的气势拿出来！”平安很腼腆，苦笑着说：“李局，该咋办就咋办，别嘲笑我了。”李局长一听，有些生气，说：“我说的是真的，没有嘲笑你的意思。”

“李局长说得对！他也替你担忧呢，咋能嘲笑你呢。”爱国说，“这件事我负全部责任，魏云要杀要剐随他去。”

“我惹的事情我一个人承担，与你们无关。”平安没精打采地说。

“你说得轻巧！就凭你，能承受得起魏局长将要给你的处理结果吗？”李局长说，“魏局长刚来电话，生气得很。一定要严肃处理呢！所以，我把你俩叫来，一起商量解决问题的办法。”

“李局长，对不起！我一时冲动，惹了这么大的麻烦。”平安不好意思地说，他感觉很惭愧。“你惹的不是麻烦！你把天捅了个大窟窿！这件事要慎重处理，弄不好为了这件事，爱国都要跟着你带灾呢。”一席话，说得平安一脸茫然，他看了看李局长，又看了看爱国，心里很懊悔。

“没事！既然把马蜂窝捅了，就不要怕被马蜂蜇！是福不是祸，是祸躲不过。如果他把我处理了，能把平安从轻处理，我也算值了。”爱国很坦然地说。

“我真的不知道你咋把魏云惹下了，他多次在我面前表露了对你的不满。前段时间，精减领导干部队伍，魏云说要免你的职。我问他为啥，他又说不出个缘由。”李局长对爱国说。

“他心中的小九九谁不知道？我们是同乡，他抬一下屁股我就知道他要放啥屁呢。他要免我，无非是想给别人腾位置么。我挡了他的财路，他想免就免。”

“都别灰心丧气，振作一点。凡事都要从最坏处着手，向最好处努力。目前，如何妥善处理好这件事，才是关键。”

爱国、平安点点头，走出李局长的办公室。平安说：“对不起！让你跟我带灾了。”爱国拍了拍平安的肩膀，说：“又不是第一次带灾，习惯了。谁让咱俩是好兄弟呢！”

70

五陵原上有一句俗话：好事不出门，坏事传千里。魏瑶和平安离婚的事情，最终纸没有包住火，雪没有藏住鞋，吕、魏两家的大人也都陆陆续续知道了这件事。

失去了平安，魏瑶终究过得很痛苦。原本以为她愧对平安，只要离了婚，眼不见，心不烦，看不到平安心里就会好受些。谁料到，抽刀断水水更流，借酒消愁愁更愁。魏瑶越是不去想平安，满脑子却都是平安的影子。多少次，她都想重新回到平安的怀抱，和平安重新开始，任劳任怨，当牛做马，洗刷自己的罪孽。内心里，她希望平安来看望她，和她共度一生。但她又害怕见到平安，看到平安，她会陷入内疚的泥沼不能自拔。平安已经成了她的一块心病，见到平安她就会恐惧、害怕，负罪感就会加深、加重。她恨魏云，恨不得把魏云千刀万剐，恨不得魏云在飞来的横祸中惨死。然而，这一切都不能遂了她的心愿。有时候，她很绝望，恨不得自己一死了之。可是，她死了好说，端午怎么办？平安怎么办？做人不能太自私了，她已经伤害了平安，不能因为她的死让平安再背负上巨大的良心债。

离了婚的魏瑶，对于平安的思念，恰似“此情无计可消除，才下眉头，却上心头”。

魏瑶终于在痛苦的煎熬中病倒了。

平安得知后，抱着端午来到陵南村探望魏瑶。没想到被翠红堵在门外不让进门，麦花和家兴好说歹说，翠红就是不让平安进门。她指着鼻子骂平安，向平安讨要和魏瑶离婚的说法。平安苦笑着一句话也说不出。麦花劝翠红不要难为平安，“有理不打上门客”，更何况他曾经还是自己家的女婿。翠红说：“平安和魏瑶离了婚，他就不再是咱家的女婿了，一定是外面有了狐狸精。”平安沉默着不说话。翠红说：“装孙子？谁不会？你欺负魏瑶还没有欺负够，竟然欺负到门上了？”她的声音太大了，吓得端午在平安怀里哇哇地哭开了。

麦花说：“你看把娃吓得。”翠红说：“他是吕家的种！你心疼啥？”麦花一看婆婆不讲理，也不再与她讲道理了。

常言道：母子连心！病中的魏瑶恍惚中听到端午的哭声，跌跌撞撞从房子出来了，撕心裂肺地喊着端午。平安看见魏瑶，喊道：“娃在这儿呢。”魏瑶听到平安的声音，看见平安抱着端午被她婆翠红挡在大门口不让进来。魏瑶说：“这事不怨平安哥，他是个好人。”“人家把你休了，你还替他说好话？”翠红说。“这事要怪就怪罪魏云！是我们魏家对不起吕家，是我对不起平安。”魏瑶说道。

“你俩的事与你哥有啥关系？”麦花听糊涂了，不解地问道。家兴一听，心中一下子明白了，骂道：“狗日的把孽种下了！”

魏瑶来到平安跟前，看见端午哭得很伤心，她差一点再次晕过去。好在平安及时伸手，她才没有摔倒在地。她紧紧地抱了抱端午，又依依不舍地交给平安，再抱了抱平安。她哭了，哭得很伤心，说：“你走吧！带着孩子走吧！我还有一口气，死不了，你放心。”

平安的眼眶湿润了：“照顾好自己。”说完，他扭头就走，端午在平安的怀里朝着魏瑶笑着。这一笑，笑碎了魏瑶的心。魏瑶在儿子端午的笑声中，轰然倒在门前。

郝剑从魏云那里得知魏瑶离婚了，心中很高兴，认为自己把事情说清楚了，魏瑶不敢、不能、不愿面对平安才离婚了。但是，这些话，他没敢告诉魏云。害怕魏云知道他把“秘密”告诉了魏瑶，让他吃不了兜着走。

告别魏云，郝剑拎着大包小包跑到五陵原陵南村寻找魏瑶。到了魏家，才知道魏瑶病了。他急忙拨打120，把魏瑶送到秦汉市中心医院。魏瑶的病好了，郝剑的心愿也了了，魏瑶答应嫁给郝剑。

“你真的愿意娶我？”魏瑶问郝剑。“我愿意。”郝剑高兴地说，“为这事我等了你这么多年。”“你不嫌弃我结过婚、生过孩子？”“亏你还是五陵原的人！思想咋这么封建呢？汉景帝刘启都是皇上了，还娶了离过婚、生过女的王娡，还把王娡封为皇后。比起刘启，我算个啥呢！”魏瑶一想，郝剑说得也对。两千多年前的汉代，皇帝都不嫌弃离婚女人，现在的人就不应该思想保守。可是，五陵原上二婚的女人总是那么卑微，结婚的时辰不是拂晓，而是傍晚。

唉！花谢花飞花满天，红消香断有谁怜？

广州严厉打击传销活动，不得已，郝剑和魏瑶仓皇逃离，回到了五陵原。回来后，郝剑心有余悸，战战兢兢地在家里老老实实待了一些日子。整天除了吃饭、睡觉，就是和一帮狐朋狗友在一起酗酒、唱歌、吹牛。郝剑要的是自由、欢乐，他通过酗酒、歌舞来消除内心的寂寞与惆怅；狐朋狗友看中的是他鼓起的腰包里花花绿绿的钞票，他们一拍即合，整天沉醉在声色犬马之中不能自拔。

魏瑶看在眼里，急在心上。她劝郝剑，他不听；她骂郝剑，他不理。无奈之下，魏瑶只好听之任之，索性不再过问郝剑一天到晚都在忙些什么了。冲破了魏瑶的束缚，郝剑变成了一匹脱缰的野马、离开笼子的困兽，有家不回，成了 KTV、宾馆、酒吧里的常客了。在这段时间里，他新结识了一个女朋友阿梅。阿梅皮肤白皙，身材高挑，留着一头乌黑发亮的长头发，要么在头后扎一个马尾辫，显得干净利落；要么让它自然下垂，好似乌黑的瀑布从天而降。她特别机灵，能说会道，声音甜甜的、柔柔的，勾走了郝剑的心，牵走了他的魂。从此，郝剑经常和阿梅出双入对、形影不离，俨然一对热恋中的情人。

自从结识了阿梅，郝剑自己都不知道自己何时染上了毒品。染上毒品的郝剑，真正成了没有尊严、没有人格、没有道德的瘾君子。曾经鼓鼓囊囊的腰包慢慢地干瘪了，曾经高调和傲慢的派头丧失殆尽了，留下了一副人不人、鬼不鬼的模样。

魏瑶知道郝剑在外面不仅有了其他女人，还染上了毒品，痛不欲生，她哀其不幸，怒其不争。她也哀叹自己的命不好，咋遇上这个不成器的货色。看到命运这样捉弄自己，魏瑶就想到了魏云，是魏云把她置之死地。从此，她一蹶不振，整日以泪洗面，也不愿意出门见人了。

钱包空了，身体空了，从前的潇洒已经变成猥琐了。阿梅很快离开了郝剑，不知踪影。这时候，郝剑才恍然大悟。原来，阿梅是一个骗子：欺骗了他的感情、欺骗了他的钱财，在欺骗了他的所有后，把他一脚踹入万劫不复的万丈深渊……

郝剑已经穷困潦倒，到了山穷水尽的地步。从前身边那些吃喝无度的狐朋狗友一个个不知去向，从前左拥右抱的那些性感女人一个个离他远去。当他需要钱的时候，他们不是不见他，就是不接他的电话；不是说自己没钱，就是说手头紧张；不是说正在开会不方便，就是说在外地一时半刻回不来；不是说忙着上班，就是说被老婆看得严不能出来。他们用一个个荒唐的理由搪塞他，郝剑真是到了“百年已过半，秋至转饥寒。为问彭州牧，何时救急难”的地步了。

郝剑找过魏云，魏云给了他三百元，把他骂了个狗血喷头。魏云好像把以前郝剑对他的巨额资助忘得一干二净了，让郝剑以后不要再去找他。郝剑不敢去找魏瑶，他觉得亏欠魏瑶的太多，特别是结婚以后，他感觉并没有像从前那么爱她了，他没有珍惜过魏瑶。当魏瑶知道他和阿梅好上了以后，劝他、骂他的那些话，全被他当成耳旁风，或是从这个耳朵进去了，又从那个耳朵出来。魏瑶说他就是个畜生，他听了以后，怒目圆睁，说：“我不就是找了一个女人么，你何必这样！和你没结婚的时候，我在广州，啥样的女人我没有耍过？现在就一个阿梅，值得你大惊小怪吗？”气得魏瑶骂他不要脸。魏瑶眼见着郝剑已经无可救药，索性不再管他，说：“你滚！滚得越远越好！”郝剑现在回想起来，他才知道谁对他好，谁对他坏；谁是他的朋友，谁是他的克星。想到这儿，他非常后悔。很可惜，在这个世界上，后悔药是买不到的。

郝剑在外面游荡、漂泊了几年。他好比过街的老鼠，没人待见。他好像瘟神，以前认识他的人，谁见了他都会远远地躲着。一天，他听说阿梅回到了秦汉市，住在雪花大酒店，这是他唯一的救命稻草，他必须抓住。于是，郝剑下定决心找到了阿梅。阿梅一见到郝剑就气势汹汹地说：“你咋还没死呢？”这样的话，郝剑耳朵已经听出了老茧，他不气、不羞、不恼，死皮赖脸地缠着阿梅要钱。

没办法，在郝剑的祈求下，阿梅请他吃了一顿饭。好久都没有人请过郝剑吃饭了，他嘴已经馋得发痒，机不可失，时不再来，他抓住阿梅请他的机会，喝了许多酒。饭饱酒足后，两个人来到了雪花大酒店。阿梅说："这下你可以滚了吧？"郝剑死皮赖脸地说："你还没给钱么。""我不是你的救世主！你找错人了。""你不让我染上毒品，我能走到今天如此狼狈的境地？"郝剑说。"这咋能怨我呢？""不怨你，还能怨谁？""到了现在，你还敢怨我？"阿梅气呼呼地说。"毒品是你让我染上的，我不怨你还能怨谁呢？"郝剑说。"我让你染上的，你能把我咋？就凭你这条哈巴狗？老娘今天能请你吃饱喝好，算给足了你面子。满大街你能找到第二个像老娘对你这么好的人吗？你连自己的摊摊都守不住，你还能算个男人……"阿梅口无遮拦，把郝剑骂了个狗血喷头、体无完肤。

郝剑顿时火冒三丈，冲上去，用被子将阿梅死死捂住。刚开始，阿梅还喊叫，手乱抓，脚乱蹬。郝剑便骑在阿梅身上，不一会儿，阿梅不喊不叫了，四肢也不乱动了。郝剑发泄完心中的怒火，揭开被子一看，阿梅已经断气了。他从来没有杀过人，眼看阿梅死了，他心里非常害怕。他拿起阿梅放在床头柜上的香烟，点燃后一根接着一根地抽。

他抽了许久，想了很多，终于冷静了。他把阿梅的尸体放好，被子盖好，然后拨打了报警电话……

71

冷窑客与麦花在那天晚上有了肌肤之亲，麦花亲口告诉他自己男人"那方面"不行，公公婆婆害怕断了魏家的香火，才选他上门借种怀胎，以续上香火。听了这话，冷窑客悬在嗓子眼的那颗心便落下来了，也不再为自己酒后的鲁莽之举担惊受怕，那颗怦怦乱跳的心恢复了平静。

那天鸡叫了三遍，翠红在窗外叫他赶紧离开，冷窑客也知道这是一件见不得人、见不得光的事情，所以，听到翠红的催促，行完事之后，匆匆忙忙穿好衣服，鞋底抹油——溜了。只听麦花在身后懒洋洋、娇滴滴地说："晚上再来哦！"冷窑客"嗯"了一声，一溜烟出了魏家的大门。从此，一到晚上，冷窑客便趁着夜深人静、街道没人的时机，赶紧溜进魏家，钻到麦花的被窝折腾。

时间一长，冷窑客哪里还能招架住麦花彻夜彻夜不停歇地折腾呢！晚上在麦花的炕上把劲折腾完了，连个合眼的工夫都没有，到了白天，整个人就像散了架一样没精神，浑身上下没有一丝丝力气。这时候，他才想到翠红说的"那是阎王殿，不是蜂蜜罐"的真实含义了。窑场上的人眼看着冷窑客大白天精神恍惚，无精打采，善意询问他是不是身体病了。冷窑客心里明白，他真的是病了，而且病得不轻。哪个好汉能招架住一个正处在发情期的母老虎彻夜不眠的折腾？他脑海里曾经闪现过不再去魏家的念头，可是，这种想法一闪而过，没有在他脑海里有一丝的残留。尽管他身子骨每况愈下，但还是贪恋麦花那白花花的身子，说穿了，还是翠红说他俩的那句话："吃饱了还不知道撂碗。"

两个多月以来，冷窑客就像一个幽灵：晚上幽灵般地跑进魏家，鸡叫三遍，又幽灵般地飘出来。连他自己有时候都暗自嘲笑自己，已经是人不人、鬼不鬼的模样了。可是，他摆脱不了对麦花的垂涎和对麦花的依恋。麦花也同样摆脱不了对冷窑客的留恋。一来二去，转眼间，冷窑客和麦花在一起已经三个多月了。

翠红问麦花："怀上了吗？"麦花说："没啥动静。"翠红说："我不相信。"麦花说："怀上了就怀上了，咋能隐瞒得住？"翠红说："我就怕你吃饱了不肯撂碗。"麦花刚想回答，没想到突然想吐，但吐不出来，胃里泛酸水。翠红一看："这不是怀上了吗？你还想骗我！"麦花说："妈，你冤枉死我了。"翠红说："冤枉没冤枉你，只有你自己知道。走，和你爸商量打发冷窑客的事情。"

下午，富贵早早到了瓦刘村窑上，让冷窑客晚上去一趟他家。"你不提醒，我也会去的。"冷窑客说。"我让你早点去，晚上咱把事情了结了。"富贵说。"啊？麦花怀上了？我咋不知道呢？""晚上你来了就知道了。"说完，富贵尻子一拧，走了，把冷窑客一个人晾在野地里。

看着富贵远去的背影，冷窑客心里突然慌了，一下子空落落的，不知所措。他一头钻进自己的房子里，扑在炕上，哇哇地哭了。本想着和麦花还能再厮守一阵子，到了年关他再回河南老家。没想到，自己的种子生命力太强了，麦花的土壤也太肥沃了，三下五除二，他还没能缓过神，麦花肥沃的土地上已经出苗苗了。想到这里，他心里释然了，毕竟麦花不是自己的媳妇，再说，他也完成了富贵和翠红交给自己的使命。任务完成了，就没有必要再继续坚守阵地了。

冷静下来，冷窑客草草收拾了自己的行李，留下自己的盘缠，剩余的钱全部揣在怀里，他要给麦花一个交代，要给麦花肚子里的孩子一个交代。天刚麻麻黑，冷窑客大大方方地进了富贵家。翠红早已在门口等他，一看见他，便把他迎了进来。

冷窑客进门后，发现和他第一次来的时候一样，满桌子的酒菜，就等着他呢。他和富贵打过招呼，富贵把他让到饭桌旁，翠红、麦花也都依次坐下。四个人坐在那里，都不吭气，也不吃饭，屋子里死气沉沉的。冷窑客再一看，麦花把头垂得很低，心一下子软了。他打破了僵局，说：“叔、姨，这个地方本来就没有我说话的权利，但是，你们的好意我心领了。做人嘛，一定要讲究诚信。男子汉，言必信，行必果。既然麦花已经怀孕了，我的任务完成了，今儿晚上我连夜就走，你们也就不用提心吊胆了。”说完，冷窑客拿起面前的陈氏养生酒瓶，一口气把半瓶酒喝干了。他喝得太急、太猛，没收住，白酒的辛辣让他咳嗽了两声。

他的这番话，是富贵、翠红和麦花都没有想到的。富贵、翠红害怕冷窑客以此要挟他们，敲诈一笔钱。麦花则还想着冷窑客能再多住一些日子，即使不再发生关系，只要每天能看着他、守着他也是一种幸福。富贵说：“慢点吃、慢点喝。当初就看中你是个实在人，今晚，酒菜给你管饱。”随后，大家再没有一句话，只顾吃饭。

冷窑客吃饭、喝酒时，猛然心里一沉，原来，坐在一旁的麦花一筷子都没动，一直在抽泣。冷窑客说："快吃、快吃，为了肚子里的孩子，你也要好好吃饭。"翠红数落道："你就这点出息？赶紧吃饭，少在这里给我丢人现眼。"

冷窑客听了翠红的话，心里很是不高兴，说："姨，你这么说她，我就不高兴了。都说一日夫妻百日恩，我俩尽管不是夫妻，但是实质上做了夫妻该做的事情。都说陕西人厚道，我咋看你一点都不厚道呢！不管咋说，麦花是你儿媳妇，这件事情也是你和我叔商量好的。麦花哭一哭，也是正常的事情，咋就成了给你丢人现眼呢？难道在你家，她连哭的权利都没有吗？"

冷窑客的话说得在理，富贵为了尽快结束这场饭局，就对翠红说："冷窑客说得对！酒菜还堵不住你的嘴！"翠红自知失言，便不再反驳，几个人低着头吃饭，不再说话了。冷窑客吃罢饭，也不管别人是否吃饱喝足，说："天下没有不散的筵席！叔、姨，非常感谢你们二位这么信任我。今晚我要走了，请二老一定要对麦花好，对麦花肚子里的孩子好。"

富贵说："我给你准备了一些盘缠，也算对你的报答和补偿。"

冷窑客说："你把我当啥人了！我不要你们的钱，我还要给麦花和孩子留一笔钱。钱虽然不多，也算是我的一片心意。"说着，他就从怀里掏出一个钱袋子，交给麦花。麦花推辞着不要，冷窑客有些生气，说："这钱是给你补身子的！"说完，他就要走。麦花心头一热，从背后抱住冷窑客，哭了。冷窑客心一硬，掰开麦花的手，抬头挺胸、大步流星地走出魏家大门……

无巧不成书，麦花怀孕了，冷窑客也走了，第二天，家兴从秦汉市突然回来了。回来后，见过了富贵和翠红，家兴一把将麦花拉进房子里。麦花狐疑，问："咋了？"家兴笑眯眯地说："马上你就知道了。"家兴把麦花扑倒在炕上，结婚一年多了，头一次在麦花身上展示了一回男人的雄风。

事毕，麦花骂道："你早吃屎去了。"

翠红看着家兴火急火燎地把麦花拉进房子，悄悄地跟着过去，在窗下听到儿子和媳妇的对话，心里既高兴，又失落，赶紧把事情告诉了富贵。富贵说："你没听错？"翠红点了点头，担心地问："这可咋办？"富贵说："生米都做成熟饭了，还能咋办？这件事情谁都不能说破。”

翠红说：“这件事不知道能不能瞒过家兴？”富贵说：“能瞒过家兴更好，瞒不过家兴，也必须得瞒，能瞒一天是一天。”

十月怀胎，一朝分娩。麦花生了一对双胞胎，一个叫魏山，一个叫魏云，富贵、翠红整天笑得嘴都合不住了。家兴从秦汉市早早买好水果糖、香烟，跑前忙后，乐呵呵地给来烧娃的人分发着，同大家分享着魏家添丁的喜悦。

72

郝剑在看守所里自杀了。

好在巡视人员发现得早，他被及时送到秦汉市第一人民医院抢救。李局长早早就将郝剑企图自杀的事情汇报给了魏云。魏云当时很轻松地说：“那货就是想吓唬你们，我不相信他有死的胆量。你们别怕，这货我了解得很。”

李局长说：“我担心他真的会出事。”

魏云说：“能出啥事？是不是担心我处理平安他俩？说实话，我也不想处理，但是，这件事在全市范围内造成了极坏的影响，不处理不足以起到警示作用。”

“要处理就处理我。我是真的担心郝剑会出问题。”

“处理你？你以为我不敢？”魏云的眼睛瞪得和牛铃一样，说，“看把你吓死了！出了问题，我来承担。”

自从平安打了郝剑三拳之后，郝剑气不过，一直耿耿于怀，不肯善罢甘休。李局长和爱国商量后，爱国出面到看守所找郝剑谈心。

郝剑看到爱国，喋喋不休，把平安祖宗八辈都拉出来骂了个遍。爱国在一旁看着他骂，一句话也不说。爱国心想：你这货就是个半吊子、二百五，我让你说、让你骂，看你能骂到几时去。等你说乏了、骂累了，我再说话也不迟。于是，爱国坐在那里，看着郝剑尽情地表演，没有打断他的话。大约半个小时后，郝剑一看爱国一句话也不说，问道：“爱国哥，你咋不说话呢？”爱国说：“话都让你说完了。你话说得急，给我连个插话的缝缝都没留下，我咋说呢？”郝剑说：“我有一肚子的委屈，巴不得一下子全给你倒出来。”爱国说：“我今天来，就是专门来听你说委屈的。你继续倒。”郝剑一听，问道：“平安他凭啥打我？他这架势就是公报私仇，利用手中的职权对我进行打击报复，我要告他。”

爱国不紧不慢地说：“你不是已经告了吗？”

郝剑愤愤不平地说：“他不让我好过，我就不能放过他！我非要让他脱了那身皮不可。”

“你别不识抬举！给脸不要脸，得理不饶人。”爱国一听郝剑把警服说成“皮”，心里非常气愤，说，“你咋骂平安是你的事，是你俩之间的个人恩怨，我不与你一般见识，因为你生下来就长了这张骂人的嘴。但是，你侮辱警察、污蔑警服是不行的。”

郝剑一听，赶紧赔不是。

“他脱了那身警服，能轮到你穿吗？”爱国继续说，“损人不利己，你何必要这么去做！你知道不知道，魏云已经让他停职了，要严肃处理他。”郝剑听了哈哈大笑，说：“这就是他娃的报应。魏云不愧是我丈人哥，处处替我着想呢。”

爱国说：“据我调查，自从魏云到看守所与你见面之后，你就有恃无恐，在监室里我行我素，带头闹事，视法律法规为儿戏，把管教干部的话当耳边风；你在监室里横行霸道，欺压其他在押人员，动辄打骂，并克扣他们伙食；你藐视法律，目中无人，俨然以老大自居，把管教干部都没有放在眼里，把他们的话当作空气，你就是个典型的牢头狱霸；你狗仗人势，公然辱骂管教干部，公然与他们对抗，并当众侮辱看守所所长。就凭这几条，你说，如果我们一一记录在案，把你在监室的录像一同报送检察机关和人民法院，你还有减刑的可能吗？”

刘爱国的话，句句点中郝剑的要害，直击他的软肋，说得他半天哑口无言。爱国说：“你还有啥委屈尽管倒出来。”郝剑头一昂，气呼呼地说：“民向民，官爱官，你俩官官相护。”爱国听后笑了，说：“自从你进到看守所，平安接触过你吗？”郝剑嗫嚅着：“没有。那天他第一次进到监室，就动手打我。”爱国问郝剑：“平安为啥打你？”郝剑自知这是自己故意惹的祸，但他还要死扛下去，鸭子煮了七十二遍，肉烂嘴不烂，说：“反正他把我打了，他敢在太岁头上动土，我就要让魏云收拾他，让他知道马王爷长了三只眼。”

这时，爱国再一次替平安感到伤心，自己一直在提醒平安不要接触郝剑，防止惹出不必要的麻烦。平安这个人啥都好，就是有时候沉不住气，爱感情用事，他惹谁不行，咋能惹个死皮无赖呢？都不嫌掉价，有失身份吗？

“你知道魏云要如何处理平安吗？”爱国问道。郝剑说：“处理得越重越好，我巴不得让他上刀山、下火海呢，把他丢在油锅里炸了，才能解我心头之恨。他穿个警服就了不起了？他不让我好看，我就不能让他好过。”

爱国站起来，二话没说，对着郝剑就是三拳，打得郝剑眼冒金星。郝剑没料到，爱国竟然也敢动手打他，气急败坏地说：“你打我！我连你一起告！”爱国大声呵斥道：“法律规定不能打人，我看你就不是个人！所以，我这三拳要把你打灵醒，让你变成人。第一拳，我是替平安鸣冤叫屈的；第二拳，我是替魏瑶打抱不平的；第三拳，我是替端午感到羞耻的。”

郝剑被爱国打蒙了，被爱国的三句话说得半天缓不过神来。郝剑结结巴巴地说：“端午与我有啥关系？”爱国说：“他是你的儿子！”

郝剑听了这句话，如五雷轰顶，脑子里顿时一片空白。等他稍微清醒后，说：“你在骗我，这不可能！这绝对不可能！”

爱国说：“平安替你养了十几年的娃，屎一把、尿一把，把他从一尺多长养到了半大小子，他心中的委屈又有谁知道？要不是他这次打了你，这件事他会一直烂在肚子里，连我都不会告诉的。所以，我认为他打你，打得很值得，打出了一个男人的尊严，打出了一名警察的威风。”

“不可能。我从 KTV 救了魏瑶那次，只和她发生了一次关系。一次就能怀孕吗？”郝剑半信半疑地问道。

“他要早知道端午是你的孩子，早就还给你了。”爱国说，“魏瑶哭着闹着要和他离婚，他知道这不是魏瑶想要的结果，她一定有难言之隐，不得已才和自己离婚呢。有一次，端午生病了，平安送娃到医院看病，化验出的血型让他产生了疑惑。他以为医院弄错了，等娃病好后，他到省城做亲子鉴定，结论是他不是端午的亲生父亲。他本来想找魏瑶问个究竟，但是他没有那么做，他不想伤害端午，毕竟孩子是无辜的。还有一点，平安妈很喜爱端午，他怕捅破这层窗户纸，老人接受不了；他怕别人知道端午不是他和魏瑶的孩子，会把端午的未来毁了，会让魏瑶名誉扫地。按照魏瑶要强的性格，结果你是知道的。还有一点，就是他男人的面子往何处放？他的尊严搁哪里呢？”

郝剑说：“那也不能说明端午就是我的孩子。”

爱国摆了摆手，示意他不要插话。自从郝剑被关押到看守所，平安便私下将郝剑的毛发与端午的毛发拿到西安做了亲子鉴定。在做这次亲子鉴定前，平安也做了很大的思想斗争，他想做，想找到端午的亲生父亲；他又不想去做，做了又能怎么样呢？思来想去，最终他还是去做了。鉴定结果是，郝剑才是端午的亲生父亲。这件事他一直埋在心里，他心中的伤痛只有他自己知道。他有苦不能言，有痛不能说。爱国说：“一个大男人遭受这样的事情，谁不震怒呢？人常说，要得公道，打个颠倒。把你放在平安的位置上你会作何感想？你会怎么去做？”说着，爱国把鉴定报告递给郝剑。郝剑看完鉴定报告，哇哇地号啕大哭，跪在地上给爱国磕头。

爱国说：“你该感激的人是平安！他是端午的大恩人。”

郝剑哽咽地说：“我有后了，原本以为我这一生就这样白活了，没想到，我有这么大一个儿子。你快把检察官叫来，我不告平安了，我谁都不告了，我要好好接受劳动改造，争取政府从宽处理。”

“能不能让我见一下端午？”郝剑迟疑地问。“你要是为端午好，我想没有见面的必要。不过，今天我给你带了一张端午的照片。”爱国说着，从上衣口袋掏出照片递给郝剑。郝剑激动得眼泪哗哗地往外流，喊道：“儿啊！爸对不起你！对不起养育你十多年的平安啊！”

爱国提醒他：“这件事情一定要保密，不要让任何人知道端午有个吸过毒、杀过人的父亲。为了孩子的将来，千万不能把这件事泄露出去。”郝剑头点得像个啄米的小鸡，说：“我知道！我知道！你转告平安，他是我的恩人。今生今世我无以回报，来世一定当他胯下的坐骑，报答他。你转告魏云，我不告平安了，他不能处理任何人。他要是把平安处理了，我就自杀，给他好看。”

刘爱国把谈话结果向李局长做了汇报。李局长说：“你的办法还好得很。用的啥好办法，一下子把他教育乖了？”爱国说：“只要达到目的，其他你就不用多问了。”爱国知道，这是秘密，坚决不能给平安带来一点负面影响。

李局长把郝剑的真实想法专门给魏云进行了汇报，并将他不告任何人的书面材料递给魏云。魏云耻笑道：“郝剑能决定市局党委？他不自量力，太把自己当根葱了。”李局长说：“自古以来，民不告，官不究。郝剑不告状了，这事就交给我处理吧。”魏云不同意。李局长说：“处理了人，万一郝剑自杀了呢？”魏云说：“你放心！他有那个种？他有那个胆量？一个大烟鬼还能自杀？他要是真的自杀了，我来承担责任。”魏云这么一说，把李局长活生生地噎回去了。

魏云按照他的想法处理这件事。很快，秦汉市公安局做出决定：撤销吕平安渭滨区看守所所长职务，免去刘爱国渭滨分局党委委员、副局长职务。同时，任命闫长明为渭滨分局党委委员、副局长。与其说这是组织的决定，不如说这是魏云自以为是、刚愎自用的结果。他把李局长的话当作耳边风，满足了缑卫花的要求和心愿。事后，他问缑卫花满意不。缑卫花说：“相当满意，就是对刘爱国的免职有点想不通。”

“你就是个猪脑子！想不通？不找个理由把他拉下来，位置不腾出来，闫长明能被提拔吗？”魏云听了缑卫花的话，很生气。缑卫花看魏云有点生气，就说："组织上培养一个干部不容易，这么草率处理会断送一个干部的政治前程。""那你说，闫长明都送了五六十万，拿人钱财，替人消灾么，这是人之常理。"魏云生气地说，"好了！这事到此为止，啥都不要说了。要怪就怪他刘爱国没眼色、不懂规矩。"魏云把话都说到这个份上了，缑卫花还能说啥，临出门时善意提醒道："小心郝剑！"

出乎魏云的意料，郝剑真的自杀了。他接到李局长电话，有点不相信自己的耳朵，说："啥？郝剑自杀了？""是的。"李局长说。

魏云一听郝剑自杀了，勃然大怒，在电话里大声斥责李局长："你们是咋搞的？看守所里那么多的管教干部，一个个是吃干饭的？连一个郝剑都管不好、看不牢！"

"这事我提前给你汇报过了，你不听。你不相信郝剑会自杀，说一切后果由你来负责。"李局长一听魏云的话，心里有点憋屈，自己事前已经给魏云专门汇报过郝剑的事，打过预防针了。魏云鬼迷心窍，执迷不悟，一意孤行。拍着胸脯保证郝剑不会自杀，张口一个他负责，闭口一个他担保。现在事情出来了，自己不承担责任，反倒埋怨他人了。

"我负责个垂子！"魏云最不爱听李局长这话了，突然间爆出粗口，然后直接把电话挂断了。

李局长放下电话，冷静了许多。是啊，魏云官大一级能把他压死。现在这社会，有几个领导愿意替下属承担责任呢？所以，自己的孩子还是自己抱，不要指望其他人了。他急忙把爱国叫过来，让爱国去处理这件事。爱国听后，面有难色，尴尬地说："我现在出面不合适吧！"李局长说："有啥不合适的？魏云把你免了，他能从全市民警的心中把你免了？他肚子里装了多少肮脏、龌龊谁看不出来吗？把你拉下来，就是要给人腾位置、让路呢。"李局长一席话，把爱国说得内心一阵一阵酸楚，他真的没有料到，魏云给他使了这么毒辣的招数。作为一名民警，一名党员，他有自己最起码的职业道德和操守，有自己做人的基本立场和原则。尽管眼泪在眼眶里打转转，他知道服从命令是警察的天职。此时的刘爱国，虽然已不是局党委委员、副局长了，但是，他还是一名共产党员，还是一名真正的人民警察。他告别了李局长，径直去了市第一人民医院。

医院已经完成了对郝剑的抢救，把他放在重症监护室。医生告诉爱国，郝剑已经脱离生命危险，需要静养。爱国就这样守在病房外。

第三天，郝剑醒来了。他哭着喊着要见爱国，爱国立马进到病房，坐在他的病床边。郝剑说他对不起爱国，对不起平安，他是一个罪孽深重的人，他应该结束自己的生命。他别无所求，但求一死，来洗刷自己罪孽的灵魂。“魏云就不是个人！他陷我于不仁不义之地啊。”

爱国说：“现在啥也别说了，好好把身体养好！”

郝剑说：“魏云把我逼到绝境，他不想让我好过，他也别想安安然然地当官。我要检举揭发他，撕开他的画皮，戳穿他的狼子野心。”

73

善有善报，恶有恶报。不是不报，时候未到。

魏云自从当上秦汉市公安局局长以后，他的所作所为，令人大跌眼镜，组织上已有所闻了。经过调查：几年来，他调动、提拔、转岗了三四百名干部，在干部管理方面，他有他的一套做法。他在组织部当了多年副部长，专门管理干部这事。他研究透了如何提拔干部、如何转岗干部、提拔哪类干部，他完全不按照组织原则办事，而是凭自己的喜好，凭个人的感情。他动了几百名干部，秦汉市公安局的工作不但没有上去，反而直线下降。前几任公安局局长政治责任心强，公安业务精通，遇事能设身处地地为民警着想，为工作着想，始终坚持讲政治、讲大局、讲奉献、讲团结，带领民警把工作干得风生水起，每年的工作成绩都处在全省公安机关前三名。自从魏云当了公安局局长后，飞扬跋扈，趾高气扬，刚愎自用，没有把心思放在工作上，而是专心搞干部的提拔、任命，工作成绩一年不如一年，始终排在全省的后三名，好多业务工作处于全省垫底的地步。他不以为耻，反以为荣。他作风霸道，民警敢怒不敢言。他大搞一言堂，局党委班子成员都成了他的出气筒。大家私下都说，魏云提拔干部的标准，不是德才兼备，不是任人唯贤，而是任人唯亲、唯钱、唯官、唯美色。他提拔的干部，要么是官二代，要么是富二代；要么是送钱的，要么是有姿色的。把一个好端端的秦汉市公安局搞得乌烟瘴气，乱成一盘散沙。有些老干部看到秦汉市公安局的变化，都暗自叹息："好端端的一个公安局毁在了魏云手中。"

他拿了闫长明的几十万元还不罢休。在缑卫花的撮合下，他和闫长明以及闫长明的媳妇艳妮吃了几次饭后，被艳妮的姿色所吸引，挖空心思，寻找任何一个能接触到艳妮的机会。后来在提拔干部时，他故意没有将闫长明列入候选人名单，急得闫长明如热锅上的蚂蚁。闫长明知道魏云的喜好，也清楚魏云故意不把他列为候选人的原因。他一连几个晚上都没有好好休息，也没有想出一个很稳妥的办法。再不赶紧采取行动，博得魏云的欢心，这次提拔干部肯定就没有希望了。想到这里，闫长明不想前功尽弃，更不能竹篮打水一场空。官当不成了，钱也没了。闫长明思来想去，实在没辙了，便让缑卫花又约魏云吃饭，但魏云都以各种理由推辞了。实在没办法了，闫长明只好让艳妮去找魏云，他知道，这是要把媳妇送入虎口。谁让他死皮不要脸，爱当官呢！闫长明刚一开口，艳妮就说："你啥也别说了！你一抬腿，我就知道你屙啥粪呢。"闫长明说："俗话说得好，舍不得孩子，套不住狼么。"艳妮说："俗话还说，舍不得老婆，抓不住野汉流氓呢。"闫长明死皮赖脸地黏着媳妇不放，艳妮被闫长明纠缠得没办法了，只好硬着头皮去了。魏云和艳妮在半推半就中，成就了好事。他不仅得了闫长明的钱财，还睡了闫长明的媳妇。闫长明赔上了夫人和钱财，才如愿以偿地当上了渭滨分局副局长。

省公安厅督导组专门到秦汉市督导工作来了。他们事前并没有打招呼，而是直接到基层进行实地考察、调研。督导组王组长临行前给督导组每个成员打了预防针，要求大家牢记党中央的"八项规定"，一切活动，都由自己掏腰包，坚决不参与秦汉市公安局安排的任何接待，自己吃自己的饭；坚决不住秦汉市公安局安排的宾馆酒店，自己住自己的招待所；坚决不用秦汉市公安局安排的接待车辆，自己开自己的车；坚守保密原则，作风低调，不能打扰、干扰基层工作的正常开展。王组长一行深入一线，实事求是，了解和掌握了秦汉市公安机关特别是魏云身上存在的很多问题。有的问题令人发指、触目惊心，王组长听了都感到心寒，心想：魏云这样的败类怎么能在秦汉市公安局局长的位置上一当就是四五年呢？

王组长一行来到秦汉市公安局，正式与公安局的领导见面了。魏云看到王组长，满脸堆笑，点头哈腰，唯王组长的马首是瞻，一会儿给王组长倒水，一会儿给王组长敬烟，一会儿给王组长递水果，他所做的这些，一一被王组长谢绝了。王组长的举动，弄得魏云不知所措，好几次都把魏云置于十分尴尬的境地。

面对魏云，王组长不卑不亢，一副公事公办的架势，让魏云着实有点心慌。他心里犯嘀咕：王组长啊王组长，你倒是给我出啥难题呢？要不是看你是省公安厅的钦差大臣，我才懒得理你。我在秦汉市做官，你还能把我怎么样呢？给你一点面子，你可别做得太过分了。你都不打听打听，在秦汉市，我也是跺一脚地动三天的人物，谁敢在我头上动土？他虽然心里不高兴、不服气，但是，王组长就是钦差大臣，此时此刻他魏云惹不起，给魏云一千个胆他也不敢惹。魏云毕竟是魏云，他是一个政治流氓，他还是一个混世魔王。所以，他不管王组长对他不冷不热的态度，觍着脸热情接待着。

“王组长，我把秦汉市今年的工作给各位领导汇报汇报。”魏云为了打破僵局，小心翼翼地说。

“汇报嘛，就没有必要了。一是我们人手一份你们的汇报材料；二是你们在全省近三年的考核排名我们彼此心里都很清楚；三是我们这几天在下面走访了好多单位，了解你们的工作情况，特别是听到了很多群众和基层民警的心声。”王组长不紧不慢，说了不听汇报的三点理由，每一点都能成立，更何况还罗列了三点。

魏云听后，点头说："也好！也好！"

王组长话锋一转，问魏云："听说渭滨区看守所一名在押嫌疑人自杀了？"这句话就像一把利剑，直刺向魏云的咽喉。魏云的脸色瞬间发生着变化：白了，青了，紫了，红了。他连忙堆笑说："王组长微服私访，了解得这么详细。"王组长冷笑了一下，说："据说，那个人自杀与你有关。"魏云说："没有！没有！这是渭滨区看守所的事情，我已经安排督察队调查了。等有了结果，我们一定严肃处理！严肃处理！"

"这么大的事，为什么不报告省厅？"王组长一句话，问得魏云瞠目结舌，额头上都沁出汗了。王组长继续说："你汇报一下你们秦汉市公安机关是如何落实中央'八项规定'的？是如何开展'党的群众路线教育活动''三严三实'和'两学一做'的？"

魏云事前没有做这方面的汇报准备，所以，王组长的话打了他一个措手不及，他一时卡在那儿了。王组长问："'八项规定'的具体内容是啥？你知道几条？"魏云更是回答不上来。魏云让赵副局长汇报。赵副局长坐在那里好像没有听到他的话，表情严肃，不接他的招。他再一次提醒赵副局长，说："赵局长，请你代表市公安局汇报一下。"赵副局长心想，这会儿你想到我了？你提拔干部的时候咋不征求我的意见呢？但是，公众场合这话不能说。再说，要说出来了，也有悖于党的组织原则和党的纪律规定。他说："本来，我想给王组长汇报呢。但一想，我汇报不合适么，你是一局之长，又是局党委书记，'八项规定'和'党的群众路线教育活动'等都是你一手抓的事情，我总不能碌碡跑到牛前面去么。"赵副局长一句话，把魏云硬生生地挡回去了。赵副局长一看魏云面有难色，心里觉得好笑，继续说："等你汇报完了，我再把我个人落实和践行'八项规定'及'党的群众路线教育活动'的情况向王组长具体汇报，恳请王组长和各位领导批评指正。"

王组长听着赵副局长的话有道理，连声说了三个"好"字。魏云没办法，只能硬着头皮往前顶。好在这个时候缑卫花从政治部要来了这方面的材料，给他解了围，缓解了尴尬难堪的局面。魏云拿着材料的手有些发抖，很明显，一看他的样子，就知道他心里对赵副局长刚才的话很生气。

听了魏云的汇报，王组长说："汇报材料写得好！至于你们活动开展的效果，我觉得材料里面有些夸大其词了；至于工作成绩嘛，把麦芒说成了棒槌；至于存在的问题，却恰恰相反。所以，我个人认为，你们的整体工作存在政治站位不高，领导思想不重视，认识不到位的问题；存在流于形式、方法简单、效果不明显的问题；存在作风漂浮、措施不力、功夫没下到位的问题。这些是我个人一点不成熟的看法，不妥之处，还请你们批评纠正。不过，我的看法也是有根据的，来源于你们刚才的汇报，也来源于我们这些天在基层的调查走访。"王组长的话让秦汉市公安局在座的领导吓出了一身冷汗，一个个面面相觑，脸都红了。王组长说："脸红了这是好事！说明我刚才的话说到点子上了，戳到你们的痛处了。'党的群众路线教育活动'，要求大家紧紧围绕保持和发展党的先进性和纯洁性，以'为民、务实、清廉'为主题，按照'照镜子、正衣冠、洗洗澡、治治病'的总要求，自上而下在全党深入开展。你们是否深入了、深到了哪个层面、开展到哪个范围、进展到哪个程度，你们心里最清楚，人民群众的眼睛看得最真切。"王组长话音刚落，魏云就带头鼓掌，大家也跟着一起鼓掌。

"形式主义害死人！我刚说了形式主义，你们就接着犯形式主义的错误。鼓个掌就说明我讲话重要了？你们要严肃起来，把局里的政治生态营造好，一天到晚再别搞虚头巴脑的形式主义了。"王组长接着说，"下面我强调几点，请大家很好地对照检查。一是党的十八大以后是否存在不收手、不收敛的问题；二是党性原则是否坚持了，是否存在口头上很硬、行动上不力的问题；三是是否存在政治上'两面人'，存在对党不忠诚、不老实、阳奉阴违、两面三刀的问题；四是是否存在工作不扎实、措施不力、敷衍塞责、应付差事、弄虚作假等问题；五是是否存在不民主，存在大搞'一言堂'，不开民主生活会，不调查研究，拍着胸脯做保证、拍着脑袋做决策的问题；六是是否存在买官卖官、权钱交易、权色交易，把干部调整、任用，当成捞钱的工具和贪图美色的手段的问题。”

王组长的话，没有一句是虚的，句句点中要害，惊得魏云一身冷汗。他感觉王组长的每一句话、每一个问题都是冲着自己来的，他如坐针毡，如芒在背，他已经陷入困境之中，想高声呼喊，却一个字也喊不出来；想奋力冲杀，却心有余而力不足，四肢发软，一动也不能动。以至于王组长后来讲的啥、要求的啥，他一个字腿腿都没有听进去……

74

“一带一路”倡议的提出，对于积极发展与沿线国家的经济合作和伙伴关系，共同打造政治互信、经济融合、文化包容的利益共同体、命运共同体和责任共同体具有重要意义。

秦汉市是陆上丝绸之路的重要起点，在“一带一路”的倡议下，秦汉市高度重视，下发了《关于整治五陵原生态环境的紧急通知》，要求对五陵原上的违章建筑全部拆除，影响生态环境的企业、工厂、作坊该整改的必须整改到位，整改不达标的一律停产停业，停产停业期间整改还不到位的一律拆除。

这段时间，刘爱国成了大忙人。自从被魏云免职后，李局长把他安排到秦汉市渭滨区提升营商环境领导小组办公室，让他具体负责营商环境的整治工作。接到紧急通知后，刘爱国立即带人在五陵原上开展调查摸底，一个企业一个企业过，一个单位一个单位查，一一造册登记，做到心中有数、有的放矢。第一阶段的调查摸底全部进行完毕，爱国心里一下子沉重起来了。

“你有啥心事？”爱国给李局长汇报完毕，李局长看爱国脸色凝重，便问他。

刘爱国面有难色，说：“魏云在五陵原上有个院子。他原来是啥想法我不清楚，但是，现在里面盖得像个庄园。我不知道如何是好。”

“按照规定办理么，该咋办就咋办。”李局长说。

“我也是这么想的。但我怕有人说我假公济私，故意和魏云过不去，给他制造难堪。”爱国说。

“千万不要有啥顾虑！这次整治五陵原生态环境是一项政治任务，千万不敢掉以轻心，更不敢徇私枉法。”李局长提醒爱国。爱国笑了，说：“我就等你这句话呢！有组织撑腰，有规定壮胆，就没有我干不成的事情。你放心，我保证完成任务。”

魏云自从在麦花那里得知龙涎香石已经和他爷一起埋了，便盘算着如何得到龙涎香石。他希望得到龙涎香石这块价值连城的宝贝，因为它是从秦朝留传下来的旷世之宝。把龙涎香石一出手，肯定能得到一笔不菲的财富。20 世纪 60 年代末，长陵附近有个村一名十多岁的少年，放学途中，在路上捡到一枚印章，和他父亲一起将印章上交国家文物部门。经专家鉴定，少年捡到的这枚印章是汉高祖刘邦夫人吕雉的“皇后之玺”。皇后玉玺高两厘米，边长二点八厘米，重三十三克，是用新疆和田羊脂白玉雕刻的。玉色纯净，玉质坚硬，螭虎生动，字体规整大气，雕刻技法娴熟老辣，极为罕见，是汉代等级最高的唯一一枚皇后玉玺，属于国宝级文物。魏云长大后闻知这件事，后悔为啥当年捡到这枚“皇后之玺”宝贝的人不是他呢？要是他得到这枚宝贝，他肯定不会把“皇后之玺”上交的，把它珍藏到现在，就属于千金难买的旷世珍宝了。

一想到龙涎香石，魏云就来了精神。私下里和村里的干部协商约定，他在市上相关部门给村上争取一百万元，为村里修村道、打机井、翻修校舍，村上无条件给他在魏富贵坟墓周边划十亩土地。

魏云的心机很重很强烈。为了掩人耳目，他先是拉砖、水泥和沙子，高调张扬地准备给魏富贵修缮坟墓。

夜深人静的时候，魏云和周贵、日旺等几个心腹，神神秘秘，掩饰住内心的狂躁，用挖掘机挖开了魏富贵的坟墓，魏云拿着强光手电下到墓穴中，把旮旯角角全部翻了个遍，也没有找到他梦寐以求、朝思暮想的宝贝——龙涎香石。这让魏云心里非常懊恼，也增添了他对麦花的恨。他心想，麦花绝对是他后妈，亲妈是不会欺骗他的。

看到魏云心情不好，周贵、日旺赶紧让挖掘机司机把富贵的坟墓回填了。第二天，他们若无其事地开始修缮坟墓。

魏云在富贵和翠红的坟墓周围砌了半米高的围墙，然后拉了几车黄土填上，把富贵、翠红的坟做得高高大大的。又从周陵找了九棵柏树，栽到坟墓的周围。在富平石坊苑找了一位能工巧匠，雕刻了一块两米多高的石碑。经过魏云的一番折腾，富贵、翠红的坟墓显得很威严、很肃穆，惹得五陵原的乡党们投来羡慕嫉妒的目光。一切做好后，魏云提出要给他爷唱三天大戏，举办一个立碑仪式。家兴和麦花坚决不同意，他们不让魏云这么折腾，他们心里有底，知道富贵在五陵原上的名声，害怕遭到乡党们的耻笑。魏云不得已，大戏最终没唱成。

没有找到龙涎香石，让魏云很是懊恼，他在心里诅咒着麦花。不管他心里多么憎恨、多么生气，但是他不能说出来，毕竟，挖祖坟是一件不道德的事情。魏云决定开发自己所圈的十亩土地，从此，周贵、日旺成了他最好的帮手。过去，他们一起吃饭、一起喝酒、一起逛KTV，他们是穿一条裤子的人。每天，不管是周贵，还是日旺，只要有闲时间就会到五陵原上，替魏云照看着工地。他们先是用砖把四周的围墙砌起来，安了一扇红色大木门，然后在里面一点一点地开始搞建设。两年下来，里面已经完全变了模样，从原来的一片土地，变成了一座高端、豪华、森严的“魏氏庄园”。

爱国拿着“拆除违法建筑通知”，到秦汉市公安局去找魏云。魏云以为爱国是来给他认错的，故意拿腔作势，端着领导的架子，装出领导的威严。看到爱国进来，他坐在老板椅上没有动弹，眼皮几乎都没有抬一下，只是和爱国象征性地打了一声招呼，就静静地等待爱国给他回话、认错。这个架势、做派，和他上一次邀请爱国谈郝剑的事情时判若两人。魏云等了半天，爱国没有回话，更没有给他认错。他心里反而着急了，忽地坐起来，问：“你有啥事？”

爱国笑了笑，问：“你以为呢？”一句话把魏云噎得说不出话。爱国说：“不过，今天你的如意算盘打错了！你处理我时，一意孤行，为了一己之私，把法律法规抛到脑后，违反法定程序，你想，我会给你赔礼道歉吗？”

“那你、你、你……”魏云非常恼怒，话都说不完整了。

“无事不登三宝殿。你可能以为我今天登门是来给你认错的，其实，你的想法很丰富，也很幼稚、可笑、滑稽。前面的事情过去了就让它过去，千秋功罪，群众自有公论。”爱国说，“我今天来，是专门给你送‘拆除违法建筑通知’的。”说完，爱国把通知单放在魏云的老板桌上，魏云拿在手中一看，原来是“拆除违法建筑通知”。他大吃一惊，问：‘你们要拆除我的院子？’爱国说：“不是我们，是政府。你的‘魏氏庄园’没有任何用地、规划、建设手续，属于‘违建’。今天我来告知你，请你自行拆除。你若不能按期拆除，我们将按照规定强行拆除。”

“爱国，你这么做对你有啥好处？”魏云问。

“对我没好处，但是拆除违建是一件利国利民、造福子孙后代的大事。只要能改善五陵原环境，符合国家政策的，我们就坚决照办！”

“难道你一点都不顾及乡党的情面？”魏云说。

“你还有情面？你干的事情顾及过谁的情面？现在你和我谈情面，对不起，我受不起。在你面前，我把情面戒了。”爱国义正词严。

“我看谁胆大包天，敢拆除我的院子。”魏云愤愤不平。

“那你就睁大你的眼睛，看看对抗政府、目无法纪的结果。”

“你！”魏云勃然大怒，指着爱国说，“我看你是狐假虎威、假公济私、公报私仇。”爱国听了，哈哈大笑，扬长而去。

魏云果然没有在规定的期限拆除“魏氏庄园”。爱国和营商办的同志们商量后，依法提请法院做出判决。五陵原生态环境整治是一件政治任务，必须依法办事。法院在事实清楚、证据确凿的情况下，依法判决“魏氏庄园”是一座“没有任何用地、规划、建设手续，破坏基本农田，私自改变土地性质、用途”的违法建筑。

接到法院的判决书，魏云气得直跳脚、骂娘，差一点吐血了。他安排周贵、日旺找来大卡车，去“魏氏庄园”拉东西。不料，却被门前的保安挡住了。

“为啥不让我们拉自己的东西？”周贵质问保安。“文物是国家的。”保安说，“我们是丫鬟拿钥匙——管事不拿事。”“谁拿事？”“营商办么，具体是刘爱国负责呢。”周贵和日旺听说是刘爱国具体负责这事，头“嗡”地一下子大了，真是冤家路窄啊！

爱国看到周贵和日旺，热情地说：“来，坐下说。喝杯水。”几句话说得他俩都不好意思了。周贵说明了来意，爱国说：“你们来得正好，免得我再跑一趟。我们初步看了，院子里面有大量的石磨、石盘、石鼓、石马、石槽、拴马桩等，这些可能是国家文物。”周贵说：“这些都是从民间收购的，哪能是文物呢？”“我和你说了都不算，必须临时扣下来，等文物部门专家鉴定后，再做结论。”

“就不能通融通融？”周贵用商量的口气说。“这涉及国家文物，有可能涉嫌犯罪。在法律和原则面前，没有商量的余地。”爱国说。

日旺一听，气呼呼地说：“你个下台干部，还牛哄哄的。”他原本以为爱国会生气，会与自己发生争吵、撕扯，这样就可以给不明真相的群众造成一种错觉、假象，便可制造事端，浑水摸鱼，达到拉走东西的目的。没想到，爱国听了，不但不生气，还笑嘻嘻地说：“台在哪里？台是个啥？我本来就是一介草民，不存在上台和下台。组织上咋安排，我坚决服从。至于你刚才说的‘台’，我认为你说的是‘官’。德不配位，做再大的官又有何益呢？坐上再高的台又能如何？做人，要有良知，要有正义。”

周贵、日旺一看爱国这个架势，明显不给他们面子，也没有一点商量的余地，只好怒气冲冲地走了。他们临走时撂下一句话：“走着瞧！”

爱国听了这句话，笑了，不愧是魏云的马仔，连说话都是一个德行。爱国冲着他们后背，大声说道：“走好！不送！”

75

魏云被市纪律检查委员会找去谈话，回来后，心情很沉重，也很复杂，整天魂不守舍，神情恍惚。

“你咋了？脸色蜡黄。”缑卫花关心地问。“没啥。”魏云装出一副没事人的样子，故作轻松地说。“你的眼睛出卖了你！还说自己没事。”缑卫花说。

“你的眼睛出卖了你。”魏云听到这句话，全身就像触电似的。这句话是纪委田书记和他谈话的时候说过的，缑卫花今天也说了这句同样的话，看来，的确是眼睛出卖了自己。眼睛是心灵的窗户，心里有啥事，你不说出来，别人也会知道。因为，心中的事情瞒不过“眼睛”，这扇窗户会把你的一切心事毫无保留地告诉他人。

“是福不是祸，是祸躲不过。”魏云自言自语。缑卫花安慰道：“遇事要乐观一些，别灰心丧气。车到山前必有路，你再找找人说说，目前咱是‘山重水复疑无路’，有你这个能行人，最后一定会‘柳暗花明又一村’。”魏云坐在那里，眼皮子都不想抬一下。想想自己平时的所作所为，看看自己现在，他心灰意冷，真的很后悔。田书记说，省公安厅督导组王组长和他交换了意见，他们一致认为：魏云政治站位不高，思想认识有偏差，没有和党中央保持高度一致；存在官僚主义，深入基层少，调查研究少，对全市社会治安和公安队伍现状缺乏必要的了解和认识；存在形式主义，用会议落实会议，把真抓实干挂在嘴上，把改革创新停留在口号上；存在享乐主义，高标准配备公务车辆，魏云个人不仅有一台警车，还有一台挂着武警牌照的车辆，对上级三令五申的要求置若罔闻，至今不改；存在奢靡之风，公款吃喝，接受下级宴请，收受下级礼物，搞权钱交易、权色交易；等等。

田书记语重心长地和魏云谈心，希望他能迷途知返，幡然悔改。《红楼梦》

中贾宝玉说过："早知现在，何必当初。"魏云已经在一条很危险的不归路上走得太远、太远了，在一个吞人的泥潭里越陷越深了。他想回头，却下不了这个决心；他想反省，却被贪念占据了整个灵魂。从前，他一直抱着侥幸心理，认为自己是土生土长的五陵原人，一直抱着"强龙不压地头蛇"的想法，为所欲为，飞扬跋扈，自认为在秦汉市树大根深，枝繁叶茂，无人能把他怎么样，面对多次的教育活动，他都蒙混过关了。

要想人不知，除非己莫为。五陵原上有句俗话说：苍蝇飞过去都会留下个踪影。中央三令五申，老虎苍蝇一起打。看来这一次，自己很难利索脱身，不能全身而退了。魏云陷入深深的思索之中。

这时候，有人敲门。缑卫花开门一看，是周贵、日旺，便把他俩让进来，然后又把门关上了。

周贵是个急性子，一进门就大声嚷嚷，大骂刘爱国。魏云抬起眼皮子，问："咋了？吃炸药了？"周贵气呼呼地说："狗日的不让咱拉东西，非说那是文物。"日旺在一旁添油加醋，说："不让拉就不让拉，还给老子上政治课呢。老子过的桥比他娃走的路都长。还说你德不配位……"缑卫花急忙制止，说："老板心烦得很，别给老板添堵了。"人少的时候，他们几个死党，私底下把魏云称老板。

"他翻了天了？"魏云说，"他吃了熊心豹子胆了？一看就是个小人，落井下石。"

"当初，就应该把他处理得再重一些。"日旺气愤地说。

"还能重到哪里呢？总不能把他的警服脱了去。"魏云摆了摆手，说，"你们走吧，让我静一静。"

魏云听了周贵、日旺的汇报，心里非常焦急、害怕。他当初让陵南村给他划拨的那十亩土地，他心里有着自己的小九九。故意先修整他爷魏富贵的坟墓，让全村人和周围的人都认为他是个很孝顺的孙子。然后，再把四周围墙一砌，在里面大兴土木，仿照汉代的建筑，在大门外面，用大理石做了一对既威严又高大的汉代门阙。从路边到门阙之间，用青石板砌成三层九级台阶。门阙与围墙之间，留下一片空地，空地全部铺上青石板。正面的围墙中央，安了大红漆木门。大门是用椿树木做的，门板有近二十厘米厚，门框、门扇油漆成大红色，门扇上钉了五排、每排各九个大泡钉，预示着“九五之尊”。远远看去，高大威严的大理石门阙和大红门相映成辉，彰显了主人的地位。四周的围墙用青砖砌成三米高，墙顶上全部砌上琉璃瓦。高墙内，一律采用汉代建筑风格，整体建筑豪华大气、威武森严。他为了掩人耳目，起了“五陵原书院”这样一个带有文化气息的名字，请名家专门题写了书院名，在黑色牌匾上雕刻漆成红色的大字，悬挂在门楣上方。还在广场上立了一块红色大理石石碑，把“五陵原书院”五个大字雕刻在上面。

五陵原书院建成之后，他把秦汉市的头头脑脑全都请了过来，堂而皇之地给他们大讲特讲他修建书院的初衷，讲他修建书院的苦心，讲他修建书院的付出，主要讲他修建书院的目的和远景目标。

1965 年金秋，在五陵原杨家湾汉墓前的十一座随葬坑中出土了一千九百多件步兵俑，五百八十多件骑兵俑，一千多件盾牌，以及一百多件舞乐杂役俑，号称“西汉三千彩绘兵马俑”。这座西汉兵马俑随葬坑，发现得比秦始皇兵马俑早了九年。据说墓主人可能是汉高祖刘邦的重臣周勃和其子周亚夫。不过，汉代兵马俑与真实的人、马是等比例缩小的，而秦始皇兵马俑和真实的人、马是同比例的。魏云在秦汉文庙和秦始皇兵马俑看了这些宝贝，眼睛都直了，目不转睛地看着。很可惜，这些宝贝只能远观，这多少让魏云有些遗憾。回去后，他茶饭不思，一门心思琢磨着这些宝贝。这便是他大兴土木，修建五陵原书院的初衷。

过了几天，魏云被突如其来的消息打蒙了。爱国带人把五陵原书院的东西如实登记造册，拍照留证据后，全部移交文物部门统一管理，等待专家做进一步鉴定。把院内的红木家具、名画、瓷器、电器等全部登记造册，一律放到渭滨区一个大库房里封存起来。

爱国带着施工队，在法院执行局工作人员的见证下，在渭滨区政府相关部门、街道办工作人员的参与下，依法对魏云的五陵原书院进行拆除。拆除工作很艰难，魏云当初在修建时，用钢筋混凝土建设得很坚固，现在机械拆除都很困难，进展也很缓慢。拆除结束后，开始清理建筑垃圾。施工队报告说，在魏云的卧室里发现了一个暗道。爱国大吃一惊，立即带人前往查看。果然，在清理过的地面上有个暗道，爱国带人拿着强光手电，走了进去。

暗道里很黑，好在他们拿着强光手电。其实，这是他们对暗道不熟悉，暗道里面早已通上了电源，每隔一段都装了照明设备。爱国进入暗道后，仔仔细细进行查看，终于在入口处找到了机关。他合上电闸，暗道里面顿时亮堂起来了，暗道不再黑暗，暗道里面的一切全部出现在他的视野中。

爱国在检查时，发现了一块秦龙纹空心砖。砖长一百厘米，宽三十八厘米，厚十六点五厘米，纹饰均细线阴刻，龙曲身卷尾回头，有四肢。空心砖始见于战国时期，相传，它是秦始皇在龙床下面用的垫脚石。

爱国大吃一惊，急忙带人离开暗道。他在电话里将情况报告给李局长，李局长立即调集十几名特警日夜把守，等待文物专家过来鉴定。同时，要求所有在场的人一律加强纪律性，增强保密意识，绝对不能泄密。

事情有条不紊地进行着，经过专家勘查，暗道是通往长陵的。暗道才挖了少一半，距离长陵还远着呢！专家看后，认为公安机关发现得及时。从目前挖掘工程进展情况看，已经有至少三座陪葬墓被挖了，至于陪葬墓里的东西是啥、有多少，还不得而知，有待进一步考察。

世上没有不透风的墙。这个消息很快传到魏云的耳朵里，魏云整个身子都软了，顺着椅子溜了下去。心想：这下完了！彻底完了！

76

五陵原书院被政府依法强拆的消息不胫而走，传遍了整个五陵原。以前还抱有幻想和侥幸心理的人，已经打消了蒙混过关的心理，还没等工作组到五陵原上再一次进行宣传、动员，那些人心里虽然极其不情愿，但是，他们还是自己雇人、雇机械，把建造起来的违章建筑物全部拆除掉，清运了建筑垃圾，并把废墟很快地进行了土地平整。

爱国和平安兴冲冲地走在五陵原上，看着过去的违章建筑已经没有了踪影，呈现在眼前的是一片片等待耕种的土地。五陵原又恢复了从前的模样，他们能不欣喜若狂吗？他俩来到汉高祖长陵，看到长陵周围栽种的翠绿松柏时，情不自禁地流下了滚烫的泪水。整治五陵原生态环境的号角吹响后，他俩冲锋在前，不负众望。为了这片神奇的五陵原，为了保护五陵原优美的自然环境，为了捍卫五陵原厚重的历史文化和文物古迹，为了让五陵原的子子孙孙过上幸福美满、和谐健康的生活，他们不知道熬过了多少个日日夜夜，忍受了多少难以入耳的辱骂，洒下了多少艰辛的汗水，付出了多少努力和心血。

从前，那些在五陵原上以生态农业、观光农业的名义，大肆圈地、违规乱建的人，有恃无恐，自恃腰包里有些钱，背后有几个靠山，大规模地开始违规建设。短短几年，五陵原上一片狼藉，大量的建筑材料大摇大摆地运到五陵原上。他们改变土地的性质和用途，公然建设临时建筑物，他们以每平方米一百元的建设费建设临时建筑物，到了征地拆迁赔偿时，狮子大张口，漫天要价，吞噬国家的土地征收补偿款。他们一开始搞建设的目的，其司马昭之心，路人皆知，为的是得到远远高出建筑费数倍的拆迁补偿款。用五陵原上的俗话说，只要他们尾巴一摇，就知道他们拉啥屎。眼看着这些拔地而起的临时建筑，毁坏了农田，破坏了五陵原的生态环境，群众敢怒不敢言。

尽管他们都是五陵原的子孙，却在利益面前，认钱不认人，翻脸比翻书都快，不仅不配合、不支持、不协商、不沟通，反而采取消极对抗、公然抗拒的办法干扰工作组工作。

为首的是二怪和狗剩。刚开始，他俩得知爱国和平安管这件事，心里非常高兴。自恃与爱国、平安是发小，关系好，从来不把上门做工作的工作人员放在眼里。他俩故意抬出爱国和平安，说他们从小在一起耍大的，关系铁得很，不会把他俩怎么样。他俩有时候当面冷嘲热讽，有时候公开谩骂，弄得工作人员心里很生气，多多少少对爱国和平安有了怨气。工作人员回到办公室，有一句没一句地对他俩指桑骂槐，说风凉话。

爱国和平安听出了他们话里话外的味道，看出了其中的“门道”。于是，亲自出马，找二怪和狗剩谈心。

“二怪不是个善茬！”平安说，“相比较，狗剩脑子简单，没有心计，工作好做。”

爱国说：“咱不能专捡‘软柿子’捏嘛。我觉得还得从二怪这里下手，做通了他的思想工作。一方面能起到带头示范作用，一方面还能起到宣传和震慑作用。”

其实，他们“研究”二怪时，二怪也没有消停，他也在想办法“研究”对付他俩的办法和门路。二怪寻到爱国和平安家，让他俩的妈说情，从中通融。没想到，两个老太太用“公家的事我不懂”“娃大不由娘”将二怪打发了。二怪一看打“亲情牌”不行，就换打“权力牌”。他立马到市上找领导，让领导用权力施压。没想到，从前和他称兄道弟、胡吃海喝的领导“兄弟”们，一听他说这事，全都摇头摆手，说“躲都躲不及呢”“谁瓜得把手给磨盘子底下塞”，把他送来的钱物往他怀里一塞，推出门去。

形势变了！经过这两件事情，二怪心里犯嘀咕，心想：这可咋整呢？五陵原上有句俗话：人为财死，鸟为食亡。二怪想，靠天靠人，不如靠自己。他想暗地里给他们撂砖头，又想：砖头不长眼，万一出人命麻烦就大了。于是，二怪趁着夜深人静之际，给爱国和平安两个人老家大门上抹粪便进行侮辱。他自以为做得天衣无缝，躺在家里，静观事态的发展、变化。

二怪的卑劣举动，惹恼、吓坏了两个老太太。二怪听说两个老太太骂大街，心里一阵高兴，心想：你儿子让我不舒服，我能让你们过安稳日子？正当他心花怒放、自以为出了一口恶气而沾沾自喜的时候，爱国、平安却找上门了。

他一听两位上门来找他，便蒙头装病。没想到，爱国上前一把揭开他的被子，平安上前抓住他的领口，像抓小鸡般把他从炕上拎起来，撂在地上。爱国轻蔑地说：“二怪啊二怪，敢做不敢当啊，还充什么梁山好汉呢！”平安说：“就他，还能够上好条汉？充其量就是一条死狗。”二怪质问他：“你骂谁是死狗呢？”平安说：“我骂你是死狗！要不是看在‘发小’的分上，我还想打你呢！”二怪怒目圆睁，说：“狗改不了吃屎！你打人打上瘾了？你打郝剑把官都打没了，你再打我试试？看我不把你的皮扒了！”平安笑着说：“没官一身轻，没官无压力，试试就试试！”说完，抡起拳头朝着二怪挥去。还没等他拳头落下，二怪就软瘫在地。平安笑了，说：“就你这㞞样，还能扛得住打吗？”

爱国质问：“我两家大门上的东西是怎么回事？”二怪说：“我咋知道。”真是贼没赃，硬如钢。不见棺材不落泪。二怪自以为他干得天衣无缝，所以一再地狡辩、抵赖。爱国拿出手机，调出了一段监控录像让二怪看。画面上，二怪贼头贼脑地，在爱国家门前的所作所为一目了然。爱国说：“你也知道这事干得不光彩、见不得人，偷偷摸摸地干。这事该咋办你心里清楚。给你一个小时，我要看到干干净净的大门。在此，我郑重地警告你：任何时候都不要忘记自己是五陵原的子孙，希望你初心不改，保持纯朴善良的本质，永远记住‘绿水青山就是金山银山’。缺德没良心的事坚决不做！祸害五陵原生态环境的事坚决不做！不是造福子孙后代的事坚决不做！要多做好事、善事，多做那些造福子孙后代的好事！把五陵原建成绿色生态环境的典范，现代绿色帝陵的观光园！请你好自为之，不要抱任何幻想，早点丢弃你企图发横财的黄粱美梦！”说完，爱国和平安大步流星地出了二怪家门。

爱国和平安把二怪这个刺儿头打压下去了，五陵原上一时间消停了许多。狗剩等人放出话来，有本事把五陵原书院无偿拆除了去。只要工作组有本事拆除了五陵原书院，他们就会心服口服，自觉自愿地无偿拆除他们私建的建筑物。

爱国和平安何尝不想早点把五陵原书院拆除了呢！可是，五陵原书院的背景复杂，他们要采取措施，依法拆除，绝对不能贸然行事，更不能给魏云留下口舌、把柄。

经历了一系列事情之后，丝毫没有动摇爱国和平安整治五陵原生态环境的决心，反而让他们在这条道路上更加坚定、义无反顾地走下去，信心更坚定了，干劲更足了，胆子更大了。拆除五陵原书院成了当务之急。

他们走访了陵南村、长陵街道办事处，以及渭滨区规划、城建等相关单位，获取了大量的相关证据后，便通过法律渠道，依法把五陵原书院强行拆除了。看到五陵原书院被夷为平地，原来还抱有幻想和侥幸心理的人，才真正感到政府整治五陵原生态环境是下硬手、动真格，真抓实干，敢于较真碰硬，不再是从前那样雷声大雨点小，喊一喊，做个样子，走个过场；才知道这一次不能蒙混过关，更不能抱有任何幻想了。一周时间，一个一个都把自己的违章建筑物拆除了，土地平整了。

从此，刘爱国、吕平安在五陵原上声名大振，群众说他俩才是真正的五陵原子孙。

任何事情总是一分为二的，一家欢喜，一家愁。

魏云这阵子就像热锅上的蚂蚁，急得团团转；又像一只无头苍蝇，到处乱转，处处碰壁。他感觉到世事真的变了，他以前的那一套已经失效了，不管用了。

郝剑被关押后，魏云为了在魏瑶面前显示自己的能耐，展示自己的权威，当着家人的面，趾高气扬、不可一世地给魏瑶“表功”。没想到，魏瑶端起一杯酒，硬生生地泼到魏云笑眯眯的脸上，气得魏云直跺脚，要不是家兴、麦花从中劝阻，魏云的巴掌就会打在魏瑶的脸上。

“你们别管！你让他打。他都能杀人，还有啥不敢干的！”魏瑶说。麦花一听，便说：“胡说啥呢！他是你哥。”魏瑶没好气地说：“我就没有他这样的哥！他是我哥，咋能祸害我一辈子呢？”听了魏瑶的话，家兴心里明白了，亮堂了，他终于理解了魏山临死前说的“本自同根生，相煎何太急”的话了。

这一顿饭，魏家人吃得很憋屈、很窝火。饭没吃完，气都吃饱了，一家人不欢而散。

屋漏偏逢连夜雨，船迟又遇打头风。一波未平，一波又起。在家里，魏云被魏瑶往脸上泼酒了、揭发了、打脸了。魏云没想到兰草也在法庭上对他进行反击。那天兰草在法庭上接受审判时，审判长让被告人做最后的陈述。

只见兰草彬彬有礼地站起身子，对着审判长、公诉人、辩护人和法庭上所有的聆听人深深地鞠了一躬，说道："感谢党和政府！感谢法律！感谢在座的各位对我的关心！我诚恳地接受法律对我的任何判决结果。一切责任由我来负责，一切罪孽由我来承受，我心悦诚服，完全自愿接受，也不会上诉。可是，我想告诉大家的是，我走到今天的地步，成为一个罪人，是谁造成的呢？这个罪魁祸首就是秦汉市公安局局长魏云！我本来是他兄弟的女朋友，是他，当年以科学检查的名义，强奸了我；是他，以科学检查的名义，扼杀了我肚子里的孩子；是他，让我有家不能回，有屋不能住……"兰草一开口，法庭上一片哗然。审判长及时制止她，说："被告，请你不要说与本案无关的事情。"兰草说："我知道你们不能审判魏云，但是，魏云对我如此残害，难道他不能接受道德的审判，良心的谴责吗？"一时间，兰草的话迅速地传遍了秦汉市。

这段时间，魏云内忧外患，惶惶不可终日。

夜里，他梦见了魏山。魏山遍体鳞伤、面目全非、披头散发，冲着他大喊："拿命来！"吓得魏云浑身哆嗦，跪地求饶。当年，他知道自己犯下了不可饶恕的罪孽，于是，回到家里，欺骗魏山、祈求魏山，让魏山替他受过。

魏山斥责道："你咋能干出'娄阿鼠'的事情？"

魏云说："我还不是为了咱家么。一罐菜油，够咱家吃一年呢。再说了，兄弟情同手足，兄弟有难，你当哥的难道袖手旁观不成？"

魏山经不住魏云苦苦哀求，更经不住魏云撕心裂肺地哭诉，他心软了，把"偷油"的罪过承担了。令他万万没想到的是，魏云不仅偷油了，而且还杀人了。他既然承认了偷油的罪，杀人的罪自然也不能逃过。

魏山刚刚从他眼前一闪而过，魏云看到了魏富贵手中拿着那块让他朝思暮想的龙涎香石朝着他一步一步走来，微笑着将龙涎香石递到他的手中。魏云拿到龙涎香石，高兴得忘乎所以，左看看，右瞧瞧。他看龙涎香石的正面，一群仙女冲他微笑，让他神魂颠倒，顿时来了精神。他刚想伸手去抱仙女，却落空了，急得他伸手乱抓。他再看龙涎香石的背面，却是一群满脸血、红头发、留着丈二长的手指甲的厉鬼，冲着他张着血盆大口，吓得他狂呼乱喊。他的胸口像压了一块巨石，压得他喘不过气，无论如何都喊不出声来。魏云如获至宝地拿着心仪的龙涎香石，就这样来回反复地折腾着，在仙女和厉鬼中行走穿梭着……

正当他精疲力竭的时候，刚才还对他和颜悦色的魏富贵突然变了脸色，凶神恶煞般从他手中夺过龙涎香石，怒斥道："你个冷窑客的坏种种，是个大逆不道的畜生，竟敢挖我的坟墓。"魏云一听愣了，心想：我咋能是冷窑客的种呢？冷窑客又是谁呢？他想问清楚自己的身世，却张不开口。富贵骂道："挖祖坟的人不得好死！你不是一直想要龙涎香石吗，我这就了却你的心愿！"说完，他张着巨大的血口，对着龙涎香石吹了一口气，顿时，龙涎香石变成了八千女鬼，她们手持银针、铁杵、刀子、斧头、火把，冲着魏云过来了……

77

魏云死了，死得很突然，也很蹊跷，死因成了不解之谜。他的死，一时间成了秦汉市大街小巷、街头巷尾、饭后茶余的谈资。

爱国和平安离开青青家的第二天一大早，统一路小区的人们突然发现魏云家门口贴了一副红色挽联。上联：一条蛀虫螽蟁蟊蠹毁蓝盾；下联：八千女鬼魑魅魍魉乱世情。横批：死有余辜。

从这副挽联的字迹来看，绝对不是出自吕平安之手。

后 记

瑞雪兆丰年。2018 年的第一场雪，比以往来得更早一些。还没有立冬，五陵原上已经飘起了零零星星的雪花。

立冬了。当我的双手离开键盘的那一瞬，我整个身体像散了架，心里像被无数双手掏完了肠肠肚肚，泛起了一阵又一阵的空虚。《五陵原风雨》终于完成了初稿。这部作品，倾注了人到中年的我的全部心血。我是一名业余文学爱好者。本职工作是我一生为之奋斗、为之骄傲的事情。工作之余，还要创作，做自己喜欢的事情。所以，时间对我来说非常重要，十分珍贵。要把握住、把握好匆匆流逝的时间，就必须有一个乐观的心态、健康的体魄。

我热爱生活，热爱这个充满刺激和挑战的世界。在这个洒满阳光、充满爱的世界里，我将用我的双眼仰望蓝天白云、洞察世间的真善美和假恶丑；用我的双手奋笔疾书，直抒胸臆，砥砺前行在文学的荒野。

2014 年 1 月 6 日，国务院正式批复成立第七个国家级新区——西咸新区，这是首个以创新城市发展方式为主题的国家级新区。将西安市个别区县和咸阳市的渭城区、秦都区、兴平市和泾阳县的部分划分出来，组建了一个全新的西咸新区。从西咸新区五大板块来看，五陵原占据了空港、秦汉和泾河新城三大板块，占到新区总面积的 65% 以上。从西咸新区的发展前景来看，用广阔、远大、恢宏、光明、美好、生态、文明来形容，一点也不为过。这样一个现代化的新区，使人心仪，令人陶醉，让人神往。于是，我便产生了用五陵原的地域文化、历史文化和人文文化来讴歌、赞美这片沃土的想法。

让我们一起翻开五陵原的长卷，仔细品读西咸新区五陵原的丰韵。

五陵原地处关中北原，也叫北莽原，南临渭水，北接北山山系，东西长约四十公里，南北宽约二十公里，总面积八百多平方公里。因西汉王朝的高祖长陵、惠帝安陵、景帝阳陵、武帝茂陵、昭帝平陵五座陵墓而得名。五陵原原高土厚，地势开阔，风调雨顺，自然风景旖旎，久旱不雨、天灾人祸等几乎未在这里发生，被历代统治者视为风水宝地。西周时期的周文王陵、周武王陵，秦王宫、汉城遗址，武则天母亲的唐顺陵等均在五陵原之上，五陵原成为皇家陵墓区。

五陵原具有特殊的地理位置，故在先秦、秦汉和隋唐时期，一直发挥着主干的重要作用，并长期成为古代政治、军事和思想文化的中心，且形成了一个独特的人文地理区域，在我国古代文明史上占有不可替代的重要地位。

这里的皇陵均为平地凿穴起冢，沿郑国渠走向一字排开，气势磅礴，高大雄伟，十分壮观。五陵原是一个未被开发的地下历史博物馆，它在历代序列、文化内涵上都可以和埃及金字塔相媲美。因此，被誉为“中国的金字塔群”。

埋葬着众多帝王将相的五陵原，令文人骚客啧啧称道，歌咏、辞赋把五陵原变成一张亮丽的名片，也让它成为游客畅游的胜地。白居易的《琵琶行》中的“曲罢曾教善才服，妆成每被秋娘妒。五陵年少争缠头，一曲红绡不知数”让“五陵年少”闻名于世。朱敦儒则在他的《水调歌头·淮阴作》中细致描述结客畅游五陵原的情景：“当年五陵下，结客占春游。红缨翠带，谈笑跋马水西头。”诗仙李白在《少年行二首》《忆秦娥》中更是留下脍炙人口的诗行：“五陵年少金市东，银鞍白马度春风。落花踏尽游何处，笑入胡姬酒肆中。”“乐游原上清秋节，咸阳古道音尘绝。音尘绝，西风残照，汉家陵阙。”其他相关诗词也不胜枚举。

五陵原这块厚土，不仅繁衍和养育了一代代优秀的儿女，也繁荣丰富了它独特的、悠久的、灿烂的历史文化。

在五陵原上，有个词叫“毕了”，其意思就是“完了”。它出自《阿房宫赋》：“六王毕，四海一。”五陵原上人与人之间询问事情办理的结果，会听到“毕了”的答复，这就要多长几个心眼。一者是事情办妥了，请你放心；一者则是事情办砸了，没有补救的办法。如果有人生病了或者住院了，问：“咋个相？”一旦说“毕了”，就意味着人“没救了”或者“死了”。

五陵原人把吃饭叫作“咥”(dié) 饭，意为“咬”。它出自《易 · 履》：“履虎尾，不咥人，亨。”把吃面叫咥面，这不仅有吃的动作，还包含着吃得乐呵呵、笑盈盈的心情。在这里，把心烦意乱、不耐烦称之为“瞀乱（màoluàn）”“叵（pǒ）烦”，出自《文选·宋玉》“忼慨绝兮不得，中瞀乱兮迷惑”，以及《说文》“叵，不可也”。把“小”称为“蕞(方言音：suī)”，出自王充的《论衡》：“蕞残满车，不成为道。”身材矮叫蕞个子，年龄小叫蕞娃。还有方圆几十里的陌生人，打招呼称呼为“乡党（xiāngdǎng）”，“乡”和“党”，都是我国古代的民户编制，出自《汉书》：“五家为邻，五邻为里，四里为族，五族为党，五党为州，五州为乡。”

五陵原人对于外来文化并不排斥，恰恰进行了充分的学习、吸收和借鉴。现实生活中,把什么东西淘汰了,一般不说“淘汰”,而是借用了英语中的“pass”,称之为“啪死”。“啪死”一词不仅很形象，而且很生动，让语言增添了鲜活的血液、健美的肌肉、刚劲的筋骨，显示了五陵原人的粗犷、豪放。

这些词，一直沿用至今，说明了五陵原具有耐人寻味的厚重的历史文化，活跃着极富创造力的五陵原人。厚重的历史文化值得我们大张旗鼓地弘扬和宣传，勤劳勇敢的五陵原人更值得我们倾心尽力地讴歌和赞美。于是，我写下了《五陵原风雨》这部长篇小说。希望通过这部作品，讴歌五陵原，弘扬五陵原，对曾经捍卫、建设五陵原的咸阳人民致以深深的敬意！赞美正在开发建设的西咸新区，歌颂为五陵原建设发展追赶超越、建言献策、鼓与呼做出贡献的真的勇士和贤士！

我的咸阳北莽原，我的西咸五陵原。在此，我要衷心地感谢为此书修改提出宝贵意见并给予大力支持的咸阳市作家协会原主席杨焕亭老师、西藏民族大学文学院袁书会书记、徐琴教授，我的同学、咸阳师范学院文学院文莉教授和王巧、晓瑜荣儿、易培贤、刘秀梅、水菱、冯荣昌等朋友！特别感谢陕西省作协党组书记齐雅丽老师，副主席厚夫、王海老师！感谢太白文艺出版社社长党靖先生、韩霁虹总编！向他们表达我深深的敬意和衷心的祝福！